Yesterday
Once More

中国结

扣子 ——著

四川文艺出版社

图书在版编目（CIP）数据

中国结/扣子著. -- 成都：四川文艺出版社，2022.3
ISBN 978-7-5411-6171-1

Ⅰ.①中… Ⅱ.①扣… Ⅲ.①长篇小说—中国—当代
Ⅳ.①I247.5

中国版本图书馆CIP数据核字（2022）第016089号

ZHONGGUO JIE

中国结

扣子 著

出 品 人	张庆宁
责任编辑	陈 纯　李 博
内文设计	史小燕
封面设计	赵海月
责任校对	文 雯
责任印制	桑 蓉

出版发行	四川文艺出版社（成都市槐树街2号）
网　　址	www.scwys.com
电　　话	028-86259287（发行部）　028-86259303（编辑部）
传　　真	028-86259306
邮购地址	成都市槐树街2号四川文艺出版社邮购部　610031
排　　版	四川胜翔数码印务设计有限公司
印　　刷	成都紫星印务有限公司
成品尺寸	166mm×235mm　　开　本　16开
印　　张	21　　　　　　　　字　数　340千
版　　次	2022年3月第一版　　印　次　2022年3月第一次印刷
书　　号	ISBN 978-7-5411-6171-1
定　　价	58.00元

版权所有·侵权必究。如有质量问题，请与出版社联系更换。028-86259301

CONTENTS

目录

第一章 001
第二章 039
第三章 075
第四章 109
第五章 145

第六章 177
第七章 215
第八章 251
第九章 283

尾声 324

第一章

母女关系颠倒
操碎心的是女儿
不懂事的是妈

中国结

ZHONG
GUO
JIE 01

过完二十四岁生日，柳漾跟赵东南领了证。五一小长假第一天，她早晨下夜班，赶到磨山公园拍婚纱照，今天要拍四套照片。

拍到第二套，太阳大了，赵东南去买冷饮，柳漾在遮阳伞下补妆。小区群里有人呼叫她，点开一看，她妈陈玉兰被人捉奸堵门上了。

邻居拍了视频：一个女人骑在陈玉兰身上甩她耳光，大骂她不要脸，一把年纪撬别人老公。柳漾脑袋一炸，婆婆在旁边探头探脑，她连忙关了视频，跟摄影师说单位有点儿急事，剩下的照片下午再拍。

婚纱照拍到一半就要跑，婆婆沉下脸。摄影师助理们拉起户外帆布，四周一围，柳漾换下婚纱就跑了，她得回去救她妈。

柳漾杀回小区，人群已经散了，自家大门敞开，她冲进家门，陈玉兰坐在餐桌前垂泪，任由沙发上的女人骂骂咧咧。

视频里女人只有背影，柳漾定睛看清她正脸，是她后妈冯鹃。冯鹃骂得起劲，柳漾"唰"的一耳光扇去："贼喊捉贼！"

客厅飘着酒气，卧室关着门。柳漾拧开门，不出所料，她爸又喝多了，四仰八叉在床上昏睡。

冯鹃扑过来怒骂。柳漾回头看到陈玉兰那别别扭扭的模样，气不打一处来，抄起电视柜上的花瓶，冷冷看向冯鹃："跟我出去说清楚，到底是谁不要脸！"

陈玉兰小声道："漾漾……"

柳漾看不得她妈低眉垂眼，转身回自己房间，拎出一只扩音器。家住一楼，单元楼外没安监控，最近楼上不知哪几户人家，隔三岔五就丢东西下来，从酒瓶子到剩饭剩菜，全扣在窗前。柳漾跟物业投诉了几次都没用，索性买来扩音器，对楼上喊话，但是没起到多大作用。

冯鹃上蹿下跳骂得欢，柳漾打开扩音器，推搡着她："骂啊，继续骂，我陪你出去骂！骂床上躺着的柳志华，我亲爸，没脸没皮跟你搞到一起！走走走，让隔壁左右都来评评理！"

秦飞跑进来的时候，他妈冯鹃正和柳漾对峙，两人抓着对方领口，互不相让，左邻右舍都在看热闹。

陈玉兰缩在卧室不出来。秦飞把冯鹃扯开，他和柳漾捍卫各自的妈，针尖对麦芒。一个说冯鹃和柳志华是合法夫妻，有资格管教自家男人；一个说自己摆酒在即，柳志华作为父亲，跟母亲商量办酒席合情合理。

柳漾头上还戴着小皇冠，忘记摘下。邻居们都站她这边，指责冯鹃身为第三者还不讲理，当爸的跟原配商量女儿的婚礼，她居然也容不得，实在是气量小。

冯鹃一跳三尺高："我小题大做？！偷偷摸摸来往几个月，别以为我不知道，这都睡到床上去了！"

为了阻止冯鹃说出更难听的，陈玉兰扶着柳志华出来了。几杯醒酒茶灌下去，柳志华酒醒了一大半，眼看门外挤满了人，又被冯鹃一口一个"不要脸"一激，脱口而出："那我今天就把脸捡回来！下午就去复婚！"

一言既出，柳漾和冯鹃傻眼了，秦飞和陈玉兰笑开了花。冯鹃反应过来："你想重婚？"

冯鹃不离婚，柳志华别想复婚，他长叹一声："你闹成这样，我索性把话说开了，我们算了吧。"

柳志华酒气扑鼻，柳漾嫌恶，看向陈玉兰："妈！"

陈玉兰扬眉吐气："你爸早就说他做错事了，我给他这个机会。"

冯鹃又怒了，扬起手要扇陈玉兰，被秦飞笑嘻嘻地拍下去，他用拇指对着柳志华："你最好说话算话。"

柳漾冷脸说："我不同意。"

冯鹃跟柳漾站到同一阵线："我也不同意。"

秦飞同事打来电话，他接听两句，一脸急切状，手机塞给冯鹃："妈，

杰杰在学校被人打破头了！"

冯鹃和柳志华生的儿子名叫柳俊杰。她顿时慌了："你快去啊！"

"一起去！快点儿！"秦飞手一搭，像搂女朋友似的揽住他妈，附耳小声道，"他们有三个人，我走了，他们就该打破你的头了。"

秦飞连骗带拽，把冯鹃弄走了。柳漾气呼呼把门一关，教育陈玉兰："你是前妻，前夫来看你，你厉个什么？！"

陈玉兰没精打采："没事了，你回去拍照吧。"

"还拍个鬼！"柳漾一把扯下头上的小皇冠。回来的路上，她就打电话跟赵东南商量好了，等她再找机会跟同事换班，凑个周末把照片拍完。

柳志华脑子还有些发蒙，闷闷地烧着茶水。柳漾坐下来，打量着父母。陈玉兰很瘦小，看着文气，但不是任打任骂的窝囊性格，冯鹃发作她却不回嘴，没准真被抓包了。

父母的破事不想问，但不能不问，柳漾烦躁："冯鹃为什么跑来发神经？"

陈玉兰不说话。柳漾看柳志华，柳志华也很不自然，说自己是来商量摆酒席的，女儿出嫁，娘家人这边也得摆几桌。柳漾一直盯着他，他只好说："想到你妈把你养大不容易，我对不起你俩，就……"

"就抱了一下。"陈玉兰说，"被冯鹃看到了，之后你爸酒劲上来，人倒了，我说不清楚了。"

父母都吞吞吐吐，可能不止抱了一下，但柳漾是当女儿的，她不逼问了，问多了尴尬。柳志华为她倒茶，她不喝，板起脸："来跟我妈商量办酒，我欢迎，其余的免谈。"

陈玉兰精神不佳："你别操心了，这是我和你爸的事。"

柳漾想到她妈被冯鹃按在地上打就来气，拎包走人："你们干脆跟我同一天办酒算了，双喜临门。"

柳志华皱起眉："两句话就又急躁起来，还是这脾气。"

"我十二岁你就不管我，现在有资格管我？臭脾气怎么了，臭脾气还能当艺术家呢！"柳漾觉得她妈不可理喻，柳志华出轨冯鹃，当年闹得那么难看，陈玉兰受了多少气，吃了多少苦，到头来，一句浪子回头，她就照单全收？

赵东南来了，一家三口心照不宣闭嘴。柳漾没对丈夫说太多，只说柳志华想给她多备点儿嫁妆钱，但他和冯鹃的儿子还小，冯鹃有意见，跑来吵了几句。

婆婆张玢爱喝汤，路过一家馆子，柳漾去打包了汤水和几道小菜。她是单亲家庭出身，家里还一穷二白，张玢本来就不满，婚纱照没拍完她就跑了，张玢绝对有意见。

秦飞前脚把冯鹃从柳家骗走，后脚冯鹃就知道上了当，还想回去找那两人算账，硬是被秦飞拽住了。

冯鹃说柳志华这段时间老往这边跑。秦飞看到柳漾头上的小皇冠了："他家姑娘要结婚，娘家人商量摆酒，正常。"

冯鹃骂他根本搞不清状况，柳志华的女儿要出嫁，他跑前跑后都是应该的，她没拦过。但有天她给柳志华洗衣服，从裤兜里掏出发票，这人下馆子花了两百多。过几天，嚯，还买上排骨、胖头鱼和土鸡了，冯鹃拿着那张超市小票在网上搜索，是陈玉兰家小区门口。

柳俊杰还在长身体，家里一顿也没吃这么多好的。冯鹃恼火，这才跟上柳志华，也幸好跟来，那两人都抱一起了，陈玉兰还哭得一把鼻涕一把泪的。秦飞说："人家想破镜重圆，你还拦着做什么？"

冯鹃反问："那老子这些年算什么？"

秦飞跟他妈谈心："我问你，你们结婚到现在，感情很好吗？"

冯鹃说："怎么不好了？哪里不好了？"

秦飞指指自己："我有眼睛。他对你好不好，你心里也有数吧。"

冯鹃坐上秦飞的小破车："老夫老妻还要怎样，哪家过日子不是这样？"

秦飞把他妈送回家："我听孃孃说，你俩结婚就因为你怀上杰杰了，估计那时候老柳就后悔。"

冯鹃和柳志华结婚时，秦飞上初二了，他在外人面前提到柳志华，会含糊地说句我家老头，在家里对柳志华的称呼是老柳，没喊过爸。冯鹃知道他不待见柳志华："人争一口气，老子凭什么让给那个女的？"

秦飞心说他妈果然是脸上挂不住。冯鹃愤愤然："以前别人都说他找我会后悔，我现在放他走了，那我成什么了？你不懂，你也不用再劝。大人的

事你少管。"

冯鹃四十一岁怀柳俊杰,受了不少罪,七个月的时候浑身都肿得厉害,没法再开公共汽车,等她休完产假,公汽公司不跟她续签聘用合同了。

柳志华在空调品牌售后部上班,收入尚可。等柳俊杰断了奶,冯鹃在小区外边的夜市一条街摆摊,小本生意,赚个糊口钱。

如果柳志华跟前妻复婚,冯鹃认为自己这些年就活成了笑话,秦飞理解他妈。但理解归理解,心思不在你身上的男人,没意思。柳志华是什么人,是给他亲爸秦刚戴了绿帽子的人,他想滚赶紧滚。

回到家,冯鹃下了两碗肉丝面,跟秦飞分头吃了,操着两把菜刀切葱末,砧板剁得砰砰响,狠话撂得梆梆硬,归根结底就一句话:你不让我逼婚,你也别逼我跟老柳离婚,我们谁也不说谁。

秦飞气闷,回屋打游戏。快到傍晚,柳志华回了。他每天只要抽得开身,就回来帮冯鹃出摊。

柳志华若无其事,冯鹃自然不会翻旧账。她不松口,柳志华就离不成。陈玉兰那个女的想复婚,做她的千秋大梦。

武汉人爱喝汤,喝得还讲究,家里有两只巨大的罐子,大些的是沙土罐,武汉人称为铫子,里面煨着排骨藕汤。煤炉子慢慢煨一晚上,藕块粉糯清甜,排骨软烂不腻。小一点儿的是瓦罐,煨的是山药土鸡汤,很多人喜欢用它下粉丝吃。

柳志华帮冯鹃把东西都搬上餐车。冯鹃的摊位主打铁板炒饭炒面和煨汤,但小龙虾生意利润高,每年正当季,她也搭着做一点儿,她炒饭的时候,柳志华就在边上刷虾、扯虾线。

柳志华那行没有节假日概念,计件拿工资,部门派单给你,你愿意接就接。春秋季是淡季,柳志华工作到下午5点半,准时回来出摊;武汉夏天没空调活不下去,他有时忙到半夜才能回家。

这一带是居民生活区,年轻的上班族都爱在家门口这条夜市街买点儿吃的。冯鹃利利索索剥蒜切姜,跟隔壁卖手抓饼的老板娘闲话,食材涨价太快,听说最近又要整顿,生意越来越不好做。

这条街有四家摊位是冯鹃的竞争对手。她评估过自己的核心优势,她很会做卤味和腌制品,不然当初失业,她不会想到摆摊。可惜腌制品不好直接卖。顾客会冲着冯鹃的免费自制辣酱,在几家炒饭摊里选择她,但她胆敢每份炒饭涨价两块,就是把顾客往外推。

有个顾客要了绿豆汤和小份的小龙虾,柳志华数出二十只弄干净,单独放在小筐里。冯鹃炒着底料,瞥他几眼。秦飞想把老柳往外推,她不点头,所有人就只能干瞪眼。

秦飞检查完柳俊杰的作业,带弟弟来摊上吃饭。冯鹃给两个儿子炒了花饭,香肠、腊肉、卤牛肉应有尽有。柳俊杰吃得眉开眼笑。

武汉人管炒饭叫花饭,也许是红的胡萝卜丁、黄的蛋花玉米粒、绿的葱花和青椒,以及各种肉类炒在一起,看上去花不棱登热闹非凡的缘故。秦飞吃着饭,观察着柳志华。他井井有条地打着下手,很沉得住气,那句复婚似乎有预谋,不是意气用事。

冯鹃则认为,柳志华按时帮她出摊,还配合默契,一如既往,说明复婚是一时气话。一个半大孩子来买排骨藕汤,她多舀了一块肉;有人买了大份小龙虾和凉面,她大方抹了零头。

冯鹃阴沉了一下午,柳志华如常回家,笑容又回到她脸上。秦飞心里不是滋味,他想走,被冯鹃喊住帮忙,接连来了几个外卖订单,她忙不过来。

没多久,柳志华的同事求援,今天的维修单太多了。他请示冯鹃,冯鹃把他赶走了,二十份炒饭的利润不如修一台空调的提成。

忙到夜里11点,大多数摊位都收了。秦飞催冯鹃收摊,冯鹃看看小龙虾,还剩几十只:"你先回去,我等老柳回了再收。"

小龙虾还活蹦乱跳,明天也不会死。秦飞说:"你到家洗洗涮涮,就到下半夜了,明天早上5点不到又得爬起来。"

"上午还能睡。"今天生意还行,冯鹃把铫子侧起来,舀出最后两勺排骨藕汤,问秦飞喝不喝。秦飞不喝,冯鹃自己喝了,里头大半是炖烂了的骨头渣,她喝得很小心。

秦飞想起来,冯鹃忙得没吃晚饭,他说:"你跟老柳就算散伙,他也得对杰杰负责任,杰杰是他儿子,他必须支付抚养费。离婚就离婚,你怕个什么。"

冯鹃还是那句话:"大人的事你莫管。"

"年底我就二十六了。"秦飞轻易不说这话,一说就被冯鹃逮到话头了:

"你也知道你快三十了？没成家立业，一百岁也还是小辈。"

打麻将的人散场了，三五成群来吃夜宵，冯鹃降了价，他们把小龙虾包了。秦飞清洗着小龙虾，冯鹃炒着青椒肉丝面："不离婚，他的钱都归我管；离婚了，万一不给抚养费，我每天上门打一顿不成？"

按亲爸秦刚家那些亲戚的说法，冯鹃和柳志华是偷情骑虎难下，才被迫结婚。秦飞以开玩笑的口吻试探道："怎么样，说实话了吧，说穿了是钱的问题，不是感情的问题。"

冯鹃平时很爱说笑："这也就你能说，别人敢说我势利，我一锅铲打破他头。话说回来，真要离婚，老柳找任何人都行，跟陈玉兰复婚就不行。那老子成什么了，他误入歧途啊？老子好好一个人，凭什么就成歧途了。"

秦飞把炒面端给顾客。冯鹃开始烧制小龙虾，她喜欢用啤酒焖烧一会儿，秦飞帮她开了一瓶："你年纪大了，过得舒服点儿不行吗？整天吵吵闹闹容易得病。你白天在那家该出的气出了，该赶的人也赶走算了。"

今天没存货，冯鹃心情好，把话摊开说："现在哪家哪户没空调？有空调就有维修保养需求，老柳才五十，退了休也还能返聘，老师傅经验丰富，抢手。"

秦飞暗忖，总而言之，气不顺是真的，图柳志华的收入也是真的。冯鹃切着青椒片和土豆片，给小龙虾当配菜，叹息家里条件不好，本就拖累秦飞找媳妇，要是柳志华离婚不负责任，不管柳俊杰，压力就都归秦飞了，更没姑娘肯嫁他。

"你总不能打一辈子光棍吧？我也不光是为了赌这口气，还得替我两个儿子想想，多存点儿钱是点儿钱。"冯鹃把小龙虾送去，还多送了两块卤干子。

那伙人喝酒吃虾，母子俩陪着耗着。灶上有只紫砂罐，盛着各式卤味，冯鹃捞出一只卤到半化的鸡爪，有滋有味地吃。秦飞收着东西，他妈不离婚的理由很多，那边的女人呢？冯鹃说人争一口气，他突然想，陈玉兰可能也这样想。

那伙人吃完小龙虾，柳志华回来了，秦飞和他合力把东西搬到餐车上。为了方便做生意，自家也住一楼。秦飞洗完澡睡不着，翻看柳志华的朋友圈，忆起那女儿名叫柳漾，在617医院急诊中心当护士。

白天和柳漾吵翻天，目的都一样，都不希望自己的妈再跟渣男有瓜葛。秦飞想，都说护士温柔，那女人却是个坏脾气小辣椒。但越是牙尖嘴利，就越可能眼窝浅心肠软，但愿她妈哭一哭，她就算了，打开大门迎接老浪子回头。

ZHONG GUO JIE 02

中午，柳漾和赵东南到家后，婆婆张玢摆起了脸。赵东南使劲卖乖，柳漾埋头吃饭，洗完碗去补觉。

头天是四天一轮的大夜班，接诊近百例，其中还包括十多例重症患者。柳漾累瘫了，一觉睡到晚上10点多才醒，公婆和赵东南都睡熟了。

手机里大多消息都不用回，但下午时，陈玉兰发过来一条信息："你爸和我决定复婚，他在跟冯鹃谈判。"

凌晨时分，柳漾吃完饭，坐在窗边发呆。天要下雨，娘要嫁人，她烦。当年柳志华跟冯鹃搞外遇，连他哥兄老弟都说他昏了头。论年纪，冯鹃比柳志华大几岁，论长相，冯鹃胖大个，人又泼。陈玉兰不说多好看，但长得苗条秀气，文化程度也高些，是正规财会学校毕业，她年轻时，中专生很吃香。

柳漾小时候见过冯鹃一两次，昨天一见，依然很泼辣。柳志华跟这种人生活十几年，只怕有得受，但他想复婚，柳漾坚决阻止到底，她妈犯糊涂，她可还记着仇。

婚房在顶楼，是复式结构，上下两层。柳漾下楼出门，开车回617医院。她闲着也是闲着，不如帮同事替替手，急诊中心就没个不缺人手的时候。

5月初的武汉已经热了，小龙虾也可以吃了，夜市生意火爆，喝酒的人脾气也火爆，打架斗殴的多，走着走着一头跌倒的也多。柳漾刚到急诊就处理了一例，病人血流披面，酒气熏天，晕乎乎说不清撞哪儿了，柳漾把他推进治疗室。

王医生给病人缝针。科室主任徐怡翎诊室传来吵架声，柳漾和好友兼同事沈维奔过去。几个病人指责徐怡翎磨磨蹭蹭，十几分钟还没看完一个病

人。一个中年男人高声道:"来看急诊的哪个不是火急火燎,人命关天,你耽误得起吗?"

徐怡翎带的实习医师维持着秩序,却被推来搡去。柳漾扒开人群一看,引起公愤的是个拾荒者,他伤到胳膊了,徐怡翎为他缝合伤口,一再嘱托:"你缝针的钱我不收,剩下的钱一定要打破伤风啊,一定啊。"

617医院边上居民区多,有些外伤病人就诊没来得及带钱,要么是拾荒者这类经济拮据的人,医生大多不收或者少收清创缝合的钱,打破伤风也是让他们打十几块钱的,皮试阳性才要求打三百多的。

"女医生就是婆婆妈妈,水平也差。"中年男人怨声载道。沈维凑近柳漾,小声道:"等他落到我手上。"

中年男人崴了脚,沈维辅助谢医生为他捏骨复位,"咔嚓"一声,他疼得泪如雨下,骂了娘。

天快亮的时候,送来一位急性肠穿孔孕妇,等她进了手术室,柳漾和沈维才稍微松快一点儿。

得知陈玉兰的决定,沈维很吃惊,在她心中,陈玉兰是完美妈妈,她从小就希望自己的妈是陈玉兰。

沈维小时候玩风车,跑得太快,被路边的石墩子绊倒,她妈第一反应不是问痛不痛,而是骂她走路不看路,不知多费鞋。脚很痛,鞋子并没有踢坏,可是每次都会被责怪。

沈维以为天底下的爸妈都是这样,但是去柳漾家玩,柳漾看动画片,笑得咯咯的,呛到了,牛奶洒了一身,沙发上也溅到了,陈玉兰却没有冲柳漾大喊大叫,而是帮女儿顺气,再给她换干净衣服,然后把沙发和茶几都收拾干净。

沈维很羡慕柳漾,如果是自己,爸妈只会骂她。她从小就想,长大了不会当这样的父母。家没能带来真正的温暖,成年后,沈维对婚育毫无兴趣,只谈恋爱,没感觉了就换人。

完美妈妈竟也会任性疯狂,沈维笑说陈玉兰和柳漾的关系颠倒了,操碎心的是女儿,不懂事的是妈。柳漾下决心严防死守,阻止父母复婚,不然将来柳志华整天在眼皮底下晃,烦心。

沈维提醒道:"你家的事,让赵东南对他妈保密。"

赵东南的爸在园林局上班，妈在社科院，他自己在电信公司，还有个叔叔在国外大学当教授。在世俗眼光里，柳漾找赵东南是高攀。

柳漾在急诊中心当护士，辛苦，收入又不高，妈在货运公司当出纳，爸是个修空调的，还离了婚。婆婆张玢自诩文化人，不会像冯鹃那样骂街，但神色都摆在脸上，柳漾想看不见都难。好在赵东南向着她，不然他求婚，她再喜欢也不可能点头。

爸再渣也是爸，将来养老送终，柳漾不可能完全不过问。她不太在意婆婆怎么想，越在意越怄气，跟赵东南从谈恋爱到结婚，她练就了一个本事：把婆婆当成无理取闹的病人或家属，污言秽语过耳即忘。

沈维剖析柳漾父母想复婚不容易，他们还得看后妻冯鹃的脸色。前夫前妻为女儿的婚事走动走动，后妻都容不得，明显是借题发挥。

当年，冯鹃和柳志华双双婚内出轨，被千夫所指，冯鹃心里恨，没那么容易放手。柳漾没想到自己有一天居然会跟后妈站在同一个阵营——当然，她绝不可能喊对方妈。

柳志华和冯鹃结婚，柳漾再也没喊过爸。每年过年，柳志华会塞给她一个大红包，她转手就给了她妈。直到她和赵东南双方见父母，商量结婚摆酒，她才加了柳志华的微信。

在柳志华的朋友圈里，柳漾见过秦飞和柳俊杰的照片，昨天吵了那通架，她才第一次见到秦飞本人，他是冯鹃跟前夫秦刚生的，比她大一两岁的样子。

想到秦飞，柳漾颇觉好笑，柳志华巴巴去给秦飞当爸，当了十来年也没落着好。自己不想接收渣爸，秦飞却把他往外推，看秦飞对冯鹃那架势，冯鹃挺听他的，可别被他说服了。

救护车又送来两个急症患者，等他们都进了手术室，柳漾才离开医院。她现在住的小区名叫香榭水岸，是公婆买给赵东南的婚房，说是婚房，但公婆出了大头，婚房仍是一家人住，还买在了婆婆张玢单位边上，方便张玢中午回家吃饭。

赵东南和张玢吃上了柳漾打包带回的早餐。柳漾小睡一觉，快11点起床烧饭。赵东南跟他爸赵捷成平时中午各自吃单位食堂，柳漾在家休息时，

只用做自己和张玢的午餐。

谈恋爱第三个月,柳漾被赵东南带回家见父母,见张玢第一面,柳漾就觉察张玢对她充满挑剔。不过自古婆媳关系难搞的多,亲厚的少,她有这个认知。

婚前婚后,柳漾和张玢客客气气,表面过得去,但单独相处气氛很沉闷,互相只说点儿废话。赵捷成很随和,不多事,作为公公无可挑剔,但张玢正如她给柳漾的第一印象,是一杯不冷不热的水,柳漾要时刻警惕言行,免得张玢说出不冷不热的话来。

赵捷成单位组织去麻城看杜鹃花,顺带疗养,这几天不在家;赵东南所在的区电信公司五一搞活动,吃完早饭就出去了。柳漾把饭菜端上桌,敲开书房的门。

张玢出来吃饭。柳漾吃了一碟白灼生菜、一碗绿豆粥、两只鸡翅、半条刁子鱼,张玢嫌她吃得少:"工作又忙,又总是熬夜,营养跟不上,体质也不行,以后生伢有得你受的。"

听起来像在关心,其实是在催生。但领证前赵东南就跟父母说过:"急诊太累了,漾漾这两年想考证转岗,等她清闲点儿了,我们再要伢。"

张玢平时也没显出喜爱孩子,亲戚们的孩子她逗都不逗,柳漾不认为将来在带孩子一事上,婆婆能帮到大忙,但自从她跟赵东南领证,张玢催过几次了。

张玢有午睡的习惯,柳漾出门去找陈玉兰。陈玉兰在货运公司是出纳,但得充当半个劳力,大件小件都往磅秤上抬。柳漾帮把手,心里很后悔。柳志华被冯鹃管得严,逢年过节才来看看她,就因为女儿要筹备婚事,柳志华才频繁地跟陈玉兰来往,来往一多就生了事端,早知道会这样,她宁可晚两年再结婚。

柳漾和赵东南谈了三年恋爱,上个月领完证,她从娘家搬去婚房,陈玉兰身边一下子就冷清了。等陈玉兰的同事都离开办公室,柳漾承诺以后会经常回家,反正开车到家也就半小时。

陈玉兰明白她想说什么:"我和你爸还有感情,不是脑子发热才决定的。"

柳漾发急,捏陈玉兰的腰:"你还记得自己腰肌劳损起不来吗?"

陈玉兰以前在轮渡公司上班,每天早上6点多发船,一直忙到晚上8

点。早些年从武昌到汉口没有地铁,跨江大桥交通很拥堵,但通过轮渡就能直达,票价也亲民,而且无论电动车还是自行车,都能开上轮渡船。

陈玉兰和柳志华离婚时,柳漾小学还没毕业,为了照顾女儿,她不得已办了提前内退,就近在货运公司找了新工作,腰上的毛病就是这么落下来的。

柳漾努力劝:"妈,我们需要柳志华的时候,他在哪里?一个背叛你的人,没必要再接纳。"

陈玉兰不为所动:"我有我的想法。"

柳漾急得跺脚:"妈,他不值得!"

陈玉兰心意已决:"你都已经结婚了,要以自己的小家庭为重。以后你和东南过你们的日子,我和你爸过我们的日子,逢年过节回来看看我们就行了。"

陈玉兰看来是铁石心肠要跟柳志华复婚了,柳漾又是气恼又是急切:"我和东哥在攒钱买房,你愿意跟我们住,我们就尽量买大点儿,不愿意就把这里卖了,新的买在我们旁边,我保证经常回来看你。"

陈玉兰去年就把房子过户到柳漾名下,算女儿的婚前财产。她算给柳漾听,前两年她就把房贷还清了,无债一身轻,跟同龄人相比,她日子过得不差。她说:"你婆婆不喜欢你,你俩独立出来也好,你还能少怄点儿气。漾漾,我没能力再帮你,你顾好你自己就行,别管我。"

柳志华是负心汉,还有个泼悍的后妻,柳漾不能眼睁睁看着她妈再往火坑里跳:"妈,柳志华跟你离婚,你受气;现在想复婚,你还得怄气,那个女的不会放过你的。你现在吃喝不愁还有存款,别再给自己揽事了!"

"他说了,会跟冯鹊好好谈。"陈玉兰忙了起来,还把计算器开了声音,按得叭叭响。柳漾僵了一下,扭头出门,陈玉兰喊她:"拍完婚纱照,洗几张最满意的,我摆在你屋里。"

陈玉兰和柳志华刚离婚时,房贷欠了六成,头几年,她的日子过得艰难,找两个弟弟开过几次口,弟媳们都有意见,她省吃俭用,用最短时间把向娘家人借的钱还清。柳漾想想她那两个舅舅,不打算搬救兵了,搬了陈玉兰也不买账,还落得舅妈们有话说。

柳漾开着车沿着东湖漫无目的地转悠,忍不住又找好友沈维诉苦。沈维笑说她就是太顺了,从找工作到找对象都顺顺当当,她妈落得清闲,自然就

琢磨自己了。

沈维二十七岁了，被家里催婚催得忍无可忍，前年就搬出来租房子住。电话那头，她哈哈笑："如果你是我，你妈就玩命操心你的恋爱问题了，没空自己谈恋爱了。"

柳漾又好气又好笑。婆婆问她在哪里，她不想又被盯着吃饭，推说在娘家吃晚饭。不到两分钟，赵东南的电话来了，他没直说，但柳漾听出来了，婆婆嫌她总跟娘家扯不清，告了状。

张玢在外严肃文雅，当妈是一张脸，当婆婆是另一张脸，柳漾觉得很没劲。赵东南说："我忙完找你，我们在外面吃。"

柳漾坐在湖边吹风，懒得动弹："我随便买点儿吃吧。"

赵东南带着比萨和鸡翅来找媳妇。刚谈恋爱那会儿，两人最喜欢在东湖边上野餐。柳漾看到牛皮袋上的餐厅logo，嘟嘴道："都说了别买太油腻，你肯定还多加了一份芝士。"

"不吃我喂鱼。"赵东南哈着柳漾痒痒，柳漾笑得一团酥软，他在耳边说，"反正晚上肯定要运动，胖不了。"

柳漾说起中午婆婆催生，赵东南皱起眉。他宣布有女朋友时，张玢就不满意，叨咕不要太早定下来，但他认定柳漾了："妈，漾漾选择面很大，几个医生都对她有好感，病人家属也有人追她。"

"医生长年累月要上夜班，钱赚得再多也是辛苦钱，又不着家，条件哪有你好。"张玢话虽如此，但她家亲戚头痛脑热，都没少麻烦柳漾。所有亲戚都夸柳漾热心快肠，性格开朗，张玢才少说几句。

有天赵东南回家说求婚成功，赵捷成乐得合不拢嘴，张玢警惕道："她提什么条件了？"

"没提。"赵东南认为自己找到了宝。他求婚不是很正式，在电影院看国产爱情片，氛围正好，他亲亲柳漾，说男主角掏出的那戒指不错，想查查品牌。柳漾问："想求婚啊？"

赵东南说得准备准备，柳漾说她是医护人员，上班时间规定不得戴戒指首饰，买个素戒就行。她对于结婚唯一的顾虑是以后会有婆媳问题，这话她也明确跟赵东南提过。

赵东南把钻戒预算拿出来给柳漾换车。柳漾的小夜班是凌晨1点下班，打车不安全，陈玉兰给她买了一辆五万块钱的二手车。赵东南想以旧换新，买辆二十万左右的，柳漾挑了一辆十万出头的，她也就上下班开开，代步就行，不如省钱买房子。

两人积蓄都有限，只能住所谓的婚房。赵东南努力攒钱，他想在同一个小区再买一套，跟父母分开住，对双方都好。

哪怕是领证后，张玢仍嫌弃柳漾，说她读的是职院，学历低，父母离异，家境也不行，对赵东南的事业毫无助力。赵东南说："家境再好，我也得找个互相喜欢的吧。"

万里挑一的好媳妇，婆婆还总针对她，简直了。赵东南往柳漾腿上一摸："瘦了，拍完婚纱照要补点儿回来。我明天跟我妈强调，是我暂时不想要伢，想跟你多过两年二人世界。"

柳漾牵着赵东南的手沿湖散步。下午沈维有个理论，一个家里总会有个不懂事的，维持生态平衡。她细想不无道理，多少人家把日子过瞎了，就在于家里有人乱折腾。现在是她和她妈生命里很好的时光，没有外债，小有积蓄，工作顺心，同事也好相处，但陈玉兰居然放着好日子不过，坚持回收柳志华。

明明是女儿，却被迫像个老母亲面对早恋的女儿，怎么劝也死活不听，就一句话："我和他还有感情。"柳漾又急又气："我妈熬到享福的时候了，为什么突然发疯想不开？"

赵东南说："她和你爸要是顺利复婚还算好的，怕就怕你后妈三天两头跑来骂，你又不能不管。"

柳漾想起昨天赶回家时，冯鹃骂陈玉兰："你骂我第三者不要脸，现在你自己呢？说人前落人后的东西！"陈玉兰当时低头不语，直到柳志华甩出"复婚"两个字，她才振作起来，眼里焕发光彩。

冯鹃多拦住柳志华一阵子，兴许他就放下冲动了，离婚复婚太伤筋动骨了。柳漾做梦也没想到，自己有一天竟会寄希望于那个被她厌恶的女人。赵东南却说："这个事取决于你爸，一般来说，男人坚持要离，都离得掉。"

以柳漾的工作经验，多的是害怕离婚而找上一箩筐理由的女人。院里急救中心随车医生林盛追过她，聊天时感慨很多疾病的起因源自情绪，有的女人死不离婚，想拖死对方，但也拖死了自己，抑郁自杀有之，因情绪累积患

上肿瘤者有之。

赵东南解决不了媳妇家的事,只能以宽她的心为主:"所以啊,你也得考虑你妈的情绪。你劝不动,不如退一步,你爸再犯浑也不怕,现在有我。"

柳漾有另一层顾虑:"老柳跟冯鹃有个儿子,要是儿子归老柳,我妈以后要吃苦,不归老柳,冯鹃肯定还会为儿子的事不停找他,我妈以后还得受气。"

"走一步看一步,她要是再闹事,我们就再去善后。回家吧。"赵东南按着柳漾的肩,推着她往回走。柳漾换了话题。

赵东南从小到大顺风顺水,从重点小学一路到重点大学,迄今最大挫折可能是失恋。他高中谈的女朋友出国留学,在异国定居;第二任是大学时交往的,毕业后去了北京,异地恋维系了两年多,渐行渐远。

亲戚同事给赵东南张罗过相亲,他有一搭无一搭地相处,都没走下去。柳漾是他主动追求的,张玢虽然对柳漾不满意,但赵东南那时快二十七岁了,她不敢贸然拆台。

赵东南比柳漾大五岁,柳漾觉得他性格沉稳温厚,但现在她也不得不信服婆婆的家境理论。养尊处优有时会阻挠一个人往深里想问题。赵东南明白她抗拒父母结婚,但与其说是抗拒,更多是害怕,她害怕柳志华带来的一切会拖累自己的小日子。

柳志华已是另一个家庭的一家之主,是十一岁小男孩的爸爸,他代表的是一种必然的负担。当女儿的只要心疼妈妈一天,就或多或少会被生父肩负的责任所左右。

小家庭为重,柳漾对自己说了一百遍。赵东南去洗澡,她渐渐睡着了,梦里她妈凤冠霞帔喜洋洋出嫁,她急得满头大汗干瞪眼。

ZHONG GUO JIE **03**

早上天蒙蒙亮,秦飞就听到冯鹃起来了,骑着三轮车去批发市场运回新鲜蔬菜和小龙虾。算起来她统共才睡四个多小时,但这种日子是她的常态。

秦飞辗转反侧。7点不到，柳志华和柳俊杰也起床了。柳俊杰吃完老爸做的面条，溜出去玩，他最近在学溜旱冰，秦飞中学时也迷过一阵。

柳志华熬上一锅稀饭，丢些绿豆红豆之类的进去——他和冯鹃长年累月吃这个，就着冯鹃做的小菜和菜市场买的老面馒头。

秦飞一向在外面吃，有时热干面，有时襄阳牛肉面，他喜欢面里面的牛油气味。今天早晨他特地在家吃，实则是看看他妈跟老柳会谈些什么，但他们各吃各的，各玩各的手机，不说话，说也只说几句闲话，不触及实质。

晚上，秦飞加完班晃回家，柳俊杰说爸妈大吵了一架，秦飞出门去找冯鹃，摊边只有冯鹃在忙碌。秦飞问："老柳呢？"

"他今天接的单子多。"冯鹃剥着蒜瓣，手机横在面前，是一部古代言情剧，她面无表情地看，还把声音调大了，显然是在拒绝和秦飞交流。

剧情演到生离死别，冯鹃吸吸鼻子，点了全屏观看。秦飞发现她小指贴着创可贴。

冯鹃做事大刀阔斧风卷残云，被柳志华赐名"黑旋风"，但她长得白，一听就是笑谈，她当爱称听。黑旋风勇猛武艺高，居然把手切破了，可见柳志华把她气狠了。秦飞说："杰杰说你俩吵架了。"

冯鹃指指屏幕上的女主角："她是不是代言你玩的那个游戏？"

秦飞不让她回避话题，按了暂停："我把老柳喊回来，三人对六面谈清楚。"

冯鹃抬眼看他："你管好你自己，我对你就知足了。"然后她点开屏幕，继续看剧。秦飞知道他妈没看进去，她只是不想跟他聊下去。

柳志华接了秦飞的电话，声音很平静，像知道秦飞要问什么："今天下午等你妈睡醒了起来，我跟她谈判了，你妈不同意，我改天再谈。你跟她说一声，我还有好几个单子，你帮她收一下摊。"

柳志华挂了电话。秦飞有气，手撑在餐车上，对冯鹃说："我也是家庭一员，你们闹矛盾了，我有资格调停，你不能拒不配合。"

"你巴不得把他推出去。"冯鹃不是藏得住话的人，一边干着活，一边三言两语说了，她睡到下午快1点才起床，柳志华回来吃中饭，摊了牌。

柳志华说婚是一定要离的，他净身出户，但他每个月的工资奖金都交给冯鹃了，无力再给柳俊杰留笔钱，这件事算他对不起儿子，可他个人能力有

限,只能这样。

冯鹃越说越气,手上的事却一点儿不乱:"他还说,他没尽到当爸的责任,他有愧。说得倒轻巧!"

秦飞心想,老柳要是讲责任,当初就不会抛妻弃女了。他问:"那你打算怎么办?"

"他想走就走?生意这么难做,光靠我一个人,怎么养杰杰?他初中高中大学,花钱的日子还在后头。还有你结婚,杰杰结婚,彩礼房子哪样不要钱?"

秦飞说:"我结不结婚放一边,我跟你一起养杰杰。"

冯鹃看看秦飞,想说什么,算了。有几个顾客过来,她招呼去了:"吃点儿什么?"

秦飞高考填志愿是柳志华帮忙参考的,冯鹃听不懂,问:"自动化控制是不是搞IT的?"

"计算机很多课我也都要学。"秦飞横竖跟她说不清楚,笼统道,"你想这么理解也行,反正IT的事我也能做。"

光谷那边全是搞IT的,不愁就业,冯鹃放了心。大四的时候,秦飞投了几份简历,有家主营工业机器人的公司是他专业对口单位,但要去北京,他选了家附近一家公司上班,还是干上IT了。

公司主要做数据恢复,秦飞跟柳志华一样,也是接单工作。糊涂鬼很多,手机电脑误删除,不小心格式化之类的很普遍,他做得顺手也省心。到手工资不差,但每年出去旅个游,平时买点儿电子产品,再买点儿衣服鞋子打扮一下,一年到头落不下钱,最多是没啃老。

冯鹃炒着肥肠面,秦飞剥着蒜瓣,不说话。冯鹃看他那一眼,他懂。他大手大脚,在他妈眼里是个混混,根本不指望他。

秦飞有点儿闷气,摊上又来了顾客,点了炒面和一盘炒虾球。他蹲下来,抓过小龙虾,"咔咔咔"拧断它们的头。

小龙虾的内脏都在脑袋里,有人嫌脏,只吃去头的部分,稍稍一炒,它就卷曲如球,谓之虾球。柳志华年轻时在湖南当兵,他说那边管它叫虾尾,比虾球直白,但虾球更形象。

柳俊杰来吃晚饭,冯鹃舀了半碗绿豆汤,让他垫一垫。她炒的花饭好吃，柳俊杰百吃不厌，吃完饭跑去玩，秦飞给他五块钱，让他去买可乐喝。他高高兴兴地跑了，玩得满头大汗回来，五块钱只花了五角钱，他说老冰棒比可乐解渴。

晚上11点半，柳志华还没回来，秦飞要收摊，冯鹃不让，五一小长假还剩一天，今晚玩的人多，生意还能做。秦飞说："我的工作带回家里也能做，以后我每天早点儿下班，老柳能做的事都归我做。"

冯鹃干笑两声，接着看剧。凌晨1点多，柳志华忙完回了，夜市街就剩鹃姐大排档还开着，秦飞和冯鹃一人玩手机游戏，一人看古装言情剧，都不说话。

家里是两居室，兄弟俩一间屋，柳俊杰睡得香扑扑的，他把空调开了睡眠模式，秦飞到家时空调已经关了，柳俊杰缩在凉席上睡着，头发都汗湿了，秦飞重新把空调打开，冲完澡也睡了。

柳志华吃完早饭就出门了。秦飞起床，走到客厅一闻，辣椒气味呛人。厨房大门紧闭，冯鹃在炼辣椒油。

冯鹃每次做辣酱小菜之类，都把厨房的门关得严严实实，自己也裹得严严实实，长袖衬衫围裙加口罩。有年柳志华发了半年奖，强行在厨房安了空调。冯鹃骂了他几回，弄个电扇就不热，瞎花钱。

亲戚来串门，"哟呵"几句："日子过得好哇，连厨房也有空调！"

柳志华笑道："厨房是黑旋风的炼丹房，要隆重点儿。"

冯鹃笑得很幸福。秦飞当时还在读初三，丢给她一副泳镜："防水防雾。"

冯鹃戴上了，眼睛不再被辣得流泪，她还突发奇想："我戴个摩托车头盔，你说效果怎么样？"

柳志华骑电动车上下班，把头盔甩给冯鹃。冯鹃戴了片刻，扔一边了："比口罩还不透气，我要憋死。"

再怎么全副武装，冯鹃仍会被辣到，不断打喷嚏。厨房玻璃门外，秦飞站了站，给大学室友鲍海生发条微信："有兼职想着我啊。"

鲍海生祖祖辈辈都在山西，没见过大海，偏偏有个渔民似的名字，他挺嫌弃，入校没几天就去文个下山豹，万望大家以后叫他阿豹。

阿豹不想回山西小城，一门心思想在武汉扎根，大二就在校外兼职，毕

业在同乡的小公司当了业务经理，手头经常有些小项目。几天后，秦飞刚忙完，阿豹说给他揽了个小活计。

广埠屯有幢商厦其中半层楼退租，被对面楼一家酒业公司签了，分公司员工都会搬去。阿豹说："两栋楼很近，你去帮他们组个无线局域网。"

那半层楼是几个大通间，原先是一家儿童摄影机构，刚刚搬空。酒业公司的经理跟人商量简单装修装修，把公司logo安上去。蒋馨月和同伴抱着纸箱，说说笑笑从里间出来，酒业经理和她打招呼："蒋小姐慢走！"

"电话联系。"蒋馨月一抬头，望见秦飞走进来。

陌生女孩冲自己微笑致意，秦飞也对她笑，擦肩而过之际，他忍不住回头，蒋馨月也回头看他。

蒋馨月长得很像秦飞高中时的同桌，班里起过两人的哄。同桌考去上海，第一年还有联系，寒假还聚过会，后来就联系少了。秦飞了解着酒业经理的需求，在大通间里转来转去，谈完正事，不经意似的夸道："刚才那两个是你们公司文员？长得有气质。"

酒业经理说："嗐，是前租户，提前三个月退租，明天还得跟她们结费用。"

秦飞请酒业经理喝顿小酒，问到蒋馨月的联系方式。都是男人，酒业经理哪有不明白的，他把中介人员告知的信息都跟秦飞说了，蒋馨月父母是生意人，家里有钱，她跟男朋友合伙开摄影机构，还拉了几个朋友入伙。

过年时，蒋馨月发现男朋友出了轨，纠缠了几个月，她在网上挂了退租信息，被酒业经理捡了个小漏。当初蒋馨月一口气签了三年，现在的租金比那时高不少。

酒业经理把蒋馨月的微信名片推给秦飞，秦飞当时没加。晚上，酒业经理报喜："你俩肯定能成，她也找我问你是谁。"

秦飞趴在电脑面前做方案，蒋馨月加他微信："章经理说你能搞网络，我的新门面想找你帮忙，哪天来看看？"

秦飞读的是理工科院校，女生少，他只谈过一次恋爱，毕业就分手。蒋馨月高中就出去留学，人很外向。两人第一次单独见面相谈甚欢。

秦飞把蒋馨月送回家，回到摊上，冯鹃正在给顾客做牛肉粉丝煲，挥汗如雨。摊位上的袖珍电扇不顶用，秦飞转头去买了几瓶冷饮，给柳俊杰递一瓶，另一瓶开了递给他妈："客户送的。"

明显是刚从冰柜拿出来的。冯鹃说："下次想喝冰的，让杰杰带你到批发站买。"

秦飞给他妈看账户余额："接了两个私活，拿了订金，你儿子还行吧？"

冯鹃看了看："今年十一的旅游经费啊？"

秦飞"哼"一声，收回手机，催着柳俊杰回家睡觉，自己去刷小龙虾。冯鹃这两天心情也还可以，可能是跟柳志华休战的缘故。但这都是表面现象，回来的路上，秦飞想找柳志华谈话，柳志华不响应："我在云豪酒楼，他们有四台空调有问题，这才修到第二台，早不了。"

秦飞说："老柳，逃避不解决问题。"

柳志华说："没逃避，你妈不同意，我就慢慢做她思想工作。飞飞，我跟你妈分开，对她不是坏事，你和杰杰争点儿气，她以后还得靠你们。"

柳志华油盐不进，秦飞心里烦透了，一盆小龙虾都被他拧断了脑袋。顾客明明点的是油焖大虾，又催得急，冯鹃赔着小心好说歹说，打了对折，炒成虾球。

04

赵东南和柳漾的婚礼日期是张玢找人算过的，她说终身大事，信一信没坏处。大师看过柳漾和赵东南的生辰八字，定在5月26号。柳漾跟赵东南说六六大顺，这日子代表我二人会顺利，赵东南说其实哪天他都满意，媳妇在身边就是他的良辰吉日。

赵东南的性格随他爸多一些，很和气，他在电信公司接入维护中心工作，责任范围又多又琐碎，为人周到会说话，柳漾的同事好友都对他印象好。日子定下来，柳漾给亲戚寄请柬，大舅夸她："你比你妈眼光好。"

开始总是好的。柳漾看过爸妈年轻时的照片，柳志华五官周正，相貌称不上多出色，但他有一米八一，当过兵，走哪儿都腰杆挺直，气宇轩昂，等他年纪上来，这点更是加分。一没发胖二不秃头，走起路来长身阔步，在

同龄男人里算是仪表堂堂,至今仍能让两个女人你争我夺,个人本钱还是不错的。

急诊中心忙,5月25日,柳漾才开始休婚假,赵东南把她送回娘家。陈玉兰把家里仔细收拾了,连油烟机也找人清洗了,门窗都贴了大红囍字,给女儿备下的嫁妆整整齐齐堆在次卧。

母女多年没在一张床上睡过,絮絮聊到深夜。陈玉兰很感叹,离婚时一想到房贷就紧张得要死,货运公司的工作她干得战战兢兢,每当效益不好,她比老板还发愁,但也终于熬到女儿出嫁了。

知道自己过得不容易,还想跟渣男复婚,柳漾忍了又忍,问:"你那时候都有哪些东西?"

陈玉兰一一说给她听,两斤四斤六斤重的棉被各两床,枕套枕巾四对,十九英寸彩电一台,长虹牌的,还有一辆二四的女式自行车,搁在现在看很寒酸,但在她年轻时还算拿得出手,还是集全家之力才置备的。

本地很多新婚夫妇都是两家合办婚宴,柳漾也跟她妈建议过,但陈玉兰不同意:"我老家亲戚能上台面的不多,你爸那边也一般,两家分开办,免得你婆婆又对你有意见。"

陈玉兰对柳漾婚事唯一的担心是张玢,但大多数婆婆都那样。她看得出来,赵东南是真心喜欢柳漾,看她总是笑眯眯的,她总想,只要男人肯站在你这边,日子就不会太难过。

柳漾脾气冲,陈玉兰虽然担心,但女孩长大了必然要离开娘家,她只能一遍遍地说:"受了气跟妈说,别忍。"

"我什么时候能忍?"柳漾笑起来。张玢言行阴阳怪气了点儿,但不会像冯鹃那样撒泼,她基本不跟陈玉兰说张玢的不是,也没必要说,背着人骂几句就完事。在医院,她见多了歇斯底里的病人和家属,张玢跟他们比起来不值一提。

天蒙蒙亮,陈玉兰就起床了,轻手轻脚把客厅和次卧又擦拭了一通,出门买回女儿喜欢吃的糯米鸡和蛋酒。想到今天家有喜事,她还买了四个欢喜坨,跟柳漾一人两个。

欢喜坨是用糯米粉滚成圆团,裹上一层芝麻炸熟而成,外地的叫法是麻团、麻圆之类。陈玉兰买的是豆沙馅,她想图个欢欢喜喜甜甜蜜蜜之意。

柳漾洗漱完，以沈维为首的伴娘团陪着化妆师赶来。陈玉兰爱干净，又紧张，柳漾化着妆，她又拖了一遍地。

柳漾的嫁妆是陈玉兰和柳志华商量着置办的，真丝床品四件套六件，不同规格的云丝被和羽绒被各四件，冰箱、洗衣机和电视都买了最新款，给赵家婚房换上。伴娘们夸床品花色好，阿姨有品位，再夸电视大，换了自己都舍不得买，陈玉兰这才略微放松了点儿。

柳志华带着他哥嫂来了。他头天就去理发刮面，买了一套衬衫西裤，打上了领带。衣服熨烫得笔挺，有模有样，博得伴娘团一致好评："叔叔好帅。"

按习俗，柳漾出门前要和赵东南一起给父母奉茶，柳志华带了几种好茶叶。赵东南率领的接亲队伍是他最要好的朋友，齐齐夸这位岳父大人体面过人，都说得动用书面语"东岳泰山"。

接亲队伍去抬嫁妆，柳漾和伴娘团藏在主卧，紧紧关着门。伴娘们隔着门调侃赵东南，又是让他唱歌对柳漾抒发心意，又是玩真心话测试，赵东南愉快地配合，任由伴娘们拿捏，伴郎们也挺会来事，一个个红包从门缝塞进来。

伴娘们闹够了，卧室门打开，赵东南顺利完成求门仪式，牵着柳漾的手为父母奉茶，跪下来喊爸妈。柳泰山和夫人各自准备了改口费，厚厚的红包交给赵东南，还送了他一块名表。

柳漾暗自难过，她妈生怕嫁妆寒酸，她被公婆轻贱，拿出所有积蓄操办，但婆婆张玢看不上她是全方位的。

陈玉兰含泪叮嘱："漾漾脾气冲，性子也急，今后你要包容一点儿，多迁就她，发生任何事都站在她这边。"

柳志华也动了感情，涩然道："从今天起，你和漾漾是正正式式的两口子，遇到事情了，要多为漾漾想想，要记住她才是会陪你一生的人。我犯了错，害漾漾和她妈妈吃了苦，你要引以为戒。"

赵东南连声说明白："爸，妈，你们放心把漾漾交给我。"

柳漾十几年没喊过爸了，不知道为什么，在陈玉兰的眼泪里，她有点儿走神。她并不认可把谁交给谁这种说法，但是当柳志华摸着她的头，红着眼圈说"以后好好的，好好的"，她承认有些心软，眼睛也红了。

沈维等伴娘都在旁边提醒不能哭，不能把妆容哭花了。柳漾忍住眼泪，

赵东南打横抱她出门。

柳漾家在一楼，不像别家那样，能从楼上抱下来，赵东南特意让人把婚车停得远些，把柳漾抱去小区门口的停车位，以显示他作为新郎的诚意。

小区的老人孩子多，伴娘们沿路抛撒着喜糖。柳志华和陈玉兰把女儿女婿送到了单元楼口，柳漾被赵东南抱在怀里，回头望，她妈捂着嘴哭泣。

5月末，晴空万里，柳漾被赵东南抱到单元楼拐角处，再回头，她爸妈还在看她，她拼命忍泪，对赵东南说："重死了吧，我下来自己走。"

新娘身轻如燕，穿着白婚纱，新郎满面笑容，说他抱着一捧白雪，低头亲她的脸："小蚊子，我今天特别高兴，你今天特别漂亮。"

柳漾只有一米六四，不算高，但身材比例好，腰细腿长，扎针狠准稳，给人抽血更是利落。赵东南在人前喊她漾漾，人后亲昵时喊她小蚊子。小蚊子说："我也好高兴。"

冯鹃和柳俊杰迎面走来，柳漾一愣，冯鹃掏出红包塞到她怀里："恭喜啊。"然后把柳俊杰推到她眼皮底下，笑道，"快跟姐姐姐夫说恭喜，这是你姐，亲的。"

伴郎伴娘集体傻眼。柳漾似笑非笑："谢谢了。"

横空杀出一个弟弟，还有个后妈，伴郎肯定会把闲话传到赵家去，冯鹃要的就是这效果，得意非凡。陈玉兰气得脸色铁青，幸亏她决定两家分开摆酒，若是合办，冯鹃很可能会在婚礼现场发难，让柳漾在婆家人面前丢脸。

赵东南抱着柳漾快步离开，他今天是新郎，不便在众目之下动粗。柳漾轻轻扯了扯他的衣袖："对不起。"

柳俊杰发现柳志华，甩开冯鹃的手，跑过去："爸爸！"

冯鹃眼见柳漾的大舅二舅都来了，站定了，任由柳俊杰招手，不肯再往前挪一步。

柳志华知道冯鹃是来恶心人，但不便当着儿子的面发作。陈玉兰的两个弟弟要过去，被她拦了一下，她独自走向冯鹃。冯鹃抱着双臂看她，等着跟她吵一架，但陈玉兰上前，风起云涌就是一耳光。

秦飞跑来，目睹了这一幕。他妈捂着脸呆若木鸡，自然是没想到陈玉兰竟然也能发狠。当年，冯鹃大着肚子来找陈玉兰，陈玉兰气得发抖也没动过手；五一节，冯鹃把陈玉兰按在地上打，陈玉兰也没还手，但欺负她女儿就不行。

秦飞使劲拽走冯鹃。冯鹃恨得牙痒:"快去,把老柳的那两个舅子给我打一顿。打不赢两个,你就打矮点儿的那个,照准脸上搪,搪了就跑。快去。"

秦飞不知道他妈刚才做了什么,但老柳女儿结婚,她出现就相当于闹场,只要赵家亲戚传点儿话,柳漾就得看公婆脸色了。

冯鹃是存心来给柳家人添堵。秦飞没好气:"你自己看,他那边多少人,你想让你儿子爬着走是吧?行啊,我去给你报仇。"

秦飞作势要去,被冯鹃拉开:"算了。"

柳俊杰跑回来:"哥,爸爸说我想吃酒席就吃,我不吃,我们走。"

早上柳俊杰要去上学,冯鹃把他喊住了:"今天你姐出嫁,带你去喝喜酒。"

柳俊杰表姐堂姐都有,他问是哪个姐,冯鹃说保密,但神色怪怪的。来的路上,柳俊杰借她的手机玩游戏,偷偷给秦飞发信息:"我是杰杰。老妈说我姐要出嫁,你怎么没说过?"

这下连柳俊杰都生气了:"你是不是又想跟老爸吵架?你们两个自己吵,不要利用我!"

秦飞瞪着冯鹃:"你连杰杰都利用,有意思吗?"

"我不是无理取闹,我这叫以牙还牙!"冯鹃坐上秦飞的车,愤愤说出原委。秦飞考上大学后,她和柳志华在酒店摆谢师宴,饭吃到一半,陈玉兰来了,在门口探头探脑,被她家亲戚看到了,柳志华连忙跑出去。

秦飞考大学关老柳前妻什么事,她露面,不就是想让人看到老柳和前妻还有来往吗?冯鹃摔了筷子,散场后,她审问柳志华,柳志华宣称陈玉兰就是路过看到。此时,冯鹃问秦飞:"这话你信吗?我家摆酒,她跑去恶心我,我今天就来不得?"

秦飞问:"你为什么不跟我说?"

冯鹃说:"你考上大学心情好,我跟你说干吗?"

秦飞又问:"老柳那两个舅子那天也去了?"

冯鹃恨恨道:"没有。陈玉兰一个人就够了。"

秦飞追问:"那你刚才干吗让我去打人,你跟他们肯定有深仇大恨,这

又是怎么回事?"

冯鹃想说,却没说:"看不顺眼。"

秦飞把柳俊杰送到小区门口:"上去玩游戏,我带妈去买菜。"

冯鹃也要走,秦飞不让:"杰杰不在,说吧。"

冯鹃掀起刘海儿,给秦飞看她额头的伤疤。那时她还在开公汽,从关山到友谊大道,乌泱泱几十站,陈玉兰的两个弟弟在中途上了车,打了一个照面就抡拳揍她,她打不过,闪躲时被推到车门上,额头磕出血,那两人跳下车跑了。

好心的乘客拦了出租车,送冯鹃去附近诊所治疗。但她耽误了一车人的出行,被领导批评,还扣了奖金,因为领导调查是她破坏别人的家庭在先。

冯鹃额头撞破一个大洞,缝了针,至今仍能看到明显疤痕,她气到了现在:"我和老柳是你情我愿,姓陈的再恨我,也不能要我的命吧?杰杰当时在我肚子里快五个月了,蛮大了。"

秦飞又问:"为什么不跟我说?"

"你那时候才上初中,说了有个鬼用。"冯鹃压根儿没想过要跟大儿子说,她担心那两人会去打秦飞,把他托付给二姐照顾,自己躲去大姐家里住。

当年秦飞还在青春叛逆期,三天两头逃学,若是被他看到他妈被人打得头破血流,家里说不定就出个少年犯了,冯鹃娘家人硬是忍着没跟他说。

冯鹃这辈子最后悔的就是嫁了秦刚,自从秦刚染上赌博恶习,人就废了,她生怕秦飞步他亲爸后尘,但不敢管得太狠,怕他嫌烦,跑出去住,在外头混一混,也废了。

所幸秦飞只是散漫了点儿,也不存钱,但他不找家里拿钱,冯鹃知足了。秦飞把她赶下车:"你回去给杰杰做饭,我去会一下那两人。"

冯鹃没拦着他,柳家人爱显摆,在大酒店摆酒席,保安多,秦飞肩宽腿长,人也机灵,吃不了亏。她走出两步折回来:"主要是老柳的小舅子,下脚黑,你防着点儿。"

秦飞油门一踩,直奔酒店,如果他妈早点儿告诉他,在柳家小区他就揍那两人了。他妈千错万错,两个大男人打一个孕妇也不是东西,有本事打老柳,还不是掂量老柳当过兵,一般人打不赢他。

陈玉兰和柳志华在门口迎宾。秦飞一眼看到陈玉兰的两个弟弟,两眼冒火,冲上去,咚咚两拳对脸砸下。他也就少年时跟人打过架,欠缺经验,被柳志华扼住手腕。柳志华动了几分怒:"秦飞!"

秦飞甩脱他。那两人要还手,被柳志华挡住了:"你们先进去,我跟秦飞谈谈。"

秦飞目的达到,收工:"不谈。明天你跟我妈离婚,杰杰归我妈。"

柳漾大舅一家都在浙江定居,外公和他们同住,柳志华猛赔不是,大舅念在外公的分上,还算通情达理。二舅妈脸都黑了,陈玉兰却没跟她道歉,只顾着数落柳志华。二舅妈越想越气,开席夹菜喝汤填饱肚子,拉上儿子杀去了赵家那边的婚宴。

张玢讲排面,酒席订在家附近的老牌酒店。柳漾换上敬酒服敬酒,赵东南的亲戚朋友调侃她杯子里的是白水,得换成红酒,赵东南都替她喝了。

二舅妈闯进来,大骂婊子养的,扬手就扇,被柳漾泼了一脸红酒。保安连拖带拽把二舅妈弄走,柳漾的表弟甩开保安,叫嚣他爸被秦飞打了云云。柳漾冷冷看他:"怎么没连你俩一起打?"

这是她的婚礼,她有资格对为难她的人翻脸。保安们很得力,把二舅妈和表弟弄走了,柳漾继续言笑晏晏地敬酒。宴席结束后,赵东南心疼他家小蚊子:"你后妈的儿子打你二舅,他们跑来找你,这不是发神经吗?"

"他们打不赢我爸,就找我,他们掂量过。"柳漾扭头看,张玢的脸黑如锅底,换了平时,柳漾会对婆婆说几句软和话意思意思,但今天她不想装模作样了。二舅妈来闹事,她和赵东南都是受害人,脸上难堪心里堵,婆婆有意见,憋着吧。

赵东南的伴郎里有一人是他表弟,接完亲来酒店,趁赵东南和柳漾迎宾,表弟跟张玢说了冯鹃带着柳俊杰去送红包的事,张玢当时就有气,二舅妈一闹,她看柳漾一百个不顺眼。

明眼人都看得出来是那对母子挑事,赵东南懒得哄他妈,拽过他爸赵捷成:"我哄我媳妇去了,你去哄下你媳妇。各人媳妇各人管,今后家规就这么定了。"

赵东南和柳漾晚上请伴娘伴郎吃了一顿。柳漾的伴娘都是她的至交,有人是从北京赶回来的,第二天还得上班,坐夜车回京,临行之际特地跟柳漾说:"你婆婆不是好东西,被她气着了,就找我们诉苦。"

　　婚宴上，张玢对她家亲戚说赵东南找柳漾当媳妇，亏到十里地外了，这话被北京伴娘听到了。细究起来，张玢和赵捷成的单位虽体面，却只是普通科员，在武汉两套房子两辆车，存款几十万，北京伴娘说："眼界太狭窄了，就他家这条件，放在婚恋市场上不够看。"

　　柳漾嗤道："比我家条件好，就够她有优越感了。"

　　新婚夜订在五星级酒店，柳漾从浴室出来，看到陈玉兰发的信息："我跟你二舅家以后绝不来往。"

　　柳漾夸她妈干得好，昨天母女夜谈，她缠着陈玉兰问东问西，才知道家里曾经发生过那么多她不知情的事。

　　陈玉兰和柳漾的二舅妈交恶，要从她和柳志华结婚时说起。陈玉兰是武汉远城区新洲县人，结婚当天，柳志华租了一辆车，从老家团风县来接她。那几天一直在下雨，家门口是洼地，车开不进来，停在村口，两人打伞步行而去，身边跟着伴娘伴郎。

　　沿路都有村人说着恭喜，走到半路，二舅妈的奶奶拄着拐杖来了，掏出红包。当时二舅妈还不算二舅妈，她和柳漾二舅是高中同学，两家都知道小儿女互相有意，结婚是迟早的事。

　　按老辈传下来的规矩，长辈当前，陈玉兰必须跪别，她想跪，但满地泥坑。从陈玉兰家到柳志华家，开车差不多两个小时，亲戚都等着新人到了开席，迟到了难免会说闲话，陈玉兰没时间再去换喜服，也没得换。

　　"张婆婆，媳妇穿旗袍不方便，我替她谢谢您哪。"柳志华卷起裤管，光着小腿跪下去，谢过二弟媳的奶奶，接了红包。等到上了车，柳志华揩着泥浆，陈玉兰拆开红包，里头两张十块钱。

　　柳漾的外婆生了二子一女，陈玉兰是大姐。柳漾大舅的儿子考去了上海，后来在浙江当公务员，一家人搬过去了。外公外婆本来也去了那边，后来外婆患了癌，被大舅送回武汉，由二舅家照顾，外公中风偏瘫，留在浙江。

　　开始两年还好，柳漾外婆尚能自理，当她病情严重了些，二舅妈就带着儿子回娘家住，扬言不能让病人影响儿子学习。

　　柳漾的这位表弟初中毕业上了技校，目前在家中开个棋牌馆，有人来打牌，他就提供茶水、瓜子和水果，赚点儿台子钱。

陈玉兰背着房贷，很珍惜工作，每到周末，她就赶回娘家照顾母亲，但二弟媳总嫌她回去次数太少。陈玉兰自问对二弟媳不差，不解她为什么明里暗里都爱说些风凉话，有次吵起来，才知道出嫁时不肯跪，她得罪了二弟媳家。

柳漾认为这是借口，一个人不想照看老人，能找出一万个借口，她二舅妈跟她在617医院看到的很多病人家属没两样。

柳漾读高三那年，外婆去世了，陈玉兰从此跟二弟家很少再来往，过年都不见面。直到昨夜，柳漾才得知原委。当时是在寒假期间，她去补习班上课，陈玉兰回家照看母亲，把母亲推到小院里晒太阳，二舅妈和她儿子在旁边打羽毛球，陈玉兰嘱托他们看着点儿，她上街买了春联就回。

打完球，二舅妈和儿子回屋看电视，外婆呼吸紧张，把轮椅拍得吧嗒响，但他们没听到她的呼救声。路过的邻居看到外婆耷拉着头，感觉不对劲，跑来喊出他们。

外婆就那样去世了。二舅妈振振有词，陈玉兰在家，外婆也难逃一死，这叫寿终正寝。陈玉兰痛失母亲，对二舅妈心存芥蒂，今天二舅妈跑去赵家那边给柳漾难堪，她就此跟二弟一家一刀两断。

柳漾回门那天是周五，她让赵东南自己回家住，她想趁周末跟她妈住上两天。陈玉兰嗔怪："哪有结婚了还这么黏妈的？"

"就黏你和东哥。"柳漾撒撒娇，赵东南很顺从地告辞了，两人即将出发去北欧五国度蜜月，一走十来天，他明白柳漾担心她妈和柳志华趁机复婚，想敲打敲打。

陈玉兰择着菜，一边主动汇报，冯鹃不肯离婚，但装傻只能装得了一时，柳志华定了计划，等柳俊杰放暑假，他就搬出来，让孩子有个心理缓冲期。

柳漾又急躁了，陈玉兰哄了她几句，没哄好，便打开一个视频让她看。扇冯鹃耳光之前，她特地让她大弟弟录下来："你别怕我以后还会受她的气。"

陈玉兰很少跟人争执，但视频里那一耳光打得坚决，柳漾心软了："妈，一个泼妇，他都能跟她过十几年，他也高明不到哪里去。他后悔就让他后悔，复婚不值得。"

"值不值得我都想明白了。"陈玉兰转移话题,"北欧五国,是哪几个国家?"

柳漾仍想再掰扯,但陈玉兰摆明了不听劝,她跺脚走人,回急诊中心帮忙。陈玉兰如此顽固,她烦透了。

北欧蜜月游如期成行,沐浴在美景里,柳漾心情转好。张玢发来几张护肤品图片,让赵东南转发给柳漾,帮表妹代购。柳漾拿着赵东南的手机看图片,无意往前一翻,看到张玢说:"环境好,心情好,适合怀孕。"

还好,赵东南没让柳漾失望,回复的是:"我都跟你说了,这两年想跟漾漾过二人世界。"

张玢不死心:"你二十九岁了,再过两年就三十一岁了。"

赵东南说:"妈,别老纠缠这件事,我和漾漾有我们自己的打算。"

度完蜜月归来,柳漾本想回娘家吃饭,但一想碰面又得争执,她趁陈玉兰上班时间,把礼物放在餐桌上就去上班,没跟她妈碰面。

急诊中心后半夜要么不太忙,医护人员见缝插针打个盹儿,一忙必然是送进了急重症患者。不忙的时候,柳漾就去借医生们的病程记录学习,为申请主管护师做准备。办完婚礼,她完成了一件人生大事,该收心去做更多事了。

ZHONG
GUO
JIE **05**

阿豹介绍的活儿完工,钱都到账了,下班后,秦飞约蒋馨月吃饭。蒋馨月的摄影机构还在装修,这大半个月他们经常见面。

约会的花园式餐厅在蒋馨月新店旁边,能看到黄鹤楼。傍晚时下了小雨,庭院里绿意葱茏,两人散散步,谈谈天,各自回家。蒋馨月的朋友圈背景图片是凡·高作品《星空下的咖啡馆》,秦飞路过商场买了一幅拼图,想在她开业那天送给她。

柳志华还没放工,冯鹃独自在摊上忙碌,秦飞帮把手。柳漾结婚那天,他揍完她大舅二舅就撤了，满以为柳志华晚上会教训他，那他就借机翻脸，但柳志华只当没发生过这件事，跟冯鹃相互说些家长里短，收摊回家。

秦飞师出无名，好不闷气，特地最后一个去洗澡，出来那两人都睡了，他支起耳朵，很快听到他妈打起了呼噜。

第二天，冯鹃淡淡地说："我被那两个王八蛋打得缝了七针，你听了气不过，所以跑去替我报仇，他敢有话说？"

秦飞说："我打了人，还教训他了，当场撕破脸了，你跟他没必要再过，我收拾收拾，把他的铺盖扔出去。"

说归说，他自己也知道是气话，这套房子柳志华掏了钱，他没有，只有被柳志华赶出去的份。

这大半个月以来，一家人黑不提白不提把日子搪塞下来了。冯鹃嗅一嗅，秦飞身上沾了香水气味："谈朋友了？"

"没有。"

"哪天带回来给我看看，提前说，我把家里收拾一下。"

"八字还没一撇。"

"多大了，哪个单位的？照片给我看下。"冯鹃还想问，秦飞打断她："你和老柳的事还没解决，有心思管我？"

冯鹃要笑不笑地说："问你几句就不耐烦，我修养比你强。"

秦飞语塞。冯鹃又说："我不管你，你也莫管我。啤酒买少了，你去批一件回来，去批发那家买。"

等到蒋馨月新店装修一新，秦飞送出《星空下的咖啡馆》拼图。他每天入睡前拼一会儿，连柳俊杰都嘲笑他："你在追女朋友。"

秦飞说："追上了才能叫女朋友。"

拼图尺寸大，颜色也鲜明，蒋馨月很喜欢，挪下大门口logo边上的风景照，换上《星空下的咖啡馆》，它不贵，但是用了心的礼物。

员工们在室内布置着，有些亮片粘不住，秦飞说家里用面粉调成糨糊贴春联，很好使，他去小超市买了一袋面粉和上了。

每年过年，冯鹃就用废弃的扫把当毛刷，大手一挥，蘸上糨糊涂抹春联，每每被柳志华开玩笑说她是大写意画家。秦飞保证他妈不懂何谓大写意，但画家这词她爱听，一张圆脸笑开了花。

中国结

秦飞调着糨糊，拿起一根方便筷子试黏度。蒋馨月用指腹沾了一点儿干面粉，刮他鼻子，他趁机抓住了她的手，四目相对，蒋馨月主动亲了他。

秦飞每天下班就来找蒋馨月，新店在商厦底层商铺，他定制了大尺寸的户外遮阳伞，不热的傍晚，员工和顾客就可以在外面透透气。周末时，两人去花市买植物，蒋馨月最喜欢下点儿小雨的天气，坐在伞下喝咖啡听歌。

秦飞谈恋爱写在脸上。冯鹃催道："谈了朋友要承认，我和老柳得准备彩礼钱。"

"刚谈，谈婚论嫁还早。"既已定情，秦飞大方地给冯鹃看蒋馨月的照片，"你儿子眼光怎么样？"

冯鹃夸蒋馨月洋气，继而脸色一暗，放大看她的包："真的假的？"

"真的吧。"蒋馨月开辆六七十万的车，秦飞不认为她买不起真包。冯鹃接着翻蒋馨月朋友圈照片，眉头越皱越紧："她家里是做什么的？"

"她爸做医药销售起家，代理了几种药，她妈在汉口开了几家药店，好像还投资了别的生意，我没多问。"秦飞惊奇道，"你认得她的包？"

"你妈书读得少，电视看得多，女主角背的包，绝对不便宜。"冯鹃笑说柳俊杰同学的家长也没少吹牛，每次她去开家长会，总能听到一些女的炫耀老公又买了什么什么，结婚纪念日礼物啦，生二宝的奖励啦，还拿眼睛瞟她的布袋子。柳俊杰很气愤："帆布包也好看。"

冯鹃说："别理她们，肚子里没货，才喜欢比来比去。"

她肚子里也没货，但真要比的话，大儿子名牌大学毕业，小儿子每学期都是班里前五名。

蒋馨月的家境让冯鹃有了新的心事，趁秦飞去洗澡，她跟柳志华说："你姑娘嫁个工薪家庭，她婆婆就跩得二五八万的，飞飞女朋友家里比你女婿家强多了，我压力大。"

柳志华说："他们两个感情好，女方家里就不会计较那么多，只要你好相处，女孩家就不会有太多话说。"

冯鹃不高兴了："我哪里不好相处？"

"好好好，做人敞亮，直来直往。"柳志华打个呵欠，不作声了。冯鹃说话，他没回应，睡着了。

冯鹃知道柳志华在装睡，但这些天他很平静，复婚一事就当没提过，她就睁一只眼闭一只眼过日子。

临到期末考试,柳俊杰在学校被人打了。体育课期末考试,柳俊杰五十米跑了第一,活生生把段文轩挤到了第二。段文轩家里有钱,伙同一帮人把柳俊杰按在草坪上打。

双方闹到班主任那里,冯鹃喊上柳志华去学校。段文轩嘲笑道:"柳俊杰,你爸妈都好老。"

柳俊杰回嘴:"你爸好肥,还秃头。"

两个孩子在教导主任办公室又要打。柳志华问明事情经过:"我带我儿子去做个体检。"

冯鹃领走柳俊杰,柳志华留下来和对方家长交涉,儿子被打得青一块紫一块的,他得把事情处理妥善,免得将来儿子还遭到校园暴力。有钱人家的孩子轻而易举就能聚拢一堆小狗腿,他不能再让儿子吃亏。

柳俊杰做了检查,医生开具了伤情鉴定单,看着恐怖,但没大碍。柳俊杰跳上公交车,有人给他让座,他喊冯鹃过来坐,扭头一看,他妈拉着吊环,木愣愣地掉眼泪。

秦飞回来看到柳俊杰的伤,气得团团转。柳俊杰说:"三打一,他们胜之不武。"还安慰说他没太吃亏,他穿的球鞋是秦飞买的,专业运动鞋,一脚踩上了对方的脸,对方也挂了彩。

秦飞带弟弟下楼吃饭,冯鹃担心伤口感染,只让柳俊杰吃清淡的。柳志华在给人打包,秦飞主动问:"对方家长怎么说,老师怎么说?"

柳志华说:"对方家长保证会教育孩子,赔偿医药费。老师说学校一直在整顿校园欺凌,我说我大儿子认得报社记者,还敢再犯,网上见。"

"明天开始我送杰杰上学,去放个话。"第二天,秦飞把柳俊杰送去学校,对准段文轩就是几拳,"还敢再欺负我弟,我见你一次打一次。"

平时柳志华去开家长会,总穿得很整洁,昨天临时赶去,穿的是空调品牌制服。段文轩被秦飞教训后,不敢再和柳俊杰厮打,但被他一传播,所有同学都知道柳俊杰他爸是修空调的,家里穷得叮当响。

秦飞请假接弟弟放学回家,发觉他明显蔫了,闷头闷脑不作声。秦飞把手机丢给他玩,他也提不起劲。兄弟俩回到家,正赶上柳志华找冯鹃索要身

份证:"证件还给我。"

柳志华按兵不动,冯鹃心里发毛,藏起了户口本和他的身份证:"你上班不需要证件,我替你保管。"

"你这样就没意思了。"

"你心里没鬼,就不在乎这个。"

秦飞给柳志华使个眼色,柳志华回屋开导柳俊杰。秦飞说:"证件都偷,亏你做得出来。"

冯鹃眼一瞪:"要你管。"

柳俊杰被爸爸哄好了,乖乖做作业。柳志华又接到几个报修单,出了门。冯鹃对秦飞说:"我腾不开手,你跟去看看,是不是去找那个女的商量对策了。"

秦飞觉得他妈不可理喻:"腿长在他自己身上,他要走,你藏起证件他也还是要走。"

下着雨的夜晚,生意很一般,冯鹃择着香菜,跟儿子聊别的:"小蒋知道我们家怎么个情况吗?"

秦飞说:"刚有点儿苗头我就说了,我家是组合家庭,父母之前都有一段婚姻,家里有个弟弟才十一岁。"

秦飞不卑不亢,落落大方,蒋馨月对他好感增多,她就想找个顺眼又谈得来的,对方的家境她不太在意,不给人添负担就好。当时她笑问:"你比弟弟大么多,是不是有点儿长兄如父的意思?"

秦飞心里轻松了些,虽然把家庭条件明晃晃地摆出来不浪漫,但蒋馨月家境不俗是事实,有些话他必须诚恳地说。

说出来的都是大实话,但秦飞隐瞒了一个事实:他爸秦刚在大牢里。冯鹃问:"你爸的事,你没说吧?"

秦飞对他和蒋馨月的未来并没有信心:"想说,不敢说。"

冯鹃长叹:"社会上有些歧视,你改变不了,我死都不想离婚,不光是为了我一个人,我还得替你和杰杰想一想。尤其是你,这几年肯定要结婚,一见家长,很多话你都不好说。"

秦飞不语,他想过要对蒋馨月坦白,但难以启齿。他爸秦刚当年初中毕业在家待业,恰逢一家建筑公司征了村里的地,他进去当油漆工,结交了一帮狐朋狗友，后来因为酗酒斗殴，被厂里开除。

秦刚先是在酒店当保安，但工资太少了，没少被冯鹃埋怨，继而被老乡介绍去娱乐城放码，自己也染上了赌瘾。

秦刚长年累月不着家，冯鹃和柳志华偷情，意外怀了孕，心知绝不可能瞒过秦刚，就去找柳志华商量结婚，柳志华不同意，冯鹃就一次次去找，被陈玉兰知道了。陈玉兰的两个弟弟打了冯鹃，冯鹃躲回姐姐家，不敢再露面，秦刚起了疑，摸过去一看，血气直冲头顶。

冯鹃报了警，她姐拦在她面前，警告他不能对冯鹃下手，闹出个一尸两命，就等着把牢底坐穿。秦刚不敢乱来，但柳志华让他戴了绿帽子，这可忍不下去，他酒一喝，堵上柳志华捅了刀。

柳志华被伤到肝脏，鲜血直流。秦刚跨上电动车就跑，黑灯瞎火，人一慌，撞到了一家三口，其中当爸的当场身亡。秦刚吓坏了，在朋友家里躲了两天，出门抢劫了几票，想跑路去广东，数罪并罚，被判了十二年。

一旦和蒋馨月走到见家长的阶段，蒋家父母不可能不问家庭情况。冯鹃吸了吸鼻子："换了我，我也不知道怎么说，说我亲爸撞死了人，还抢劫，在大牢里蹲着？你女朋友再喜欢你，家里也不可能同意。杰杰以后也不好办，我离一次婚，别人可能认为情有可原，离两次婚，别人怎么看我，怎么看杰杰？"

秦飞回屋辅导柳俊杰功课，柳俊杰数学只错了一道题，认认真真地改完，跑去洗澡，出来卷起背心，后背冲着秦飞："我手短，涂不到，你帮我涂。"

秦飞给弟弟涂完药，茫然地看着雨水从窗上滑落，像破碎的眼泪，冯鹃的顾虑，何尝不是他的顾虑。

蒋馨月的新店开张生意好，白天拍了十来组照片，她修完几组照片，召唤男朋友："出来吃夜宵？"

秦飞拍了柳俊杰的作业簿发给她："明天行吗？"

蒋馨月又笑说长兄如父，然而没人能取代柳志华在柳俊杰心里的地位。柳志华对女人来说未必是好男人，但他是柳俊杰的好父亲，养家糊口、陪伴孩子成长，他称得上是模范。

语文老师布置关于插秧的作文，柳俊杰说没见过那景象，柳志华带他去

看,顺路买些鱼虾回来,到家就是一桌好菜。别人笑话柳俊杰,说他爸爸是个修空调的,柳俊杰说:"我爸不止会修空调,还会修电灯,修汽车,修下水道,他什么都会。"

柳俊杰后背的伤太疼了,只能趴着睡。秦飞开了空调,关上门。他走到阳台给柳志华打电话:"离婚的事,你能再想想吗?杰杰很可怜。"

柳志华沉默一瞬:"我对不起他,也对不起你妈。"

雨水让植物的气息更加宜人,秦飞出门去找蒋馨月。蒋馨月爱吃甜食,他带她去大学附近的西餐厅,那里的红丝绒蛋糕很美味。

喝着果汁,吃着蛋糕,蒋馨月看出秦飞有心事:"不如去喝酒?我知道有家烧烤店特别好吃。"

秦飞张了几次嘴,仍没办法对女朋友说出家事。但蒋馨月一再追问,他把故事套在大学时的上铺兄弟身上了,他说有这么一个朋友,父母是小商贩,赚个温饱钱,他是父母避孕失败的产物,上头还有个快四十岁还在打光棍的哥。有天这男人谈恋爱了,但女朋友家里很反对,不愿意独生女儿嫁给这种人家,拉低生活品质。

秦飞说的是十几年后的柳俊杰:"我上铺跟那女孩分了手,这几天找我借酒消愁,你怎么看?"

蒋馨月问:"他女朋友什么态度?"

秦飞回答:"拗不过家里,妥协了。"

蒋馨月叹息:"父母都六十多了,还有个没结婚的哥,女孩家里反对很正常,有点儿可惜。"

秦飞不语。蒋馨月靠在他肩头:"你是不是有点儿兔死狐悲?别担心,我爸妈很开明,只要我喜欢,他们就同意。"

落地窗外,夜雨滂沱,秦飞张了张嘴,仍然说不出他爸在蹲大牢的事实。从蒋馨月家小区出来,他路过617医院,雨幕中,夜灯闪烁,模糊遥远,他心念一动,想去找柳漾。

秦刚抢劫入狱时,秦飞在念初中,抢劫犯儿子的身份压得他喘不过气来,冯鹃想让他跟柳志华姓,他不服软:"我爸再不好,柳志华也是个第三者,别想让我认贼作父。"

柳志华没多说，初三下学期，他把秦飞从网吧里拎出来："要么被你同学说中了，将来也是个进大牢的货，要么给你老子争点儿气，以后不靠我养活。"

秦飞憋着一口气，中考后的暑假，他去工地上搬沙包，搬了一个多月，累瘫在地上。有天晚上他看到了萤火虫，它们围着一堆牛屎飞。他好像就是从那天开始想明白了，从十六岁就过这样的生活，不甘心。要发光，也得飞远点儿。

对冯鹃而言，柳志华是各方面都比前夫好的男人，但对陈玉兰，柳志华是背叛者。秦飞想起第一次和柳漾见面那天，她头戴小皇冠，激烈地反对她妈和她爸来往，兴许这次能和她成为同盟者。

第二章

越是亲密关系

越要讲究边界感

不能予取予求

中国结

ZHONG
GUO
JIE 01

　　秦飞走进617医院，他不知道柳漾是不是当班，但他想为弟弟努力一回。只要陈玉兰拒绝复婚，柳志华就还会把日子再糊弄下去。
　　雨夜的急诊中心忙得要命，挤挤攘攘都是人，有醉鬼喝多了呕吐，大厅气味难闻，还有人追尾受伤，楼道里连交警都站了几拨。
　　617医院是老医院，新的门诊大楼才奠基，急诊中心在老楼里，拥挤得如同大卖场。治疗室连帘子都没有，几十个男女老少病人和家属们挤成一团，护工接大小便也不避着人，生了病来这儿，最多只能维持生命，却不能维持尊严。
　　走廊里有很多加床，因为没有床头柜，仪器直接放在地上，接线缠成乱麻，不时有家属端着便盆或尿垫经过。秦飞穿过嘈杂的人群，找到柳漾。
　　一个婆婆赤着脚坐在病床上，柳漾席地而坐，把婆婆的右脚捧在手心，寻找她的静脉血管。秦飞站在门边，听到柳漾说："婆婆，你长了三个灰指甲，要早点儿治啊。"
　　柳漾为婆婆完成静脉穿刺，病人家属伸手把她扶起来，她洗手消毒，交代注意事项，然后小跑去给人拔针，再飞奔去拿血，一边打电话通知值班医生下输血医嘱，核对输血信息，好不容易输上血，心电监护一个接一个报警了。
　　秦飞亦步亦趋，瞄到柳漾喘口气的机会："你几点下班？我有事想找你谈。"
　　柳漾认出他，没好气："明天早上。"

时间已过深夜11点，秦飞犹豫一下："我等你稍微空一点儿吧。"

"今天空不下来。"柳漾大致明白秦飞来做什么，无非是把柳志华扔出来，不好意思，她是不会接烫手山芋的。

下雨天事故多，柳漾忙个不停，秦飞阴魂不散地跟着她，若不是担心被人误会他是病人家属，柳漾烦得只想脱了这身衣服，一拳轰上让他滚蛋。

救护车又送来一人，是个高中生，他借朋友摩托车骑，没戴头盔，侧翻后脑袋撞到马路牙子，昏迷不醒，路人报了警。家属联系不上，但高中生耳朵里有少量血性液体，颅脑损伤引起的颅底骨折会伴有这种耳漏，情况很危险。科室副主任王伟明给他先办暂欠，开通绿色通道，进行生命体征测量。

高中生进了手术室，柳漾摘下口罩透气，秦飞总算逮到谈话机会了，递过一瓶饮料："就耽误你五分钟时间。"

柳漾不接饮料，这人的妈在她结婚当天跑来砸场子，她记仇："直接说事。"

秦飞说："我弟弟还小，我希望老柳能留在这边。"

柳漾心生意外，面上却不动声色："那是你们的事。"

"你多劝劝你妈。你妈打消念头，老柳肯定就算了。"秦飞还没说完，柳漾一个箭步跑了，他扭头一看，担架车推来一个孕妇，她疼得涕泪交加，要求无痛分娩，但丈夫和公婆吵吵嚷嚷，坚持认为应该顺产。

孕妇疼晕过去了，婆婆说麻醉会留下后遗症，一定要让孕妇顺产。柳漾发了火，让他们尊重产妇本人意见。

孕妇的丈夫对柳漾推推搡搡骂骂咧咧，柳漾也推推搡搡骂骂咧咧，婆婆指着她鼻子痛骂，宣称要投诉她，柳漾让她请便。秦飞把婆婆拽到一旁说："人家护士宁可你投诉，也要救你儿媳妇，你儿媳妇可能比较危险，先把孩子弄出来再说。"

婆婆怒道："你是哪位啊？"

秦飞说："我是网站记者，要不要我现场做个采访，马上发到网上去，看看社会舆论怎么说你。"

婆婆恨恨地甩开他的手，追上担架车。孕妇被送进手术室。高中生手术还没做完，他父母都来了，柳漾带他们办理手续，秦飞跟上，柳漾语速飞快，先告知情况不容乐观，再安抚他们："主刀医生是我们医院神外一把刀。"

秦飞有点儿意外,柳漾语气很温柔,好像之前跟孕妇家属吵嚷的人不是她。柳漾看到他,也有点儿意外,"哼"了一声:"你还没走?"

秦飞说:"我特地来找你,是认真跟你商量事情。"

柳漾冷笑:"你出现就没好事,先跟我道歉。"

秦飞愣了:"道什么歉?"

柳漾跑来跑去,喝口水都咕嘟咕嘟急急忙忙,见缝插针跟秦飞说上一两句,秦飞才晓得她结婚那天,自己给她惹了麻烦。他揍了她二舅,她二舅妈扭头就去她婆家那边闹场。柳漾说:"你要打就打柳志华,打我妈那边的亲戚干吗?"

"我替我妈报仇。"秦飞说出原因,柳漾一愣,她两个舅舅打得冯鹃差点儿小产,这件事她闻所未闻。

"那时候我们都还小,大人不会跟我们说。我去揍那两人,没想到会连累你,我道歉。"秦飞话说得诚恳,但柳漾没听完又跑了。路人冲进来求救,马路对面有人晕倒,她和宋青等同事拖着平车就冲出去。

她们都顾不上打伞,秦飞抓过自己的伞追上去。柳志华在家跟冯鹃闲谈时,他听到过几句,大意是担心女儿在婆家吃苦头,婆婆是个眼高于顶的小市民,看不上她。他方才听到柳漾说二舅妈去闹场,心头一咯噔,那位婆婆一定对柳漾有意见。搁往常他未必能想到这些,但是如今他和蒋馨月谈恋爱,他能明白柳漾的处境。

雨下得大,昏迷者是个出租车司机,行驶途中突发心血管疾病,栽倒在方向盘上。乘客跳车自救,路人帮忙控制住了车辆。

事发地就在617医院附近,柳漾等人赶到,司机已经没了呼吸和心跳。护士们推着司机往医院跑,医生为他做心肺复苏,秦飞一路为他撑着伞,一起跑回医院里。

医生在奔跑中听诊器滑落,秦飞弯腰拾起,追上医生。斜刺里忽然跳出一名男子,举刀划来,说时迟那时快,柳漾迅速拨开面前的秦飞。

地上有雨水,两人一起摔倒在地,医生也被绊倒了。柳漾坐起来,按住了左胳膊——男子的三棱刀刮伤了她。男子发狂,挺身再刺向医生,保安和众人都反应过来,七手八脚按住他,目睹这一幕的人纷纷报了警。

柳漾的胳膊渗出血。秦飞扶起她,问:"什么情况?"

柳漾身经百战："要么是精神病人，要么是家属。"

秦飞扶着她落座："谢谢，对不起。"

沈维跑来帮柳漾处理伤口，男子那一刀很重，柳漾胳膊上的肉都翻出来了，上药时她疼得拧眉。秦飞说："真对不起，我请你吃饭吧。"

柳漾疼得烦心："你把老柳拦住，我就谢谢你啦。"

伤口包扎完毕，有人按铃要拔针，柳漾风风火火又跑了。秦飞才知道在急诊中心就不可能有正经谈事的时间，他挤到柳漾跟前说："我们的目标一致，今天多亏你帮我，先不打扰你了，改天再答谢你。"

秦飞离去。沈维和宋青都问柳漾："他谁啊，怎么回事？"

柳漾被问住了。秦飞是为柳俊杰而来，他说柳俊杰是他弟弟，她突然意识到，那个小孩子也是她弟弟。她笑了一下："柳志华的熟人。"

秦飞天天和柳志华生活在一个屋檐下，可不是熟人吗？病人的呼吸机报警响起，柳漾投入到新一轮救护中。

行凶男子被警察带走。两天前，他儿子突发急病，刚送到急诊中心，患儿心跳就停止了，医生和护士依然按照相应的流程抢救，做好每一步抢救程序，但患儿最终没能救活。

孩子才两岁半，男子迁怒了医生，医生被他捅到腹部，幸好无大碍。后半夜，患有心血管病的出租车司机经全力抢救，恢复了自主呼吸，转入重症监护室。孕妇则平安产下男婴。骑摩托车的高中生颅内血肿清除，但还没脱离危险，也将在ICU观察三天以上。

清晨时分，雨停了，柳漾下班，吃早餐时，她才有空想想秦飞说的话。一个月前，这人还巴不得把柳志华往外推，现在居然改变了主意。一定是柳志华去意坚决，才使得秦飞拉下脸来和她合谋，可惜她没办法，陈玉兰铁了心要复婚。

寄望于冯鹃拦住柳志华，看来是落空了。柳漾想得头疼，伤口也在疼，吞了一颗止痛药。但细想秦飞言之有理，只要陈玉兰反悔，他确实还能继续跟冯鹃过日子，毕竟柳俊杰还小。

秦飞几乎没睡着，柳俊杰早起上学，他跟着起来："这段时间我送你上学放学。"在校门口，秦飞又揍了段文轩几拳，"你打我弟，我打你，你笑

话我弟,我还打你。"

打完人,秦飞去上班。他读初中时,有人肯帮他打几架就好了。下午冯鹃找他:"你爸去接杰杰了,你好好上班。"

秦飞下班回来,冯鹃说柳志华在跟柳俊杰谈心,段文轩被连打两次,不服气,给同学发了红包,还说每天发一个,于是班里的男生女生集体孤立柳俊杰。

原本每天放学一起回家的几个同学都不理柳俊杰了,只有住隔壁小区的徐启航仍和柳俊杰说话,在这之前,他并不是柳俊杰最要好的朋友。

徐启航说:"明明是段文轩不对,他发红包说明他心虚,我才不会被他收买。"

柳俊杰借徐启航的手机给冯鹃发信息:"我是杰杰,别让哥哥来接我了。"

柳志华去了柳俊杰学校,在对面街上看到他和徐启航上了公交车,暗暗跟了回来。柳俊杰带徐启航去批发站,请他吃冰棍,徐启航道别回家,柳俊杰低着头,闷闷不乐,柳志华喊住他。

回到家中,柳俊杰说:"启航还和我做朋友,我很高兴,可是连晨宁都被段文轩拉拢走了,我很失望。"

柳志华告诉他:"人不需要太多朋友。等你长大了就明白,大多数人都只是熟人,爸爸活到五十岁,也只交到两三个朋友。"

柳俊杰问:"这么少?"

柳志华说:"不少了。真朋友是很珍贵的,既然珍贵,那就不可能太多,物以稀为贵,对吧?"

他们关着门,在里屋吹空调,秦飞在门边站了片刻。秦刚入狱,他也几乎被所有同学孤立,还被人霸凌过,但那时他能跟谁说?他妈怀着孕,满脑子都在想怎么跟柳志华结婚。他后来跟初三年级的几个混混玩到一起,因为那几个人在他被人打的时候,为他打抱不平过。

班里有几人仍愿意和秦飞说几句话,他没有珍惜,他仇恨整个班级整个世界。当时若有人告诉他这些,或许他有和他们做朋友的机会。数年相处下来,会是一生的朋友吧。他不知多羡慕那些有发小的人。

柳志华开导了半天,拧开门出来。秦飞劈头一句:"我去找过柳漾。"

柳志华吃惊。秦飞又说:"你给个面子,我是真有话跟你说。"

在摊上吃完饭，柳志华和秦飞各自找了工作借口撤了。柳志华把秦飞的车开到长江大桥边上："上去走走？"

　　秦飞望过去，桥上车水马龙，两侧人行道上散步的人很多，他走过去。既然是他有事相求，态度得友好些。

　　傍晚下过雨，晚风凉爽，江边夜灯绚烂，两人一前一后地走着，柳志华像跟寻常朋友谈天似的，忆起旧事。他十几岁的时候，还生活在老家团风县，每每有熟人来武汉出差或走亲戚，都会被人问是否在大桥上拍过照。

　　团风始于唐代，是个历史悠久的小地方，它地理位置奇特，万里长江至此一分为三，左江、右江与中江将两个大沙洲紧紧环抱，常有船只泊在此处避风，故名"团风"。柳志华说："我这一辈小时候听过很多关于大桥的传说，来武汉到大桥上走一遍，看看长江，就像个仪式一样。你是土生土长的本地人，可能感受不到。"

　　武汉长江大桥有"万里长江第一桥"之称，一九五七年竣工通车，被世界视为伟大工程。秦飞知道大多数本地人对大桥的感情比对黄鹤楼深，但柳志华说长江大桥和黄鹤楼在他心里是一体的。

　　当年，团风到武汉坐长途汽车也就两个小时，但柳志华却是当兵入伍时才第一次路过。那年他十九岁，和战友们坐车赴湖南常德当兵，途经长江大桥，全车人都赞叹大桥雄伟，赞叹黄鹤楼比电视上看到的气派。

　　秦飞张望黄鹤楼，看不出所以然，从小到大，他已熟视无睹。柳志华问："你上去过没有？"

　　秦飞说："看到就行了，一般外地游客才会上去吧。"

　　柳志华当兵时路过大桥是夜晚，衬着明月，黄鹤楼很好看。多年后他和冯鹃上去过，没多大意思，但是到了晚上，它又有意思了，而且越是秋风萧瑟，越是寒雨夜里，它就越有看头，他一直不知道为什么。

　　有次柳志华跟战友聚会，一个战友说江水日夜奔流不息，吵得黄鹤楼不得安生，夜深人静时，你悄然走过，就能听到它的叹气声。

　　秦飞笑了起来："这个说法有点儿意思。"

　　柳志华趴在栏杆上看长江："所有战友里边，乐世华最爱说笑，我只当他开玩笑，有天下了雪，晚上从江边经过，突然想起他说的这话，一下子就懂了。"

冯鹃只读到高一，论学历比初中就辍学的柳志华强，但她不止一次说柳志华爱看书，有文化，秦飞不以为然，他回头去看黄鹤楼，看不出名堂。柳志华又说："飞飞，要是我每天都在家叹气，你也不爱听吧。"

黄鹤楼在叹气，有了人味，你觉得亲近，因为那是你的心声，你和黄鹤楼互相明白。秦飞听懂了继父七弯八扭的表达，俯瞰脚下湍急的长江。江涛很吵，黄鹤楼被吵了一千多年，很可怜，他妈就不可怜了？他心头火起："你跟我妈过了十几年，她凡事都迁就你，哪次吵架不是她先算了？"

柳志华对他推心置腹："我老家把外出务工称为讨活路，我十几岁出来到现在，才勉强混口饭吃，要是能多赚点儿钱，对你妈，对你，对杰杰都能有个交代。飞飞，我不想不负责任，可惜只有这点儿能力，泥菩萨过江，自身难保，跟你妈在一起这些年，我尽力了。"

但也到此为止了。他把话说到这份上，秦飞没办法再逼他，只能问："十几年都过来了，为什么突然下定了决心？"

柳志华苦笑了一下，迎着黄鹤楼慢慢向前走："武汉发展得很快，我在你这个年龄，江边不如现在繁华，拆拆建建几十年，黄鹤楼也修修补补几十年，可能会在江边站一千年，我活不了那么长，但是它走不了。"

黄鹤楼最早兴建于永泰年间，兵火频繁，它屡建屡毁，屡毁屡建，现在这座是一九八一年重建的，长江大桥引桥时占了它的旧址，它早已不是诗人吟唱的那个黄鹤楼了，但秦飞听得懂柳志华的意思，他想走，他在求饶。

秦飞恨从心起，但无可奈何。若这人不是他弟弟的爸，他根本懒得多说。一个男人管不住自己，勉勉强强跟外遇结了婚，熬了十几年，不想再熬下去，这是人之常情，可怜可悲的人之常情。他咬着牙说："我看柳漾的态度，她反对你和她妈复婚。"

"她有她的小家庭了，我和她妈保证不给她增添负担。"

"我妈死也不答应的话，你怎么办？我警告你，不能闹大，不要影响到杰杰。"

"我计划好了，等杰杰放暑假再和你妈分开。飞飞，我老了，你妈也老了，以后你是一家之主，你多开导开导他们。我负不了责，也做不到面面俱到了。"

这人口口声声不负责任，无耻又坦荡。秦飞怒火又起，揪起他的衣领，柳志华不闪不避，好像被打上几拳，让秦飞出出气也好。

这负心汉被两边夹击，被禁锢，被无形绑缚，最近都瘦得脱相了。秦飞松开手，哪怕是在帮他妈，帮他弟弟，对一个负心汉苦苦哀求，也挺丢脸。柳志华往前走，他往回走，开车走人，后视镜里，黄鹤楼越来越远。

经过617医院，秦飞再次去找柳漾。柳漾拉了他一把，自己负了伤，他承她的人情。但柳漾轮休，秦飞没能见着她，不过以病人的家属身份，他很容易就问到柳漾的上班时间，无论如何，他得答谢她。柳志华再不是东西，柳漾其实同样是受害者，他心里明白。

02

柳漾听说秦飞专程跑去617医院，心知那边越演越烈，趁休息日，她回家继续劝她妈。陈玉兰问："你总往家里跑，你婆婆不好想吧？"

柳漾说："我管她好不好想，我不往家里跑，她照样对我有意见。"

陈玉兰说："那也不能破罐子破摔，你们在一起住，面子上还得过去。"

柳漾拉下脸："你跟柳志华复婚，才叫破罐子破摔。"

陈玉兰默不作声回厨房，灶上煨着筒子骨山药汤。柳漾被患者家属刺伤胳膊，她看着心疼，到小区边上的超市买这买那，非要给女儿补一补不可。

柳漾跟进来。陈玉兰问："东南怎么说？"

柳漾不以为意："他让我请假，没必要。皮肉伤，不影响上班。我结婚休假，同事替我顶了班，这点儿小伤总不能还请假吧。"

陈玉兰问："你婆婆这两天没给你做点儿吃的？"

柳漾笑一声，张玢看到她的伤，只问："你没找那个人要医药费赔偿？"

"听说他欠了一屁股债，张医生伤得重多了，也没办法。"

"你们院里也不表示表示？"

"应该会发点儿抚恤费吧。"

张玢关心的只有这些。赵东南不会做饭，去附近一家粤菜馆打包了汤水，还送了柳漾一双鞋给她压惊。那鞋不便宜，柳漾在商场一见钟情，想买

来当婚鞋，没舍得，赵东南要买，她硬拉着他走了，赵东南这次买了一双白色的，售货员说适合日常穿，百搭。

吃完午饭，陈玉兰催柳漾回家，柳漾偏不走，收拾着碗筷："妈，那女的跟前夫生的儿子去找过我。"

陈玉兰一怔："秦飞？"

柳漾说："跑到我们医院来了，求我劝劝你。他说他弟弟还小，爸妈离婚他很可怜，大概是怕他有心理阴影吧。"

陈玉兰把碗筷都放进水池里，自来水冲刷着油渍，她看了一阵，垂下眼皮："那伢是你爸跟别人生的，我不可能为了他，就不考虑自己，一般人也做不到那么伟大。冯鹃既然选择生他，就要为他负责。"

柳漾问："柳志华是他爸，他连他儿子都不肯负责到底，你凭什么觉得他回来了，就能对那边不闻不问，只对你负责？"

陈玉兰洗着碗，头也不抬："我已经看开了。那伢想他爸，想来看看就来看看，我也不是不通情达理。"

陈玉兰固执己见，对复婚志在必得，柳漾很无力："妈……"

陈玉兰语气很郑重："要是以前，我让你爸看在你的分上不离婚，只要他拿钱回来，我就对他在外面睁一只眼闭一只眼，等你长大了，一样要怪我想不开。漾漾，我今天就跟你交个底，我是想不开。左右都是想不开，我就选个让我心里好受点儿的，我就是想让你爸回来。"

柳漾急眼："柳志华年轻时没良心，让你过得不容易，现在玩不动了，才跑回来找你，妈，你不能鬼迷心窍！"

陈玉兰说："漾漾，我以前以为，离婚了，就各走各的路，但我做不到，你爸也做不到，所以才做出这个决定。就算你觉得我错了，我也愿赌服输。我和你爸商量好了，是好是歹都是我跟他的事，绝不给你惹麻烦。"

柳漾做最后一搏："老柳为那种女的就离开你，伤你的心，现在他跟那边离婚有阻力，可能闹个没完没了，你保证你不会再怄气伤心？"

陈玉兰沉默以对，柳漾以为她动摇了，脸上一喜，但陈玉兰开口说的却是："你要是儿子，他那时候可能没那么容易离婚吧。"

柳志华和冯鹃生的是儿子，也许这就是他义无反顾离婚，陈玉兰也放手成全的缘故。柳漾遭受当头一棒，心瞬间就冷了。这一刻，可怜人不是柳俊杰，而是她自己。她一再劝阻，不仅没劝服陈玉兰，反而自取其辱。

小时候的暑假，柳漾常常去货运部帮陈玉兰做点儿零碎杂活，陈玉兰怕她闪了腰，不让她扛东西，那时就说过："你又不是儿子，搬不动。"

她以为她妈随口一说，但柳志华出轨离婚，她妈怪上了自己，也怪上了女儿，她没精打采地拎着包走了。

陈玉兰没有挽留女儿。柳漾回家，在书房里看书备考，努力把糟心事都抛在脑后。直到楼下响起动静，她才发觉没做饭，再一看，手机没电，自动关机了，这只手机用了三年多，越来越不好用，她想等刀伤抚恤金发放了，添点儿钱买个新款。

张玢进门喊："漾漾，漾漾？"

柳漾正蹲在地上找插线板充电，还没来得及应答，就听到张玢跟赵捷成发牢骚："结了婚心还是野的，一下午找不到人！"

柳漾竖起耳朵听，张玢语气很不耐烦，让赵捷成跟儿子谈谈，儿媳妇上班忙，下班还跑得没个人影，还不肯生孩子，家里是娶媳妇，不是供菩萨。赵捷成埋怨她对柳漾太苛责，她在备考，可能在图书馆看书，张玢就更来气了："她就读了个水货大专，评上职称也多不了几个钱。"

赵捷成说："不是钱的问题，年轻人上进是好事，晋升总要一步步来。"

张玢说："晚上东南回来我就跟他说，他马上三十了，他同学的伢都上幼儿园了，他不能什么事都听漾漾的。你也帮着劝一下，生伢跟考试同时进行，她一边坐月子一边学习，伢生了，职称也考了，我们再帮着挖点儿路子，把她调到不大忙的科室。"

柳漾暗笑，赵家父母是普通人，有这能耐就好了，不过是哄她早点儿生孩子的口头承诺，作不了数。

赵捷成不快："儿媳妇生伢这种事，我怎么跟她说？"

张玢往楼上走了，柳漾趴在书桌上装睡，果然，张玢拧开卧室的门，没看到她，转而推开书房的门。

张玢连着喊了好几声，柳漾才揉着眼睛"醒转"，惺忪着声音："妈？"

张玢说："给你发了几条信息都没回，还以为你在外面。"

柳漾按开手机："哎呀，没电了。"

张玢下楼："菜准备好了没有？"

柳漾假客气了一下："我来洗吧。"

张玢看她手臂一眼："伤没好，歇着，陪你爸看看新闻。"

赵捷成最近在追看一部抗战剧，柳漾陪他边看边闲聊，赵捷成只和她讨论几句剧情，不说别的。

夜里，赵东南洗完澡出来，柳漾为他按摩肩颈，故意问："以后我生个姑娘，你妈摆脸怎么办？"

"她没这么封建吧，儿子姑娘都一样。"

"那可不好说。可能表面不说什么，背地里使劲催你让我生二胎，还必须是儿子。"

赵东南笑："儿子还是姑娘，又不是你一个人说了算，她怪不到你头上。她怪你，我就翻脸。"

连亲妈都嫌自己不是儿子呢，柳漾心一疼，脸上现出愁色。赵东南以为她在为以后发愁，打开网上银行给她看余额，他最近又攒了点儿钱。

赵东南待的区电信公司说出去算是好单位，但工资奖金平平无奇，年终奖也就几千块钱，老员工们都说十几年前这个数，如今还这个数。连着几年都有同事跳槽去了民营企业，薪水和年终奖都比电信公司高，但几乎全年无休，平日也很少能按时下班。赵东南想过辞职，但一家不能两人都忙，柳漾黑白颠倒，他最好稳定点儿。

赵东南不抽烟不喝酒，对穿戴也不讲究，没有很花钱的个人爱好，就爱看点儿商业大片，打打网游，平时花销不大。他和柳漾的存款和彩礼嫁妆凑在一起，本小区的普通三居室能付三成首付了，但父母在徐东片区的那个"老破小"在赵东南名下，再买就是第二套了，得凑够五成首付。柳漾考虑到还有后续房贷之类的问题："我们再存存钱。"

星期六，秦飞睡懒觉，柳俊杰抓着书包去了客厅。家里没有单独的书房，餐桌就是柳俊杰的书桌。柳志华给柳俊杰辅导功课，冯鹃催他出门工作，秦飞半睡半醒，听到柳志华说："杰杰月底就期末考试了，我帮他突击一下。飞飞谈朋友了，不能老把飞飞关在家里。"

秦飞洗漱完毕，一根筷子戳起盘子里的糯米鸡吃。冯鹃用吸管戳开豆浆递给他："老柳想买牛肉面，怕你半天不起来，面都坨了。"

冯鹃又是早上4点多起床，秦飞赶她去补觉："老柳今天都在家吧？中午我和老柳做饭，不用你操心，你睡到下午饿了再起来吃。"

柳俊杰的作文题目是"记一件让我感动的事"，他想写徐启航，但不知从何着手。柳志华点拨他："可以从他是个怎样的人写起，写写他的外貌特征、兴趣爱好……"

秦飞去找蒋馨月，每到周末，她的店里就很忙，有时一天要接待几十家拍摄亲子照片的人。有个小女孩刚满周岁，粉嘟嘟的极其可爱，她有点儿害怕镜头，秦飞逗得她咯咯笑，蒋馨月连连抓拍，有几张秦飞和小女孩的合照她特别喜欢，小女孩的父母也满意，同意她放大做成海报。

秦飞客串了打光师，还买来下午茶犒劳蒋馨月和同事。蒋馨月揽住他脖子说："这么会哄孩子，干脆每个周末都来，给你兼职费哦。"

秦飞亲她："不拿提成，每个周末就不能来吗？"

蒋馨月说："男朋友也不能随意使唤吧。"

秦飞怎么可能要女朋友发奖金："能啊，不然怎么能叫男朋友。"

蒋馨月认真跟他掰扯，越是亲密关系，越要讲究边界感，恋人也好，亲人也罢，都不能予取予求。秦飞一怔，他想也许自己对冯鹃就失去边界感了，冯鹃和柳志华的婚姻在他看来再闹心，那也是他们之间的事，他只是儿子，不是当事人。

"不用给我兼职费，你单独开个户头，算以后我俩的旅游经费。"秦飞和蒋馨月达成共识，夜里回自家摊位，冯鹃一个人在忙碌，柳志华给柳俊杰辅导了一整个白天的功课，又接单去了。

秦飞帮冯鹃干活，慢慢把话头扯到黄鹤楼上，冯鹃主动说："我和老柳上去过。"

冯鹃和柳志华是二婚，没办婚礼，两人扯证时，冯鹃肚子已经很大了，生下柳俊杰快三个月，她肚子才缩回去一些，拉着柳志华去拍照。

冯鹃和秦刚结婚时还不流行穿婚纱，这次她想拍，但去店里一问，太贵了，划不来。柳志华找同事借相机，带她走遍武汉三镇名胜古迹，拍了很多照片。

到了黄鹤楼，冯鹃来了兴致："我们武汉最出名的景点，我一天看它好几遍，从没上去过。"

登上黄鹤楼，冯鹃高兴得吟上了诗："黄鹤一去不复返，白云千载空悠悠。"

黄鹤楼上有电梯，往来游客有人抱怨是败笔，跟古老建筑不配套，不伦不类的。冯鹃插句嘴："为残疾人和行动不便的人提供了方便，我觉得蛮好的。"

柳志华对这句话记忆犹新，前几天，在长江大桥上，他跟秦飞说："你妈说，她年轻时候开公汽，每次看到残疾人上下车，她都很紧张，还有孕妇啊，拄拐杖的，推婴儿车的，摔着磕着就麻烦了，后来无障碍公汽投入使用，她特别高兴。"

柳志华是恋旧的人，他记得战友聚会时开过的玩笑，也记得冯鹃说过的话，他说："你妈那人，外表是粗了点儿，心好，我是亏欠她。"

秦飞赌气道："知道亏欠她，还离婚做什么。"

柳志华说："人都自私，不想亏欠她，更不想亏欠自己。"

大桥长谈那天，秦飞问出整件事的来龙去脉。开始是已婚男女偷情不假，冯鹃怀孕三个多月才告诉柳志华，柳志华让她去引产，她不同意，直接跑去找陈玉兰。

陈玉兰的两个弟弟打得冯鹃差点儿小产，继而是秦刚对柳志华捅了刀，出轨的男女都付出了代价。

偷情是欢愉，结婚是另一回事。柳志华忏悔，陈玉兰伤心，但愿意再给他机会。然而随后秦刚抢劫被抓，冯鹃肚中孩子月份更大，她又是高龄孕妇，流产有风险。

柳志华离婚再娶，是形势所迫。这十几年来，他和冯鹃大体上相安无事，但不那么心甘情愿结的婚，总有天会爆发。柳志华不肯说爆发的缘由，但凡事就怕比较，柳漾的婚事让他频频和前妻走动，旧梦重温，何尝不能成为理由？

秦飞自嘲地想，柳志华连十九岁时黄鹤楼外那一轮明月都记得，何况是年轻时的发妻。自己对柳志华的去留想法都能推翻，柳志华为何不能推翻一段半推半就的婚姻？没别的，他就是后悔了，后悔得形销骨立的，冯鹃每天都强迫他多喝点儿排骨汤，他仍一天天现出了疲态。

03

周日，柳漾上大夜班，秦飞买了一部新手机去找她。上次见面，他看到柳漾用的是老款，尽管套了手机壳，但没少被摔过，屏幕和边角处伤痕累累。

急诊中心随时有各种突发状况，混乱吵闹。一个老人被儿子背来医院，儿子说父亲可能是低血糖昏迷，柳漾摸了一下，还有脉搏，沈维和她合作测血糖，扎留置针，推高糖，再跑去接上心电监测，协助医生接待另一个患者。

患者才十六岁，被亲叔叔强奸，她爸揍了她叔叔，她叔叔跪在地上磕头认错，赔了两万块钱。女孩的妈妈和爸爸大吵，认为钱要少了，修复处女膜肯定不止两万块。女孩跳楼，被她爸妈送来医院，医生抢救了一个多小时，仍没救活女孩，女孩的妈号啕大哭，指责丈夫应该把他弟弟多打几顿，多为女儿要些赔偿。

为什么不告诉女儿，不是你的错？为什么不对她说，"失贞"是个荒谬的概念？女孩的妈妈只比柳漾大十几岁，柳漾经常疑心她和这些人不是生活在同一时代。

主刀医生邵清平有个三岁多的女儿，他默默走到医院外面，扶着栏杆，难过得弯下腰，柳漾在自动售卖机买了一瓶可乐递给他。洒水车刚经过，路灯光照在地面上，像下过一场大雨，分外凄凉。

每次遇到这样的事，柳漾和同事们都很无奈，不是不想帮，是帮不上，也是帮不过来。刚参加工作的时候，她耳闻目睹，经常会被无能为力的感觉压迫，但让自己变得麻木，更做不到。

回到大厅，柳漾仍能听到女孩妈妈撕心裂肺的哭声。他们也不能说不爱孩子，但爱这件事是有程度的，或者说是有前提的。如果是陌生人欺负女儿呢，如果是儿子被欺负了呢，如果他们是有钱家庭呢，如果文化程度和思想层面较高呢？可能结局会有所不同。

低血糖患者意识已清醒，王医生夸家属送来及时，不然可能抢救不过来。柳漾暗暗把王医生交代的要点牢记在心，多学点儿临床技能，为职称考试做准备。

秦飞进来时，大厅响彻家属的哭声，还有个爹爹在大喊大叫："明明我先来的，为什么先帮他看，都是病人，都很痛！"

急诊就诊不分先后顺序，分诊护士或医生会根据患者的病情伤情，给予优先就诊，对急重症患者更是采取刻不容缓的救治，但总有那么几个人爱骂街，甚至施以拳脚。

一个矮小的男人骑着电动车驮来孕妇，后座还坐了个四十岁出头的女人，怀里抱着婴儿。孕妇鼻青脸肿，问都不用问就知道是被家暴了，男人却对科室主任徐怡翎说是摔伤。徐怡翎瞪他："想保住孩子就说实话。"

男人这才说都怪自己没管住脾气，他借了网贷，利滚利还不上，催债的人上门警告，媳妇跟他吵架，他急怒攻心才动了手。

四十岁出头的女人是孕妇的婆婆，补充说儿媳妇半天爬不起来，下身还见了红，她担心流产，赶紧送来医院。

孕妇怀有五个月身孕，她个子很娇小，面容也很年轻。徐怡翎初步判断是肋骨骨折，男人甩自己耳光。柳漾对那婆婆说："跟我去办手续吧。"

柳漾太忙，秦飞来了半天都没跟她说上话，柳漾忽然发现他，眉头一皱，但她跟秦飞没什么可说的，径直带那婆婆去窗口缴费。

男人和母亲因为医疗费争执起来，医生说是肋骨骨折，那就是了，男人觉得不用再拍片，他听说孕妇不能拍片，也不能吃止痛药，接着怪他妈不该怂恿他们生二胎，他根本就养不起。

婆婆怀抱的婴儿已熟睡，瞪眼道："必须保住，这胎肯定是儿子！"

男人钱不够，号称去找朋友借钱，溜之大吉。婆婆忙着跟柳漾表态："我交的这部分钱，够保胎吧？"

柳漾毫不掩饰鄙夷之意："查过是儿子吗？"

"医院不让查。我找了几个生儿子的女的来看，都说看走路，看肚子，绝对是儿子。"婆婆很得意，回到治疗室，孕妇已疼晕过去了。

徐怡翎给孕妇上了胸带固定，先治肋骨的伤，婆婆反对，柳漾吼她："大人活着，肚子里的伢才可能保得住！"

一屋子病人都很看不起婆婆，她看出来了，干巴巴地找补，她说媳妇在家不上班，家里全靠儿子赚钱。沈维打断她："你儿媳妇生第一胎多大？"

"十八，怀这个才领了证。"婆婆说儿子和媳妇平时感情好得很，今天儿子是气糊涂了，还说儿子要养两个，压力大，不容易。

婆婆怀里的女婴醒了，哇哇大哭，柳漾哄着女婴，不接话茬。男人为什么打女人，理由万万千，说穿了就一点：他打得过。

婆婆给女婴热牛奶，不停地说话，柳漾没太听进去，荒谬地想，这女的袒护儿子到了不分是非对错的地步，若她也能做到这样，是不是就不会反对陈玉兰复婚，也就听不到那句当头棒喝？这几天，她没再和陈玉兰联系，只要想想那句"你要是儿子"，就很堵心。

秦飞找个空位坐下，不论那男人是第一次动手，还是若干次，就冲他网贷还不上，这就是无底洞，女人还会再遭殃。他爸秦刚染上赌瘾，冯鹃被打过几次，好在冯鹃泼辣，敢跟秦刚对打，虽然打不过，但没太吃亏。

当秦飞长大了些，母子俩齐心协力反击，秦刚不再动手，但死也不同意离婚，结婚对男人全是好处，他才不离。后来秦刚赌瘾大了，时常夜不归宿，冯鹃从不过问，秦刚不在家，她不晓得多松快。

女婴一离开柳漾怀抱，就又哭闹不休，婆婆哄了又哄，柳漾让她找个安静点儿的地方待着，自己回治疗室看孕妇。秦飞跟过去。

孕妇曹燕林醒了，病人和家属轮番教育她应该离婚，才二十一岁，难道要被人打到老吗，那太漫长也太痛苦了。

有个女病人恨铁不成钢："打成这样，不痛吗？再不离婚，哪天别被打死了！"

曹燕林躺在床上，流着泪说："总以为他会改。"

另一个女病人说："打老婆的人，赌博的人，吸毒的人，没一个能改的。你离婚才是最现实的。"

曹燕林哭道："我只有一米四六，又矮，又不好看，还生了孩子，离婚还有谁要我？"

一个男人吃海鲜吃到休克，沈维协助医生们把他救回来了。沈维喝口水，气哼哼："没人要就活不下去吗？"

曹燕林说："我十七岁就跟他在一起，没上过班，没有收入，是活不下去。"

沈维很暴躁："没收入就去上班啊，上班就有钱赚！"

曹燕林嗫嚅："我初中都没读完，找不到工作。"

沈维给吃海鲜的男病人扎抗敏针,男病人挠着痒,也劝上两句:"按摩院的盲人也能自食其力,你有脚有手,找个超市收银也能赚到钱。"

"我想过,可那点儿工资养不活我姑娘,还有我肚子里这个。"曹燕林知道众人都瞧不起她,闭上眼睛,不说话了。

柳漾给曹燕林换了一袋点滴,擦拭着她嘴角的伤。在急诊中心工作以来,她见过不少这样的女人,路人们对她们的劝告也都差不多,但说了就跟没说一样。她们总在自怨自艾命太苦,嫁错了人,曹燕林比那些人略强一点儿,因为她"想过"去找工作。

以那男人的情况,孩子跟着妈会更好,但二十一岁的单亲妈妈,仅凭收银员工资的确不够。她如何从那个家庭逃走,逃走以后怎么讨生活,都是难题。柳漾叹息,转身对上秦飞的眼睛,她没理会。

男病人爱开玩笑,问沈维他下次吃海鲜是不是旁边准备一盒开瑞坦就可以。柳漾听得扑哧一笑,脸色缓和了些,忙完手上的事,对秦飞说:"出去说吧。"

秦飞从背包里摸出新手机,递上。柳漾不接:"什么意思?"

秦飞说:"要不是你把我拉开,受伤的是我,我过意不去。"

柳漾摆出一副跟他很不熟的样子:"我只顾着把面前的人扒拉开,没看是谁。"

秦飞坚持要送:"我们两家再有仇,都放一边,你就当我是个普通病人,被你救了。我看你那手机很旧了,你用得着,再说我买都买了。"

手机挺贵,这人很诚恳,柳漾挡回去:"送你媳妇。"她知道秦飞没结婚,陈玉兰准备嫁妆时说过柳志华拿不出更多钱,可能还得为秦飞留点儿钱,秦飞是他的继子,快二十六岁了,谈了恋爱随时可能结婚。

秦飞摇头:"我女朋友刚换了手机。"

"那送你妈。"又有病人按铃了,柳漾快步走去,丢下一句话,"我不会再管我爸妈的事了,随便他们,他们想怎样就怎样,你不用再来找我。"

秦飞愣了愣:"我也是这样想的。"等柳漾忙完回治疗室,他又跟着她了,"你那伤不轻,我是真想谢谢你。"

柳漾摸出自己的手机,掂了掂:"手机我会自己买,而且我们有规定,不能收病人贵重礼物。"她点开手机相册,给秦飞看一幅很粗陋的卡通画,上面画着护士的模样，秦飞知道必然是她，旁边是孩童稚嫩的字迹："谢谢最美丽最温柔的白衣天使。"

上个月，一个小男孩调皮摔伤了，手腕骨折，今天他被妈妈带来医院，送来亲手画的卡片，柳漾拍了这张照片："这样的礼物就够了。"

秦飞呼出一口气，他可不会画画。这时救护车又送来一个患者，生产车间机器出了故障，患者左手中指末节指骨断了一半，疼得满脸血汗，柳漾跑向他。

秦飞走进治疗室，孕妇曹燕林又疼起来，不住地低哼。有个女病人给她剥个橘子吃，问她有没有父兄，被打成这样，娘家人不能不管。曹燕林说："收彩礼的时候，我爸警告李申不准欺负我，他们会为我撑腰。李申打我，开始几次我忍了，我以为别家也一样，因为我爸也打我妈，我哥也打我嫂子。有次李申打得太重，我受不了，跑回家，李申跑去要人，直接踹门，我爸骂了他两句，让他把我领回去了，我不想再回去，可我妈说，我是李家的人了。"

女病人很生气："你首先是他们的姑娘。"

曹燕林苦笑："出嫁了，好像就没有娘家了。下次再跑回去，我爸和我哥都骂我动不动就往娘家跑。那时候我和李申还没领证，我说想出去打工，赚钱把彩礼退回去，我妈说我心太窄了，气性大，还说我肯定也有做得不对的地方，我说我什么都没做，李申就无缘无故打我，只要不顺心就打我，我真的待不下去了……"

曹燕林哭了，隔了一会儿才说："我找村里人带我出去打工，结果我爸甩我巴掌，他说我跑了，李申带着人上门，三天两头要人，他们怎么办？他们都说我太自私，辛辛苦苦把我养大，我不报恩就算了，还连累家里人，太不孝顺了。"

闻者都责骂曹家人不疼女儿。曹燕林说："我再往家里跑，还没进屋，我爸就打电话让李申把我领走，我知道他们怕我赖在家里，怕对我负责任……"

曹燕林泣不成声，脸侧向一边。秦飞在她面前坐下来，握住她的手。别人都说，第一次被打的时候，她就该跑，她是逃跑过，但连娘家人都不为她出头，她还能跑去哪里，敢去哪里？

曹燕林睁开眼，问："你是谁？"

秦飞说:"家属。"

曹燕林说:"谢谢你。"

"其实,不用担心离婚找不到别人,说不定还能找到更好的。"秦飞给她看手机里的照片,"这是我妈,这是我亲爸,这是我后爸。我后爸是我妈四十多岁找的。"

曹燕林笑了笑:"你后爸年轻时肯定很帅。"

秦飞又说:"我亲爸吃喝嫖赌,我后爸在世界500强公司当工程师,工资高,还都交给我妈。"

空调品牌是大企业,秦飞倒也没说假话,而且比起秦刚,他很明白冯鹃为何对柳志华满怀留恋。

曹燕林喃喃道:"你妈运气真好。"

人没办法在蒙着头的时候做出选择和行动,她需要有人告诉她别怕,更需要得到切实的帮助。秦飞说:"我看是缘分到了,所以说,感情这个事是说不清楚的。你不要怕离婚没钱活不下去,护士一开始也不会打针,医生也不会接生,不都是学了才会的吗?"

曹燕林小声说:"我书读得少,总怕学得慢,还怕养不起姑娘和肚子里这个。"

一个女家属说:"现在月嫂吃香,收入也高,你带伢比一般人有经验吧。"

又有女人插话:"再不行就去做家政,手脚勤快点儿,打扫卫生一个小时也有几十块,一天多做几家,吃住的钱就赚出来了。"

曹燕林问:"我没学历,他们也愿意招工吗?"

"勤快肯吃苦就行!"有人说,"我家钟点工连小学都没毕业,做事麻利又干净,去年把女儿供到读大学了。"

曹燕林眼睛一亮,秦飞笑了,这个女人是可以救的。他好友阿豹的媳妇乔蓝有个远房表姐叫程惠敏的在妇联工作,阿豹和乔蓝的婚礼上,秦飞和她见过面,也许对方能帮曹燕林找到肯义务帮她解除婚姻的律师。他加了曹燕林的微信:"等我找人联系你。"

断指工人疼晕过去,医生们紧急协商如何帮他把断指钉上去,但末节血管太细,成活率不会很高。柳漾默然回到治疗室,秦飞正跟曹燕林说:"记得啊,指望男人改邪归正,不如指望自己,你能赚到钱,就不慌了。"

04

早上交班后,路过手机店,柳漾买了一部新手机。她对手机要求不高,能接打电话、上网就行。

手机没送出去,秦飞丢给冯鹃,扯谎说是客户送的。他工作时每天都跟手机打交道,冯鹃相信了,但这手机太高端,不如拿去便宜点儿卖了:"查下网上卖多少钱,我便宜个两百块卖出去。"

秦飞说:"你自己用。"

冯鹃说:"我每天吃了睡,睡了忙,利用率不高。"

秦飞退掉手机,等到工作时间,他联系阿豹媳妇的表姐程惠敏,程惠敏的第一反应是:"她想离婚吗?"

秦飞费解:"都这样还不离婚吗?"

程惠敏说:"向我们求助的大部分女人都不想离婚,而是希望我们能帮她教育她老公不打她。只要不打她,她们就能一直待在家里,洗衣服做饭生伢带伢。"

身体健康的人都有谋生的能力,但有些人太害怕到社会上参与竞争。秦飞说:"曹燕林有工作的意愿。"

"那就好。"妇联有免费法律咨询服务,但秦飞是表妹夫的好友,程惠敏找了一位同事主动联系曹燕林。她们建议曹燕林找医生开具就诊证明,并且报警,在派出所留下备案记录,这样在起诉离婚时是有力证据。

秦飞有点儿担心曹燕林报警会引来她丈夫再次毒打,但是不报警也被打过,只能破釜沉舟,但愿她能有逃离的勇气。

昨天在医院时,秦飞问到柳漾手机号,加上了微信。向她汇报情况,柳漾回道:"她男人说去借钱,再没回来。"

秦飞真的在为萍水相逢的女人谋出路,不是说说而已,柳漾刮目相看,但不认为会有结果。617医院和很多医院都对所有适龄妇女免费筛查宫颈癌和乳腺癌,以及婚孕检,能查不少项目,是福利,有的女人做了检查,才知道自己感染了梅毒,她们大多数老实本分,没有丈夫或男朋友以外的性伴

侣，但即使这样，她们少有人离婚。

沈维比柳漾早来医院几年，她经常会再次看到那些女人，她们只会遮遮掩掩来复查，找医生开药，不让别人知道。柳漾很气恼："男的为什么会得梅毒，她们不懂吗？"

沈维有次接诊，是个刚满二十岁的女人，她初中没读完就去打工，然后被家里安排相亲，十七八岁就当了妈，她说村里的年轻女人经历都跟她相仿。沈维拍着桌子怒骂，但骂也没用，她们当中绝大多数可能就没想过人生还有不结婚，或不生孩子的选项。

柳漾认为秦飞对曹燕林的救助也是徒劳，可她连她妈都劝不动，还能为谁操心？工作以外的时间，她都用在备考上，再没回过娘家。张玢经常能吃到可口的家常菜，脸色好了些许，但明里暗里仍在催生。柳漾直言不讳："我是为我自己生孩子，不是给你生孙子。想什么时候生，是我和东哥的事。"

陈玉兰偶尔会发来一篇养生类文章，柳漾发个笑脸，再未有别的交流，母女俩就这么僵着，互相不服软。

赵东南惦记着买房，又是揽业务，又是做活动，比以往忙了，到家和柳漾说说话，腻上片刻，是他一天中最放松的时候，夫妻俩的感情比热恋时还好。赵捷成背地里教育张玢："小两口感情好，有些话你不要多说，他们自己有数。"

柳漾婚后过得前所未有的顺心，她弟弟柳俊杰却不妙了。昔日好友出卖了他，跟他打架的段文轩编了顺口溜嘲笑他："卖藕汤，炒花饭，家里出个抢劫犯。"

秦刚是冯鹃的前夫，不关柳俊杰的事，但所有同学都以为修空调的爸当过抢劫犯，越发孤立他，连徐启航都问过。柳俊杰欲哭无泪："那是我哥的爸，不是我爸，我没见过他。"

接二连三的嘲讽压下来，柳俊杰变得忧郁，不爱说话，有一天放学回家，家里坐着他爸最好的朋友夏国清。

夏国清是柳志华的战友，柳俊杰在他们的聚会上见过他。夏国清送过一套乐高玩具，柳俊杰很喜欢，到现在还爱玩。

夏国清是湖南人，从浏阳赶来做客，送给柳俊杰一部手机。柳志华很不安："让你过来就是聚一聚，哪能破费？"

夏国清哈哈笑："嫂子烧菜好吃，光是这一桌菜，就值得来一趟。现在高铁快，不比以前，说来就来了，可惜都忙，总聚不上。"

柳俊杰跟夏国清一起玩游戏，半夜夏国清才回酒店休息。第二天早上，柳俊杰眼巴巴等着夏叔叔再来，柳志华却说他工作忙，在回湖南的路上了。柳俊杰问："所以夏叔叔是专门来看你的吗？"

柳志华说："看你不高兴，我就找个能让你高兴的朋友陪你玩，而且我也想跟他见个面。"

柳俊杰高兴道："等我放暑假，你找个星期六，我们去湖南看夏叔叔！"

秦飞看柳志华一眼，柳志华不接他的眼神。按柳志华的计划，等到柳俊杰放暑假，他就结束和冯鹃的婚姻，但现下冯鹃和柳俊杰都被蒙在鼓里，冯鹃还跟秦飞夸过海口，做人该争取时要争取，柳志华反复提离婚又怎样，她坚持不离，柳志华不也收心了。

秦飞说："他要是哪天再提呢？"

"哪里有反抗，哪里就有压迫！"冯鹃用花椒和干辣椒炝锅炒花菜，"刺啦"一声响。她把柳志华所有证件都扣下了，柳志华不能单方面离婚，更不可能跟陈玉兰领结婚证。

就算柳志华撕破脸，起诉离婚，也不是一时半会儿的事，冯鹃在网上查过。起诉离婚需要时间，她誓用这时间再让柳志华打消念头。哪对夫妻不吵架，哪家离婚不闹翻天，大多数不也黏黏糊糊，拖一天过一天吗？生活里特别干脆决断的人是极少数，柳志华不是那样的人，她清楚得很。

柳志华跟儿子聊起夏国清，夏国清当兵复员后，落实在老家的花炮厂，中间有些年花炮厂效益不好，夏国清下了岗，找了个车行修车，还干过出租车司机。

去年，夏国清被一家礼炮厂高薪聘去当总工程师。柳志华教育柳俊杰，人生就是这样起起落落，即使钻到车子底下弄得浑身黑污，也不能被别人的嘲笑打倒，保持信念，咬紧牙关过日子，总有翻身的一天。

柳俊杰一知半解："爸爸在劝我不要在意别人说什么。"

柳志华问："做不做得到？"

"但是夏叔叔没有抢劫。"柳俊杰仍然很低落。秦飞站在阳台上不说话。冯鹃嫌自己身上油烟气太重,在阳台养了各种香花,他摘了十几朵新鲜的栀子花,想送给蒋馨月。

夏国清买给柳俊杰的是最普通的老人手机,免得他上课玩游戏。柳俊杰在通讯录里输入爸妈和哥哥的手机号,秦飞递他一瓶可乐:"那是我爸,不是你爸,我爸捅了人,我在学校也受过歧视,但我也考上大学了。你考出好成绩,才能让他们闭嘴,懂吗?"

柳俊杰"哦"了一声,闷头做作业。秦飞出门,路上接到妇联程惠敏的电话。孕妇曹燕林行动不方便,妇联工作人员趁她婆婆出去买菜、丈夫躲债不在家的时候,才上门去了解她的具体情况,不料婆婆提前回来了。

婆婆当着律师的面客客气气,门一关就喊回了儿子。曹燕林被丈夫打得流产,又被送去617医院。孩子没保住,她哭了,然后笑了,抚养一个孩子对她来说可能略微容易点儿。

死去的胎儿已能看到性别,是女孩。婆婆和丈夫不怪曹燕林了,婆婆还买来鸡汤,给她补补身子,以后再生个大胖小子。

柳漾冷眼旁观,等婆婆去上厕所,她问曹燕林:"怎么想的?"

曹燕林怯怯说:"律师说我能打赢官司,我想通了,只要姑娘归我,我就离。程姐说会帮我安排工作,让我自食其力。柳姐,你说我能胜任吗?我以前没上过班,初中都没读完。"

"有的残疾人还看不见呢,做按摩也赚到钱了。"柳漾本想把曹燕林的近况跟秦飞说一下,但妇联的人是他找的,他肯定知道。

一周后,秦飞向柳漾通报曹燕林近况。在妇联的帮助下,曹燕林已起诉离婚,妇联安排她带着女儿搬进制衣厂宿舍,同屋的几个女工都有点儿小残疾,轮流帮她替个手。

制衣厂的销路不错,曹燕林目前的工作只是最简单的剪线头,妇联想等她情绪稳定下来,度过适应期,再让她接受培训,获得收入。

柳漾没回秦飞的信息,看过就算,心里很安慰。据说十个离婚案子里,至少有一半当事人扔下律师继续过日子,连她妈都是,宁可和女儿翻脸,也要和出过轨的前夫复婚,但曹燕林再胆怯,也迈出了勇敢的一步。

期末考试，柳俊杰最拿手的数学考砸了，交卷铃声响起，他最后一道大题还是没做出来，沮丧得快哭了，他说段文轩等人笑他考得再好也没用，将来照样会当抢劫犯。

冯鹃抄起锅铲，骂着婊子养的，要去揍段文轩，被秦飞拉住了。听说柳志华拿夏国清的经历教育柳俊杰，冯鹃啐一口："教育反了！"

冯鹃拉着柳俊杰去小区门口，隔了一点儿距离，她指着守门的李师傅说："他以前在武钢当工程师，你看不出来吧？我年轻时，武钢是有名的好单位，有多好呢，吃的穿的都是厂里发放，逢年过节，他们排队领鸡鸭鱼肉，队伍要从青山排到我家。"

柳俊杰惊叹："那么好啊？"

冯鹃说："天气热，厂里怕工人中暑，还专门开个工厂生产汽水，平时上班随便喝，下班还一箱一箱往家里搬。现在也没几个单位有这么好的待遇吧？"

这一点对柳俊杰有莫大的吸引力："敞开喝啊？"

"想喝多少喝多少。李师傅那时候就跟段文轩一样横着走，结果呢，还不是下了岗，跑来看大门。段文轩家里再有钱，未必就能一生都有钱，以后当抢劫犯的指不定是哪个。"冯鹃摸摸柳俊杰的头，"你爸爸妈妈都是凭本事吃饭，穷是穷了点儿，但是杰杰争气，以后也能敞开喝汽水。"

冯鹃的精神胜利法对柳俊杰更有效，柳俊杰使劲点头，回家对秦飞说："抢劫犯是你爸，你受的欺负肯定比我多。"

秦飞爆句粗口："你听进去了，你就中计了，你越考得好，他们越气。你想啊，你在游戏里打不过别人，你才骂人，他们也一样。"

"懂了！"柳俊杰跑去复习语文，夜里柳志华回家，他还没睡，一双眼睛亮亮的，"爸爸，我把语文和英语都考好，总分就扯回来了！"

柳俊杰考完试，秦飞去学校接他，特地堵住段文轩，对他晃拳头，凶神恶煞："抢劫犯是我爸，进去了，我妈才改嫁，跟别人生了柳俊杰，听懂了吗？再敢讲柳俊杰的坏话，莫怪我打你。反正我爸进去了，我也不怕进去。"

段文轩求饶，秦飞塞给他一只扩音喇叭："给柳俊杰道歉。"

秦飞初见柳漾，她手上拎着扩音喇叭，给他留下很深印象，他来个照猫画虎，抓着段文轩的手按开开关："道歉。"

段文轩大哭道:"柳俊杰,我再也不打你,不骂你,也不惹你了!"

柳俊杰拿到暑假作业,背着书包跑来,夺过扩音喇叭说:"你没打赢过我,你以多打少,段文轩,你不要脸,不要脸,不要脸——"

柳俊杰怒吼。秦飞乐坏了:"傻子,这个有录音功能,不用扯着嗓子喊那么多遍。"

柳俊杰喊出来,畅快了,请他哥吃贵的冰激凌。他这次数学没考好,前面有四个同学超过他,但语文发挥得比较好,总分估计还可以。

兄弟俩吃着冰激凌回了家。

ZHONG GUO JIE 05

隔了几天,柳俊杰回学校拿到分数,总分在班里排第八,主要是英语有点儿拖后腿。冯鹃盘算等柳志华半年奖到手,就给柳俊杰报个补习班,班里的同学都报了班,明年就小升初了,不开小灶不行。

柳志华说公司效益不好,半年奖可能发不出来。冯鹃眼睛一瞪:"今年热,4月底就有人用空调,你每天半夜才回来,效益不好?骗鬼!"

"工资卡都在你那里,你都存着了,杰杰补习就用卡里的钱。"柳志华让冯鹃不要指望半年奖,而且以后也不要指望他,他离婚离定了,往后给不了她什么了。

冯鹃一听就炸了,对他又掐又打,但柳俊杰打完电动回来,她脸一抹,笑眯眯问儿子想吃什么,考进前十名,必须犒劳。

柳志华出门去买柳俊杰想吃的炸鸡和海鲜,还批了一箱可乐,秦飞也被喊回来吃饭,他拎着红丝绒蛋糕进屋,博得柳俊杰和冯鹃齐声喝彩。冯鹃五十岁生日时,秦飞订了这家蛋糕,一家人都赞不绝口。

两天后,秦飞给柳漾打去电话。柳漾吃完午饭就睡下了,被电话吵醒,迷迷糊糊地按掉了,但铃声马上又响起来,她接起:"烦不烦啊?"

秦飞通报了坏消息,柳志华和陈玉兰双双辞职,不告而别。柳漾脑子一蒙:"辞职了?"

秦飞说:"我妈说这叫私奔。"

冯鹃迟迟拿不到柳志华的半年奖,她怀疑公司已经发放了,但被柳志华拿给陈玉兰了,打电话去公司问,得知柳志华居然办了离职手续,三天前就没去上班了。他同事还说:"老柳女儿嫁去外地了,他和他老婆也跟去享福了,但是证件丢了,找单位打了证明。你不是他老婆吗?"

冯鹃大怒,打电话质问柳志华,刚逼问他为什么辞职,柳志华就挂电话了,再打,他不接了。冯鹃发的信息,他也不回,再打电话,他关机了。

冯鹃火冒三丈,杀到陈玉兰家,大门紧锁,找去货运公司一问,陈玉兰的同事也说她辞职了,冯鹃找他们要了陈玉兰的手机号,也是关机。

柳漾拨打陈玉兰的手机,果然传来关机的语音提示。这之前,陈玉兰平平静静,隔三岔五就转发几篇文章让她看,没有透露半个字。

柳漾回家找她妈,家里收拾得很干净,拉开衣柜,少了几件衣服,鞋柜里,陈玉兰常穿的鞋不见了。柳漾在自己卧室的枕头上找到陈玉兰留的字条:"我和你爸旅游散心去了,你和东南好好过日子,勿念。"

父母把所有人都瞒得严严实实,一走了之,冯鹃不答应离婚,两人难不成私奔到天涯海角,永不归来?柳漾在床上坐了一阵,打开台式电脑,购买火车票的网站账号是她帮陈玉兰注册的,她知道密码。

陈玉兰购买了上午从武昌去桂林的火车票,全程十一个多小时,她买的是硬座,此时身在火车上。柳志华老家在团风县,陈玉兰家在新洲区,都在武汉市区边上,柳漾不明白两人私奔为什么会去桂林,她回忆她爸妈是否有广西籍的熟人,但想不起来。

秦飞再打来电话,柳漾说:"我妈留字条说他们旅游去了。"

秦飞问:"去哪里了?"

"她没说。"陈玉兰闷声不响地走了,是不想再听到任何反对声吧。柳漾攥紧字条,她没什么好说的了。

结婚前一天晚上,陈玉兰说:"你出嫁了,就是别人家的人了,以后我和你爸不会给你添麻烦。"

什么叫别人家的人?柳漾很不爱听,但母女之间很少有那样深入长谈的时刻,她忍了。此时回想起来,其实陈玉兰早就一次次为女儿做过心理建设

了,她反复说过,女儿结婚有小家庭了,妈妈就该淡出了。

秦飞着急道:"现在怎么办?"

柳漾气呼呼:"不管他们了,老子要是再管他们,老子就是贱死的。"

柳漾的大夜班又是个不眠夜,刚把手术病人推出来,转头又接了几个大热天关着门窗吃炭炉火锅,导致一氧化碳中毒的,还有钻到别人车底下碰瓷,结果被轧断腿的。刚点上外卖,120又送来一车人,中学生放了暑假,打架亮了刀,连警察也被他们划了几刀。

柳漾为警察们包扎,病人们都很惊讶,几个警察居然被小年轻偷袭了。警察却说最不怕事的就是小年轻,都还没入社会,不知深浅,血气又旺,一发狠就不要命,下手没轻重,比街面上的老混子还麻烦。

柳漾晚餐点的牛肉粉被汤汁泡得不像样,端起来正准备吃,几个男孩跑进来,嚷嚷马路对面出大事了。

柳漾和宋青推着担架车跑去拉人,一到现场,所有人都倒吸一口凉气。小面包车行驶中突发爆炸,车上的三人状况十分惨烈,其中还包括一个目测全身烧伤面积高达百分之八十五的小男孩。

柳漾忙着通知医生赶来医院急救,沈维拖着沉重步伐走来,在她旁边坐了几分钟,傍晚送来的自杀女人没救过来,她割了脉,被发现时太迟了。

女人相亲认识了一个男人,对方面目忠厚,人也体贴,经常对她嘘寒问暖,两人确定恋爱关系后,男人不时送些小礼物,女人全情投入这段恋爱。当男人在虚假平台上诱导女人投资,购买各种理财产品时,女人没怀疑过,起先账面上确实有点儿小收益,滋长了贪心,一步步被套进去,在她把所有钱投进去后,男人消失了。

这种以小恩小惠骗取信任,继而卷款跑路的行为被称为"杀猪盘",女人被骗子当成了猪,养肥后再杀,她失去的不仅是毕生积蓄,更是对爱情全部的幻想,羞恼和伤心之下,她自杀身亡。

沈维在约会软件上交友时,也遭遇过骗子,她果断抽身。合法理财收益都不会多高,一旦回报率超出你的认知,就得留个心眼了。买个手机都得仔细看配置,有时还货比三家,一个跟你认识没多久的人说的话,哪能不多加甄别?

在医院工作，无可奈何的时刻何其之多。柳漾回留观病房，有个婆婆意识不清烦躁不耐管，老扯心电监护，护士们防不胜防，但婆婆没法沟通，柳漾只好给她戴上大手套。

烧伤的小男孩还在抢救，他妈妈赶来医院，大哭着求医生们救她儿子。柳漾教她用挂号缴费机，看到她手机屏幕背景是儿子的照片，长睫毛，大眼睛，白白净净，非常可爱。当妈妈的泪如雨下，哭得柳漾鼻子也酸了，那孩子从面包车里被抬出来的时候，像一截焦炭。

深夜12点，电动车载来一个十来岁的少女，她被继父拿铁衣架打得两条腿都流血，躲的时候滑了一跤，右手手掌被茶几上的水果刀扎穿了。少女的妈妈送她来急救，但是拿不出钱来。

少女在做手术，妈妈求爷爷告奶奶打电话，但都被拒绝。沈维问："你一分钱积蓄都没有吗？"

女人嗫嚅说："我是家庭主妇。"

柳漾问："她爸爸呢？我是说亲爸。"

女人说："我家姑娘四岁，我们就离婚了，再没联系了，他在外地打工，也没钱。"

沈维盯住女人："姑娘伤成这样，你现在的这个男人要负法律责任，你必须找到他，让他过来付钱。"

女人瑟缩了一下："我找，尽量找，你们别报警。"

少女的后背被皮带抽出一道一道血痕，而且不是新伤，她不是第一次被继父打，她妈没看见吗，但看见也不离婚，甚至担心男人会入狱。柳漾扭头看她，她不心疼女儿吗，也是心疼的，但不能跟"嫁汉嫁汉，穿衣吃饭"相提并论。

沈维说："真该让她跟曹燕林学学，人家怀着孕也要离婚。"

一个心梗病人喊难受，科室主任徐怡翎拿出听诊器听了听，再看看输液速度："等下再做个心电图，测一下血糖。"然后跟沈维说，"妇联扶贫跟我们差不多，医生医的是有生还希望的人，扶贫也是给人希望，曹燕林知道有人肯帮她，她能养活自己，就挣脱了，那个女的……"

徐怡翎摇摇头，没说下去。柳漾把病人的输液速度调慢一点儿，妇联能帮一个是一个，她和同事们能救一个是一个，但那女人眼睁睁看着女儿被人

毒打成这样，首先关心的仍是丈夫还能不能继续养着她，她是没救的。

上次见面，柳漾劝过陈玉兰："你要是怕老了没人说话，就再去找个老伴儿，我帮你留意，起码没以前那些恶心事。"

陈玉兰说："刚跟你爸离婚时，就有人给我介绍过。老光棍我不敢接触，怕有什么心理疾病；离过婚丧偶的，多半拖儿带女，带姑娘的，我怕他要求我再生个儿子，带儿子的，我怕他们对你不好，欺负你。我那时候没找，现在也不会找。"

桂林。柳漾脑中蓦然跳出这两个字。爸妈看到漓江了吗？她拿起手机又放下，她生她妈的气，她妈也生她的气，才会连句道别都不说吧。

少女被推出手术室，人还没醒。刘医生疲惫又欣慰："手能保住了。"

柳漾帮少女擦脸，陈玉兰不肯再婚，就是害怕女儿会遭受少女这样的委屈吧。走出病房，柳漾终于放下负气，拨打陈玉兰的手机，但仍是关机提示音，柳志华在她旁边，她不再理会世界了。

冯鹃夜不能寐，柳志华把半年奖拿去跟前妻鬼混，却不肯给儿子交补习班费用，她只想烧一锅热油浇到那两人头上。

秦飞帮冯鹃收摊回家，柳俊杰在玩网游，问爸爸怎么还没回来，秦飞支吾说老柳出差去了。柳俊杰很奇怪："外地空调也要他去修吗，加上路费，划不来。"

冯鹃说："他水平高，给外地维修人员做培训去了。"

柳俊杰眼巴巴："那他哪天回来？我想和他去湖南看夏叔叔。"

冯鹃无法回答，白天她找遍了柳志华的亲朋好友，没人知道他在哪里。她都不好问得太明显，柳志华和她在一起，那些人都劝过他，她不想听到他们都一副"果然如此"的口吻。

柳俊杰不是三岁小孩，不好糊弄，如果柳志华一天天不开机，不回信息，家里没人禁得起他追问。等柳俊杰去洗澡，冯鹃问秦飞："怎么办？"

大桥那次长谈后，他确定柳志华会离开这个家庭，但没想到他会如此决然。他连他赖以生存的工作都辞了。不过可能这正是柳志华的自信之处，以他的技术，旅游回来，再找家公司轻而易举。

冯鹃一筹莫展，想骂柳志华不负责任都不行，因为自己才是他曾经不负责任的证明。离婚再复婚有阻力，他索性抛开一切，工作、儿子，都不要了，带着那女人浪迹天涯去了。冯鹃一生从没这样愤怒过，但是闹钟准时响起，她准时骑着三轮车去批发市场。柳志华走得坚决，还沉得住气，不透露半个字，短时间她拽不回他，但柳志华的证件全都在她这里，不可能长年累月在外边。

柳志华没太多钱放任，那女人也没有，他迟早得回来。冯鹃把三轮车蹬得飞快，她就守着这摊子，养着他儿子，看谁犟得过谁。

06

柳漾填写交班报告，路人送来一个女人。女人在私企上班，送完孩子上学，再赶去上班，下了公交车往公司跑，被前同事打了，整个右眼眼周组织破碎，眼球玻璃体整个脱落。医生们暂时都腾不出手来，女人疼得死去活来，把柳漾的胳膊抓到变形，沈维给她注射了吗啡。

女人是公司的人事经理，对方没拿到全勤奖，怒打统计考勤的前台，他业绩一向不行，女人辞退了他。男人丢了饭碗，报复了女人，路人报了警。

女人的丈夫和老板前后脚赶来，在急诊中心大吵。公司是私企，老板不肯承担太多，女人的丈夫和他大打出手，被保安拉开。柳漾请他们出去说话，被那老板狠狠推了一下，膝盖磕到墙上。

电信公司对光缆进行迁移割接调整，赵东南忙了一个通宵，吃完早饭才回来，看到柳漾腿上的瘀青，转身去拿毛巾给她做热敷。柳漾担心陈玉兰，赵东南安慰说桂林风景好，这季节去那里就当避暑，冯鹃再生气，总不至于找柳漾出气，她敢找柳漾，他就去掀了冯鹃的摊。

他哪像能干出这种事的人，柳漾笑道："只要你不跟你妈说这件事，我就什么都不愁。"

"不说。跟她一说，她又来烦你，最后还不是烦我？"两人都困倦，定了闹钟相拥而眠。

　　一连几天都联系不上老爸，柳俊杰疑窦丛生，冯鹃说柳志华去看夏国清了，柳俊杰说她骗人，他给夏叔叔发过短信，夏叔叔说柳志华没去湖南。冯鹃脸上藏不住事，秦飞把弟弟拽去阳台："你保密，我就跟你说实话。"

　　冯鹃干咳一声，秦飞对她眨眨眼，悄声跟柳俊杰说："是这么回事。你姐，就是五月份结婚那个亲姐，她觉得她爸妈不容易，请她爸妈出国玩一趟。她作为女儿尽点儿孝心，合情合理，老妈拦着不合适，但她不好想，怕你也不好想，才没跟你说。"

　　柳俊杰信以为真，笑了："怪不得一问老妈，她就发脾气，她吃醋了。"

　　秦飞这个借口找得很不错，冯鹃偷笑。秦飞揉揉柳俊杰的头："你最近别问老妈了，别惹她不高兴，你玩你自己的，等你老爸回来送你礼物。"

　　柳俊杰不满："出国为什么就找不到人？我用老妈手机给他发信息，他也没回。"

　　"你爸没开通全球畅游，过几天就该回来了。"秦飞惦记和蒋馨月约会，又怕柳俊杰还胡思乱想，把他带去蒋馨月的店里，"我弟长这么大还没拍过几张正式照片，帮他拍一套？"

　　拍完照片，秦飞请女朋友和弟弟吃西餐，柳俊杰借他的手机玩游戏，悄悄向冯鹃通风报信："我是杰杰。我哥的女朋友长得漂亮，人也好，我同意了。"

　　冯鹃睡到下午起床，被小儿子逗乐了，她找秦飞："杰杰说你让他看电影去了，你个人晚上什么安排？"

　　秦飞答道："没安排，小月店里还有事。"

　　冯鹃让秦飞去趟柳志华的老家团风县，秦飞不干："我跟他没关系，去他老家，怎么说？说我替我妈来找她男人，替我弟弟找他爸？不去。"

　　冯鹃说："我要不是抽不开身，我就自己去了。你帮我去看一眼。"

　　冯鹃难得说软话，秦飞妥协了，自己去总比冯鹃去强，万一柳志华和他前妻真在老家，以冯鹃的脾气，会闹得所有人脸上都不好看。他请示道："在家我怎么说，不在家又怎么说？"

　　"看一眼就是看一眼，看了你就回来。"冯鹃挂了电话，把柳志华老家地址发给秦飞，是团风县下辖的小乡镇，柳俊杰说镇上很热闹，还有几家快递公司。在他看来，能收快递的地方就不穷，给他一台能上网的电脑，他能住一生。

每年春节，柳志华都带着冯鹃和柳俊杰回老家过年，秦飞从不同行。他读中学的时候，经济没独立，过年就待在家里，大学时做兼职，赚点儿钱就当春节旅游路费，每年去一个城市。

途经黄鹤楼，秦飞又想起那晚柳志华说的话，他和前妻去旅游大概早有计划，但是全国这么多城市，他们去了哪里？

长江大桥又堵了，左右都有司机烦得按喇叭，秦飞也烦心，恨不得能上哪里躲一躲才好。他问蒋馨月："想不想去哪里旅游？"

蒋馨月说店里的订单排得满，要到8月才能成行："地点你定，时间我来定？"

所有开店摆摊的人都很难闲下来，秦飞注视着前方的黄鹤楼，他想趁旅游的时候，对蒋馨月坦白他亲爸秦刚还在大牢里。蒋馨月很好，对柳俊杰也好，他不想再瞒她了。

车还堵着，秦飞打开外卖软件，点了鹃姐大排档的清蒸小龙虾和汤，填了蒋馨月的店址。蒋馨月很欢喜："我买点儿啤酒饮料，吃虾子吹风就得喝点儿冰的！"

"酒和饮料也归我买，算你替我喝的。"秦飞又下了一单，给柳俊杰也找点儿事情做——他总去批发站帮老妈批发酒水。

柳志华的父母都去世了，家里一哥一姐都在务农，秦飞问路，被村人带去柳志华大哥家。路上，秦飞跟村人寒暄，确定了柳志华没回来过。

等到跟柳俊杰的大伯见了面，秦飞扯了谎，说柳志华被公司评为优秀员工，奖励出国游。大伯问："是不是俄罗斯？"

秦飞笑答："单位安排去哪里就是哪里，是欧洲小国家，捷克。"

捷克首都布拉格是秦飞自己想去玩的。他说来团风出差，他妈让他过来看看，大伯留秦飞吃晚饭，他说吃过了，放下礼物告辞，回武汉的路上，找家农家菜馆子炒了两个小菜。

柳漾来上白班，烧伤的小男孩还是去世了。有时看着状态还好的病人，可能换个班再来人就没了，医院是个充满了悲伤的地方。

一上午忙下来，柳漾腰背闷疼，刚扒完饭，有个小女孩扁桃体术后大出

血,她急急忙忙去拿血,感觉自己要猝死在安全通道,扶着墙喘半天。

下班后,柳漾头晕得更厉害,打车回了家,吃点儿东西就睡下了,但睡得不安生,脑子里似乎总有人在喊妈妈。那是下午接到的女病人,她大学毕业留在武汉工作,加班时突发抽搐晕厥,醒了自己摸到医院。柳漾给她输液,她打通妈妈的电话,说着家乡话,边说边哭。

柳漾在睡梦里呜呜哭,赵东南把她摇醒,像哄孩子似的哄着她。柳漾想喝口热的,赵东南起来烧水,怕她等得着急,拿两个杯子左一下右一下来回倒着,把热水变温。

她小时候陈玉兰也这样。柳漾目光落在手机挂饰上。她上班不能戴首饰,结婚头一天,她在娘家住,陈玉兰送了一个葫芦状的金铃铛给她,柜员说葫芦谐音是福禄,大吉大利,她一见就喜欢,还编了一条中国结让女儿拴在手机上,反正这年头人人手机不离手,不用太担心被偷。

柳漾读幼儿园的时候,柳志华就下岗了,陈玉兰想找份兼职,但她整日在轮渡码头,连发传单都不行,愁得要命。柳志华参加空调维修培训时,有个同事介绍了一家生产灯饰的厂家,主营各式灯笼,很需要会编织中国结的熟手。

陈玉兰跟人学习中国结编法技巧,把线材带去单位,靠着一条条中国结补贴家用,柳漾的衣服和鞋子,都从这里来。

柳漾喝水服药,重新躺下。他们私奔了,就由他们去吧,这几天,她极力这样劝自己,不想再纠结,但是噩梦里,她看到长江结了冰,她爸妈像玩溜冰一样,牵着手在江上滑行。

月亮在乌云里穿行,四周黑下来,江上冰层陡然出现裂痕。柳漾在岸边拼命呼叫,但爸妈似乎听不见,仍在前行。她飞奔去阻止,却望见江上有两盏灯,闪着幽幽的暗光,她走近去,发觉是鳄鱼的眼睛。突然之间,冰层整块融化,爸妈掉下去了。

醒后,柳漾冷汗涔涔,她决定趁休息日去桂林看看她妈。等赵东南醒了,她说了打算,赵东南说:"我请假陪你去。"

若被张玢知道,又有话说。柳漾说:"你忙你的,我就是去当面说清楚,她想怎样我都不干涉了,只要不出事就好。"

赵东南不同意:"我请两天假不麻烦。"

柳漾说："你妈麻烦啊。桂林是旅游城市，不是乡下，没事的。"

赵东南坚持同行，买了两人的票。柳漾对张玢说科里的邵医生要去外地开研讨会，她和沈维及宋青等同事都得随行。邵清平为张玢的领导做过心脏支架手术，张玢认识他，不再多言，但对赵东南不满："三十岁的人了，黏媳妇黏成这样。"

"三十岁怎么就不能黏媳妇了？我还没去过桂林呢。"赵东南哄他妈有一手，"夫妻感情好，才生得出样样都好的小朋友，是不是？"

柳漾高烧不退，回医院输了液。被继父毒打的那个少女医药费没结清，她妈拿不出钱，继父也没露过面，所有听说这件事的人都劝女人带着女儿走，不然下次少女要被打死，女人不听，不顾女儿手上还缠着绷带，就办了出院手续。

今天早上女人又来急诊了，她胳膊被男人打脱臼了。柳漾气恼地对调休中的沈维骂人，人类都已经能探索宇宙了，要理解一个普通人类依然困难，只可惜那少女，她才十三岁。

柳漾新一轮小夜班，秦飞来找她，柳志华执意不愿再和冯鹃生活，他理解，但柳志华不能连柳俊杰也抛下。

柳俊杰的暑假作业有篇作文题是"我最敬爱的人"，写的是冯鹃，秦飞看感动了。柳俊杰说期末考试之前，老师划了范围，班里同学都猜作文会是"劳动的价值"，他回家跟爸妈讨论，冯鹃说写爸爸，大热天给人修空调，给千家万户带去凉爽。柳志华说写妈妈，冯鹃说小商小贩哪有写头，柳志华说十块钱就能让人吃饱吃好，自己还能攒点儿钱，了不起。

柳志华给柳俊杰列了提纲，一二三四五，井井有条，教儿子怎么夸妈。秦飞看完，回头看冯鹃，她给植物浇完水，掐朵栀子花别在衬衫扣眼上，柳志华不止一次夸过她懂得生活。

离婚可以再谈，实在过不下去就过不下去，但不能这样不明不白，离家出走当逃兵。秦飞越说火气越大："看个破案剧，也想晓得谁是凶手吧，他把自己搞成悬案，是什么意思？人在哪里，要待多久，一概不晓得。"

桂林那么大，景区又多，柳漾不知道去从何找起。以她爸妈的性格，好点儿的酒店肯定舍不得住，可能就拣便宜旅社和民宿住了，但那些地方连

警察找起来也需要时间。她说了实话:"我查过我妈买的火车票,他们去了桂林。"

秦飞拿起手机查车票,柳漾刷开网页,第一条却是桂林景区发生山体滑坡事故,掉落的碎石砸伤了二十多个游客,还有人当场遇难,她心一紧。

几个医生同事帮忙,帮柳漾确认了受伤和死亡游客里没有她爸妈,但他俩手机都关机,已失联一周多,她压根儿不敢回想那个可怕的梦境。

秦飞买了车票:"先报警,到了桂林,我们和警察一起找人。"

也许那两人纯粹是不想让人打扰,但对柳漾来说,这叫父母失踪,哪怕陈玉兰会怪罪她小题大做,她也顾不得了。那个嫌她管得宽、又倔又孤清的女人是她妈,是过去十几年和她相依为命的人。

际遇神奇 竟有握手言和的一天

中国结

ZHONG
GUO
JIE **01**

赵东南没能跟柳漾同去桂林，他所在部门聘用的司机出了事故。司机开着农用车，装载各种钢绞线和光缆线等施工设备驶往工地，行驶到一处下坡转弯处，农用车失控冲出公路，翻倒在坡下的水田里，造成车上搭载的民工九人死亡，十五人受伤。

司机是赵东南签字聘用的，已遇难，赵东南焦头烂额，把柳漾送到高铁站就走了。司机超速行驶，货厢内违章载人，客、货混装，赵东南监管不力，得负连带责任。

武汉风雨大作，千里之外的桂林也风雨大作。柳漾和秦飞身在不同车厢，下车后会合，警察已在全市范围内搜索陈玉兰和柳志华，但还没有收获。秦飞订了接站服务，直奔桂林最有名的漓江景区，两人把行李往民宿酒店房间里一丢，分区域打听起来。

傍晚时，柳漾接到警方通知，陈玉兰在訾洲景区一带的旅社入住，对面是著名的象鼻山。下了出租车，柳漾撑着伞，在雨中狂奔，只要她妈好端端的，她就什么都不问。

沿街面有几家店在装修中，跑至拐角处，一家酒店外围的脚手架在大风里摇摇欲坠，秦飞只来得及喊一声"当心"，拼命扯开柳漾。

脚手架坍塌，酒店装饰墙一侧脱落了几块，飞溅四散，砸到秦飞的左肩和半拉后背。柳漾惶急地扶着他，躲到安全地带，定睛一看，秦飞肩头和后背皮开肉绽，血不断往外冒，T恤上血迹斑斑，她抖着手打了120。

风雨交加，街上空无一人，柳漾极力冷静下来，让秦飞脱了T恤，简单查看伤势，谢天谢地，以她那点儿粗浅水平来看，没伤到脊椎，但这还需要拍片确认。

没伤到脊椎就没大事，柳漾长出一口气，秦飞紧绷的脸色也为之一松，咬住T恤一角忍着痛。柳漾撑着伞，脸侧向一边，把眼泪忍回去。万幸躲得及时，若被砸死，还算一了百了，砸成重伤瘫痪，将会面临多么可怕的余生。

救护车上，柳漾接到警察电话，他们已找到陈玉兰和柳志华，她略微放松了些。秦飞后背有伤，趴在担架上咬着牙。柳漾知道他很疼，柔声说："你救了我的命，哼出来保证不笑你。"

秦飞龇牙咧嘴地笑："还你挡刀的人情了，不用再学画卡通画了。"

他竟然还记得小病人画卡通画答谢一事，柳漾低头看他，他额角淌着汗，显然是极疼，她伸过手去，握住他的手。在医院时，她经常被病人抓住手和胳膊，他们因为疼痛，会把她的手心掐得通红，但没关系。

秦飞看她一眼，两人都没有再说话。际遇神奇，竟有握手言和的一天。不过柳漾对秦飞本人从无恶感，他妈破坏家庭，她爸也不是好东西，但不关秦飞的事，那一年他只是初中生。

到了医院，医生为秦飞清创缝针，他右脚崴了，做复位时疼得汗如雨下，柳漾回避了。赵东南忙着赔偿死伤者家属，还可能要被通报批评，她不想再让他烦扰，瞒去遇险一事，报了平安。

警察把陈玉兰和柳志华送来。柳志华劈头问："飞飞怎么样了？"

柳漾婚礼到现在还不到两个月，柳志华居然瘦得脱相，她微微吃惊，冷下脸说："为了找你，秦飞脊椎被脚手架砸断了，医生说可能会瘫。"她故意重重叹气，柳志华顿时面无人色，陈玉兰也吓到了："起不来了吗？"

柳漾长叹，柳志华扶着墙落座，低下头去，他没法向冯鹃交代了。柳漾拽着陈玉兰坐下："东哥工作上出了差错，要受处分，本来想跟我一起来的。"

陈玉兰翕动着嘴唇："怎么出这么多事？"

"你问我，我问哪个？"柳漾拼命忍，没忍住，秦飞被砸到那一幕吓得她魂飞魄散，情绪爆发了，"你是不是还要怪我们不该找你？"

陈玉兰嗫嚅道："我给你留了字条……"

柳漾越说越气："那也不能关机！我妈辞职了，不见了，死活联系不上，你叫我怎么想？！"

柳志华说:"你莫怪你妈,是我让她出来的。"

柳漾冷哼:"你跟冯鹃是法律意义上的夫妻,你媳妇儿子都不要了,跑来找前妻,你还有理了?"

陈玉兰想辩驳,柳志华拍拍她的手,示意她别说:"是我做错了,飞飞要是……"柳漾听到他声音一哽,"飞飞要是站不起来了,我、我……"

柳志华说不下去,也说不出个所以然,又低下头。柳漾依稀瞧见他泪光一闪,竟不知再说什么了,这样悲痛又无望的神情,她在病人和家属脸上看过太多次。

柳志华的工资一直归冯鹃管,一到账就转存定期,纵然秦飞瘫痪,他也无力补偿秦飞和冯鹃一分一毫了,何况家里还有个小儿子。陈玉兰呆着一张脸,眼泪落下。

柳漾心烦意乱,若不是秦飞扯开她,受伤的就是她了,幸亏他没大事,否则她如何偿还他的情?她烦躁道:"行了行了,骗你们的,瘫不了。"

柳志华被注入生机:"真的?"

柳漾问:"我们不找来,你们打算什么时候开手机?"

柳志华和陈玉兰都不说话。柳漾又来气了:"怕我们啰唆,怕我们反对,就一直东躲西藏是吧?"

陈玉兰支吾道:"冯鹃不愿意离婚,还把你爸证件扣了,只能这样了。"

这个回答显然回避了核心矛盾,柳漾直捣黄龙:"你们做事不可能没计划,我就想知道你们来桂林的目的、不跟家里人联系的目的。老柳,我是成年人,结了婚,身边有东哥,我妈不担心我,说得过去,你不一样。你儿子还小,你不可能跟我妈一直在外面玩吧,你到底怎么想的,怎么个打算?"

柳志华久久不答。柳漾胸闷,起身走到窗边,雨还在下,漆黑夜里一无所见,像她那个至为幽森的噩梦。这世上多少男人像她爸这样,只是个能看的男人,没多少能力,也没多少责任心,身上或许有一点儿可取之处,但算不上是良伴,可偏偏就有女人死心塌地,因为复婚有障碍,连工作都辞了,跟他风里雨里奔波。

秦飞被护士推出来。柳志华跑上前:"飞飞,伤得重不重?"

秦飞呵呵笑:"苦肉计还是有点儿用的,不这样,你们是不是还躲着人?"

陈玉兰向护士询问秦飞的伤情,柳志华沉默地把秦飞推去病房,柳漾拉着脸走在旁边，秦飞扫一眼就知道她没问出什么。

柳志华要去办陪护加床手续，秦飞用眼神暗示柳漾，柳漾拉着陈玉兰去了："老柳没证件，用你的办吧。"

秦飞和柳志华相对无言，一袋药水都快打完了，柳志华仍不作声。秦飞趴得难受，直勾勾地盯住他不放，他只能表态："我没办法了。"

秦飞大学时有个老师说过，很多武汉人有三句口头禅，是一生的处世哲学：怕么事！我也有得办法。算了撒。他们能用这三句话应付生活中一切难题。秦飞有点儿生气："我妈就这么让你讨厌？"

柳志华说："不是讨不讨厌的问题。"

"那是为什么？"秦飞又没等到柳志华的回答。柳志华脾气很好，做售后服务工作更让他任劳任怨，冯鹃再夯毛，他也能当耳旁风，有条不紊把手头的事情做好。秦飞实在想不出他连那么小的儿子都不理不睬，跟前妻私奔的理由。

柳漾和陈玉兰租了折叠行军床回来，已过零点。同病房的病人和家属都已熟睡，柳志华接过柳漾买的洗护用品，让她和陈玉兰就近找个酒店休息。

麻药劲儿已过去，秦飞皱着眉，似睡非睡。柳漾俯身看了看，胳膊肘碰了碰陈玉兰，一起出去了。

医院边上酒店旅馆林立，柳漾选了看起来最干净的一家小旅馆，想开两间房，陈玉兰心疼钱："大床房吧。"

柳漾心里有气，对前台说："标准间。"

进屋后各自洗漱，仍不交流，柳漾洗完澡出来，陈玉兰睡着了。雨仍在下，柳漾睁着眼，听着雨声，天亮起来还没睡着，干脆起床刷牙洗脸，蹑手蹑脚出了门。

尽管护士夜间查视会用门卡，但病人们都习惯不锁门，一拧就开。柳漾推门进去，房间亮着灯，柳志华个子高，长手长脚，此刻缩在行军床上睡着，看上去很瘦小，当女儿的看了他很久。

秦飞伤口疼，只能趴睡，一睁眼，柳漾来了。他慢慢侧向一边，努力起身，柳漾扶他坐起来，柳志华醒了，秦飞把他打发走了："饿了，你洗把脸买点儿早饭回来。"

清晨6点，同屋的人还没醒，柳漾扶着秦飞到门外说话。秦飞说："他们

很不对劲,我有个想法。"

"我先说。"柳漾昨晚失眠,把整件事从头到尾捋了一遍,有了推论。这把年纪玩私奔,堪称荒唐,连年幼的儿子都不顾,更是不寻常,以她的从业经验推测,但凡在极短时间内暴瘦的人都患了重病,她怀疑柳志华也如此。

柳漾的推论和秦飞不谋而合,柳志华想和前妻重修旧好,两人都能理解,但连柳俊杰也不理会,不正常。

长江大桥上,柳志华感叹自己活不了黄鹤楼那么长,秦飞一说,柳漾越发判定柳志华得了很严重的病。她记忆中,柳志华不抽烟不喝酒,但最近这半年,每次见到柳志华,他都喝得满脸通红,可能是借酒消愁。

秦飞说:"他在我家不喝酒,连啤酒都不喝。"

等柳志华和陈玉兰带着早餐回了,秦飞直截了当地问:"你是不是得了病?"

柳志华脸一白,递过豆浆油条:"本来想买米粉,怕病房里气味大,你吃这个。"

柳漾盯着陈玉兰,陈玉兰回避她的眼神:"没睡好吧?你回酒店再睡一下,中午吃饭我叫你。"

柳漾从病房里搬把椅子出来,秦飞坐下吃早餐。柳漾找护士长请了三天假,跟赵东南也说了一声。

秦飞对柳志华不依不饶,逼问道:"你到底得了什么病?"

柳志华说:"没得病。护士今天几点来输液?"

秦飞和柳漾互相看了一眼,像两个因为孩子早恋而千里追索的双方父母。五一节见第一面的时候,还剑拔弩张,没想到有天竟会成为同盟者,不过弟弟的确是共同拥有的。柳漾再不承认柳俊杰是她的弟弟,血缘关系也是不可磨灭的,她想起婚礼那天,那孩子被他妈推到面前时,他一脸的错愕和难堪,倒不像个家教很坏的孩子。

四个人又僵住了。柳漾去扔垃圾,秦飞把手机揣进病号服口袋,猝不及防攻击了柳志华的后颈,同时脚下还使了绊,陈玉兰惊叫着去扶柳志华,两人齐齐摔倒。

没能把柳志华击晕,秦飞悻悻然,网上说的不对。柳漾看出他的意图,笑道:"别人是练过的,你那手法不对,力气也不行。"

秦飞伤到的是背，反穿着病号服，整个后背都露出来，刚才他劲使大了，伤口迸裂，从纱布渗出血来。柳漾连忙把他扶进病房，按铃喊护士。

护士为秦飞处理伤口。柳漾瞧着柳志华，冷冰冰道："要是秦飞瘫了，你肯不肯说实话？"

秦飞说："老柳，我打你没别的意思，就是想把你弄晕，抬去做体检。逃避不是办法，你还是撂了吧。"

柳漾跟他一唱一和："不说也行，只要是在武汉的医院做的体检，我就能找我们主任托关系调出你的病历。说吧，有病治病，别坑我妈。"

陈玉兰急出了眼泪："你就是不听话！叫你过自己的日子，不要再管我们，你就是不听！非要跑来找我们不可！你回去你婆婆又要摆脸了！"

柳漾爆粗口："张玢对我也就那样，我为什么凡事要考虑她的感受？到底是什么病？我们医院专家多，听我的，回去治病！"

陈玉兰仍不想说实话："你出嫁了，何必再管我们？把自己顾好就比什么都强！"

秦飞说："她不管，我也得管。老柳，你要离婚，我能帮你劝我妈，但杰杰那边不好办，你一句话不交代就走，他想不通，我也劝不好。"

柳志华终于说："我得的是胰腺癌。"

秦飞和柳漾都悚然一惊，但两人认知不同。胰腺癌是癌中之王，手术切除率低，存活率也低，哪怕进行根治性手术切除，大多数也活不过两年。柳漾一听就沉默了，秦飞却以为还有救："什么程度了，早期还是……"

柳志华说："三期。"

陈玉兰泪落如雨，柳漾心中酸楚，她爸对婚姻不忠，害她和她妈吃尽了苦，但他罪不至死，他只有五十岁。

胰腺癌来势汹汹，大部分人确诊时就已是中晚期，柳志华到了三期阶段，基本活不过一年了。去年底，柳漾照顾过一个胰腺癌患者，11月末入院，12月上旬做完手术，1月3号就走了。

眼前三个人脸色都凝重，秦飞懂了，这是不治之症。他拿起手机，想搜索还能活多久，但当着柳志华的面，他做不出来，把手机丢到一旁。

柳漾问："查出多久了？"

陈玉兰说："你过生日前几天查出来的。"

柳漾的生日是4月17号。她看着柳志华,他脸色暗黄,骨瘦如柴,跟柳漾商量办酒席时,他还冲去卫生间里吐过,当时陈玉兰说是喝多了,但也许是胰腺癌的症状。

所有被确诊胰腺癌的患者,都会被医生嘱咐:"多吃点儿爱吃的,有什么心愿就去完成。"柳漾看看柳志华,又看看陈玉兰,明白他们私奔的原因了。柳志华只剩最后这点儿时间,想善待自己,也想弥补被他辜负的女人,他们是结发夫妻,但这辈子还没能一起去哪里旅行过。

柳志华对秦飞说:"等你出院,我就跟你回去,跟你妈和杰杰把话都说清楚。你不要怪我,我把钱都留给他们了,人生就剩这几个月,想出来走走看看。"

生命进入倒计时,他还每天接单,干到半夜才回来。秦飞鼻酸,说不出指责的话:"为什么来桂林?"

柳志华笑道:"年轻时就听说桂林山水甲天下,太远了,舍不得花路费住宿费,现在老了,就来看看。"

他就那点儿钱,都留给家里人了,出来旅游,只能挑最负盛名的。柳漾把眼泪忍回去,问陈玉兰:"我们不找来,你们打算一直玩下去?"

陈玉兰说:"那也不行,外头开销大,把桂林玩个遍就回团风。你爸是村里人,能土葬,地也看好了。"

柳漾喉头哽了一下:"那你呢?"

"你爸活到什么时候算什么时候。以后……以后我再回公司上班,我是老员工,老板可能会返聘,不返聘我就再找事做。"陈玉兰神情哀伤,但说得有条有理,可见跟柳志华一一商量过。

柳漾不难猜到,柳志华确诊后,晴天霹雳,来家里商量给女儿办婚宴,忍不住说了出来。陈玉兰本来只想陪他最后一程,被冯鹃一闹,索性决定复婚,复婚就光明正大了,谁也反对不了。

护士来给秦飞查体温,柳漾气闷,出去站了站。柳志华年轻时胡闹,坑了陈玉兰,年纪大了,竟然再坑一遍,她妈就活该当他的养老院、重症监护室、冤大头吗?难过的是,她妈甘之如饴。

秦飞找公司请了假,对蒋馨月只说是出差,冯鹃打电话找他,他按掉了，发去文字信息："昨天半夜找到他了，他同意回来，情况有点儿复杂，我扭到脚，休整两天，大后天回来。"

冯鹃发来欢欣鼓舞的表情符号："我跟杰杰说！"

她问都不问陈玉兰，只要男人回家，她就一笔勾销，秦飞放下手机，背过脸去。长江大桥上，柳志华说起曾有一位姓乐的战友，下岗后开了电器修理行，修旧货时发现商机，搭着进点儿老货卖一卖，为此远去青岛大连，但他和妻子乘坐的客船翻沉于大海。

"人没长后眼，是机会还是绝路，你不知道。"柳志华伏在栏杆上看夜色中的长江，沿岸建筑物的灯光投射在江水上，明明灭灭，他跟秦飞说话，又或是在自语，"每次想到乐世华，我就想，天有绝人之路。你看，没有船，江上就不能走，这么大地盘，不能住，不能走。"

所以在他人生的最后时光，他想要远走。秦飞终于明白那晚柳志华为何反复感叹人看不到未来。他得了不治之症，没有未来。

02

柳漾给赵东南打了电话，他那头很吵，死伤者的家属们群情激昂，围堵电信公司门口，社会影响恶劣，他挨定处分了。她心里堵得更厉害，回病房喊出陈玉兰："你俩都没钱了吧？"

陈玉兰苦笑："他有医保，没花多少钱，这个病没得治，不怎么花钱。"

"我把他的病历拿给我们院里的方主任看看。"胰腺癌后期会很受罪，需要多买些止痛药缓解痛苦，办丧事也得花钱，柳漾跟陈玉兰说得明白，"我结婚，老柳帮着办嫁妆，他掏了钱，他的事，我也会出钱，但你要适可而止，不能为了救他，就把自己都搭上。他是病人，你再倒了，我不好办。"

陈玉兰说："我做过体检，什么毛病都没有。你放心，再怎么样，房子过户给你了，就是你的财产，我不会动它。"

柳漾说："我不是这个意思，你不拼命，我才放心。"

秦飞伤重，没法出行，柳志华又反反复复低烧，吃东西也只能吃一点

儿。柳漾去请护工，但护工紧俏，第二天下午才能到位，她记挂赵东南，买了次日傍晚回武汉的高铁票，深夜才能抵达。

赵东南一脑门子事，还得受处分，他苦盼的升职可能也落空了。柳漾揪着心，暂时没跟他说柳志华患了癌，把他的病历一页页拍下来，发给院里的方主任看。

晚上，陈玉兰和柳志华出去买饭，柳漾留下来看护秦飞。小护士跟她是同行，很喜欢和她聊天，见她和秦飞很默契，又熟稔，以为是恋人，问："你老公是做什么的？"

柳漾摇头："不是我老公。"

小护士误会了："你们还没结婚？"

邻床的病人家属说："我上午就听明白了，是亲戚，亲戚对吧？"

秦飞和柳漾齐声答道："对。"

柳漾查看武汉天气。秦飞忽然问："你说，他们为什么被逼到这份上，才肯说实话？"

柳漾中午也问过她妈，她妈说："不说你就反对，说了你更反对，不都一样？"

柳漾无奈："我认得的医生总比你多吧，治不好也能帮他减轻一点儿痛苦。"

陈玉兰叹口气："你爸的病，他自己最清楚，我和他也找过很多专家。"

连日来，陈玉兰总是这副拒绝合作的态度，柳漾多少明白了几分，跟秦飞说："他们把我们当小孩子。"

秦飞不满："我都快三十岁的人了，你也结婚了，都不是小伢，我妈也是，一口一个我的事你莫管。"

柳漾笑道："很简单啊，我们是普通人。父母的衡量标准很简单，你赚钱多，在社会上比较成功，他们可能才肯把你当大人。"

这是她和赵东南领证后悟到的。赵东南是区电信公司的小中层，级别和工资比他爸妈都高些，他在他们面前说话有分量。自家爸妈东瞒西瞒，其实就一点，他们把她看得很扁，觉得跟她说不着，说了没用，若她是主任医师、副院长，就另当别论了。

柳漾表态会去托关系求医，陈玉兰也提不起劲，固然是柳志华得了被专家们宣布无药可救的绝症，恐怕还有一个原因，她心疼女儿求人艰难，怕她还不起人情，柳漾心知肚明。

秦飞静下来，他认同柳漾的说法。他没赚到钱，还在家里住，在他妈面前不可能有话语权。假如他纵横商场，是本省杰出企业家，别说在他妈面前说话一言九鼎，几百年不来往的老亲戚都会把他当青天大老爷，前来求告。

陈玉兰和柳志华带回饭菜，柳漾缓和气氛，问些旅游见闻，陈玉兰很配合，给她和秦飞看沿途拍的照片和视频。守到晚上9点半，同屋病人睡了，两人撤了。

柳漾头一沾枕头就睡着了，第二天护工来了，她交代了注意事项，打车去高铁站，晚上快11点才到武汉。

到家后，公婆都睡下了，柳漾发现赵东南也受了伤。交通事故死伤者都是郊区村里人，扛着农具就杀来了，赵东南和几个同事额头都磕破了，还有个保安被锄头伤到后脑勺，当场晕厥。

柳漾为赵东南做热敷，再为他舒活筋骨，两人聊到后半夜才睡。早上，赵东南去上班，他刚一出门，柳漾就被张玢喊醒了，张玢憋了快两天的气，恶狠狠地发作了。

柳漾睡得稀里糊涂的，听了半天才搞懂，赵东南受了伤，张玢恼恨她没有及时赶回来。一个普通护士，被带出去开会，只有坐在台下听医生发言的份，请假回来照顾男人才是天经地义。柳漾要是别的工作也罢了，她干的就是护理，陌生人她都能尽心照顾，对自家男人却漠不关心，平时亏着她了？

不好好伺候男人就已经是罪该万死了，张玢更生气的是柳漾胆敢撒谎。赵东南受伤当天，张玢打了邵清平的电话，柳漾不敢请假，她请。

接电话的是邵清平的助手，他说邵医生正在手术室抢救病人。张玢问："不是在桂林出差吗？"

对方说："阿姨，你是不是找错人了？这是邵医生的私人电话。"

张玢气得七窍生烟，等赵东南回来，她试探了几句，儿子竟然替媳妇隐瞒，这就大有问题了。

赵东南被公司的事弄得头大如斗，张玢忍着没拆穿，今天她特地请了一上午假，审问柳漾："你跟我说实话，是不是打胎去了？"

柳漾惊呆了:"妈,你在说什么?我没怀孕。"

张玢不信,陈玉兰是本地人,柳漾没外地亲戚,撒谎说去出差,其实去了哪里?为什么连赵东南也替她隐瞒,还语焉不详,眼神闪烁,有鬼。张玢反复琢磨,推论柳漾人就在武汉,躲起来是因为刮宫大伤元气,在补养。

柳漾被张玢的想象力打败了,翻包拿出车票:"妈,你看。"

张玢不屑:"你们年轻人都会搞小花招,算着我会问,特地买两张票堵我嘴是吧?"

"一来一回要六七百呢。"柳漾本想给张玢看她开的住宿发票,但张玢一副严审的口吻,她的火气也上来了,喊她一声妈,她还真把自己当妈了?她柳漾可是连自己的亲妈也照样甩脸子。

不仅没审出名堂,连句软话都听不到,张玢恨声道:"打胎对身体不好,一个不注意,以后再也怀不了,你看东南还要不要你!"

柳漾今天要上小夜班,从下午4点上到凌晨1点,她呵欠连天,靠着床头,合上眼睛,不想再谈:"真没怀孕,真没流产,不要疑神疑鬼了。"

张玢厉声道:"你这是什么态度?"

柳漾火了,向来别人大声一句,她会大声三句,能忍张玢这么半天,只因她是赵东南的妈,但再忍下去,她做不到,于是板起脸:"我就这个态度,等东哥回来你问他吧。"

张玢大怒:"你怕是翻了天吧?!"

柳漾不理她,刺溜躺下,闷头睡了。等张玢出去,她飞快地拨打赵东南电话,极小声说话:"你妈怀疑我躲出去打胎,等她问你,你就说我结婚后,家里冷清,我妈心里低落,我带她去散心。"

赵东南简直无语:"她真是想一出是一出。"

然而,这个借口依然让张玢牢骚满腹,柳漾带她妈去散心,这是孝道,是好事,她举双手赞成,为什么要撒谎,是怕她攀比吗?她们单位每年组织公费春游秋游,不眼馋别人自费旅游。赵东南敷衍着:"漾漾怕你认为她厚此薄彼,还怕你怪她瞎花钱。"

张玢嗤一声。赵东南继续说软话:"我和漾漾商量过了,今年过年,全家去东南亚旅游,怎么样?"

张玢说:"没这个必要!你俩早点儿生伢才是正经事!"

赵东南心浮气躁，摁了电话。交通事故让公司承受巨大的舆论压力，赔偿费也惊人，他挨了处分，升级调岗都泡了汤，还被领导叫去谈话，让他带带刚从校园招聘的应届毕业生。

这是被打入冷宫了，但领导的话讲得很艺术，夸赵东南是中心的技术尖子，新来的大学生缺乏实践经验，跟着他学习才能以最快速度上手，还半开玩笑地拱拱手："缺人缺疯了，你给我立个军令状，三个月，交出能做事的人。"

未来三个月很关键，不仅要培训应届生，还得做点儿成绩，重新回到事发之前的局面。快三十岁了，再不做点儿成绩出来，前路不好走。赵东南又看了看银行余额，无论如何，还得早点儿买房分开住，他没空整天应付家庭矛盾。

急诊中心又接诊了五花八门的病人，心衰的，结石的。其间还有对夫妻来扯皮，一个女孩被酒驾司机撞飞了，司机是老混子，家里就剩老父亲，说多年不来往，并且拿不出赔偿金。

女孩孤零零地躺在医院，她的家人没来过，下午，她死于手术并发症，她哥嫂出现了，质问医生为什么罔顾一条人命，要求医院赔偿。沈维和柳漾都气得跳脚，这个世界充满农夫和蛇的故事，上天总是没那么公平，那女孩才二十三岁，大学刚毕业。

入夜后，病情较重的病人多了起来，柳漾三口两口吃完晚饭，回岗工作，急诊门口爆发出痛哭声。死者大学毕业才一年，欠下三十几笔网贷，利滚利还不起，绝望之下吞安眠药自杀，合租室友打了120。那片小区门口夜市摊挤得水泄不通，救护车开不进去，随车林医生和担架员接力把人背上救护车。

死者十几平方米的卧室里堆满了名牌球鞋和电子产品，家长刚赶来就听说儿子不治，抱住医生大哭。另一个病人着急地扯开他们，他家孙子还等着医生治病。

也有好消息，一个高危白血病患者被宣布治愈，给医生和护士送来夜宵。患者历时三年多，化疗，移植，感染，排异……终于被治好了，抱着主治医生亲了一口，柳漾和沈维等帮过她的护士她也牢记在心，单独送了护

肤品。

柳漾凌晨下班回家,想到这个患者还止不住嘴角上扬。她睡到上午快10点才醒,赵东南竟然请假在家,他说要召开家庭会议。

结婚之前,赵东南几乎不做家务活,张玢最多让他把饭蒸上,也就是淘淘米,丢进电饭煲了事。领完结婚证,柳漾搬过来住,如果正好赶上两个人都在家,她就指挥赵东南打下手。这社会贫家贵儿太多了,都是家长惯的,赵东南是她丈夫,她得一点点儿修正他,双方都是家庭成员,上班也都挺累,凭什么只有一方干家务活?

张玢有天下班回来,赵东南在洗葡萄,柳漾袖着手,教他怎样才洗得干净。赵东南洗完找只汤碗装上,喂柳漾一颗,再自己吃一颗,两人在厨房里闲聊,嘻嘻哈哈,过了半晌,柳漾才看到张玢垮着一张脸,瞧了他们半天。

那一瞬间柳漾甚至有一种错觉,这人不是赵东南他妈,是跟她争风吃醋的女人。她背地里问过,赵东南承认是没为他妈洗过水果。当然,剥个橘子橙子还是有的,但他想削个苹果,他妈都会让他放着她来。人一懒,就懒习惯了。

柳漾做好午餐,张玢回家吃饭,吃完碗筷一丢,要去午睡,被赵东南叫住:"妈,给我十分钟,我有话说。"

昨晚柳漾上小夜班去了,母子俩当着赵捷成的面谈过,张玢知道八成还是这件事,抗拒道:"我下午要开会,必须养足精神,晚上再说。"

"就十分钟。"赵东南问得很直白,"妈,你到底为什么不喜欢漾漾,就因为她是单亲家庭,家里没钱?"

张玢以为是柳漾怂恿,剜她一眼:"你倒是说说,我怎么不喜欢你了,就只晓得跟东南告状。"

很多人很害怕把场面搞得尴尬,宁可忍气吞声,但柳漾不在乎,医院里尴尬场面多的是,她答道:"就你这个语气态度,喜欢我就见鬼了。"

赵东南说:"你看看,当着我的面就这么对漾漾,我不在场的时候,也找过碴儿吧?妈,漾漾没向我告状,但我长了眼睛也长了心,你喜不喜欢她,我有数。漾漾每次下班回来,都把家里弄得干干净净,还让你到家就有热饭吃,你还要她怎样?"

张玢脸上挂不住:"我敢要她怎样?有了媳妇忘了娘,我不说了,以后你俩的事，任何事我都不说了！"

看来赵东南昨晚也被他妈审问弄烦了，柳漾偷笑，赵东南把她肩膀一揽："有了媳妇忘了娘，这话不对吗？妈，我小半生都是你养育照顾，大半生都得跟漾漾过，她是我媳妇，我不要求你喜欢她，但你能不能不给我添乱？你跟她作对，吵起来，收拾烂摊子的人是我。我最近工作不顺心，家里好歹让我省点儿心吧？今天请假跟你说这些，是希望一劳永逸，以后在家能过点儿太平日子，不要没事找事。"

张玢负气道："就问了几句是不是去打胎了，你们一个个就有这么多话说，行吧，你们想怎样就怎样！"

卧室门"砰"的一声响，柳漾笑了，她很感谢赵东南为她出头，但不认为张玢会做出改变，张玢活了五十七年，一直那么活，不可能因为儿子一番话就醍醐灌顶，判若两人。柳志华不也是，若不是查出胰腺癌，他还能跟冯鹃按惯性过下去。

赵东南额头的伤还没好，柳漾把他送到门口："我下午买点儿骨头炖汤，你晚上早点儿回来。"

赵东南亲她一下："晚上肯定早点儿回来。"

赵东南一走，柳漾就出了门，她不想张玢午睡起来又对她摆脸，影响心情。

肿瘤科方主任做完手术，柳漾在手术室外截住他。在桂林时，她就把柳志华的病历记录发给方主任的助理了，当天晚上，方主任就说情况不大好，这下见着面了，他挺不忍心，让柳漾在他坐诊那天带父亲来看看，他根据病人情况，调整几种药，争取能缓解一点儿痛苦。

专家们都已无力回天，柳漾找了个空位坐了半天，既为她爸难过，更心疼她妈接下来每一天都会过得很辛苦，可她拽不回她妈。

沈维今天在上班，见缝插针送来一杯奶茶，陪柳漾待了几分钟。这世上从不缺少把吃苦当成勋章的女人，别说陈玉兰了，沈母也没少自找苦吃。

沈母工资比沈父高，但家务活几乎都是她做，饭桌上也习惯把好菜夹给沈维和她爸，自己就吃点儿边角料，平时还常吃剩菜。沈维最看不惯她妈这一点，家里生活条件不说多好，起码算小康，却非要把自己弄得像个二等公民不可。她跟她妈说过无数次，但就像她妈催婚一样，互相都当成耳旁风。

人活一世，舒坦就行，但妈妈们似乎总得找点儿办法显示自己稀罕，劳苦功高，没有困难也要制造困难。事到如今，柳漾倒宁可她妈只是节省，反正她三不五时会给她妈买些吃的穿的，但她妈显然是比一般人更顽固，别的夫妻大难临头各自飞，她倒好，柳志华病入膏肓，她却拿出了亡命鸳鸯的气概。

03

秦飞和柳志华回到武汉，冯鹃一眼就发现儿子受伤不轻，一气骂了半小时不停歇，还上了手，又是拧又是掐的，连当事人秦飞的劝也不听。秦飞想去找蒋馨月，但怕伤势吓着她，躲进房间玩网游。

蒋馨月这几天很忙，秦飞在桂林给她打电话，她匆忙聊几句就去忙了，发信息也很久才回。柳志华买的桂林纪念品都拿不出手，秦飞在网上买了几样，打算见面再送给女朋友。

在回来的高铁上，秦飞就让冯鹃把柳俊杰支出去玩，好让柳志华跟冯鹃单独摊牌。等冯鹃骂累了，柳志华把病情和盘托出，他说得很详细，冯鹃听明白了，他得的是最凶残的癌症之一，无药可医，最多还能活半年，也可能两三个月。

柳俊杰下半年就读六年级，面临小升初，家里有个绝症病人，又是低烧又是呕吐，很影响他学习，而且小孩子抵抗力差，柳志华计划从明天起就搬去陈玉兰那边住。

生死面前，冯鹃让了步，她不反对柳志华和陈玉兰来往，但复婚坚决不行："说句不该说的，你只剩几年，有必要离婚？"

"她希望我和她复婚，这也是我本人的想法。你也知道，跟你结婚是没办法，秦刚进去了，你大着肚子……"柳志华顾不上体谅冯鹃的心情了，"我就剩这几个月，你放了我，行不行？"

冯鹃断然道："不行。那老子岂不是活成了试卷上一个叉？"

柳志华着急："你又要摆摊，又要照顾杰杰，没空也没精力再照顾我。

陈玉兰大度，愿意帮忙，我总不能既要她帮忙照顾，又不满足她的心愿吧？我把钱都给你们了，女儿出嫁我也只象征性地给了一点儿，你也为我想一想。"

冯鹃不说话，柳志华搜肠刮肚，连秦飞考上大学办酒，陈玉兰露面，都做出了解释：摆酒太贵了，他私下找陈玉兰借了钱，陈玉兰是去送钱的，不是存心让冯鹃难堪。

冯鹃说："那我再让一步，陈玉兰出力，我出钱，你在我们这栋楼租套房子，吃住都归我。我和杰杰去看你也方便。"

柳志华说："我们小区最小面积是二室一厅，一个月几千块租金，划不来。"

冯鹃很坚持："其实是你自己的钱，羊毛出在羊身上。"

柳志华摇头："只有那点儿钱，是留给你跟杰杰的。"

"既然我也有份，那我就有支配权。老柳，我为你花不了几个钱了。"冯鹃眼圈一红，强忍的眼泪掉下来。

说一千道一万，冯鹃就是不肯离婚，柳志华敲了秦飞的门。秦飞却很赞同冯鹃，在本小区租房子住是折中方案，但柳志华不肯再有支出："后事再从简，也得花点儿钱，浪费在租金上，没必要。"

一个人平静地说着自己的葬礼，一五一十地算着可能会花费的钱，冯鹃面露恻然，进厨房待了许久。

柳俊杰打完电动回家，见到爸爸高兴坏了，连柳志华从"捷克"带给他的进口零食和礼物都顾不上拆，但他很快就注意到秦飞的伤，追问是不是被他同学段文轩家的人报复，秦飞说是工作应酬喝了酒，一脚踏空，柳俊杰不大信，跑去问冯鹃。

厨房里，冯鹃一双眼睛又红又肿，柳俊杰慌了："哥哥是不是被人打了？"

冯鹃摇头，柳俊杰问她是不是又炼辣椒油了，她说是，柳俊杰连忙从冰箱里拿出一支蛋筒冰激凌："奖励老妈，吃个贵的。"

这家伙自己就吃个老冰棍或牛奶小布丁，秦飞鼻子一酸。晚上出完摊，他把柳志华喊到旁边："关键时刻关键对策，我妈是真做了让步，你不在乎她怎么想，总要为杰杰想想吧？"

这几天，两人在病房相处下来，关系近了点儿，柳志华终于肯把秦飞当

成年人看待,坦陈难处。这十几年来,他被冯鹃管着钱,陈玉兰独自把女儿拉扯大,他心有亏欠,陈玉兰没有再嫁过,她就复婚这一个心愿,他不想让她失望。

柳志华没几年活头了,秦飞完全无法理解陈玉兰:"她一定要争这口气?"

柳志华没有正面回答,聊起年轻时在部队看过的书。他初中都没读完,不爱看书,但当兵生涯很规律也很枯燥,反倒看上书了。

部队图书室里的中国古代诗文歌赋到世界名著,柳志华都看过。他说自己别的本事没有,记性好,三十年了,还记得汉代有一首乐府诗《上山采蘼芜》。

诗里的女人是弃妇,上山采香草时偶遇前夫,长跪问故夫,新人复何如。前夫回答新人不如故,弃妇才释怀。柳志华说当年读这首诗,也就随便一读,知天命之年才开了窍,千百年来,很多女人一直在争这口气,都在追问:"你那位新人怎么样啊?"

男人终于读懂了这首诗,但命数将尽,坦然对继子交心:"我确实不是东西,在外面乱来,但没想过要跟陈玉兰离婚,她也不想,可惜你妈死也要生杰杰。"

柳志华出轨,是扎在陈玉兰心头的刺,她提出复婚,等于是摁着柳志华的头,让他向过去那些年认错,让他告诉所有知情人,他错了。秦飞理解她耿耿于怀,但冯鹃怎么肯接受"新人不如故"?

秦飞无计可施,给蒋馨月打电话,蒋馨月却在高铁上,她被客户聘请去珠海跟拍婚纱照。秦飞发去信息:"我妈在看一部言情剧,我也瞟了几眼,女主角明知男主角得了绝症,活不了多久,还非要在他死前办婚礼不可,我妈看得一把鼻涕一把泪的,女的真会这么想吗?"

蒋馨月回复说:"这叫真爱。"

秦飞问:"连后果也不计较?"

蒋馨月说:"后果就是她想要的,一辈子都是他的发妻。我大学室友暗恋我们院的学生会主席,还说过恨不得把他打残拖回家呢!他落魄潦倒是最好的,谁也不要他了,就她还不忘初心,收留他,照顾他,从此他就老老实实只属于她一个人。"

"真可怕。"秦飞倒也不难理解,不然医院里哪有那么多为情自杀的病号,但当事人都年过半百,还这么能疯,有点儿棘手。

冯鹃看不得柳志华病恹恹的样子,赶他回家陪伴柳俊杰,秦飞劝她放手,她怒容满面:"她将我的军,我就认输?"

秦飞说:"你不希望老柳死不瞑目吧?"

冯鹃说:"别的女人不离婚,最爱说的一句话就是拖死他,我真能拖死他。他死之前还想离婚,他不怕伤我的心,我也不怕伤他的心。"

秦飞说:"你不跟别人说你们离婚不就行了。"

冯鹃说:"捂住鼻子骗眼睛!眼睛看不到,鼻子就不存在?骗别人容易,骗我自己难,我当寡妇别人都同情,离两次婚,连我自己都觉得丢脸。我也讲脸,我也有心,他为什么一定要说出来,我这一生也太失败了……"

冯鹃炒着面,声音哽咽了,她借着油烟四起,脸侧向一边,大声咳嗽。秦飞静静地走了。算算时间,柳漾今天休息,他把车开到省博物馆附近。柳志华说过,女婿对女儿不错,婚房买在省博对面的小区,是复式结构,上下两层楼。

秦飞发去请求面谈的信息,柳漾跟赵东南说:"秦飞找我有事。"

赵东南在给实习生做培训计划,没反应过来:"谁找你?"

"老柳那边的女人跟前夫生的儿子。"柳漾说完,自己都笑了,"有点儿复杂。"

赵东南一琢磨:"也不复杂,你们共享一个弟弟。"

柳漾只见过柳俊杰一面:"我才不认他。"

赵东南说:"认不认都是你弟弟,他姓柳。这么算的话,秦飞算你哥?"

"哥个头,我跟他又没有血缘关系。"柳漾指示秦飞去了一家餐厅,带着赵东南来了。赵东南还记着婚礼那天冯鹃闹的那一下,但秦飞在桂林拽了柳漾一把,两相抵消,他打个招呼坐下,安静地听这两人就父母婚事掰扯。

柳志华和冯鹃谈判破裂,秦飞如实道来,赵东南淡淡观察这位名义上的大舅子,穿衣风格很休闲,还像个大学生,时髦那一路数的。论年龄,秦飞比柳漾大,但找她谈家事,拿出来的是讨教的姿态:"老柳是我弟弟的爸,他留给我弟弟的时间不多,我不希望弟弟长大了怪我没把他爸留在身边,但我能想的办法都想了,只能找你帮忙。"

柳漾对柳俊杰谈不上有感情,但设身处地想想,那孩子才十一岁多,对

人生毫无自主权,连知情权都被剥夺了,当柳志华搬去和另一个女人居住,他能得到真实的解释吗?他只会被糊弄。他成年后,回想起他爸在死之前还执意和他妈离婚,他如何看待他爸,会追悔,还是怨恨?

跟秦飞谈完第二天,柳漾回家找她妈,她不是为柳俊杰而来,她就是不明白:"为老柳送终,操持后事,又烦琐又辛苦,想过没有?"

陈玉兰说:"是烦琐,我家他家的老亲戚都得通知,所以必须复婚,不然我就是个前妻,办丧事名不正言不顺。"

柳漾气不打一处来:"你还想趁这个机会告诉所有人,你笑到最后了是吧?"

赵东南没按住,柳漾果然又冒出了讥讽之语。不过其实她在赵东南面前说得更直接些:渣爹圣母娘。圣母娘还真点头:"一定要复婚。他找村里要的地盘大,他旁边就是我,等我以后也不在了,你俩也不用多操心,请人抬个棺材就行。"

老一辈讲究入土为安,柳漾的病人里有条件的一般都土葬了,但陈玉兰连葬在一起都考虑到了,九头牛都拉不回来了。她彻底噎气:"出轨让你伤心,后事让你操心,他净抓着你欺负了,你还真是大人大量。"

她打左脸,陈玉兰伸过来让她打右脸,平静道:"你爸说了,这一生注定要对不起一个人,那就对不起我吧,债多不愁。"

在柳漾发火之前,赵东南飞快递上手机,给陈玉兰看转账记录:"妈,我和漾漾打算买房,拿不出更多钱,这八万块钱你收下,她爸吃的喝的都别省钱,你自己也别过得太省。"

陈玉兰要退回去:"我们有钱,你们攒着买房子。"

柳漾没料到赵东南有此一举,但这样也好,女儿女婿都尽到心了,她说:"再怎么样,他生我养我一场,我不能不表示。你拿着吧,为我办完嫁妆你手上就没钱了,别硬撑。要是我不去桂林,你可能到他快死那天才通知我吧?算了,我以后再也不干涉你了,他不行了你再通知我。"

柳漾被气昏了头,赵东南赶紧拉着她道别:"妈,你注意身体。"

柳漾头也不回地出了门,她妈执迷不悟,她只能让她自生自灭。出门后,赵东南说了实话,这年头女人居然还有"葬入男人家祖坟"的旧式想法，他感到很震惊。柳漾说这种女人不在少数，躺在病床上数落丈夫不拿钱回来，在外跑几年业务没挣到钱，信用卡和网上小额借款都有欠款，她还不敢问，一问男人就发脾气，急眼了还动过手，但最终都会落到一句话："但是他平时对我很好。"

沈维故意问："怎么个好法？"

女人们却说不出什么了，转而说她为家里做了多少贡献，只要儿女、公婆和男人吃好穿暖，她吃馒头都高兴。邻床的女人附和说："就是啊，男人在外面赚钱也不容易，你把公婆伺候好，家务做好，孩子管好，就是对你老公最大的支持。反正他对你好，一点儿钱嘛别看得太认真。"

都什么年代了，还得"伺候"男人一家？柳漾简直怀疑这人在说反话，但看神情又不像。在医院里，多荒诞的想法，柳漾都听到过，她妈是不可理喻，但不足为奇。

实在是被恼了心，柳漾说不管她妈，真的就没管了，如常上班下班，休息日在家做饭和备考学习。没消息就是好消息，就算哪天父母复婚，也不关她事了。

04

那天在西餐厅和柳漾见完面，秦飞着手跳槽。目前的工作就图个轻松自在，饿不死，但技术没有核心竞争力，他迟早要承担一家之主的重任，不赚钱不行。

秦飞大学读的是自动化控制，在生活里应用很广泛，换个有发展的工作不难。柳志华已不能再为家里带来收入，但柳俊杰一天天长大，冯鹃一天天变老，花钱的时候在后头。

沁宁空间信息技术公司录用了秦飞，公司主营自动化监测预警系统，在地质灾害和气象灾害领域很有建树。人事部门通知秦飞下周一去报到。他向蒋馨月报喜，问她在不在店里，蒋馨月迟疑了一下："我来找你。"

秦飞买了礼物，订了晚餐，想借这个机会说出秦刚的事，再瞒着蒋馨月

就太不够意思。蒋馨月拎来一瓶酒,却是来提分手的,她躲了秦飞数日,决定面对。秦飞去桂林前夕,蒋母介绍几个客户来拍照,其中一人参观照片墙,墙上挂有秦飞和客户小朋友的合照,也有他和柳俊杰的合照,那男人问:"他姓秦吧?"

蒋馨月说:"是我男朋友,你怎么认得?"

"我认得他爸。"男人犹豫了几天,还是跟蒋母说了。秦刚捅伤柳志华,逃跑时撞死路人,路人的妻子是男人的同事,在超市库房上班,男人代表超市亲手发了抚恤金。然而秦刚因为抢劫被判刑,家里一贫如洗,女人没拿到多少赔偿,在超市干了几个月就辞职了,听说为了养活儿子,她什么活都做。

蒋馨月本来计划带秦飞见父母,父母听说秦飞的爸撞死了人,还抢劫,勒令女儿必须分手。

秦刚入狱后,冯鹃和秦飞都没去探过监,就当这人不存在。蒋馨月对秦飞又怨又不舍:"你早点儿跟我说实话,我还能有个思想准备,在我爸妈面前能为你说点儿话,现在是别人抖出来的,我一下子就被动了。"

秦飞明白她爸妈会说什么:"一开始就不诚心,就想把你骗到手。"蒋馨月哭得他很愧疚,咬牙道:"我爸是抢劫犯,这是客观事实,我改变不了。小月,你想分手,我理解,我保证不再纠缠你。"

蒋馨月哭着走了,秦飞追了几步,颓然站住了,把眼泪忍回去。好友阿豹打来电话,祝贺他进了大公司,笑闹着让他请客,他把阿豹约在东湖边,叫了鹃姐大排档的清蒸大虾和啤酒,等阿豹来了,两人席地而坐,不醉不归。

阿豹说:"炒虾球和油焖大虾都好吃,清蒸的太淡了。"

清蒸小龙虾最考验新鲜程度,冯鹃总把最好的虾单独分出来做清蒸,而且不扯虾线,蒸出来虾肉才紧实。秦飞说:"清蒸不用扯虾线,蒸的时候还能做点儿别的,免得我妈忙不过来。"

阿豹得知秦飞和蒋馨月分了手,感慨不已。他媳妇乔蓝是武汉本地人,谈恋爱那会儿,乔蓝家里就不同意,阿豹是外地人,山西小县城出来的,父母都没正式工作,自家女儿虽然不算漂亮,但找个同等家境的本地人不难,找外地人图什么?

乔蓝说:"我们互相喜欢,而且他对我好。"

乔母说:"对你好是最起码的标准,不值得单独拿出来说,而且人的想法是会变的,今天对你好,明天就可能对你不好,找对象要综合评估,不能光看这一点。有句话你记好,贫贱夫妻百事哀。"

乔父提醒女儿,阿豹是家里独子,他在武汉安家,等他爸妈年纪再大些,必然会接来武汉,但年轻人和老一辈生活习惯不相同,早晚会闹家庭矛盾。乔母平时经常上网,语重心长:"网上都说了,凤凰男嫁不得。你嫁给他,等于是扶贫,到时候不光是他,他老家所有亲戚都缠上你了,甩都甩不脱。"

乔蓝打死不分手:"豹哥说了,他努力赚钱,买两套房子,一套是婚房,一套他爸妈住。没买两套房之前,他爸妈就在山西住,不会跟我们挤在一起。"

"结婚了他变卦了你也没办法。"乔父见女儿以泪洗面,只能妥协,"那我们换条思路,小鲍肯不肯当上门女婿?"

乔家也就一套三居室,存款几十万,不算多殷实的人家,乔蓝问:"怎么个上门法?"

乔父说:"我们就你一个姑娘,以后你们孩子姓乔,逢年过节在我们家里过。"

乔家父母的要求,阿豹一口答应,孩子是他和乔蓝的孩子,姓什么不重要。连他爸妈也想开了,儿子能结婚,在武汉有个落脚的地方,他们就心满意足:"大城市的独生姑娘养得金贵,她家要是提出几十万彩礼,还要你买房才结婚,我们拿不出来。"

阿豹大学时就在外面做兼职,他和乔蓝结婚之前,买了一套二居室,家里只帮了十万块钱,大头还是找亲戚借的。

既然是上门女婿,乔家没要彩礼钱,陪嫁了全部电器,还送了一辆二十来万的车。阿豹现如今的目标是再赚些钱,在婚房附近买套房子安置父母,他拍拍秦飞的肩:"没别的路,闷头赚钱吧。"

阿豹仅仅是没家底的外地人身份,就被女方父母嫌弃。秦飞无法责怪蒋家父母,他是抢劫犯的儿子,当父母的谁心里不犯嘀咕?自己迟迟不肯直说,不就是因为一直被人嘲笑吗?女朋友和她家里怎会例外。

代驾送秦飞回家,半路上,柳漾找他:"上次你妇联的熟人帮了曹燕林,未成年女孩她们也能帮忙吗?"

急诊送来了一个刚满十岁的小女孩,她爸妈都是农民工,生了女孩和她弟弟两个孩子。小女孩的弟弟比她小两岁,生他时还没开放二胎政策,罚了款。平日里都是小女孩看管弟弟,弟弟好奇,手伸进机器里,左手掌被绞得血肉模糊。

弟弟残了一只手,小女孩被爸妈打个半死,此后每次爸妈稍不顺心就打她,骂她:"残废的怎么不是你?"

今天晚上,小女孩的爸妈吵架,摔凳子砸碗,小女孩劝架,却被她爸用皮带狂抽,邻居听不下去,报了警。110赶去小女孩家,她身上血痕斑斑,还被她妈用碎碗片在手掌和胳膊上划了好几道。

饭碗摔到地上,溅起的碎碴飞进小女孩的眼睛,警察把她送来急诊。秦飞赶到617医院,医生们在为小女孩缝针,柳漾问:"监护人虐待她,妇联有办法吗?"

秦飞又找了乔蓝的表姐程惠敏,程惠敏听说小女孩的爸妈是生身父母,长长叹气。目前国内对监护人的监督机制还不完善,这种情况只能批评教育,拘留五天就已是严厉的惩罚了。妇联等机构组织一直在着手研究建立完善未成年人监护干预制度,制定困境未成年人家庭监护干预政策,但落实到推行还需要时间。

小女孩出院后,还得回到那个人间地狱去。柳漾又去忙了,秦飞在输液区呆坐,小女孩的爸妈和他爸秦刚一样,根本不配当父母。

有病人独自来输液,举着点滴袋去上卫生间,回来的时候挂点滴袋,手背回血,秦飞帮她挂上去。柳漾看到了,给人打完针,过来问他:"酒气这么大,喝了多少?他们又烦你了?"

柳漾不想再过问柳志华的事,几天都没和陈玉兰联系,以为秦飞是来诉苦的。对着这双弯弯笑眼,秦飞不知何故,竟然说出失恋,柳漾问:"原因呢?"

"她妈熟人认出我和我爸长得像。"秦飞只说了这一句话,柳漾全都听懂了。她父母离异,家里穷,就被婆婆横挑鼻子竖挑眼,更何况一个抢劫犯的儿子,女孩的家庭会认为跟他结婚是跳火坑。她边忙边问:"你打算怎么办?"

秦飞说:"她做出了选择,通知我,我还能怎么办?长痛不如短痛。"

柳漾叹息,若你被人嫌弃出身,她将永远以此看轻你。你个人穷,还能设法改变,但你父母怎样,你改变不了。这些天,张玢没有再找她的碴儿,但张玢能撒气的只有儿媳,还会有下一次。她说:"喜欢到离不开的地步,就去争取她。"

秦飞投入新工作,没去找蒋馨月,倒是去了一趟江夏区,找到被他爸撞死那人的孤儿寡母。男孩叫张晓锋,读初三,秦飞找校方打听贫困生情况,张晓锋的名字在其中。但自己姓秦,张家可能会有不好的联想,秦飞让阿豹出面,以好心人的身份,每个月资助张晓锋一笔生活费,考上大学则会一次性给出学费。

办完这件事,秦飞心里轻松了点儿。有天他下班回家,家里另外三人哭成一团。柳漾请医生同事为柳志华做了胆管支架排黄,从桂林回来那半个月还行,但很快就吃不下饭,连黄疸都快要吐出来了。今天,柳俊杰在卫生间外听了半天,等柳志华出来,他哭着问:"爸爸,你一定得病了,为什么不去看医生?"

柳志华终日在家,身体上的毛病瞒不住柳俊杰,他担心让小孩子害怕,只说是肠胃不舒服。柳俊杰的手机不能上网,他发短信问秦飞:"爸爸怎么了?"

秦飞回家说了实话。柳俊杰虽然小,但瞒他已无意义,不如让他珍惜他爸爸最后的时光,别总是溜出去玩电动和滑旱冰。

冯鹃抱着柳俊杰大哭,柳志华也落下眼泪,秦飞红了眼睛,跟柳俊杰说:"多和你爸待着,别留遗憾。"

05

蒋馨月发来信息:"能见个面吗?我还是想你。"

家里越待越难受,秦飞和蒋馨月约在阅马场见面。阅马场是清代演练军

马的场地，1911年，辛亥革命武昌起义，在此设立军政府。两人牵手走上长江大桥，这大半个月以来，彼此都以工作逃避情感，但还是互相思念。

蒋馨月在家备受压力，她父母甚至想让她给前男友一个机会，对方是公务员，父母是生意人，家里好几套房子，光是在江汉路就有几处店面，都很赚钱。虽然跟别的女孩子勾三搭四，但他求复合的态度很诚恳，说明已经在反省了，结婚成家自然就收心了。蒋馨月怒道："我家条件很差吗，我本人很差吗？"

蒋母循循善诱："你也知道你不差，就更没必要找秦飞了。"

蒋馨月问秦飞："你能永远只喜欢我一个人吗？"

"小月，我还有件事要告诉你，我后爸得了癌症，可能就这一两年了，我弟弟以后都是我的事。"秦飞苦笑，蒋馨月笑他长兄如父，他是真的要承担这责任了。

蒋馨月明显一愣，盘算着是否对父母直言。秦飞把她额前的碎发拨弄到耳后，下定了决心："小月，我们……算了吧。"

大学时老师的笑谈又回荡在耳旁："很多武汉人一生就三句话打天下：怕么事！我也有得办法。算了撒。"三句话来回切换，就能应对一切难搞的局面，得过且过混一生。

蒋馨月哭了出来，用力抱住秦飞，秦飞抚着她的头发，凝望黄鹤楼。人间风浪大，黄鹤楼被吵了一千多年了，被几千万人登踏过，它走不了；他身上的担子，也让他走不了，卸不下。女朋友何苦跟他过这样的生活？

秦飞再说一遍："我们算了吧。"

蒋馨月哭着推他："说你放不下我，你说啊！"

秦飞放开她，向前走去："好好的。"

她的朋友们会责骂他没担当，那就骂吧，骂上几个月，她和她们就忘记渣男，展开新生活了。黏黏糊糊拖几年，她就痛几年，再分手就伤筋动骨了，何忍至此。

秦飞在长江大桥上走了一个来回，开车回家，麻纷细雨落了下来，渐渐大了。雨刷摇摆，像混沌的心，路过617医院，他停车，在急诊处又待了一会儿。柳漾问："家里的事，还是女朋友的事？"

"没事，我自己待一下。"秦飞就是来看看苦难的人们，好让自己接受失恋是寻常事。

看看时间，晚上9点，蒋馨月到家了吗，还是在和朋友们泡吧？其实她也没有自主权，摄影店是爸妈投资的，吃住都在家里，任性和爸妈作对，爸妈怎么肯听她的？秦飞笑了笑，如果他有女儿，也不想让女儿被负担太重的家庭缠着，像吸血鬼一样，永无宁日。除了情感，他什么也给不了她。

大厅又吵起来，有人失眠睡不着觉挂急诊，勒令正在抢救车祸伤员的急诊医生给他开药，大喊大叫道："我先来的！"

桂林那一掌下去，秦飞没弄晕柳志华，回来在网上学习了一堆视频，真想找个人再练练手。机会转眼就来了，有个小学生被一次又一次擂肥，忍无可忍，趁着擂肥者倒挂在单杠上玩，他砸出石头，擂肥者受到惊吓，从单杠上跌下，后脑着地，磕到单杠底部铁管上，被送来急救。

擂肥是本地方言，指不良少年恐吓威胁中小学生，勒索他们的钱财。医生为擂肥者清除了颅内淤血，但他至今未醒。家长叫嚣道："小孩子哪有不打架的，我儿子擂了多少，我都还给你们，但他的医药费、各种费用都归你们出！"

小学生的爸妈佝偻着背，唯唯诺诺，生怕万一擂肥者醒不过来，完全不敢回嘴。正因为有这样的父母，小学生才一再被欺负，终于失控了吧。秦飞晃过去，出其不意一掌劈向擂肥者的爸，担心无效，再挥出一拳。

对方没倒下，但鼻梁被秦飞砸个正着，鼻孔流出血来，他扑上来要揍秦飞，秦飞躲过，保安们都在边上，一哄而上，按倒了擂肥者的爸，显然都忍了他半天。擂肥者的家长教训小学生的爸妈，他们没立场，但秦飞是事件的外人，又是柳漾的熟人，他们都看熟了。

小学生对秦飞怯怯地说谢谢，他像柳俊杰一样懂事，秦飞摸摸他的头："不用谢，你没有做错。"他凑近小学生的爸妈，小声说，"他家孩子错在先，学校可能有监控视频，没有监控肯定也有人证，要是他们找你们赔偿大钱，记得找律师帮你们。"

擂肥者的妈趁人不备，掏出包里的修眉刀片，划向秦飞手背。秦飞手背被划出了血痕，把那女人踹倒在地，围观的人轰然叫好，这家人就是欠收拾。

秦飞走到一边给妇联的程惠敏打电话，简单地说了情况，程惠敏答复

他，像这类情况建议找司法局的法律援助中心，他们对弱势群体提供免费咨询服务。"

秦飞问到法律援助中心电话12348，到咨询台找护士借了纸笔写上。柳漾上前，啪地在他手背贴个创可贴，似笑非笑："看不出来这么爱当大侠啊。"

"看不惯。"中学时，秦飞也被高年级的同学欺负过，知道那滋味。柳志华刚和冯鹃闹离婚时，冯鹃也说过："你有爸爸等于没有，总被人欺负，我不希望你弟弟还被人欺负，哪怕老柳身在曹营心在汉，我也得留住他，好歹能给杰杰一个完整的家。"

完整的家要破碎了。秦飞把法律援助中心地址和电话递给了小学生的爸爸，走出医院，雨已经停了，夜风送来植物的清香，他深深地呼吸几大口，伤到脑袋很危险，但愿擂肥者能够醒来，否则小学生一家将陷入灭顶之灾。

入睡前，秦飞收到柳漾的信息："小王八蛋命大，醒了。医生开过会了，能免的费用都免了。"

秦飞笑了，柳漾居然能看出他在担忧，他回个笑脸符号，好像真有那么一点儿当亲戚的意思了。

几天后，秦飞正在工作，接到陌生电话，是小学生的爸爸打来的。那天他太紧张了，竟然没问秦飞的电话，找律师打听了几个人，才问到号码："夏律师帮我跟那家人谈过了，以后井水不犯河水，再敢欺负我儿子，就发律师函。他好像镇住那家人了，太谢谢你了，我想请你吃饭。"

"心领了，省下这钱给儿子买双鞋，以后多鼓励他，多站在他那边，让他知道你们能保护他。"秦飞下班买了柳志华爱吃的烧鸡回家，无论如何，这人对柳俊杰而言，是个很好的爸爸。

家里愁云惨雾，冯鹃面临失业。城管委宣布本周内取缔中心城区三十一个占道餐饮夜市，其中就包括她家小区门口的夜市一条街，下午告示贴得满街都是。

夜市噪声扰民，还带来环境污染，被投诉过很多次，但经营户都是困难家庭，摊主都以此为生，政府做过整治，从严规范管理，尽量避免给周围居民带来噪音、交通和环境的困扰，然而，多次整治反弹严重，最近半年，取缔风声越传越烈，终于迎来了一纸公文，被正式取缔。

冯鹃面前有两条路，要么租个门面，入店经营；要么以家为店，做网上外卖生意。前者需要一笔不小的费用，后者只能算过渡，小摊平时就做点儿街坊邻居的生意，网上接单不多。

冯鹃即将失去经济来源，柳志华愁得一夜未睡。但天亮了，冯鹃仍按时去批发蔬菜，家里还囤了不少干货和腊味，能消耗一点儿是一点儿，生意不能不做。

所有的坏事都堆到眼前了，秦飞把精力放在工作上。失恋的阴霾仍挥之不去，但他必须放下，多做点儿实绩，才能早一点儿单扛项目，多拿点儿提成。所幸他运气好，刚进公司就参与了一座大桥的监测站设备安装工程。

武汉有十几座跨江大桥，高度密集的车流量很考验桥梁的结构健康情况，管理部门委托检测单位采取定期检测的方式，以便及时发现安全隐患。但定期检测很难全面和实时反映问题，检测单位和秦飞所在的沁宁空间信息技术公司达成合作，开展实施该桥的长期健康监测系统测试，秦飞早出晚归地忙碌。

ZHONG GUO JIE 06

柳漾和陈玉兰仍在胶着期，互不联系，随着职称考试临近，柳漾连上班口中都念念有词，背诵各种知识点。开完交班会，沈维喊她一起吃晚饭，柳漾给张玢发信息，说她不回家吃饭了。张玢回道："怎么不早点儿说？"

一顿饭快吃完，沈维向柳漾告别，她已向院里打了辞职报告，下次大夜她就不来了。柳漾接受不了："怎么这么突然？"

沈维说："想了很久了，前段时间你从桂林回来，心情不好，我就没说。"

沈维成年后就决定不婚，当了护士看过太多人情冷暖，更坚持认为婚姻不是她人生的必选项。尽管很多女人看起来没男人不能活，但也有很多女人不是这样。柳漾和她探讨过："将来遇见很相爱的人，也不结婚吗？"

沈维笑答："很相爱，他就会尊重我的决定啊。"

可惜沈维的父母很难理解她，本地女孩结婚早，这一代又比上一代早，

柳漾这种二十四岁就结婚的不少,沈家父母总拿她举例:"漾漾跟你玩得好,她怎么就那么按部就班?"

沈维说:"人各有志。你们不要对我抱有幻想,我十几岁时就决定了。"

沈维父母是经人介绍结婚的,那年代大多数人都那样,他们不相爱,但也不太吵架,是比较本分的家庭。沈维二十一岁他们就着急了,频繁让人帮忙介绍对象,还打着看病旗号,让人来医院相看。

沈维跟爸妈说过几次,但他们挺委屈,沈维太忙了,休息日作息不规律,带去医院比较自然。沈维烦了,甩出不婚主义,但事与愿违,不仅没换来耳根清净,还在眼光高、为人挑剔之外多了一宗罪,她爸妈觉得她很偏激,还归结于她在护理学校受过感情刺激。

那段感情无疾而终,沈维连那男人的模样都记不清了。她反复跟父母沟通,不婚是个人选择,不伤天不害理,但父母总说女人再要强,也得有个归宿。沈维反驳:"那么多人都离婚了,结婚算什么归宿?"

沈父说:"你不能还没结婚就想着离婚。"

沈维给他们看全国离婚率:"比例不低吧。"

最近,沈维和爸妈又吵了几次架,每次话头都是爸妈控诉她不婚:"你表妹比你还小两岁,二胎都要生了。"

沈维自问过,从小到大,在恋情上没受过打击,但究竟何时树立了不婚的打算,竟不可考了。可能要追溯到初中时期,她和班里的体育委员互生朦胧情愫,在心里鼓出甜蜜的泡泡,表妹来家里做客,她忍不住一再对表妹提起那男孩,提了几次,被她妈发现苗头了。

沈维爸妈没跟她谈过心,一句话也没有,他们只是在随后的家长会后,特意找到班主任,请求把沈维和那男孩的座位调得远些。

沈母和班主任交谈时,有几个同学家长没走,第二天,沈维去上学,班里所有同学都知道她和体育委员的事了。体育委员被调到她同一组后排,课后,班主任走到沈维面前,弯腰现身说法,她和丈夫是高中同学,但忍到大学才在一起,她理解沈维情窦初开,但这份爱慕应该压在心底,不能过早开花。

十五岁,沈维被爸妈出卖。很多往事不再提起,但都记得。这一桩桩类似的事,让她明确一件事,她的父母不是她的自己人,他们自认管教不了她,寄望于外人,从前是班主任,后来是假想中的女婿。

平心而论,三餐菜式四季衣裳,爸妈没有亏待过沈维。沈维是独女,爸妈很爱她,但爱得不得其法,他们不在乎她的想法,只在乎她是否符合他们的期待。如果他们对她毒打辱骂,她可能早就离开家了,而不是心怀内疚,一次次痛心于自己让爸妈失望。

前段时间有个女大学生被送来急诊,她被教师性侵,阴道撕裂大出血。警方介入调查,该教师是惯犯,执教生涯十几年间,有至少几十名女生都遭遇过他的性侵或性骚扰。

师德败坏,女生们都是受害人,但如果当中有人立刻报警,怎会让此事淤积至此?柳漾痛心疾首,沈维理解女生们隐忍不报。她们的成长时期很可能没得到过健康的性教育,又或许她们的父母跟她爸妈一样,孩子和人发生冲突,他们首先想到的是责难孩子。长辈不让孩子有依赖感,孩子受了欺负自然不说,自责自苦,才会让那个禽兽一再得逞。

家庭不是沈维的港湾和后盾,爸妈一年年用言行绞杀了女儿对成家这件事本该拥有的温情,成年后,她不认为必须走进婚姻,创建家庭。

另一些没能从家庭获得支持和温暖的人,则分外向往,早早走进婚姻。但爸妈永远不会反省,只会认为女儿是异类,喋喋不休地追问:"你为什么跟你表妹不一样,跟别人不一样?"

沈维说:"她是她,我是我,我为什么要跟她一样?而且我没觉得她过得多幸福。"

沈母说:"哪里不幸福了?起码有个家,有人照顾。"

沈维最烦这套理论:"我能自己照顾自己。而且我觉得一般是女人照顾男人吧,你看我爸,照顾你什么了?"

沈母急眼道:"家里有个人说说话,病了给你拿个药,你不听话,老了连杯水也没人给你倒!"

"老了我能找保姆,我跟哪个男人在一起,图的不是他给我倒水。孤独终老也没什么大不了的,反正人的寿命就那么长,老了都可怜。"沈维看看她爸,进了五十岁就明显老一截,大多数男人年轻时都饭来张口,老了还能转性照顾别人?到时候,你老了,他也老了,她不可能为了几十年后那一杯莫须有的水,就改变想法。

　　为了打消所谓"照顾"一说,有个星期天,沈维特地让她妈去看做产检的女人,她们大着肚子排着队,男人坐在椅子上玩手机,大腿岔开,一个人恨不得占两个座位。就算这样,他的妻子仍会被别的女人羡慕,毕竟他陪她来了。

　　沈维讥笑:"妈,你说结了婚就有人照顾呢?今天是星期天,男的不用上班。"

　　沈母噎了半晌才说:"女人做产检,男的帮不上忙。"

　　沈维生气:"男的就是被你们这种女的惯坏的,将来伢生下来了,也一样替男的找借口,他不会喂牛奶,不会哄伢睡觉。女的天生就会啊?还不是慢慢学!"

　　沈母强词夺理:"女人天性爱伢。"

　　"男的天性好吃懒做横长肉?"沈维懒得多言。她妈说不过她,最后却归结为她太偏激。

　　上周,沈维下大夜班,睡到中午起床,出租屋的门被敲响了,她妈和她小姨带着陌生男人上门。小姨说男人是同事的外甥,最近一喝咖啡就心悸,找沈维问问原因。

　　沈维立刻就知道,相亲的人上门了。这是一套合租房,客厅被室友占着看电视,沈维提出去楼下果汁店坐坐,她妈却示意她带那男人去卧室谈谈。

　　沈维难堪至极,跟那男人站在阳台上聊天,那男人挺自来熟,但谈了没几分钟,沈维就听出不是一路人。

　　那男人走后,沈维大发雷霆,卧室是闺房,妈妈怎能这样不在乎她的感受?小姨连忙说:"他是我同事的外甥,是熟人,再说我们都在场,你不能对人这么不信任吧,大家都是年轻人,文明人,不可能怎么样。"

　　柳漾气极了:"她们年轻时相亲,除了在家相看,还有公园呢,现在到处都是咖啡馆和餐厅可以聊天,干吗让他进你卧室,也太不讲究了。"

　　妈妈和小姨满脑子都想着把沈维嫁出去,连最起码的分寸都想不到了。沈维发作,她们反而喊冤,每次喊沈维出去喝茶,她都不配合,她们才陪男人上门的,而且让他俩去卧室谈没别的意思,只怪客厅有人,不方便。沈维暴怒,但妈妈挺委屈,认为她太敏感,动不动就岔毛,还上纲上线。

　　柳漾气得说不出话,沈维不婚不育,一不违反法律,二不触犯道德,她父母亲人却偏偏把她视为怪物，可是放眼这世界，看看数据，多少人不婚，多少人丁克，多少人同性恋，从不是个案，而是群体。就算是个案，就该死吗？他们为什么不明白，这世上什么样的人都有，自然包括对婚育生活不感兴趣的那些。

那天，沈维摔了杯子："我单身你们就想逼死我吗？"

沈母想不开，明明是为女儿好，女儿却暴跳如雷。沈维也想不开，说再多也没用。以前是骗回家，家里坐着男人，如今是带男人上门，还往卧室里赶，在彻底被恶心之前，她得走。

柳漾问："非得辞职不可吗？"

"我在武汉，他们就还会无孔不入，走一脚，天高皇帝远，自在。"沈维交过两次辞职报告，第一次，护士长没批；第二次，科室主任也不批。她们都知道沈维为何会走，提出送她去进修一年，但沈维不想留后路了，她是主管护师，走到哪里都能有口饭吃。

院里有人给沈维介绍过对象，沈维说出自己是不婚人士，却遭到非议，没本事嫁个好男人，怕被不好的拖累，才说不婚的，有本事嫁得好的才不会这样。有人暗暗怀疑她不能生育，还有人自己找的男人吃喝嫖赌，却能欣欣然笑话别的女人是单身狗。仅仅因为她们"有男人要"，就自觉高人一等。

亲戚劝过沈维，不婚不育不愿付出，只知道自己瞎玩，有没有为父母想过？做人不能太自私自利。沈维说："自私自利怎么就不行？我认真上班，守法纳税，我没有伤害任何人。"

亲戚说："可你伤害了父母！"

沈维反驳："他们怎么不觉得这样强迫我去做不愿意做的事，是在伤害我？就因为他们是父母，我就得按他们的想法去过我不想过的生活？他们只有这一生，我也只有这一生。"

工作这几年很累，沈维想先去旅行散心，再去一线城市比如北京上海找家医院工作，公立私立都行。柳漾心情沉重："你爸妈知道吗？"

"辞职报告批下来再说，既成事实他们就没办法了。"沈维还剩最后一个小夜班可以和柳漾共事了，两人都舍不得对方，沿着东湖漫步。

沈维对武汉满怀留恋，这是她从小生活的地方，若不是被父母逼迫太甚，她原本可以一生一世都在这座城市居住，但她在和父母的拉锯中心力交

痒，不能不远走他乡。

柳漾回到香榭水岸，已将近10点半，张玢闻见她身上的酒气，喝道："喝酒去了？"

柳漾洗着脸，淡淡道："沈维要去上海，喝了两杯红酒为她送行。"

张玢追问原因，柳漾敷衍："人往高处走，上海有家医院请她去做护士长。"

张玢奚落沈维不理智："上海哪是那么好混的，已经二十七八岁了，老姑娘了，在上海混不出名堂，就更没人要了！"

柳漾看她一眼："维维是我最好的朋友。"

儿媳妇竟然在让自己闭嘴，张玢火冒三丈："护士长在上海算个什么？一把年纪心里没个数，拖到三十几就只能找离婚死老婆的，给人当后妈。她要不是跟你玩得好，我还不说这话呢，我也是为她好。"

沈维爸妈"为她好"，让她背井离乡，你"为她好"，是在体现你对她有优越感罢了，你算个什么东西，她需要你为她好？柳漾笑了一下："维维有她自己的路，哪天缘分说来就来了。"

赵捷成为柳漾解围，喊走张玢："老张，你手机好像响了！"

柳漾关上卫生间的门，拧开热水器，对着墙大骂了几句。她刚才故意没掩饰对张玢的鄙夷和愤怒，张玢都看出来了，随便她。张玢不在意她的感受，说话蠢头蠢脑，她为什么一定要忍让？

赵东南回家后，柳漾原原本本都说了，赵东南也郁闷："沈维要走，你心情不好，她还雪上加霜，她脑子怎么想的？"

"我丑话说在前头，下次我说话也蠢，大不了被她说不懂事，不懂事这个领域我鲜有对手，以一敌百。"柳漾说得赵东南大笑，跟她腻了好一会儿。

光是无风无浪地活着
好像就耗尽所有
力气和运气

中国结

ZHONG
GUO
JIE 01

　　早上，柳漾等一家人都走了，才慢悠悠起来洗漱，中午早早吃了饭，赶在张玢回家之前出门去看她妈。

　　冷战了快一个月，是时候求和了。若不是沈维辞职，柳漾可能还意识不到，她对她妈扮演了沈家父母的角色，打着为她好的名义，一再地伤害她。

　　自从陈玉兰要和柳志华复婚，柳漾就又愁又烦，疲惫不堪，但都是她自找的，她妈并没有要求她做什么。她结婚前夕，她妈说得清清楚楚，从这个家出去，就展开新的人生，哪怕是母女，也各有各的路要走。

　　沈维爱她爸妈，才会反反复复忍受着那些被伤害，柳漾心如刀割，她妈又何尝不是，哪怕全天下都说柳志华是渣男，浪荡半生，临终让她收尸，她全然不在乎，只要心里舒坦就行。

　　柳漾敲门，没人开门，她掏钥匙进去，陈玉兰竟然不在家里，厨房灶台擦得干干净净，电饭煲里的剩饭被盛出来，放在冰箱里。往常陈玉兰休息在家，总会午睡，柳漾特意去超市买了菜才回来，看时间，下午2点，太阳正晒，陈玉兰已辞职，她会去哪里？

　　柳漾炖上排骨玉米汤，一边择菜，一边推敲如何向她妈道歉。哪怕是母女，也是两个不同的人，理应有边界，但她这些时日一直在越界。谁也不能替谁活，她妈为什么一定要听她的？

　　晚上快6点，陈玉兰还没回来，柳漾发出信息："回家吃饭，我做好了。"

　　陈玉兰却说自己吃了再回来，让她自便。等她回家，柳漾没有追问，只是有些好奇，陈玉兰肯定是去探望柳志华了，冯鹃没意见吗？

陈玉兰不打麻将,也不爱串门,离婚十几年都活得冷冷清清。柳漾开了电视,让家里有些响声,跟她妈道了歉:"你没对我指手画脚,我以后也不对你指手画脚了。"

陈玉兰愣住。柳漾又说:"你们的问题,你们内部解决。我不能拿我的标准去套你,以前是我做错了。"

陈玉兰吓一跳:"你是跟东南闹矛盾了,还是跟你婆婆吵架了?"

"维维不想结婚,被她爸妈逼得要跳楼,只好辞职去上海了。"柳漾以为陈玉兰这种坚持要和绝症病人复婚的女人不会懂沈维的处境,但陈玉兰幽幽长叹:"何必把伢逼得走投无路,不嫁人家里也养得起,况且维维养得活自己。"

柳漾鼻子酸了:"妈,怪就怪在我以前太自以为是。"

陈玉兰笑了笑:"人生就是这样,不见面的时候,各人把各人的生活过好,见了面,就高高兴兴一起玩。以后想维维了,就买张票去看她,现在高铁方便。"

柳漾没问柳志华的情况,陈玉兰主动说了:"你爸有腹水,肚子胀,冯鹃还不同意离婚。"

柳漾烦:"那你们两个怎么办?"

"过完暑假再说吧,那伢也可怜。"陈玉兰说冯鹃的日子不好过,夜市取缔了,她只能在家煨汤,做点儿砂锅粉丝煲,生意很差。

柳漾鼻子酸得更厉害,如果自己是柳志华,死亡突至,妻儿的生活却陷入困顿,会不会恨老天不肯多给一点儿时间?陈玉兰看出她难受,安慰道:"都是过惯苦日子的,这次也能熬过去。你爸工资她都存着,手上有点儿钱,一边撑着一边找门路吧。"

回香榭水岸路上,柳漾着意观察居民区,以往热火朝天的摊位确实少多了,路也通畅了。娘家附近这几条路,十来年都被摊点占道经营,水泄不通,去年有户人家失了火,消防车开不进去,六人遇难,夜市管理部门痛下决心,取缔了这一带的夜市。居民当然拍手称快,但摊主们生活失去着落,闹了几次事。

沈维在617医院最后一个小夜班,曹燕林送来水果和饮料,她经过制衣

厂培训,已能胜任工作,开始有收入了。下个月,曹燕林和丈夫的离婚官司就开庭了,律师让她放心,一定能有好结果。曹燕林很感激医护人员帮了她,助她逃出苦海。科室主任徐怡翎很诧异:"我们也就给你治了病,别的没帮上吧?"

曹燕林对柳漾笑:"柳护士让她亲戚帮我找了妇联的人。"

柳漾说:"好好谢谢他。"

曹燕林说已经去过秦飞公司了,柳漾笑着走了。二十一岁的小个子女人,再害怕不能养活自己和女儿,也竭力去改变,不苟且于那惨痛的婚姻,她很敬佩。

沈维站好最后一班岗,她打算先去苏杭玩一圈,再去上海工作,有一家私立医院通知她下周去面试,问题不大。

凌晨下了班,两人相约一起吃午饭。柳漾睡到自然醒,给张玢发信息:"妈,中午我有事出去。"

张玢没回复。午饭后,柳漾把沈维送上去苏州的高铁,回了娘家。陈玉兰仍不在家,柳漾翻柳志华的朋友圈,连续翻了若干条,查到3月末,柳志华拍了几张小区里的樱花照片:"看花何须去武大,宏达天下都是它。"

宏达天下是老小区,门禁约等于无,柳漾在小区门前的车位停了车,往里走了几步,就看到她爸妈了。小区中心区的凉亭里,柳志华在跟看门老头下棋,陈玉兰坐在边上剥毛豆。

柳漾在稍远处的石凳上坐了,陈玉兰和柳志华隔点儿距离,并不交谈。柳志华连着下赢两盘,被邻居笑着轰开,他把小板凳搬开一点儿,当个看客,仍不和陈玉兰说话。

柳漾看了快一个小时,陈玉兰站起身活动颈椎,发现了女儿。她走来问:"你怎么来了?怎么不去跟你爸说话?"

柳漾问:"他吃饭情况怎样?"

陈玉兰回答:"吃得少,肚子总在疼,中午又吃了止痛药。"

柳漾拈去陈玉兰衣服上沾的一粒豆屑:"你来给他做饭?"

出乎她意料,陈玉兰竟在这小区找了一份工作。小区有几对年轻夫妻,都是外地人,孩子下午放学早,他们没空去接,让孩子在托管所待着,但托管费和晚饭钱加在一起,一个月要花上千把块。在柳志华介绍下,他们合伙聘请陈玉兰接孩子回家,再做顿大锅饭,他们到家也能吃上。

幼儿园和小学都不远,两站公交车就到,陈玉兰有钱赚,还能每天和柳志华待一会儿,很是高兴。柳漾喉头一哽。陈玉兰看看时间,她得去接孩子们了,柳漾说:"我送你去。"

"我骑你爸的电动车去。"陈玉兰问,"你爸怕你还怪他,不敢找你,你能跟他说说话吗?"

柳志华看起来非常虚弱,但精神状态还不错,他说想带陈玉兰回趟团风,去看他选的墓地。柳漾说:"你挑个我休假的日子,我也去认个路。"

除了老家,柳志华还打算回他早年工作的机械厂转一转,那里拆迁了快二十年,早已盖了小区,还建了大超市,但他仍想再去看一眼。

冯鹃打来电话,柳志华匆忙结束谈话:"杰杰他妈醒了,我回去了。"

柳漾奇道:"快4点了,她午觉睡这么久?"

冯鹃还保持着出摊的作息,凌晨4点多起床去批发蔬菜,吃完早饭去补觉,中午简单吃一点儿,切葱切香肠,再徒手把藕节掰断,用小棍砸成小块,然后丢进铫子里,里面的排骨已经煨熟,继续用微火煨着,再去睡一觉,下午4点起来洗菜择菜,为出摊做准备。

冯鹃不用刀具破藕,她说手动破开的藕横切面不规则,才能吸收更多的调味和汤汁。夜市被取缔了,她在网上卖点儿砂锅粉丝煲和卤味,想把之前囤的干货等食材消耗完。

这段时间,冯鹃毛焦火辣,柳志华没敢提离婚,但对柳漾说:"我还是想在我死之前办完这件事,修正最大的错误。"

他和冯鹃已有那么大的儿子,错误已成事实,但这是陈玉兰的执念。柳漾不伤她爸的心:"我也回去了。"

柳漾掉头就走,但知道柳志华在看她,小时候,柳志华送她去上学,总站在校门口看她穿过操场,跑进教室才走。多年后,她爸把日子搞得这么惨,又想跟陈玉兰见面,又不想让冯鹃给陈玉兰难堪,两人每天在凉亭里见一面,默默陪伴,不说话。

柳漾边走边哭。秦飞拎着一盒比萨,喊她:"柳漾?"

柳漾把眼泪鼻涕吸溜回去。秦飞问:"我妈骂你了?"

"没有,我没见到她。"柳漾快步走向自己的车。秦飞愣怔一下,追上

她，硬是塞给她一个提拉米苏："吃点儿甜食心情好。"

柳漾说："谢谢。"

8月中旬的武汉，骄阳似火，两人站在树荫里聊几句。秦飞说冯鹃死也不肯离婚，他劝不动，但柳俊杰月底就开学了，他还想再帮柳志华试试。

柳漾揶揄："刚见面那次，你巴不得把老柳赶走，中间动摇了，现在又不忘初心了？"

秦飞笑说："心软，看不得你爸妈为情所困。"

柳漾莞尔。秦飞摇头："我看你还没想通。"

柳漾纳闷："什么意思？"

秦飞问："你妈今年多大？"

柳漾不明白他为什么这么问："四十九。"

"没谁规定当妈的人就不能恋爱吧，她怎么就不能为情所困了？"秦飞问她，"你来看你爸，出于什么目的？"

"以前反对得太激烈，不是东西。现在想明白了，看不惯也算了，一家人就该互相包容。"柳漾敲敲秦飞拎的比萨盒，"请你弟弟吃的？冷了就不好吃了，回去吧。"

秦飞往小区里跑，忽然想到，那也是柳漾的弟弟。他今天见客户，不用回公司打卡下班，买点儿柳俊杰喜欢吃的哄哄他。早上柳志华又吐得翻江倒海，柳俊杰大哭，冯鹃下楼买他爱吃的三鲜豆皮，跟插队的人爆吵一架，家里没一个开心的。

ZHONG GUO JIE **02**

经过超市，柳漾去买海鲜，一只提拉米苏下肚，她晚饭不能再吃热量高的。到家已过5点半，张玢下了班，在厨房剁肉馅，柳漾推门，笑道："晚上又有肉圆子吃啊？"

张玢黑着脸，哼道："考试准备得怎么样了？"

"差不多，再突击一下。"柳漾买了三文鱼，去拿盘子。张玢眉一皱，拿起来看标签上的价格，甩在面台上，发了火。先骂柳漾钱没赚到几个，吃穿大手大脚，再骂她没上班居然还不做饭，穷出身的姑娘一身大小姐脾气。柳漾起先还忍，但"不做饭"一出，她才知道中午她没做饭，张玢记了仇。

自己的妈在帮人做饭，婆婆却骂她不做饭，柳漾语气有点儿重："跟你说了，中午送维维去了。"

张玢拿两根筷子飞快地绞着肉馅，唾沫横飞："一天到晚这个那个的，净会找理由！又不做饭又不生伢，娶回来是当菩萨的？"

柳漾再忍也不是她了："三十几块的三文鱼，你都嫌我花钱，我生伢你舍得请月嫂？不请月嫂，我自己带，至少几年不能出去上班，不赚钱，你肯定又有话说，我出去上班，你辞职帮我带伢？"

柳漾居然敢顶嘴，语气还很冲，张玢大怒，提起筷子砸来，柳漾头一偏，筷子擦着她的右眼角飞过，落在地上。

右眼角生疼，差一点儿就扎到眼睛里去了。柳漾惊魂未定，余光看到眼角还沾了一点儿肉末子，掏出手机，自拍了几张，冷冰冰地说："筷子能戳瞎人的眼睛，你晓得吧？这件事我不饶你。"

张玢色厉内荏："借题发挥！"

"借题发挥的是你，饭就该是我做？我没进门之前，你指望谁？"柳漾不介意撕破脸，她做小伏低也没讨到婆婆的好，从今往后再也不忍。她把照片发给赵东南，附上语音："你妈用筷子扎我，你看着办。"

右眼角渗出血，柳漾拿出医药箱处理了，怒冲冲摔门而去。赵东南让她找家餐厅吃饭，他马上就回家。柳漾哪儿都没去，在小区外面的中介公司打听这一带房价。一个小时后，赵东南回了。

张玢的突袭力道很大，柳漾右眼皮肿得耷下来，眼角和眼白都带有血痕，稍稍偏上一丁点儿，就非常危险。赵东南气极："搬出来，我们出来住，明天就去看房！"

进了家门，赵捷成下班回来了，对赵东南指指一楼书房，很愧疚地剥个香蕉给柳漾："消消气，你婆婆也晓得错了，我让她反省，我给你道歉。"

柳漾冲着书房大声道："爸，该说对不起的不是你！"

赵捷成压低声音："你婆婆不是故意的，单位提拔了另一个人，她还是副科级。那个人比她年轻十几岁，她有气。"

柳漾给赵捷成面子，恢复正常声量："爸，不是我让她没评上的，她有气不能撒到我身上。"

赵捷成说："更年期，更年期。"

书房里传来母子俩的争吵，张玢也抬高嗓门，存心让柳漾听到："吃我的住我的，说几句还听不得？句句跟我顶，冇得家教的东西！"

柳漾冲进书房："你嘴巴放干净点儿！不住就不住，我走！"

赵捷成把张玢拉开。柳漾甩开赵东南的手，上楼收拾衣服。赵东南气得语无伦次："把眼睛戳瞎了怎么办，不跟你道歉，也不能还骂你没家教吧，她怕是疯了。"

柳漾收拾了换洗衣物，让赵东南去书房帮她把考试书籍搬来，统统塞进旅行箱。赵东南拎起："回你妈那边住几天，明天我们分头在网上找房子，我一下班就让中介带去看。"

"我回单位宿舍住。"柳漾指着眼角，"被我妈看到了，肯定以为是被婆婆赶出来了，我不想再惹她烦心。"

赵东南把柳漾送出门，赵捷成欲言又止，猛对张玢使眼色。张玢脸上僵了一下，冲她儿子道："洗手吃饭！"

这就是她的求和了，赵东南看着柳漾，柳漾想到张玢砸筷子就来气，得趁这次来个狠的。她二舅妈对她外婆不好，毫无愧疚，活得好得很，她就该唾面自干？当下拉着脸，冲张玢喝道："叫你一声妈，你就有资格打人？给脸不要脸！"

张玢脸都气白了，柳漾拖过旅行箱，推开门走了。赵东南追出来，电梯里，两人都无话，一楼到了，柳漾给赵东南按了顶楼："你回去吃饭吧。"

赵东南说："气都气饱了，走，外面吃。"

柳漾说："三十几块钱的三文鱼，她都骂我大手大脚，你不回去吃饭，她又要怪我把你带坏了。"

赵东南这才知道争吵的起因，郁闷道："你花自己的钱，想买什么买什么，她管得太多了。"

柳漾负气道："她觉得跟你结婚就是你家的人了，钱也是你家的，她管得。"

小区门口有家牛肉拉面馆，赵东南吃面，柳漾吃凉拌菜。吃完东西，赵东南硬着头皮回家，柳漾开车回医院住宿舍。

赵东南进家门，他爸仍在看电视，冲卧室努努嘴："你妈睡了。"

赵东南坐过去："我和漾漾搬出去住。"

赵捷成说："不如我和你妈搬回徐东那边，你俩住这边。"

徐东那套房子租出去了，提前收回来得支付违约金，赵东南了解他妈，赔钱她舍不得，从这里搬走，更舍不得，她每天走路上下班的日子过惯了。

赵东南和柳漾的共同户头有几十万，他想找朋友借点儿钱，买个二居室付首付，一来缓和家庭关系，二来也算投资，买理财基金不如买房子。赵捷成悄然说他能赞助一点儿小钱，但他的工资奖金都归张玢管，对儿子作揖道："这几天别惹你妈，我冇得办法了。"

张玢是硬脾气，赵东南从小就知道。他读小学的时候，赵捷成单位来了一个从下面县市调上来的女同事，用张玢的话说，一天到晚往你爸跟前凑，又不是不晓得他结了婚！

张玢读了大专，自认为文化程度高，要脸，不去赵捷成单位撒泼，但她有绝招，对赵捷成又掐又挠，尽往脸上招呼。赵捷成脸上挂了彩，在单位传为笑谈，张玢多挠几次，他服了软。

有一天，单位发降温补助，赵捷成喊张玢去拿，张玢进门，赵捷成跟女同事说："介绍一下，这是我爱人，张玢。这是我们科的小李，李如玲。"

张玢满意归满意，但李如玲很年轻，还颇有几分姿色，她得防患于未然，给李如玲打了电话，要跟她单独谈谈，李如玲当着全办公室人的面接起她电话，开了免提："赵夫人，我就两句话，我是军婚，我跟我爱人青梅竹马，请你不要再把我当假想敌。"

赵捷成无地自容，有人私下告诉他，李如玲的丈夫是下面地级市军分区的团长，前途不可限量。赵捷成想让张玢道歉，但张玢硬着颈："自己行为不检点，就莫怪别人说！"

赵东南读高中时，李如玲的丈夫调到省里，他开他爸的玩笑："没打压你吧？你们那时候真没什么？"

"新来的，不懂业务，她觉得我们办公室我最面善，找我多问了几句，被你妈看到了，就找我闹。"赵捷成十几年来只加了一级岗位工资，张玢嫌他单位小气，有时也嘀咕几句："是不是我得罪那个李如玲了？"

赵捷成从来不接话茬，自顾自看电视。李如玲人不错，总是和和气气的，要是真报复他，他能有现在的日子过？

柳漾在单位宿舍住下了，护士是轮班，床位总有空余。有的护士没买车，下了小夜班打车回家不安全，打车费又贵，在宿舍睡到天亮就有公交车了。

柳漾只要不当班就去看房子，本想也买在香榭水岸，但这一带去年到今年又涨了不少，只能买得远一点儿，可是稍微有几套能入眼的，一算首付，还差几十万。

赵东南找同学朋友借钱，但借钱方知开口难。有钱的关系不到，开不了口，能开口的各有各的难处，尤其是生了孩子的，夫妻俩都是工薪阶层，再要好，也只能借出两三万。赵东南大学时最要好的是小五，小五借了六万，这么东拼西凑，仍有几十万缺口。

沈维在苏州旅游，还换了新手机号，不和家里联系，但每天都给柳漾发送照片。柳漾为买房发愁，没心情，只回了漂亮两个字，沈维打来电话一问，转账五万块："我先借你这点儿。"

沈维离开后，护士长调了班，柳漾比以前忙，这五万块钱她没想好拿不拿，上海租房子贵，沈维手上多留点儿钱，心里才保险。

一个女大学生被人送来看急诊。她站在公园标志雕塑上玩直播，名牌包里的口红掉落，她忘乎所以，随手一捞，从雕塑上栽下，撞断了一截胸骨。女大学生哭得上气不接下气，柳漾为她输液。沈家父母来医院了。

沈维离家数日，他们才发现端倪，请求院里保留沈维的编制，但流程早就走完了，护士长爱莫能助。沈母找上柳漾："你跟维维玩得最好，你能不能帮着劝劝她？长这么大，就没离开过武汉，跑那么远做什么？"

这两人竟然还意识不到真正的问题。柳漾问："你们不逼她结婚不行吗？有的人哪怕是酒鬼赌棍，杀人放火，家里都帮他藏着瞒着，维维又没做错事，你们何必总是扳着她？"

沈母听得刺耳："没碰到合适的，就慢慢找，我和她爸爸也能理解。哪能不结婚呢，不就是缘分还没到，我们保证不催她还不行吗？"

沈父叹声气："你还不是结了婚？"

有个病人突发胸痛，拉上救护车心脏就停了，医生们持续心外按压，好容易把病人拉扯回来，病人的儿子发飙了，病人肋骨断了一根，医生们却不采取任何措施。

医生解释，按压过程出现肋骨骨折是常有的事，急诊骨科看过了，没有特殊情况，静养就行，不用打夹板之类。病人的儿子仍不依不饶，护士长安排柳漾搬个小板凳，坐在加床旁边关注病情变化，顺便为她解个围。

柳漾看了半个多小时，病人心率、血压都比较稳定了，他儿子这才舒口气，放过她了。哪知沈家父母没走，仍在等她。

沈父说："我们真没办法了，你跟维维从小玩到大，只有你能劝她。"

沈母焦急不已："她年纪不小了，学历又不高，在外头怎么混？她是不是去了北京上海深圳？一线城市压力大，消费高，存不下钱，还把身体搞垮了，怎么办？"

柳漾和沈维小时候是邻居，柳漾读幼儿园的时候，没少去沈家蹭饭吃，她不忍对沈家父母说重话，但连沈维都说服不了他们，她不费力气了。沈维早就说过，每次都和爸妈互相说一车轱辘话，但都是自说自话，谁也奈何不了谁。

爸妈总觉得外面多艰难，但他们不知道，儿女人生最大的难处，来自他们的逼迫。工作辛苦，回家还得被他们催婚催生，催得无处可躲，不走还能怎么办？

柳漾带沈家父母去综合病房看一位六十二岁的病人，她洗澡滑倒，摔伤了尾脊骨，躺着不能动，屎尿都在病床上解决。她女儿给她请了护工，周末才来看她。

那女儿给她妈喂饭，粗心马虎，爱搭不理，沈母还以为是护工："那个汤，都流到围嘴上了，太不负责了！"

沈父问："她儿女呢？"

"这就是亲生姑娘。"柳漾去查体温，女儿骂道："总叫我听话，你自己呢，叫你垫个地垫，不听，怎么就只摔断尾巴呢，摔死了才好！"

走到楼道里，沈家父母义愤填膺，责备那女儿不孝顺："妈在床上动不得，嘴还这么毒！"

"有原因的。"护士们一开始也觉得那女儿过分，但走来走去的，听到

母女之间一些对话，爱也好，恨也罢，都不是无凭无据的。女孩读幼儿园的时候，她妈带她去吃喜酒，婚宴后她妈打麻将，她被棋牌店对面街上的玩具摊吸引，蹲在地上玩了半天。晚饭时间，她妈才发现她不见了，又急又暴躁，抓住就一顿毒打。

后来女孩她爸去广东打工，经年不归，也不寄钱回家，她妈气不顺，动辄拿女儿出气。女孩她爸在那边有了事实婚姻，对方生了儿子，爸回武汉办离婚，女孩她妈当然又拿女儿撒气，直到女儿成年。

妈妈对女儿又打又骂，等女儿长大了又要求她常回家看看，张口闭口就是"妈把你养这么大不容易"，似乎从没想过她女儿也是人，是人就会记得被伤害的经历。

沈母很疑惑："她不孝有她的道理，我们没这样对维维。维维就是性格太古怪了，还不爱跟我们沟通……"

让长辈反省真是太难了，闹矛盾了，他们也只会认为是小辈不懂事、任性。柳漾对宋青眨下眼睛，宋青会意，把她喊走了。

沈家父母只得告辞，谆谆叮嘱柳漾："维维要是联系你，一定要告诉我们。"

柳漾虚与委蛇。抢救室里，一个中年女人大放悲声，她女儿吃减肥药吃到肝衰竭，没救过来。据说是被忽悠去吃三无产品，感觉有效，自己也做上微商了，但产品里的西布曲明终究要了她的命。

赵捷成发来几条消息，他说张玢意识到错误，还问漾漾回不回家吃饭。柳漾把手机塞回口袋，不回复。不当面诚恳道歉，就不算认错，她这人就是心胸狭窄，斤斤计较，若不是尊重赵东南，她早就跟张玢翻脸了。这次拿筷子砸她，下次是不是就是菜刀了？这件事没完。

后半夜，柳漾总算不那么忙了，去留观室看上次白班收进来的婆婆。婆婆八十二岁了，慈眉善目，柳漾总觉得她很像外婆。婆婆腿脚利索，眼不花耳不聋，每天散步买菜，生活规律，但吃不下睡不着，家人把她送来医院，医生没检查出问题，推测可能是神经衰弱，于是留院观察。

婆婆跟另外一个女病人住一间房，家人每天守到晚上快10点才回家。婆婆在病房也睡不着，同屋病人很爱闲聊，天一亮就拉着婆婆去吃早饭，但婆婆情绪低落，不爱说话。

柳漾去查房，发现婆婆不在床上，再一找，她躲在卫生间里哭。柳漾哄了好大一会儿，才知道婆婆的老伴儿上个月去世了，她每天都很伤心，想自杀。天亮后，柳漾找来精神心理科的医生，医生评估婆婆患有严重的抑郁症。

婆婆的女儿已做了外婆，送完外孙女上幼儿园，赶来医院，她很惊奇："我爸爸走的时候八十七岁了，这算高寿吧，而且无病无灾，吃完饭睡午觉，走得很平静，我妈还想不开？"

柳漾在门口站了站，以婆婆和老伴儿的年纪，两人携手了好几十年，老伴儿去世了，她怎么可能不痛苦？十八岁的少女会为失恋痛苦，八十二岁的人就没资格为死别痛苦吗？

ZHONG GUO JIE **03**

等到眼角的伤看不大出来了，柳漾回去看她妈。秦飞那句笑谈其实没错，她妈也是人，跟她一样要面对生活中的各种压力，工作上的，感情里的。

陈玉兰爱干净，总说武汉灰尘大，两天不收拾到处就一层灰。柳漾拖地，陈玉兰去买菜，一起和和气气吃顿午饭。吃完饭，柳漾继续去看房子，她没和她妈说想买房的事，她妈把自家房子留给她了，她不能再让她妈操心。赵东南仍在四处借钱，借不到就再买小一点儿。

下午时，秦飞发来信息："你安慰你妈，我教训我妈。"

柳漾一慌，打电话过去。秦飞说柳俊杰通风报信，大意是邻居更换热水器，工人在墙上打洞，吵得冯鹃睡不着，下楼买西瓜，发现陈玉兰和柳志华在凉亭眉来眼去，当面给了尴尬。

柳志华没跟冯鹃吵，进屋又去卫生间吐，半天没出来，冯鹃进去一看，他晕倒在地。柳俊杰吓坏了，对秦飞说："爸爸醒了，老妈就没再骂了。"

柳漾心头烦恶，以陈玉兰的性格，绝对心虚气短，不跟冯鹃争辩，但她可不打算饶了冯鹃，结婚那天，她就跟冯鹃结上梁子了。

冯鹃在宏达天下很出名，门卫大爷指点柳漾："她住11栋。"还在业主群里吼了一声，"11栋老冯，卖藕汤的冯师傅，有人找你！"

冯鹃问谁找她。柳漾让大爷转告:"我姓赵,吃过她网店的卤味,找她订餐,长期合作。"

冯鹃抓着手机就下来了。柳漾观察她是独自一个人,才现身迎上。冯鹃认出她,很警惕:"你来做什么?帮你妈报仇?"

这人一脸蛮横相,柳漾不耐烦:"说了找你合作。"

"哟呵?"冯鹃拍拍石凳,一屁股坐下了,跷着腿问,"我跟你还能合作?"

柳漾说:"我们医院食堂缺个白案师傅,做早饭中饭的包子馒头,一个月五千,五险一金都买,我介绍你去做事,你肯不肯离婚?"

冯鹃想了想,回绝了:"做不了。"

既然她考虑了一下,说明这条件对她来说不差,柳漾问原因,冯鹃分析给她听。医院食堂供应量大,不管有几个白案师傅,她都得清晨就开工,但617医院离她家不近,不是骑三轮车就能到的地方,她又得凌晨4点多就起床。这十几年她都这样过来了,但以后柳志华不在了,起五更的工作她没法做,不然没人管柳俊杰。

柳漾问:"秦飞呢?"

冯鹃摇头:"飞飞不行,他哪像会做事的人?杰杰明年就小升初了,很关键,我找事做,不能找太麻烦太远的。"

柳漾环顾小区,一共十五栋房子,每一栋都有两三个单元,规模不小,她提个建议:"你要不要试试搞个托管所,接小区孩子放学,做顿晚饭。"

冯鹃哈地一笑:"你爸也建议过,我也做不了。我不怎么喜欢小伢,吵人,再说现在的小伢金贵,稍微不注意就吃不了兜着走。"

柳漾嫌石凳被太阳晒得烫,把包扔在石凳上,垫着坐了:"那要怎样你才肯离婚?"

冯鹃斜眼看她:"我为什么要成全你妈,我没这个义务吧?"

柳漾说:"你可以提条件。"

"一百万,一口价。"冯鹃故意狮子大开口,带点儿笑意,看柳漾的反应。柳漾果然被她气到了。

冯鹃得意:"一百万都掏不出来,还敢找人谈条件,陈玉兰养的姑娘就这水平?"

柳漾针锋相对："我看你水平也不怎么样，还以为你对老柳有几深的感情，一百万就拱手相让了。"

冯鹃"哟呵"一声："你还真掏得出一百万？"

柳漾问："你要一百万做什么？"

柳漾长得像柳志华，且被冯鹃发觉是直脾气，跟陈玉兰不像，冯鹃不烦她，照实说了。有两个一起摆过摊的人想拉她入伙，在小区旁边开火锅店。门面也看好了，是个打着十元店旗号的杂货店，主打几十块钱一床的棉花被，兼卖锅盆碗盏。

柳漾的车就停在十元店门口，对它有点儿印象，她这几天看房，频频跟中介打交道，还被推销过商铺，对门面费有个大概的了解，略一盘算："以它的面积，再加装修费、设备费、服务员人工费，你有一百万资金的话，一个人就把火锅店开起来了，他们找你搭伙，不可能让你出所有钱吧？"

冯鹃感兴趣了："你还算有点儿板眼，那你掏得出多少钱？"

柳漾问："他们要你掏多少钱？"

冯鹃说："这个不一定，还在谈。"

柳漾说："现在门店生意都难做，你不怕亏本？"

"不做事才不怕亏本，做事就都有风险。赌赢了就是赚，亏了就自认倒霉，不扯债就行。"冯鹃笑起来，"我以前买餐车，学这学那，也投资了不少钱。那时候手上就那点儿钱，也怕亏，不也没亏，还把飞飞供到大学了，杰杰也养到这么大了。"

柳漾说："不是你一个人养的，老柳也在赚钱。"

"头几年老柳的钱还房贷。"冯鹃没好跟柳漾多说，秦刚撞死了人，她赔了死者家属三万块，还扯了债，摆摊的钱都是柳志华出的。

柳漾沉吟："为什么要开火锅店，那两个人有优势？"

只要多拉几个人入伙，把火锅店开起来，冯鹃就有信心赚到钱。即使柳漾是陈玉兰的女儿，她也顾不得许多了，好好地吹捧了那两个人。

男的是四川人，摆摊时主打麻辣烫，他调底料是一绝，做凉菜也很会调味；女的在大饭店跑过堂，厨艺也好，最擅长蒸菜和小炒。冯鹃再说自己："我的铫子煨汤，这条街就没不爱喝的，炒花饭炒面和卤菜也都好吃，不信你问你爸。"

说起饮食，冯鹃就容光焕发，柳漾笑了，冯鹃问："你掏得出多少钱？"

"你缺多少钱？你开个价。"冯鹃快人快语，举止大剌剌，柳漾不算讨厌她，在她心里，比张玢讨厌的人不多。

冯鹃盘算了一下："你好说话，我也好说话，各让一步，五十万。"

柳漾不满："我问你个问题，你家秦飞存了多少钱？"

冯鹃嗤笑，没回答。柳漾说："秦飞存款少，我就拿得出五十万？你这不是合作的态度。"

"你爸说你嫁得好，男将是电信局干部，公婆都是公务员。"武汉老一辈很多人都不把丈夫称为老公，而是男将，将领的将，听起来很威风。

柳漾不接招："他拿的是死工资。就算他拿得出来，我也禁不起他一问，我怎么跟他说，我说我想替我爸赎身，你看他肯不肯？"

冯鹃拍桌大笑，笑声震天响："你爱说笑随了你爸。我不为难你，三十万，落实价，再少免谈。"

柳漾双手交握，冥思苦想。冯鹃起身要走："算了，你当护士没几年，哪儿来的钱。"

柳漾没吭声。冯鹃走了："护士本来也赚不到钱，赚点儿钱也是辛苦钱。"

柳漾心生一计："等着。"

冯鹃急着回家做晚饭，站住了，但没走回来。柳漾说："这钱算我投资，不要你还本钱，赚钱了你给我分红，没赚到我认栽。"

两人苦苦交涉，达成一致，柳漾支付三十万给冯鹃，但她目前只掏得出五万，余下二十五万分期付款，每年给冯鹃转账三万，最后一年四万。冯鹃则需要在火锅店盈利之后，每年给柳漾分红，比例为她赚取利润的三成。

小区拐角有家复印打字店，柳漾下载了投资协议模板修修改改。冯鹃拿张纸划拉，她和柳志华有三十二万存款，两个合伙人游说她投资二十五万，她咬咬牙也拿得出来，但投资有风险，要做好血本无归的准备。

如果只抚养柳俊杰一个孩子，存款还剩好几万，勉强也够用，但秦飞老大不小了，虽然和女朋友分了手，但哪天可能跟别人谈了，谈个一年半载就结婚很普遍，冯鹃不敢让自己手头太紧，连点儿彩礼钱也拿不出来。

既然柳漾肯掏钱，冯鹃难题得解。别的不说，柳俊杰一直读到大学，她都不用再操心学费生活费了。

柳漾打印了协议，递给冯鹃："看仔细点儿。"

两人互加微信，约定等冯鹃和柳志华办妥离婚手续，柳漾第一时间就兑现五万块首付。冯鹃逐条审阅，在另一边签了名。

十元店还在做生意，但货已经清得差不多了，柳漾进去晃了一圈，开车回医院宿舍。沈维借了她五万块，她很庆幸没来得及告诉赵东南，不用解释去向。

柳漾的工资奖金都进了夫妻共同账户，为买房做准备，平时只有一万块钱的活动资金，但明年起，每年她得向冯鹃转账三万块，只能继续隐瞒赵东南，想办法攒点儿私房钱。

不到一个小时，就跟人签了价值三十万的协议，冯鹃活了五十三年，就没做过这么大的生意，她有一种不真实的感觉，把协议一折为二，二折为四，揣进了裤兜。柳志华没问她去哪里了，问就是要你管。

柳志华熬了绿豆稀饭，冯鹃喊他帮忙择菜，闲谈似的说了："明天去离婚，你准备一下。"

柳志华结结实实愣了。冯鹃笑笑："整个小区都晓得你跟你前妻扯不清楚，我再不把你赶走，出门头都抬不起来。"

柳志华不相信她突然想通了，狐疑道："你有点儿不对头。"

冯鹃洗着菜，轻描淡写："夫妻一场，我也讲点儿良心。下午气都出了，还箍着你不放，你死后怨我，败运。"

柳志华这才相信了，好一阵没吭声，然后说句谢谢："刚才哪个找你合作？"

"没谈成，钱太少。"冯鹃挥挥手，又恢复了平时对柳志华的颐指气使，"还不跟陈玉兰报喜？"

晚饭后，冯鹃打发柳志华带柳俊杰出去玩，洗碗水放得哗啦响，她的眼泪莫名其妙止不住，索性放声大哭。三十万，还是分期付款，今年到手只有五万，她就把柳志华卖了。

秦飞进门，听到厨房有哭声，他以为是冯鹃在看言情剧，但多听两句就感觉不对，探头一望，他妈披头散发，哭得叫他发蒙，他心慌得跟打小鼓一样："老柳呢？"

冯鹃把水龙头关了，吸着鼻子说："跟杰杰买冰棒去了。"

秦飞纳闷："那你哭什么？未必你还吵不赢他？"

武汉话里，未必是难道的意思，秦飞听柳志华说过，湖南人也这么说。冯鹃不想回答，但秦飞一定要问个水落石出，她烦了，抹布一甩："想到下午看的小说，越想越怄气，忍不住。"

家里的干货消耗得差不多了，冯鹃不用再每天早起去批发蔬菜，网店生意一般，订餐少，她就近在菜市场买一点儿就行。但生物钟还没调过来，一到清晨4点多就自然醒了，想看电视吧，不开声音不过瘾，开声音又会吵到柳志华，秦飞推荐她听小说，插上两只耳机，既不影响别人，还能催眠。

秦飞下载了悬疑探案小说，冯鹃不爱听，自己找了一些重生宅斗小说，诸如《总裁老爸宠上天》《驸马和我》之类，做家务事都在听。秦飞听过几耳朵，为他老妈的口味发笑，但那些小说千篇一律有爽劲，除了开头要多惨有多惨，女主角很快呼风唤雨，快意人生，不至于让她哭成这样。

秦飞料定他妈在扯谎，这性质就严重了："我去找老柳！"

冯鹃说出离婚，秦飞惊着了，冯鹃故作潇洒，说她下午骂完了，解恨了，陈玉兰爱捡包袱让她捡去。秦飞不太信她："这不太像你，你不怕当错误了？"

"我有杰杰，杰杰又乖又聪明，我有他，就不可能是错误。"冯鹃大手一挥，很有派头，"退一步海阔天空，我解脱了。"

秦飞盯住他妈，记忆中他没见过他妈哭得这么惨，可见心里还是舍不得柳志华的，也可能是柳志华病得太狠，她于心不忍。他打开手机银行，给他妈看余额，他新工作收入比以前高，势头也好，在做第二个项目了，阿豹帮他接了点儿私活，里里外外收入比老柳高得多。

冯鹃顺势说出开店打算，要求秦飞从现在开始不能再乱花钱，得自己准备结婚费用。秦飞说："我转账给你，你帮我存着。"

冯鹃不要："你的钱你自己安排，学点儿理财。"

"不行。"秦飞唰唰唰转到冯鹃微信上。冯鹃腾出手收了，看了几遍，笑开了花，夸他懂事了，要保持。秦飞低头看他妈，柳漾说得对，人都慕强，父母也不例外。

赵东南仍然凑不够钱，但媳妇还不肯回家住，他把自己关在书房里。赵捷成掏出一张银行卡，他用他弟弟的名义开的户，攒了六万多私房钱，赵东南没要，他的缺口远远不止六万，哪能要他爸的。

晚上赵东南和柳漾吃饭，他愁得想办网贷，柳漾不同意，提出买个小两居。赵东南嫌五六十平方米太小，可是劝柳漾回家住，多攒点儿钱再说，他张不开嘴。

回家路上，等红绿灯时，旁边那车百来万，司机平头正脸，看不出过人之处，但戴的金表比车还贵。在欧洲度蜜月逛百货公司，赵东南见过好几个国人都买了这款。

当时柳漾就很感叹，他们衣着打扮谈吐气质都很普通，甚至土，但怎么那么会赚钱，他们都是怎么赚到钱的？赵东南想得分了神，险些剐蹭到旁边的车。已经很努力了，为什么还是赚不到钱？不仅赚不到钱，连家庭关系都处不好。媳妇是直脾气，妈是犟脾气，谁也不服输，明明三十岁不到，他觉得自己的中年危机来得过于迅疾了。

回到家，赵东南上楼，张玢喊他："宇翔生的龙凤胎满月了，星期六去喝酒。"

赵东南心头火气直冒，猝然发作："别人生龙凤胎是别人有本事，叫你跟漾漾道个歉，怎么就那么难？"

张玢和刘宇翔的母亲老谢是同一个办公室的同事，赵东南从小就被张玢拿去跟刘宇翔比，刘宇翔貌不惊人，但嘴甜会玩，找了一个富二代结了婚。

富二代家里给公婆换了大平层住，张玢去参观，大平层将近三百平方米，推窗看东湖。张玢心里酸，儿子身高长相样样都比刘宇翔强，读的还是名牌大学，刘宇翔都能找到富二代，儿子何至于找个小护士？

当初，柳漾来家里做客，张玢语气夹枪带棒，柳漾跟赵东南提了分手："实话实说，你人很好，但你妈比较讨厌。"

"你跟我过日子，不是跟她过日子。"赵东南好声好气，再三保证他无

条件站柳漾这边,事到如今,他很愧疚,柳漾的直觉很准,他妈果然成了两人之间的障碍。更烦恼的是,他活到快三十岁,仍不具备独立自主的能力,没法给自己和媳妇安个小窝。

老谢上个月当了奶奶,儿媳生了一对龙凤胎,张玢又很酸溜溜。赵东南说:"宇翔命好福气好,都是他的事,从小让我跟他比,我受够了,请你不要再提这个人,跟漾漾也别提。"张玢听得直翻白眼,这下赵东南居然借龙凤胎满月酒的话头逼她跟柳漾道歉,她火大,桌子一拍,回屋睡觉。

砸筷子是话赶话的没控制住脾气,但柳漾敢骂她不要脸,要道歉也是柳漾先道歉,哪家儿媳妇有她这么大的气性,别人是富二代,都肯铆足劲哄婆婆,又是奢侈品手提包,又是羊绒大衣的。张玢心里窝火,把赵捷成也骂了一通。

赵捷成等她骂完了再劝她,再怎么样也不能让儿子伤心:"他工作不顺心,你帮不上忙,给漾漾道个歉,要不了你的命吧?儿子心情不好,工作上再出问题怎么办?"

张玢勉强服软:"你代表我,叫她明天回来吃饭。"

赵捷成拿起张玢手机,张玢没反对,他以张玢的口吻发去信息:"漾漾,眼睛好点儿没?妈那天太急躁了,向你道歉,明天是你的白班吧?下班回来喝鱼汤。"

柳漾没回复,张玢一分钟看五遍手机,柳漾仍没回复,她气得又发脾气:"给台阶还不下,到底是哪个给脸不要脸?"

"9点多了,可能睡了,明天再说。"赵捷成上楼。赵东南趴在网上看房价,愁眉不展:"明天漾漾还不回,我就带妈去医院找她。"

第二天早上,柳漾回了张玢的信息:"医院旁边新开了一家店,听说很好吃。我下午4点下班。"这意思很明显,要张玢亲自亲口去道歉。张玢涨红了脸:"她就不怕闹狠了,你不要她?"

赵东南苦笑:"妈,你儿子条件没你想的好,家里就两套房子,这套还有贷款。"

张玢说:"到处都是剩女,男的再婚比女的好找。"

新来的实习生们都说,剩女这个词是光棍发明的,故意吓唬女人,一慌神,一焦虑,就把自己贱卖了,早些年还真骗到一些,新一代可不会再上当。赵东南觉得很有趣，查了查数据，光棍果然更多。他说："你自己去看，全世界不结婚的女人越来越多了，男人着急了。"

张玢才不信他的歪理邪说。赵东南发急："伤到眼睛不是小事，妈，你是真把漾漾气到了。要是那天戳个正着，你想想后果。要是她妈这样对我，你怎么想？"

张玢嘴很硬："我下班再给她打电话，让她回来谈。"

柳漾昨晚收到张玢的信息，懒得理睬，早上赵东南和她通话，首付五成是拦路虎，他在现实面前败下阵来："漾漾，我妈道歉的话，你再给她个机会好不好？"

柳漾说："买个五六十平方米应该够吧？"

赵东南说："李康和谢晓宁都反悔了，都说媳妇不同意，只能动用私房钱，借我一两万。一两万哪够。"

"那我回我妈家里住吧，正好陪陪老柳，冯鹃松口了。不过，我家的事不用说。"赵东南的语气很低落，柳漾听得心软，张玢千错万错，都不能怪到赵东南头上，她说，"你妈下班找我赔罪，我就考虑看看。"

形势所迫，买不起房子，每个月还得存钱，不然明年没法向冯鹃上供。医院宿舍只能提供一张床位供值班人员应急，非特殊情况申请不到单身宿舍；在外租房吧，就那点儿工资，更别想攒下钱；回娘家长住吧，妈已经为爸的病情茶饭不思了，再得知她被婆婆欺负，妈妈该多难受。

那句"吃我的住我的"越想越难听，柳漾宁可一直住医院宿舍，但赵东南是她丈夫，何忍这样逼他？她总不能因为婆婆的恶行，就跟赵东南分居下去吧？仍得回去跟那讨厌的女人住在一起。难怪怨憎会是跟死亡相提并论的人生至苦。但就这样搬回去，不甘，真不甘。可是要怎样才能赚到钱？赚钱真难。柳漾止不住眼泪。

冯鹃召唤柳漾，啪地发来一张离婚证，柳漾转账五万，她秒收。柳漾缓了缓，发去一条文字："协议已经生效，火锅店我会全程参与。"

五万到手，冯鹃有点儿小喜悦，俏皮地回道："欢迎股东指导工作。"

柳漾抹去眼泪，火锅店居然成了现阶段她唯一能赚到钱的可能。她想早点儿摆脱张玢，就只能和后妈，不，前后妈冯鹃为伍。"前后妈"这个称呼，让她把自己逗笑了，打起精神继续上班。

出了民政局大门，冯鹃抖着离婚证，连声说她解脱了，哈哈笑着朝前走了半天，柳志华还站在门口没动，她回头吼他："快点儿，538来了！"

柳志华慢慢跟上来，他一天恨不得有四十八小时，哪有什么急事。538下人上人，冯鹃拉住柳志华向前跑，但这人病病歪歪，跑都跑不动，她松开手，算了。

538很快开走，冯鹃仰头查看公交站牌，还有几趟车也能到家，柳志华把离婚证揣进包里，她有点儿心烦："你滚到陈玉兰那里去！"

下一趟538来了，冯鹃没跟人挤，守着柳志华上了车，自己再上车，拉着吊环，圈出一个位置，一脸鄙视："你靠着窗子站，莫倒了。"

有个年轻女孩让了座，冯鹃意识到柳志华病体沉重，到了连陌生人都看得出来的地步，说了一连串谢谢。下车往小区走，她问柳志华中饭想吃什么，柳志华突然说："谢谢你。"

冯鹃哼了一声，明天柳志华一出门，她就去找合伙人签投资协议，人不想事心就不烦。

陈玉兰简单通知柳漾："你爸说明天去复婚。"柳漾盯住这几个字，颇感人生荒谬，张玢嫌她是单亲家庭，但从明天开始，她又有完整的娘家了。虽然她知道，单亲家庭往往是"你家没钱"的婉约说法罢了。她妈要是张玢的顶头上司，或是亿万富翁，哪怕离个十次八次婚，张玢也不会公然嫌她。

柳漾在医院宿舍暂住，下了白班去观摩麻醉科的医生气管插管手法。急诊中心患者病种复杂，危重患者多，时间就是生命，急诊中心最初几分钟的抢救往往是成功的关键，像呼吸衰竭导致的缺氧乃至意识丧失，是必须立刻做气管插管的，而且只有几分钟，缺氧时间稍长，患者就算抢救过来，也很可能因为脑死亡变成植物人。

医护人员都接受过急救训练，但在患者口腔紧闭、牙关紧咬的情况下，插管很有难度，麻醉科医生每次全麻之前都会履行这道程序，柳漾找他们讨教事半功倍，护士掌握的知识点越多，越能在抢救过程中发挥作用。

晚上6点多，柳漾接到赵捷成的电话："漾漾还在医院吧？我和你妈妈来找你。"

柳漾眉一抬，张玢竟然真肯降尊纡贵来医院请她回家？太阳从西边出来了。但张玬被赵捷成扶来，她才发现又想多了。

张玬下班回家，阳台上晾的床单落到楼下伸在窗外的晒杆上，她担心再被风吹走，等不及电梯上来，走了楼梯。

楼道里堆满了纸盒纸板等破烂，气味难闻，连窗户都被遮住了，昏乎乎的看不清。张玬打开手机手电筒，掩住鼻子小心而行，一不留神被矿泉水瓶子绊了一下，险些摔倒，她吃了一吓，正喘气，堆积如山的纸盒子背后探出一个人："过细点儿。"

分明是关切，张玬被吓一跳，发了毛："跟个僵尸样的，日子又过不下去！"

婆婆笑呵呵，把纸盒子往旁边扒开点儿，拧开手电筒："我照着你走。"

几个可乐罐子咕噜咕噜滚下楼梯，张玬伸脚，狠狠踩扁一只，再往下走，被破铜烂铁蹭到裤腿，勃然道："这楼梯是消防通道，出了事跑不赢，我完了，你更完了，把牢底坐穿也赔不起！"

婆婆赔笑："好、好，我收拾，马上收拾干净。"

张玬几次在电梯里看到婆婆抱着纸盒子，但不走楼梯还不知道这么可恨，她伸腿，从婆婆头上跨过去，边走边拨打物业电话："物业啊，我要投诉！"

啪，张玬迎面挨了一耳光，她惊叫着，婆婆的儿子拳打脚踢，张玬被打肿了眼睛，牙齿也被打掉了两颗，柳漾为她清淤时，她疼得嘶嘶叫唤。

物业有一人陪同而来，他们答应对楼道做出整改，但婆婆的儿子不肯赔偿张玬医药费，因为她出言不逊在先，左一句僵尸，右一句自私自利品德败坏，还跨过婆婆的头，当儿子的不能忍。

张玬怒了，香榭水岸不是便宜小区，能住这里的人日子都不差，婆婆把自己搞得这么寒酸，平时丢人现眼不讲脸惯了，但她是受害人，这件事她要追究到底。

婆婆把消防通道堵住不对，她儿子打人也不对，但张玬用僵尸代指婆婆，讥讽她脱不了乡里习气。柳漾不由恶毒地想，婆婆儿子还是下手轻了。婆婆节省，想必是从前过了艰苦生活，居安思危，她挡你的路，让物业责令整改便是了，但你让她承受胯下之辱，那儿子没打断你的腿就算不错了。

柳漾带张玬去找医生补牙，恶人自有恶人磨，有人替她出了恶气，她对于搬回香榭水岸住，没那么排斥了。

赵东南拎来外卖,柳漾和赵捷成分头吃了,张玢换上临时牙齿出来,医生交代:"下周再来安上烤瓷牙。"

张玢一脸惨样,赵东南又气又烦:"在家耀武扬威,我们三个都让着你,出去吃亏了吧?"

张玢气鼓鼓,赵捷成对她丢个眼色,她被迫认了错:"漾漾啊,今天说给你炖鱼汤,炖不成了,我这几天在家休息,你想吃什么就说。"

赵东南替他妈卖乖:"妈被人打成这样,你帮着上药换药,她做饭答谢你,怎么样?"

张玢别扭道:"漾漾想吃旁边那家店,你带她去。"

柳漾心里犹有不甘,但明白这是个可以下的台阶,她挽着赵东南的胳膊去车位,只和他说话:"你媳妇人不错吧,宽宏大量,以德报怨。"

张玢怎么想,柳漾不在意,脸已经撕破,下一次张玢再对她不利,她就还手了。张玢的牙齿不经打,前人为她做出表率了。

陈玉兰和柳志华如期复婚,两人都很低调,只拿着结婚证自拍了一张合照。照片直观地显示出柳志华已经瘦得脱了人形,柳漾泪眼蒙眬。她读初中时,父母已离婚,柳志华去她学校看她,总给她买上许多吃的,说她抽条抽得太狠,瘦成了一桠刺。

一桠刺是团风方言,柳漾总说像在形容老人家,但照片里的柳志华已如枯藤老树,刺到她心里去。早上吃完饭,柳漾督促张玢吃了药,拎包出门:"中午在我妈家里吃饭,别等我。"

她知道张玢关起门就会骂娘,但讨好张玢,张玢也一样骂,随便她。昨夜赵东南搂着她说尽好话,他惭愧于让她受了委屈,但没攒够首付的钱,只能再忍受一段。两人都挺难过,赚钱难,连借钱都这么难,光是无风无浪地活着,好像就耗尽所有力气和运气了。

柳漾买了菜,和爸妈吃顿团圆饭,庆祝一家人重聚首。饭后,她对沈维感叹,她妈复婚后目光大放光彩,兴奋至极,她觉得自己钱没白花:"我妈是真的好高兴,我为老柳赎身好像是正确选择。"

05

冯鹃向柳俊杰隐瞒离婚，只说柳志华病得重，所以搬出去，让女儿照顾："你那个姐是护士，照顾人是专业的。"

柳俊杰很伤心，秦飞带他去参观酸奶品牌的车间——前段时间，阿豹帮秦飞揽到私活，为品牌安装调试杀菌机。柳俊杰对输送带装置很感兴趣："电视广告的巴氏杀菌法就是这些吗？"

"就是你眼前看到的。下周我们去参观特种机器人？"秦飞使出千方百计，哄得他弟弟对未来满怀憧憬，回到家，阿豹奉命送来一箱酸奶，柳俊杰对他和秦飞都很崇拜："我以后也要学自动化，学人工智能！"

冯鹃听得津津有味，她发觉大儿子变成熟了。等到火锅店的门面谈下来了，冯鹃、程东升和肖晓钰三人正式合伙，把各自的子女都喊到现场，开了碰头会。

程东升投资份额最高，是大老板，等月底敲定装修方案，二老板冯鹃主抓施工，程东升跑建材市场，桌椅板凳灯具和后厨用品也都归他落实，三老板肖晓钰则进行员工招聘和培训。

子女们各司其职，秦飞领到了开业之前的宣传工作。冯鹃和柳漾建立了私下往来，按照约定每天通气。柳漾有个患者是开室内设计公司的，她把大致情况和对方一聊，对方主动打对折，还派出助理去门店了解老板们的想法。

设计师和三个老板碰出装修思路：干净朴实土气。柳漾收到反馈："土气？"

"乱中有序！"冯鹃学着设计师的口吻说话。下午老板们和设计师反复聊过，干净是相对的，千万不能看着太整洁高档。这一带是居民生活区，连小区都不高档，火锅店装修得太好，谁肯光顾？

肖晓钰说："我年轻时待的那家店装修豪华，生意不好，哪怕把价格招牌都贴在门窗上，好吃实惠，很多人也不敢进去，怕挨宰。"

冯鹃说："就跟摆地摊一样，东西不见得比商场便宜，但心态不同，买衣服也是，就爱往小店里钻。"

设计师懂了,很多小市民只追求便宜实惠口味好,对用餐环境要求不高。柳漾表示受教,她先前以为冯鹃他们把装修预算抠得紧,但他们思路是正确的。

三个老板以前都是小本生意,进进出出自己就能算账,开店不一样,还得跟彼此商量,程东升跑了几天建材市场就吃不消,嚷着要请专业会计,这钱省不了。陈玉兰是财会学校毕业的,柳漾试探了一下,但她绝不肯跟冯鹃合作。

冯鹃也想到陈玉兰了,打了十几年交道,陈玉兰的性格她有数,她拿得住。但不能多想,一想就怄气。

肖晓钰的女儿在家政公司当副总,找到单位的会计谈合作,会计答应每个月过来做做账。老板们都是五六十岁的人,最高学历的是冯鹃,但她哪还学得进东西?秦飞等下一代被迫走上了自学财务之路,自家生意,看不懂账簿不行。

沈维和上海一家私立医院签了合同,医院以妇产科和医疗美容科闻名,她依然只和柳漾联系,她父母又来过医院几次,但徐怡翎明确告知不可保留沈维编制,他们心灰意冷。

沈维从前的手机号作废,微信也不用,完全联系不上,父母找柳漾帮忙劝。柳漾问:"一辈子不结婚,你们能接受吗?"

沈父不悦:"不催就不催,哪有不结婚的道理?违反社会规律!"

柳漾问:"怎么就违反了?她是你姑娘,违反了你们是不是要大义灭亲送她去坐牢?你看大牢收不收。"

沈母急得直哭:"该是什么年龄就做什么事,她任性不听话,我们不管就是不负责任!"

女病人都听不下去了:"你们是要她听话,还是要她幸福?"

沈父断然道:"要她听话,就是为了她幸福!"

有个才半岁大的孩子高烧,宋青小心翼翼地输液,但针头还没扎去,孩子就害怕得手脚乱动,哭闹不止,柳漾专心哄着他,再不理会沈家父母。接受别人对幸福的感受跟你不一样,这句话很难懂吗?

自从搬回香榭水岸，每次看到张玢，柳漾都很烦。有天又是她的夜班，救护车送来一个农民工，坠落的钢筋贯穿了他的胸腔，情况很不乐观，可他还不到三十岁。农民工的父母都在乡下，医生示意他妻子签麻醉同意书，妻子抱着不满周岁的儿子，手一直在抖，柳漾替她抱着孩子。

签完字，孩子的妈妈哽咽着说："你们一定要救救他，一定要救救他。"但是两个小时后，医生宣布抢救无效，她双腿一瘫，被邵清平抱住，她抓着邵医生的衣襟，号啕大哭。

孩子伸手抓柳漾的胸夹，咧嘴笑得甜。柳漾托着孩子的小手，温软稚嫩，她一下子就泪湿眼眶，很久以后孩子才会懂，在他极年幼的时候，他和他爸爸就隔着一扇门，但他再也没有机会牵起爸爸的手了。

下班后，柳漾对赵东南提出回家住一阵，这是她爸在人世最后一段时光了。不想跟张玢住在一个屋檐下也是重要原因，但没必要跟赵东南说。

这次的借口是考试在即，想回宿舍温习，清静点儿。张玢想发脾气，忍住了，但她瞧着柳漾的脸色不对，追问赵东南，柳漾是不是又看她不顺眼，赵东南连连说哪有哪有，但表情也不自然，张玢疑心两人有事瞒她。

柳志华和陈玉兰复婚那天，穿的仍是柳漾结婚当天穿的那件浅蓝条纹衬衫，柳漾让赵东南陪她去买衣服和鞋子。柳志华已经吃不下多少东西了，将来他要走，得有一身像样的衣物。

柳漾收拾完自己的衣服出来，张玢看她眼睛都红了，越发认为有蹊跷。赵东南的车开出，张玢叫的网约车也到了，让司机跟上。待她看到那两人去了男装品牌店，更觉纳闷，柳漾陪赵东南买衣服，这有什么不能说的？

张玢换辆车继续跟踪，路越走越熟，她确定柳漾是回娘家。那她为什么说是回医院宿舍？有鬼。小两口有天大的事瞒她。

再跟下去会被发现，张玢在小区外面的小吃店守着赵东南出来。柳家三口把赵东南送到车位处，张玢心一咯噔，柳志华瘦得可怕，走路都得靠人搀扶。等柳家三口走了，她跑向赵东南，赵东南一惊，她劈头问："岳老头得什么病了？"

赵东南不想说，张玢虎着脸："既然得了病，那我买点儿东西去看他，他总得说实话吧？"

赵东南只能说了，张玢一张脸顿时乌漆麻黑，她只以为是重病，没想到

是癌症,而且没多少日子了。她气急败坏上了车:"以前叫你分手不分,一点儿也不听话!"没等赵东南反应过来,她又问,"你什么时候晓得的?"

赵东南说:"漾漾去桂林才晓得的,你还乱怀疑是打胎去了。"

张玢更加窝火,柳志华这点儿岁数就得了绝症,鬼晓得柳漾会不会遗传到不好的基因。她很纳闷,婚检结果她看过,柳漾很健康,难不成医院帮她做了手脚?

赵东南皱起眉:"妈,好不容易把漾漾哄回来,你不要再生事。"

"我生事?"张玢火气很大,老谢家刘宇翔命好,岳老头给他开公司,住大平层,听说汤逊湖那幢别墅也打算送给他,自家儿子凭什么就摊上这种家庭,一点儿光没沾到,还被拖了后腿,她给赵东南下了通牒,"我不管你用什么办法,换家医院,让漾漾再去做个体检,仔仔细细查清楚。"

赵东南本能反驳。张玢一步不让:"现在人的寿命长,退休年龄都延迟了,你岳老头五十岁就得了癌,基因肯定有问题,你得为下一代负责,不能马虎了。"

赵东南表了态:"漾漾每年都体检,她不会骗我,等我跟她正式备孕,就再去做个全面体检。"

张玢回家查资料,网上既有说胰腺癌遗传概率低,也有建议后代每年做一次筛查,她坐立不安。就算柳漾没问题,隔代遗传怎么办?赵捷成被她说得也有点儿紧张,但第二天就想明白了:"天底下就数你最爱着急,等他们两个打算要伢的时候再查仔细点儿就行了,不能总是自己吓自己!"

"你们男的就是粗心,还盲目乐观!"张玢连着两天晚上都做了噩梦,先是梦见柳漾生了一个头大眼斜流口水的怪物,再梦见孩子才十几岁,就被查出胰腺癌。梦里的她头发花白,坐在榆钱树下痛哭。

张玢去医院找柳漾摊牌,正碰上装修公司的设计师给柳漾看火锅店效果图,他做了几版,但老板们意见不统一,老板们的后代大多给其中一版投了赞成票,柳漾的票也很关键。柳漾选了一版,设计师笑着说:"我就说吧,年轻人爱吃火锅,要尊重年轻人的意见。"

既然是百分之八十年轻人都认可的方案,老板们接受了。设计师和柳漾击掌,张玢直接上前,不客气地问设计师:"你是谁?"

柳漾解释说熟人要开火锅店，她在中间牵线，但张玢很怀疑："你拿了多少好处费？这个店你也有份？"

柳漾说："我哪有钱搞投资？有钱我就买房搬出去了。"

张玢哽了半天，柳志华得了癌，柳漾也是个定时炸弹，没把她扫地出门，她倒先留意起下家来了，早说过她是水性杨花轻佻相，赵东南还不信。

周末白天的病人成群结队，大多是挂不上门诊专家号的，柳漾走开了，不用问也知道张玢是来挑事的，挑事就挑事，医院大多是生死大事，她不怕事。

张玢自讨没趣，袖手看了几分钟热闹，走了。次日是老谢家龙凤胎的满月宴，她喊赵东南一起，赵东南不去，她和赵捷成去了。

老谢笑呵呵，安排张玢和赵捷成坐主席台右下方的一桌。老谢的儿媳在银行上班，张玢左右一问，都是银行人员。邻座的女孩来得稍晚，张玢跟隔了两个座位的老同事说话时，不小心碰掉了女孩的手机，女孩没怪她，还笑说手机套了壳子就是抗摔的，张玢夸她手机壳很趣怪，女孩很健谈，赞美她的衬衫很时尚。

女孩也姓张，是本家，人还单纯，问什么答什么，她是独生女，家在武汉周边地级市，她爸是当地开发区管委会干部，妈在环保局，爷爷奶奶开了一家养老院。同桌有人认出女孩的包是大牌新款，女孩谦虚回答她刚参加工作，这是她父母买给她的入职礼物，她平时都舍不得拿出来背。

张玢对女孩下了定论，家境不错，性格好，还不虚荣，她表示她和几个朋友都有办信用卡的打算，和女孩互相加了微信。

宴席后，张玢让赵东南来接，女孩和赵东南聊了几句。张玢喜上眉梢，年轻女孩对男人有兴趣是什么嘴脸，她清楚得很。

道别后，女孩走向自己的车，比赵东南的车贵得多。张玢发现女孩的家世比她预估的还好些，她转头就找女孩办信用卡，女孩给了她一个不小的额度，隔几天，张玢买了一条小手链送女孩，理由是用这张信用卡买两条打七折，一条送外甥女，另一条送女孩合适。

女孩不收。张玢佯怒："我再时尚也是阿姨，这么年轻的款式，戴不出去。"

女孩请张玢吃饭回谢，张玢咨询理财基金，话说得很含蓄，她的钱是儿

子在打理,她手头就一点点儿余钱,吃定期利息不合算,不如学习理财,赚点儿零花钱。

一回生两回熟,张玢和女孩打得火热,连女孩家在地级市有四套房子、两幢私宅都摸得一清二楚,其中一幢私宅临着湖,女孩家祖孙三代都住在那里,在朋友圈发过若干照片。

每次张玢和女孩见面,都会让赵东南去接她,女孩夸张玢好福气,儿子帅气又孝顺,张玢很爱听:"他在电信负责工程项目,回头让他把工程款存在你这里,帮你冲任务量!"

女孩满面笑容,张玢找个借口,说去上厕所,让赵东南和女孩单独相处,女孩自来熟,跟赵东南相谈甚欢,张玢远远见了,喜出望外。但此后她再约女孩,女孩和她保持距离了,一问原因,女孩说自己忙着跑客户,她逼问赵东南:"你那天到底跟她聊什么了?"

当天,女孩开门见山:"听说你媳妇是护士?我以后找她帮忙挂专家号,是不是方便点儿?"

通过赵东南找柳漾帮忙的人太多了,他才不想多揽事,笑答:"你这么年轻,生病最多是小病小痛,在门诊挂普通号就行,有大问题了才找专家,希望你永远不用找。"

张玢问起,赵东南不耐烦:"就乱七八糟闲聊。你儿子已婚,你还想什么。"回家后,张玢又问,他才知道张玢还真存了撮合之心,生气道,"她没骂你已经很有涵养了。"

女孩连儿媳是护士都知道,绝对是同事老谢说的,张玢气得牙痒,但不好找老谢发作:"我就是跟她投缘,又是本家,没别的意思,是她自己想多了!"

张玢对赵东南越发有信心,她通过女孩大胆假设,小心求证,证实了赵东南在婚恋市场的价值,只要不说出已婚身份,她儿子在年轻女孩眼里是有魅力的。离异也不损害这魅力,有阅历的男人更有魅力。

张玢以银行女孩为标准,开始留意有家底的外地女孩,她们想在武汉落脚扎根,武汉本地男人是最优选,也是最佳组合。柳漾在娘家住,对此毫不知情,赵东南每隔两三天就拎些水果和熟食来看柳志华,饭后陪柳漾散步,感情好得有点儿像刚谈恋爱那会儿。

部门给予的三个月考察期结束，赵东南带的实习生交出心得体会，无一例外都夸了他，他在施工现场做事负责，尽善尽美，领导很欣赏，因此他因祸得福，被借调去网络建设部。

网络建设部招标项目多，有油水，柳志华很关心赵东南工作，提醒他不能因小失大。赵东南很虚心："本来想着今年冲上六岗，工人车祸出事，没升成，这段时间多表现表现，争取能留在网建部。"

ZHONG GUO JIE 06

每次下了班，柳漾都能吃上陈玉兰烧的饭菜，不算多可口，却是她婚后最舒心的时光。陈玉兰在做饭方面不思进取，柳漾从小到大，陈玉兰就那几道拿手菜，柳志华病得吃不下几口饭，她更是无心钻研新菜式。

最近半个月，柳志华病情一天比一天严重，时常疼得冷汗直冒，柳漾只好注射哌替啶（杜冷丁）帮他缓解，陈玉兰背地里哭过好多次。

陈玉兰和柳志华总爱聊些故人旧事新情况，谁家添丁了，谁家女儿出国了，谁家儿子好赌，唏嘘感叹着，大半天就过去了。柳漾留神听了几次，他们的话题经常重复，但乐此不疲，每提一次，就感叹一次，好像昨天说的是另一些人似的。

让柳漾惊奇的是，连冯鹃都不是父母之间的避讳。她下了夜班回家睡觉，半天没睡着，忽然听到她爸妈在算账，办丧事需要请哪些人，哪些开销能省，哪些要做足，一一算起来。柳漾听出柳志华这么多年都由冯鹃管钱，个人积蓄少得可怜，但陈玉兰为她置办嫁妆时说过，大头的钱是柳志华出的，有天她趁柳志华上厕所，"不经意"地找陈玉兰问了出来。

柳漾读初中，柳志华就在为她攒嫁妆钱了，他工资奖金都打到银行卡上，被冯鹃管着，他就额外接些私人维修单赚私房钱。有时去哪家维修空调，顺手修个煤气灶、热水器，换个灯泡都是常有的事，就这么慢慢攒下钱来。

离婚后，冯鹃没来看过柳志华，怪里怪气问过柳漾："你爸还没死呢？"

真不关心的话,问都不问,柳漾回复她:"他跳出火坑了,不晓得几高兴。"

冯鹃再不理她,学着做账之余,看些爆笑短视频换脑子。但柳志华终究油尽灯枯了,一天,柳漾下了小夜班回来,已经快凌晨2点,柳志华还没睡着,披衣出来对她说:"我这两天就回团风了。"

柳漾听懂他的意思,他要回老家等死了。人死后再往老家送,麻烦。她喉头哽住:"等我休完这两天假,你再动身。"

睡得晚,反而又早早醒了,楼上又有人扔酒瓶子和剩菜下来,柳漾提着扩音喇叭冲出门。秋老虎猛烈,天气很热,腐烂的食物惹得苍蝇乱飞,陈玉兰在阳台晾衣服都没法开窗。

秦飞带着柳俊杰来看望柳志华,柳漾正仰头对楼上怒骂,然后用鞋背把地上的酒瓶和垃圾拢到一旁。柳俊杰愣愣地看她,柳漾以为吓着他了,冲他笑笑,柳俊杰看到两棵桂花树之间拴的晾衣绳:"你晒衣服要小心点儿。"

秦飞捡起一个塑料食盒,透过盒盖,里头装有十来双方便筷子,筷子还套着简易塑料袋,没有拆封,但都被掰断,断口毛刺刺的。柳漾心里发毛:"这怕不是个变态。"但这幢楼有二十九层,向上望,谁都可能不怀好意。

已是9月下旬,柳俊杰开学有段时间了,他想念他爸,周末时自己坐公交车来看过几次。柳漾到阳台收衣服,他扭捏了一下,跟上来,捏着衣角,冲着她的背影小声说:"你结婚那天,我不是故意的。"

柳漾笑出了声:"知道了。"她连冯鹃都能合作,还能跟一个小学生计较不成?连陈玉兰见着柳俊杰也没多说,还让柳漾洗水果给他吃。

柳俊杰拿着秦飞的平板电脑,偎在他爸身旁,一同看一部商业电影。陈玉兰把柳漾喊去厨房:"我要带你爸去照相馆拍照,你做饭,中午让那伢也在家里吃吧。"

柳漾猛一下没转过弯,然后才意识到,拍照片是指拍遗照。柳俊杰听说拍照片,嚷着要去,柳漾忽然想到,她爸妈离婚后,一家三口还没拍过正式的全家福,但家里是白墙,可以趁这两天在家多拍几张。

小区拐过去就有一家照相馆,趁着柳志华和妻儿拍照的当口,秦飞开车去电子城买摄像头,安在树干上。柳漾报过警,但民警以调停为主,楼上的人反而变本加厉,要治他们,还得自己动手。

柳漾择着菜，秦飞捧着平板电脑讲解，他已经设置好了，哪天再有人高空抛物，就能精准定位，直接去敲门。

柳俊杰是柳志华的儿子，一起吃午饭没什么，但自己是外人，秦飞推说跟同事约了饭局，告辞走人。陈玉兰明白他不自在，没有多留。

柳漾炒着菜，窗外，秦飞发动汽车，两人隔着窗，目光相对。很快，秦飞收到柳漾转账，附言是："摄像头。少了算我占点儿便宜。"

秦飞不收："没两个钱。"

"你路边下个馆子吧。"柳漾把手机揣回兜，陈玉兰进来端汤，对她夸了秦飞，"在桂林就觉得这伢人不错，你要跟他搞好关系。"

柳漾问："搞好关系干吗？"

陈玉兰告诫她："搞好关系，以后共同承担对弟弟的责任，不然冯鹃借口年纪大了，都推给你管，你怎么办？东南肯定不同意。"

柳漾说："冯鹃推给我，我就答应？"

陈玉兰说："那毕竟是你亲弟弟。"

柳漾呛声："那还是冯鹃的亲儿子呢！"陈玉兰说话很小声，柳漾也放低声音，"那是老柳跟外人生的，你管那么多？你不管，我也不管，没这个义务。"

秦飞买了汉堡套餐坐在车里啃，柳俊杰对陈玉兰家熟门熟路，不需要他护送，他是听弟弟说柳漾最近在娘家住，才特地过来的。

公司和电信公司有合作，对一处通信基站铁塔自动化监测系统进行安装和调试，上周，公司技术部负责人带着秦飞等人去电信公司洽谈，赵东南也列席开会。

吃完午饭回会议室，中间有段闲聊时间，实习生们进来端茶倒水，秦飞玩着手机游戏，觉察一个实习生跟赵东南似乎有些暧昧。那实习生长得甜美娇柔，穿衣风格粉嫩得像个白兔子，指甲颜色很特别，被秦飞的女同事问过一句："是香芋色吗？"

女孩说话也娇娇柔柔，是奶音："是藕荷色哦。"

女孩给赵东南倒咖啡，拿勺子搅拌，搅拌完毕，秦飞眼角的余光看到她提起勺子，放进了自己的杯子里，这本来没什么，但在不被人注意到的时

刻,她含着勺子,眨眨眼,对赵东南一笑。

她笑得挺挑逗,秦飞这样想。不妙的是赵东南也在笑,好像习以为常。接下来的会议上,秦飞暗中观察赵东南和这个叫向雨恬的实习生,她和所有的实习生都坐在会议室一角旁听,手上做着会议记录,眼睛一直在看赵东南。

柳漾是护士,没戴婚戒,赵东南也没戴,不过生活里不戴婚戒的男女很多,但向雨恬难道不知道赵东南已婚?若不知道,可能是赵东南存心隐瞒,要么是知道了,但有恃无恐,因为赵东南丝毫不避嫌。

有些女孩性格活泼,不拘小节,但赵东南已婚,未免也太不避嫌了点儿。秦飞想跟柳漾说说,但担心是自己捕风捉影,反而引起夫妻矛盾。正好柳俊杰一到周末就去看柳志华,他就跟来了,话到嘴边,犹豫了。

潜意识把秦飞带到了蒋馨月的店附近,车停在对面,过了许久,他仍没等到蒋馨月送客户出来,没能再看她一眼。

火锅店已经开始装修了,冯鹃和另外两个老板跑进跑出,秦飞买了饮料慰问众人。冯鹃惦记追看的言情剧,休息时看了半集,秦飞讨教道:"有个女同事的老公长得蛮帅,部门有个年轻的女孩跟他有名堂,女同事想离婚,我搞不好要忙起来了。"

冯鹃说:"女的肯定不会离。"

秦飞说:"不离等着怄气啊,先下手为强。"

冯鹃说:"你懂什么,她男将离婚能找年轻的未婚的,女的离婚找不到。"

秦飞说:"女的也才二十几,比外面那女孩大不了一点儿。"

冯鹃说:"女的离婚比男的吃亏,一般只能找年纪大的、离过婚的。"柳志华比秦刚好,冯鹃以前很得意,离婚后不吱声了,问都不问一句,更别说去探望了,不过柳俊杰回家总会跟她说,柳志华的动态她都能知道。

冯鹃让秦飞安心,大部分夫妻闹得再狠,都不见得离婚,除非男的坚持要离,多数情况下女的会算了,她拿陈玉兰举例:"女的就是容易想不开。你看她,给爸妈送了终,姑娘也出了嫁,自己工作也稳定,暂时还不需要帮姑娘带伢,我要是她,日子过得飞起来,逢年过节想到哪里玩就到哪里玩。"

秦飞笑她:"是是是,你退一步海阔天空。"

冯鹃大笑起来,回头看身后的火锅店,生意好,赚到钱,她才能海阔天空。幸亏有柳漾托底,她不操心柳俊杰的吃穿用度学杂费,只管甩开膀子干活,火锅店第一年不赔本就算赚,她有心理准备。

秦飞没点开红包,第二天退回到柳漾账户,柳漾出门给她爸买鞋。陈玉兰和柳志华经常谈起年轻时的事,有天被她听到,柳志华第一次上门,外公外婆送了他一双皮鞋。据说这是新州的习俗,女婿上门,除了见面礼,还得送双好鞋,代表前路顺利发达。

柳志华穿的是运动鞋,很旧了,柳漾拿被秦飞退回来的钱,另外添了些,买了柳志华很喜欢的一个品牌的皮鞋。那品牌已没落,但仍是她爸心中的名牌。

柳漾按柳志华的尺码买回皮鞋,晚上柳志华洗完澡出来,她显摆地放在他面前。柳志华高高兴兴,落座试穿,但脚一伸出来,柳漾就在心里哭了。她爸吃不下饭,双脚也肿得厉害,穿不进她买的皮鞋了。

陈玉兰转过脸掉眼泪。柳志华哄着妻女:"没关系没关系,拿去换成运动鞋,运动鞋宽,买大两号,我肯定能穿。"

柳漾坚持请了一个白班的假,把陈玉兰和柳志华送去团风。爷爷奶奶都已过世,大伯收拾了一间房,陈玉兰会一直住到给柳志华送终。

天气很好,柳志华带着妻女去看墓地,是个向阳背风的山坡,他请风水先生看过的,祖坟风水好,能保佑他的儿女,他补充:"还有东南和飞飞。"

墓地地势高,往下望去,是一方池塘,岸边有几棵柳漾叫不上名字的野生植物,柳志华兴致很高,他说整个地形像一把靠背椅,他和陈玉兰的墓地占据了椅背,是"有靠山"的意思。柳漾揣想这人确诊胰腺癌后,来给自己看墓地的情形,心里又不好受,但陈玉兰分外高兴:"你爸说了,墓碑先不立,等我也不在了,再一起做。到时候都交给你,没意见吧?"

柳漾没好气:"左边种棵白玉兰,右边种棵柳树,柳絮一飘,花一落,我还省得烧纸钱。"

柳志华笑哈哈:"好,好,好得很,环保。"

下午4点半,柳志华就催着他大嫂开饭,让柳漾早点儿动身回武汉。团风方言把阴天称为天涩,他说明星亮月,不如天涩,意思是开车的人、赶路的人,尽量不要走夜路。

进武汉市区的路有些堵,柳漾赶在华灯初上时回了香榭水岸,想拿点儿

秋季衣物回娘家住到考完试,但这得跟赵东南商量。

家里只有赵捷成,他在书房写材料,张玢和同事做头发还没回来。柳漾洗澡睡觉,她计划每次下大夜班的那个白天都去看柳志华,人间的面,终究是见一面少一面了。

赵东南半夜才回来,柳漾仍没睡着,他劝慰道:"下次我们一起去团风。"

柳漾闻见赵东南身上的香气,鼻子动了动,赵东南给她看指腹:"又起皮了,找实习生借了护手霜,很腻,推不开,气味也浓,还是你们医院出的那个好。"

每到换季,赵东南皮肤都分外干燥,指腹起了一层皮。柳漾很愧疚,居然连这个也忽略了,以前都是她从医院给他开的甘油,很管用,她按捺下想回娘家住的想法。等赵东南洗澡出来,她抱着他,想说说话,赵东南吻住她,她伸手去拿安全套。

第五章

时光总是不够长
很多来不及做的事
就真的来不及

ZHONG
GUO
JIE **01**

　　香榭水岸门前有个小菜场，禽腥气和鱼腥气难闻，张玢买了菜，掩鼻而过，有天好巧不巧，卖鱼的女人在跟隔壁摊位聊着面馆的老板娘，她听到一些，心沉到海底。

　　那老板娘楚剧团唱戏出身，她丈夫是生意人，前列腺癌走的，走之前缠绵病榻三四年，散尽家产人财两空。老板娘前脚送走丈夫，后脚就查出心脏病，她开了个小面馆，每天营业到深夜，关门后还给寺院门口的烟纸店叠锡箔，叠一包能赚十几块钱。

　　张玢去吃了一碗素面，旁敲侧击，证实了卖鱼女人所言非虚。老板娘命苦，儿子遗传了丈夫的疾病，孙子遗传了她的心脏病，一家人生活很清苦。张玢瞧着老板娘，她装着心脏起搏器，刚到六十岁的人，头发白了大半，气质还不错，看得出年轻时在剧团的风光，但人往往禁不起一场大病。

　　张玢坚定了要给儿子换妻的信念。第一步，先找好下家，只要下家够好，不信赵东南不动摇。他才三十岁，往后还有好几十年可活，小面馆老板娘是前车之鉴，趁早悬崖勒马。

　　都是女人，张玢不想对柳漾太绝，但人和人是以心换心，柳漾和她相看两厌，若能以旧换新，自己能有个心宽体顺的晚年。柳漾没生过孩子，又年轻，说不定也能找到更适合她的男人。再说了，赵东南给柳漾换过车，婚后两人有共同财产，她能分走一部分钱，赵家没亏待她。

　　柳漾很明显感觉到张玢对她的冷落，她不跟张玢说话，张玢就绝对不找她说话。她做好饭菜，张玢以前还虚情假意夸两句，如今只剩挑剔，菜炒咸了,汤太油了,柳漾说:"我炒菜就这个水平。"

张玢筷子一拍:"你这是什么态度?"

"我就这个态度。"柳漾和张玢初次见面时,张玢就说过:"很多人给我家东南介绍朋友,我见过不少,都不喜欢,护士好,护士心细,会照顾人。你会做饭吧?"

柳漾笑着对赵东南说:"不会,一起学,以后互相照顾。"

张玢当时脸色就沉了,柳漾看出张玢不喜欢她,向赵东南提了分手。三年来,是赵东南一次次让她坚信,他的伴侣是她,他只忠于她。

张玢向赵东南告了状,柳漾下班回来,赵东南很愁闷,他妈好了伤疤忘了疼,说了不再跟柳漾过不去,还是管不住嘴,他也吵过:"漾漾到底怎么你了,你就这么看不得她?"

张玢很气愤:"说一句犟一句,哪家媳妇像她这样,我说她有得家教,说错了?"

张玢这话,赵东南是决计不能跟柳漾说的,柳漾看出他的难色,很失望:"我回我妈家住,你也省心,我也不烦心。"

赵东南说:"有几个朋友年底有进账,我等那时再开口借钱,必须买房子分开过。"

下个月初就要考试,柳漾回家住了。张玢被人打伤,她才回到这里,好像是赢了,但又好像是输的开始。积蓄不够,买不成房子,其实能出去租房子住,但她明白赵东南不会这样去对抗张玢,她提都没提,提了他也不会答应。她有些后悔,伤到眼睛那次,本不该妥协。

沈维通过试用期,在上海稳定下来,她以前想过,武汉虽然是省会城市,但没一线城市发达,风气保守,到了上海发觉,大环境就这样,攻击女人也依然是"赚钱多,当高管有什么用,还不是没人要"。有的女人甚至比男人更维护这套说辞,毕竟她们的人生成就就是有人要,以及生了儿子。至于要她们的是不是烂人,儿子成不成材,她们是不多想的。

沈维一走几个月,音讯全无,沈母又来医院找柳漾。沈维离开武汉以后,沈父失眠得厉害,吃药才能入睡,沈母最近也老做噩梦,担心沈维在外吃不惯睡不好,她说:"你转告她,我们不催她结婚,就让她等缘分,行

不行？"

柳漾叹息，沈维在家时，她父母也说过类似的话，但说归说，转头即忘，她知道沈家父母仍不明白沈维为何出走。如果当父母的就像外人一样，总是把子女气得胸闷，子女哪肯在家里多待，不过也许父母也认为子女不懂事，把他们气得胸闷吧。

救护车送来一个大学生，她名叫霍萍萍，今年刚考上大学。室友被小老板包养，打着介绍兼职的借口，骗霍萍萍出去应酬。酒局上，霍萍萍被室友灌了酒，小老板的朋友们动手动脚，她逃跑时从楼梯滚下去，摔断了腿。

霍萍萍向酒店门童求告，被送来医院。霍萍萍是下面县市的人，她妈在武汉打工，赶到急诊时，霍萍萍的伤口刚做了处理，她妈心疼得掉眼泪，但张口却是责备："跟你说了要好好学习，不用你出去赚钱，你偏不听！"

柳漾着意地看沈母一眼，沈母果然不觉得这话有问题。霍母问清事情原委，痛骂那个室友是小婊子养的，再责备女儿："她一进大学就谈恋爱，还跟社会上的人谈，不是好东西，你还跟她玩，你怎么这么不懂事？"

霍萍萍闭口不言，头扭向一边。护士长扒开霍母，弯腰对霍萍萍说："等下麻药过去有点儿疼，疼就按铃，给你开片止痛药。"

护士长声音温柔，霍萍萍把眼泪藏起来，瓮声回答："谢谢你。"

火锅店招聘了部分服务员和小工，冯鹃送来617医院体检，出租车送来病人，她在门口还搭了把手，听说是看急诊，她特意绕过来看看，刚好看到霍母的一言一行，斜了她一眼："姑娘想做点儿兼职替你分忧，她是好心。外人欺负她，你不能欺负她，你是她妈，你批评她就是欺负她，你跟外人有什么区别？"

霍母忍着没发作，瞪冯鹃一眼，冯鹃可不怕她。医患关系太紧张，护士不便说的话，她一个外人想说什么就说什么："我晓得你是心疼你家姑娘，心疼她就要好好说话，不好好说，就是做了好还落不到好。你是苦心，但你把话说得不好听，她心里苦。"

柳漾转头看沈母："听到了吗？"

沈母默默走了。冯鹃问："她求你办什么事？"

柳漾说："她姑娘是我朋友，不想结婚，她爸妈逼她相了几百次亲，还把男的往她房间里赶。"

冯鹃惊得张大了嘴巴:"不结婚又怎么了?"

柳漾没想到她是这个态度,笑道:"你不催你家秦飞?"

冯鹃说:"催有什么用,现在的小伢都有自己的主意。"

柳漾故意问:"他要是跟你说,一生都不打算结婚,你也不催?"

"我看也不至于,不过也说不定,网上都说现在儿子比姑娘多,儿子结婚难。"冯鹃对沈母好奇,"她是妈,教育不了姑娘,找你帮忙教育?"

柳漾摇头:"维维说她不结婚不要伢,他们接受不了,快把她逼死了,她跑去外地了,她妈求我让维维回来。"

冯鹃听不下去:"一生还长,说不定哪天就结了,不结也不能把她逼死吧?是不是亲妈?"

冯鹃居然很开明,柳漾很惊奇:"她妈觉得她叛逆,还说我站着说话不腰疼。"

冯鹃教她:"下次再找你,你就问她,是爱姑娘还是爱面子,她不就是怕别人说闲话,说家里有个姑娘嫁不掉。"

病人帮腔:"别人随口一说,不往心里去,就她听到心里去了。"

冯鹃嘎嘎笑:"说得好!别人贪污受贿,吸毒赌博,你问他们怕不怕别人说。要是怕,这个世界上哪会有人杀人放火?"

服务员们做完体检来找冯鹃,冯鹃告别:"店里人还没招齐,她再找你,你喊我。要是她不是要面子,是怕她家姑娘不结婚,老了孤独,那就多留点儿钱给姑娘。我看她年纪跟我差不多,再赚个二十年钱不成问题。"

霍萍萍吃了止痛药睡着了,霍母陪在旁边。室友哭哭啼啼地来了,她说自己被男朋友蒙在鼓里,不知道他朋友会调戏女孩,霍母找他们要医药费,他们只肯出三千,宣称主观上没有伤害人的意图,从楼梯摔下去也是因为霍萍萍酒量差,他们救不及。

霍母打了室友一耳光,她一怒而走。有个病人家属提醒霍母去找酒店要监控,室友的男朋友稍微精明点儿,可能就找人抹去了。

霍母在烟酒行卖货,看着就没钱,但医药费不便宜,护士长担心霍萍萍醒后,她又会责骂女儿,递给她一瓶饮料:"那个室友年纪轻轻心就不好,你打她一巴掌,她搞不好记了仇,你记得找学校,帮你姑娘换个宿舍。别人欺负她,你是后路,你再怪她,她就一点儿后路都没有,可能会走弯路。你

不想她走弯路吧？"

柳漾不知道霍母听不听得进护士长的话，但多少孩子在父母处得不到经济支撑，更得不到精神安慰，外面的恶人稍微给点儿甜头，她们可能就中计了，就此走上弯路。哪怕意识到是糖衣炮弹，仍破罐子破摔了，只因那虚假的温暖，她们都不曾从亲人那里得到过。

交班时，柳漾去看霍萍萍，果然听到霍母抱怨医药费太高，借钱难，言下之意是女儿不懂事，柳漾问："她爸爸呢？"

霍母没好气地回答："死了！"

那就是不管娘儿俩了，女人的人生想来也不容易，所以女儿被人欺负，她首先想到的是又给自己惹事了。但是"监护人"三个字当中有个护字，她却忽略了，给予女儿的只有指责和要求，而不是爱护。

柳漾调慢输液速度，去护士站拿了两包别人送她的牛肉干，塞给霍萍萍："一定要熬过去，毕业参加工作，经济独立了，就会好起来。"

但经济独立了，霍萍萍也还得跟这个辛苦把她抚养大的女人牵绊，仍会被恶语相加。可是这个人，明明是这世上最该和她彼此善待的人。回家的路上，柳漾打电话和沈维聊天，沈维听到最后，哭了。

沈维还在试用期，只能拿基本工资，谁调休她都得顶上，这些都能克服，毕竟能多学点儿东西。前天，医院接收了一个病毒性脑炎患儿，护士错将医嘱甘露醇拿成了甲硝唑，等到发现时，甲硝唑已经输入患儿体内，当天下午，患儿医治无效去世。

患儿的父母状告医院，警方和卫健委已联合调查，如果证明两名当班护士的误输液行为和患儿死亡存在因果关系，她们将会承担刑事责任。

这件事一出，沈维和同事们人人自危，压力很大。她和其中一名护士低头不见抬头见，代入对方想了想，更是不寒而栗，她不仅害怕草菅人命，丢了工作，更害怕如果当事人是自己，被爸妈知道，他们冲口而出的只会是："叫你跑那么远！"

这话沈家父母说得出来。他们怎么可能不心疼沈维，但第一反应往往是责备。柳漾愤然："在你最需要他们的时候，他们说话不考虑你的感受，你又怎么能考虑到他们其实是在心疼你？"

沈维啜泣道："让他们肯定你的优点太难了，从小到大都没听到过，还美其名曰中国人都含蓄，免得你骄傲自满。但揪你的错处，他们是天生的好手，还富有创意。"

柳漾也哭了。陈玉兰和柳志华复婚，她接受了，沈维逃到那么远，跟她爸妈断联，她爸妈什么时候才能真正接受女儿不婚不育？

ZHONG GUO JIE 02

柳漾独自在娘家住得自在，赵东南每隔两天就过来，把这边当成家，住得很习惯。两人商议等年底发了年终奖，就厚着脸皮到处借钱，尽快把房子买了，房价涨得太快，再不买就更难买上了。

柳漾感觉买娘家这种小两居，三口之家就够住了，工作之余，她勤于浏览购房网站信息，列成目标表，一有空就和赵东南探讨。然而，秦飞在通信铁塔又瞧见了赵东南和向雨恬暧昧。

赵东南在方案上签了字，递给向雨恬转交，向雨恬接过的时候，手指在他手心挠了挠。这动作很隐秘，若不是秦飞着意观察这两人，根本发现不了。他右手挠挠左手心，模仿给女同事看："女的对我这样，什么意思？"

"调情啊。"女同事追问他是不是有了新情况，秦飞很苦恼，女孩暗送秋波，已婚男人只能目不斜视，任何多余的反应都叫不守夫道，这次绝对不是他想多了。

几次打开柳漾的微信头像，再几次关闭，秦飞愁得慌。他知道，有些人宁可揣着明白装糊涂地过日子，男人在外乌烟瘴气，在家当甩手掌柜，女人忍辱负重，表面看起来也是美满家庭呢。

但细想起来，从第一次见面，柳漾就旗帜鲜明反对父母复婚，她好像不是这种人。秦飞犹豫再三，找个借口问她："楼上还有人扔东西吗？"

柳漾发出几个监控视频："对不讲脸的人讲不了理。"

昨天早晨下班回家后，柳漾正准备睡觉，几只啤酒瓶从天而降，接着是两盒剩饭剩菜。她在软件上操作，锁定了五楼和十六楼。

物业照样打太极，承诺会批评教育，柳漾要求他们陪同去找那两户人

家,敲了半天门,无人应声。

物业说五楼住了几个在家开网店的年轻人,十六楼则是个独居爹爹,他们安抚柳漾,说会换个时间段再来。柳漾睡醒起来吃饭,往外一看,地上多了一只抽屉。这东西从高空抛下,能砸死人,她一查,又是十六楼。

柳漾去拍门,门内响起狗叫声,独居的爹爹开门,他正在炒菜,一脸不耐烦。柳漾举着抽屉质问他,他却不承认,砰地关上了门。柳漾报了警,物业陪同警察来了,监控视频面前,爹爹认了错。

再去五楼那户,他们也一口一个是是是,但是半夜时,仿佛恶作剧一样,砰砰砰,从罐头到拖鞋再到烂水果,又是一地垃圾。

柳漾再次报警:"我被砸死了,你们才能制裁他们,不然就只能批评教育?"

警察说:"尽量不要在窗外活动。"

柳漾把手机丢回沙发上,泄气得很。她朝楼上喊过很多次话,缺垃圾桶她能送,缺的是德,她无计可施。赵东南陪她去找过那两户人家,但不管用,斯文人斗不过无赖。

中午,秦飞敲门,柳漾在跳健身操,不和张玢同住,她心情舒适,生活规律,胖了几斤,想瘦回去。秦飞四下看看,拿起茶几上的一只哑铃,也就1.5千克,不重,但砸下去不好受。

十六楼的爹爹携三只汪汪叫的雪纳瑞开了一条门缝,秦飞强行进去,交涉两句,爹爹放狗咬他,他不慌不忙,手一松,哑铃砸到爹爹脚上。爹爹疼得嗷嗷叫,扬言要告秦飞,秦飞手一摊:"我怎么你了,你倒是说说看?"

柳漾捡回哑铃,爹爹脚趾缝流血,雪纳瑞低头嗅个没完。秦飞笑嘻嘻:"有摄像头都奈何不了你,没摄像头你更奈何不了我。你敢再乱丢东西,我就敢再来。年纪大的难免吃点儿亏,走夜路也容易摔跤,刘爹爹,你说是不是?"

爹爹吹胡子瞪眼,秦飞拽着柳漾去五楼。五楼就更简单了,他们扔过快递盒子,上面有他们经营的网店名称。

花点儿钱多打几个差评,他们就得挠头了。秦飞谈笑伏兵:"你们忍住手,水军也能忍住手,邻里之间,和睦第一,是吧?"

网店正值冲钻阶段,五楼的人选择相安无事,向柳漾赔礼道歉。柳漾很高兴，对秦飞道："哟呵？"

秦飞说："我多年吃亏，有一心得：横着走的人才不吃亏。"

柳漾点头称是，心中黯然，父母离婚后，她养成了一张利嘴，是没吃过亏，但对张玢不好使。一开始，张玢对她的要求是做饭洗衣，照顾她儿子，假如那时候她不反驳，顺从了，今天就能过得太平吗？软柿子没准被张玢欺负得更狠。

送秦飞出门的路上，柳漾打开微信，叽叽喳喳对赵东南说又去找了楼上，还问他晚上过不过来。秦飞叹气走了，他没抓到赵东南出轨的实证，对柳漾说了又能如何？

楼上果然消停了，之后有天柳漾下班回来，在小区门口和刘爹爹不期而遇，他一拐一拐地走路，她笑眯眯和三只狗打招呼，刘爹爹气得干瞪眼。

柳漾炖了汤，想等赵东南下班美美地喝一顿，但他推说要陪客户，早不了，今天可能过不来。柳漾一算，好几天没见着她男人了，但第二天下午就得考试，她有点儿紧张，睡不着，索性回香榭水岸，天亮就走，不用和张玢打照面。

已是深夜，公婆都睡了，柳漾上楼，赵东南才刚回家，浴室里传来洗澡声。柳漾走进卧室，开灯开空调，嗅到一股酒气。赵东南出来一惊："你怎么回来了？"

柳漾想帮赵东南吹头发，赵东南不让，折回浴室，柳漾跟进去闹他，他往边上躲，躲闪之间，被柳漾看到他脖子上的吻痕，很深的一枚。

柳漾连声追问，赵东南解释晚上吃完饭唱K，玩真心话大冒险，有个小女孩抽到"现场种草莓"，她喝多了，经不起别人起哄，就给他留下这个印记了。

柳漾生气到极点："那为什么不找别人，现场没女人吗？"

赵东南无奈："现在的小姑娘伢野惯了，就那一下，我没去找你，就是怕你当真。"

柳漾不依不饶："重点是你有没有当真。"

"就是个刚毕业的小姑娘伢，谁当真啊，她知道我结了婚。晚上她喝多了，听不进去话，明天上班我就跟她说到位。"赵东南手忙脚乱地哄着柳

漾,他记得她的考试日期,提前订了热门餐厅,明天晚上就去吃。

订餐记录翻出来,此言不虚。柳漾狠狠揩泪,她过的是虚岁生日,满打满算还不到二十四周岁,不比实习生大多少,她说:"我要是读了本科,也才刚毕业。"

"你也是小姑娘伢。"赵东南要亲她,被她躲开了,洗把脸再回卧室,赵东南睡着了,又或许是装睡。柳漾静下来,刚毕业的小女孩也是女人,哪怕真的是开玩笑,她敢亲吻男同事的脖子,说明这个男同事和她关系不一般。赵东南说的是真心话吗,她不确定,但这个吻痕无疑是她生命里的大冒险,她的未来也许止于吻痕,也许另有玄机。

考试为重,柳漾强迫自己睡着。考完试,赵东南带她去餐厅吃饭,主动说上午找小女孩谈过,他很珍惜他的家庭,希望不会再有此类引起误会的事情发生。小女孩瞪大眼:"赵哥你在说什么?"

柳漾问:"所以昨天我们吵架,但她什么都不记得了?"

赵东南手一摊:"现在的小姑娘伢爱玩。"

柳漾仍很生气:"我看赵哥也挺随便,要是我,宁可被人笑老实,也不玩这游戏。"

赵东南拿起酒:"媳妇教育的是,自罚一杯?"

餐厅的白葡萄酒很棒,招牌菜也美味,气氛稍微好起来,赵东南叫了代驾,送柳漾回娘家,但他亲上来的时候,柳漾再次躲开了,那个吻痕让她别扭。赵东南举手发誓:"真的没什么,人家家境特别好,看不上我。"

柳漾一听就炸了:"看得上你,你就从了?"

赵东南作势要掌嘴:"说多错多,我不是这个意思。"

"以观后效。"柳漾吃颗安神药,睡下了。早上她避免跟张玢碰面,6点多就起床出门了,下午的考试发挥得一般,明天还得考一整天,天大的事都先扔在一边。

秦飞找阿豹和乔蓝夫妇聊过两次,决定把自己的所见所闻对柳漾都说出来,但柳漾考完所有课程,直接回团风了。

秦飞跟来团风,理由是现成的:"认认路,以后带我弟弟来。"

两人都知道"以后"指的是扫墓。柳漾弯腰拔去土坡上一根干枯的狗尾巴草，才10月中旬，薄大衣就快穿不住了，她觉得冷。

秦飞张嘴，却只能以"我一个朋友"作为开端："他媳妇人很好，两人自由恋爱，感情蛮好，但外头那个又活泼又漂亮，家里还有钱，我觉得他顶不住，但他媳妇人确实没话说。"

柳漾问："家里有钱是多有钱？"

女同事说向雨恬的包是大牌最新款，价值好几万块，如果是真货的话。但她戴的耳钉也是同一品牌，要么从头假到脚，要么是千金小姐。秦飞说："她开了一辆百来万的车。"

有一辆百万的车，说明家里资产不菲，柳漾笑问："活泼漂亮还有钱，你朋友选不出来吗？"

秦飞咳一声："人得讲点儿良心吧？他媳妇也很好，特别好。"

柳漾笑笑，手臂伸平，撑开，在狭小的田埂上走开去。她妈各方面都比冯鹃强，柳志华都能弃之不顾，更何况一个处处都优越的姑娘，有多少男人能顶得住？她脑中偶然闪过一念，那个在赵东南脖子上落下吻痕的小女孩，是什么样的？她晃晃脑袋，对着四起的寒风，长吁一口气。这几天，赵东南反复认错，对她体贴备至，但她心里始终很硌硬，无论赵东南做什么，她都带着审视的心态接受，这让她持续烦躁。

秦飞站在原地未动，柳漾伸展双臂，维持着平衡，顺顺当当走过小路，然而男人在外越演越烈，这平衡必然要被打破。他有些疑心柳漾发觉了不对劲，这次见她，她情绪不太好。

陈玉兰也看出来了，柳家大伯留秦飞吃饭，等秦飞一走，陈玉兰就问："你一直在家里住，东南有想法吧？"

柳漾说："没想法，我们说好了，我住到我们买了自己的房子。年底就买，买个地段好点儿的干净点儿的二手房就行。"

陈玉兰问："你婆婆是不是又挑拨你俩关系了？"

柳漾说："她挑拨也不是一两天了，我听不到就不存在。"

陈玉兰含蓄地提点柳漾不能一直和赵东南分居，夫妻感情是要维系的，柳漾自然听得懂："他经常过来住。"

柳志华病入膏肓，说话开始吃力了，秦飞向他告别时，他打着手势让秦飞快走，不要赶夜路。秦飞开进武汉市区还不到6点，但又堵上了。深秋黑

得早,长江两岸的建筑物都亮起了明灯,他停车,伏在桥上看江水,第一次相信柳志华说的,黄鹤楼在长叹,叹息声似雷鸣。

柳志华样样都比秦刚好,冯鹃搭上柳志华,谁都能理解她。向雨恬找赵东南图什么,他长相是清俊,性情也温厚,但已婚男人还惦记干吗?秦飞不确定柳漾对赵东南的破事知道多少,向雨恬甜美娇憨,柳漾只算清秀伶俐,家境也比向家差远了,秦飞为她难过,她的男人可能顶不住。

柳漾在团风住到第三天上白班才走。早年编织中国结养出了陈玉兰的动手能力,客居在团风的日子,她掌握了羊毛毡玩具的制作技巧,柳漾回武汉上班,陈玉兰送出一个娃娃:"挂在你包上。"

"你还蛮洋气的。"柳漾爱不释手,她妈居然连她喜欢梨花娃娃都知道,还做得惟妙惟肖。

女儿心情好了起来,陈玉兰笑得眉舒目展。柳漾结婚那天,夸过从北京来的那位伴娘拎包上的梨花娃娃好看,但正版几百上千,她舍不得买。

陈玉兰在宏达天下接孩子期间,看到别人家的羊毛毡玩具可爱,买来材料包自学,柳志华给她下载了学习视频,这个梨花娃娃是她第一个成品。

柳志华说话已很艰难,笑道:"第一个就很俏皮了,等你妈妈练得好些,就做个招财猫子给你。"

柳漾晃着梨花娃娃,开心地走了:"练好点儿,开个网店。"

ZHONG GUO JIE **03**

武汉夏天出了名的炎热,但秋冬天湿冷,而且没有暖气,更让人受罪,每年一变天,流感就迅速蔓延。11月中旬,几场雨落下来,柳漾和同事们的苦日子来了,护士长调了班次,柳漾比以往更忙,跟赵东南不常见面,她心里怨气不减,有火就发,绝不忍,日子就这么不咸不淡往前混。

火锅店装修得七七八八,大老板程东升请高人算过,在众多备选店名里定了"有板眼火锅城"。有板眼在武汉话里是指有能耐、很厉害的意思。三老板肖晓钰带着服务员们在玻璃橱窗上贴着字样:火锅、家常小炒菜、肉丝炒面、砂锅粉丝煲。工人们在里屋搬桌子，冯鹃订的红灯笼到了，连忙去挂起来。

新店新气象，张灯结彩，红红火火，肖晓钰夸冯鹃想得周到。冯鹃搬出三脚梯，拿着红灯笼挂去招牌两侧。左边挂好，冯鹃跳下来看看，去挂右边，踩上梯子让服务员看高度，冷不防两眼一黑，从梯子上摔下去。

梯子不高，但偏偏不巧，冯鹃栽倒是头先着地，右脚还扎进了一根布满钉子的木条，肖晓钰连喊几声，她都没醒。

冯鹃摔到了头部，众人不敢随便移动，电话打去秦飞那里，秦飞遥控指挥："找救护车，送去617医院挂急诊，我直接过去。"

医生为冯鹃做了处理，右脚的钉子被拔出，但颅内有出血，一直昏迷。综合病房住满了，楼道遍布加床，柳漾找科室主任徐怡翎帮忙，把冯鹃安排进一间特护病房，那里面住的老干部今天凌晨刚过世。

柳漾忙完赶去冯鹃病房，手机振动起来，陈玉兰报了丧："下午5点7分，你爸走了。"

已是夜里，柳漾打去电话，陈玉兰手机占线，她可能正在通知其他亲属。柳漾靠着墙站了片刻，把眼泪逼回去，拧开病房的门，里头却没开灯，冯鹃仍未醒来，秦飞呆坐在她床前。

柳漾走过去，窗外路灯光照进来，她轻声说："我问过我们主任了，她说再晚一点儿就能醒。"

秦飞不说话，柳漾递过手机，让他看陈玉兰发来的那条信息，事情索性一起都来吧。秦飞眼中依稀有泪，脸侧向一旁，妈还没醒，爸死了，弟弟该怎么办？他低声说："我妈倒下去差不多也是这个时间。"

他的声音在哭，柳漾眼睛一热，抱着他的头，按到胸前，轻抚着他的背。她在急诊ICU病房工作过半年多，常常这样安慰病人家属。

暗沉的光线里，两人相拥沉默，各哭各的。有泪落在头发上，秦飞平缓了许久，松开环抱柳漾的双手。柳漾说："你去吃点儿东西，跟你弟弟也说一声吧，这里我看着。"

秦飞坐着没动，柳漾去给他买吃的，路上又收到一条信息："我和大伯商量过，大后天早上出殡。"

ICU外，有两个家属带着棉被和充电宝等生活用品，席地而坐，守护里

面的亲人。柳漾帮他们倒了热水,再去冯鹃病房,她刚醒。

秦飞告知了柳志华的死讯,冯鹃愣愣地望住一个地方,眼里毫无灵光神韵。柳漾让秦飞吃外卖,冯鹃回过劲:"我就说今天心跳得不正常,爬到梯子上,眼睛一花,人就倒了。"

电热水壶里烧着水,柳漾泡茶,冯鹃吃着饭,拼命说话。柳志华的爸在睡梦里去世,村里人都说是有福德之人,她希望柳志华走的时候也不痛苦。

秦飞记得冯鹃当时还笑言,双方老人都送走,自己是四大皆空,不知多省心。他似有所悟,柳志华走了,他妈才是真正心里一空。以前总问她为什么不放手,她总在找理由,振振有词,等柳漾出去后,他问:"你很喜欢老柳,是不是?"

冯鹃闷头吃饭,秦飞一直看她,她连眼圈都没红,瞪儿子一眼:"肉麻。"继而飞快问,"你跟杰杰说了吗?"

"我说你在店里忙,半夜才回家,我在加班,让他自己先睡,可以睡到自然醒,再一起去团风。"秦飞担心柳俊杰忽闻他爸死讯会害怕,只对他说老柳想儿子了,柳俊杰乖乖睡了。

冯鹃拿起手机,找柳俊杰的班主任请假,秦飞瞥到柳漾竟在冯鹃最近联系人里,他刚扫上两眼,冯鹃挪开手机,不让他看,瞪起眼:"懂不懂什么叫隐私?"

秦飞不解:"你们怎么有联系?"

"她是护士,又是老柳的姑娘,我问两句都问不得?"冯鹃要下地,秦飞放下筷子去扶她,她试了试右脚,还不能走路,一跛一跛去上厕所。

秦飞一瞥之下,来不及看到更多,但冯鹃和柳漾交流的不是柳志华,而是火锅店的进度,他等冯鹃睡下,去找柳漾。柳漾还在工作,也不给他好脸色:"我爸想问,怕我妈不高兴,让我问一下,不行啊?"

秦飞觉得有点儿不对劲,但这也说得通,他向病房走去,忍不住转头看柳漾,她在安慰小病人。病人如织,没人知道柳护士失去了爸爸,他忽然意识到,自己是被安慰的那个,却忘记安慰她。

秦飞在陪护床上睡下,大清早被护士查房惊醒。冯鹃又坐在病床上发呆,见他醒了,一通发号施令:"你去医院食堂给我买饭吃,买了就回去,带杰杰去团风,他有三天假。"

秦飞问:"你呢,我让大姨过来?"

秦飞的两个姨妈都当了祖辈,一个要照顾外孙,一个要照顾孙女,冯鹃认为劳师动众没必要,她只是右脚走路不方便,喊两个服务员左右一扶,往出租车一塞,她就回去了。这病房高级,中午之前她就出院,不然又得算一天费用。

冯鹃是前妻,不用掺和葬礼的事,但秦飞拿不住她的态度,直接问了,冯鹃挥挥手,云淡风轻:"我去个什么,我巴不得省钱省心!"

"我送杰杰去团风,代表的是杰杰这边的亲戚,我掏多少红包合适?"秦飞理不太顺这门道,虚心请教。冯鹃转给他三万块钱:"我准备好了,你代表我们一家。"

"我有钱。"秦飞不收,母子俩僵持。冯鹃告诉他这笔钱绝不能省:"再怎么样,他是杰杰他爸。杰杰一直不晓得我跟他爸离了婚,老柳说了,家里人都会瞒着他,永远不说,也没必要说。这个钱你要当着杰杰的面给,听懂了吗?"

秦飞收了钱,昨晚他发过誓,只要冯鹃醒了,他以后都听她的。走出住院部,他特地绕去急诊,柳漾已经下班走了。

柳漾在一家面包房吃早餐,要了热牛奶和新鲜出炉的葡萄干餐包。这段时间,她看出柳志华大限将至,每次一下大夜班,她就去团风跟他待着。

柳志华行动不便,陈玉兰找村人借了轮椅,每天都把他推出去走一走,柳漾也在的话,就走得远些,去镇上看看。

连日来,柳漾已熟知柳志华少年时走过哪几条路去上学,在哪个池塘里钓过一桶鲫鱼,在哪片竹林里遇见过一只灰色的兔子,又是在哪一年第一次吃到传说中的面包,里面还夹着葡萄干。

柳志华说话费劲,这些事都是陈玉兰转述的,细节模糊的地方,他才进行更正。柳志华十九岁去当兵,在那之前,他在交通部门的基层道班当临时工。镇上唯一的主干道是国道,当年还是沥青路,柳志华和同事们的主要工作任务是养护公路,保障畅通。

管养工作不轻松,填补坑洼的路面,修整路边杂草、清理水沟以及培育苗木,柳志华每天都过得很闷,疾驰而过的外地车构成了他一天之中最大的

乐趣，全国省份的简写，诸如琼黔桂冀，他背得滚瓜烂熟。

有天一辆沪字牌的大卡车经过，司机下车撒尿，讨杯热茶喝，他有些咳嗽，柳志华塞给他几个胖大海，司机回赠他一个葡萄干面包。

柳志华只在杂志上看到外国人的早餐是吃果酱涂面包，他吃了面包，觉得比白糖粽子好吃一百倍。但果酱是柳俊杰出生后的事情，冯鹃奶水不足，他在超市给儿子买奶粉，看到前排小玻璃罐上的果酱字样，才打捞出那段旧记忆。

匮乏的时代已过去，柳志华对果酱的印象平平，但松软的面包仍是他心里第一等好食物。柳漾小时候，每到周末，柳志华就说给她加餐，给她买回面包和牛奶。

武汉早餐出了名的丰富，最负盛名的当属热干面，但柳漾自小被柳志华培养的味觉偏甜，到现在她吃早餐也是甜口，一碗豆腐脑加两勺白糖，一份豆沙馅的欢喜坨，或是油墩子配一碗米酒冲鸡蛋，武汉人称为蛋酒，再或者是一只苕面窝配一杯豆浆。

柳志华生命中最后的时光，每次柳漾去看他，都会给他带各式面包，他进食困难，这种软烂食物，他一直吃到了去世前夜。柳漾俯身去看她爸，他遗容平静，陈玉兰说昨天下午3点多，他吐了两次，还吃了一颗止痛药，说他想睡一会儿，话没说完就晕过去了。

陈玉兰胆战心惊地守着，不时去试试他的鼻息，下午4点多，她感觉柳志华的身体在发冷，5点7分，他停止了呼吸。柳漾不动声色，冯鹃从梯子上摔下，正是下午4点多，她接到秦飞的求助电话。

陈玉兰和大伯为柳志华换上簇新的衣服，西装革履，脚上是柳漾找人定制的大码皮鞋。她结婚那天，伴娘们都夸柳志华帅，老帅哥去那边了，行头也得体体面面的，不能被笑话西裤配运动鞋。

陈玉兰和柳志华的哥姐商量办丧事的细节，走得近的亲朋都通知了，还有些远亲正在联系，殡葬队的人也都请到了。酒席的厨子是借轮椅那家的亲戚，他们是做惯了白喜事酒席的熟手，人工费打了七折，再额外送条香烟就行。

柳漾对此都不懂，陈玉兰让她通知她这边的人就行，柳漾的好友不算多，最要好的便是结婚时那几位伴娘，在武汉的都答应过来。沈维发来红包:"回不了,节哀顺变。"

昨天接到消息,柳漾就通知赵东南了,今天上午赵东南请了假,和她一起回了团风。他祖辈都健在,没参加过近亲的葬礼,更别提主理了,请教他作为女婿该做什么,陈玉兰说:"漾漾她爸说了,只要漾漾不受婆家的气,他就放心了。"

陈玉兰难得说句重话,显然是察觉柳漾和赵东南的感情出了问题,尽管柳漾不承认,但独处时她流露的迷茫和失落情绪,让陈玉兰不安,她有责任点一点女婿。

赵东南一听就懂,恳切道:"妈,有些事我是做得不好,已经在改进了,等元月份发了年终奖,我就跟漾漾买房,好好过日子。"

柳漾不吱声,专心地握住她爸的手。她爸没留下遗言,但对她的牵挂和担忧,她都懂。小时候,她就读的小学是水果湖二小,柳志华总牵着她送去学校。水果湖不产水果,据说是水口湖以讹传讹而成,但幼年的她总以为世上存在五彩缤纷水果满湖的景象,但愿天堂就是一片水果湖。

许多年了,难得再握一下爸爸的手,上一次还是在家里拍全家福,柳漾站在中间,拉着爸妈的手,她爸的手温暖枯瘦,有微微汗意,她笑着,却很想哭,睁大了眼睛,才没让眼泪掉下来。

照片是柳俊杰拍的,当时柳志华还遗憾,赵东南不在场,女婿是半个儿子,全家福理应有赵东南。

柳漾也那样想过,她转过头去看赵东南,他在向大伯询问注意事项,她心里百味杂陈,他和那个小女孩当真没什么吗?这些天,这个问题其实一直搁在她心头。

吻痕事件后,柳漾抗拒赵东南的求欢,一再争吵过,质问过,赵东南每次都态度端正,保证以后绝不再犯。但是需要妻子发火,他才意识到这是不能触犯的底线吗?那样深的吻痕,不是一扑一推之间就能留下的,他为什么不立刻推开?

柳漾说不出有多失望,但难道为这件事就离婚?多少夫妻都在忍受相处中的大小摩擦,忍不了的时候,也对朋友撂狠话说不过了,日子却还是一天天过下去了。

赵东南下午还有会议,吃了午饭就走,柳漾把他送到村口,缓缓走回

来，陈玉兰问："你跟他的感情出问题了？"

柳漾否认了："我就是想到他妈可能要来，烦心，一眼都不想看到。"

丧事千头万绪等着陈玉兰，她无暇再问，但柳漾没什么好多说的。父母离婚，是到了无可回寰的地步：冯鹃怀孕了。赵东南和小女孩之间，只有个吻痕，没发生更多事吧？可是即便如此，她依然感到恶心。

ZHONG GUO JIE **04**

秦飞把柳俊杰送来。昨晚，柳俊杰独自在家睡了一晚上，乖得让秦飞想哭。秦飞把车停在村口，走在山路上，才说出噩耗，柳俊杰大哭着跑进门，扑在他爸身前哭。

柳漾出于客套，问了一嘴，结果兄弟俩竟然真没吃饭。秦飞本想在路上买点儿吃的，柳俊杰直觉不妙，说他喉咙堵着，吃不下，饿着肚子来了。

柳漾给两人下了青菜挂面，煎了荷包蛋，柳俊杰仍说他吃不下，柳漾垮下脸："必须吃，你晚上还得守灵，要保证体力。"

柳俊杰吃着面，眼泪无声地掉进面碗里。秦飞送出五万块钱红包，冯鹃三万，他两万，陈玉兰不收，他坚持让她拿着："办丧事花销大，老柳是杰杰的爸爸，我们开了火锅店，只拿得出这些，辛苦陈阿姨。"

柳俊杰红着眼睛说："我老妈开店忙，还摔伤了脚，阿姨很辛苦。"

陈玉兰第一次摸了摸这孩子的头，以前每次留他在家里吃饭，都是看在柳志华的分上，但孩子是好孩子，孩子没有错。

秦飞公司的新项目任务紧，走了。柳俊杰一步都不离开他爸，柳漾下午睡了一觉，晚上来换柳俊杰守灵，柳俊杰不干，还坚持要搞懂守灵的意思。

陈玉兰用柳俊杰能理解的语言告诉他，人做了新鬼，走黄泉路人生地不熟，心里慌，亲朋子女守着，为他壮胆也壮行。柳俊杰听哭了，撑到后半夜，他困得眼睛都睁不开，柳漾让他去睡，他不想离开他爸，柳漾拍拍自己的肩，柳俊杰迟疑，终因困意席卷，靠上她肩头。

柳漾平时见这孩子，长手长脚，已是小少年的模样，但此刻依靠着她，显得很弱小，脖子细得好像撑不住，偏偏热乎乎的，姐弟俩相互依偎，很快都睡着了。

次日清晨，柳家老亲戚陆续都来了，柳漾和柳俊杰分头去补觉，吃完晚饭换陈玉兰去睡觉，姐弟俩继续守灵。傍晚赵东南也来了，夫妻俩守了一个通宵。

出殡当天清晨大降温，秦飞给柳俊杰带来羽绒背心，站在门口看着柳漾靠在赵东南怀里睡着，她不知梦见什么，扑簌簌地流着眼泪，他没惊动两人，去楼上房间找柳俊杰。

柳志华上午就要入土，柳家亲戚起得早，人声渐渐响起。柳漾醒了，惊觉自己哭出一脸泪水，她用手背揩了一把，不明白为什么会哭，梦里明明是一些凌乱的甜蜜往事。谈恋爱第一年，冬天来得很早，赵东南接她下班，等到她填写交班报告时，他冲去医院大楼门口的小摊买糖炒栗子，热乎乎的纸袋往她手上递："你快捧着。"

外头的雪落得厚，柳漾拂去他大衣上的雪花，剥开一颗板栗，喂给他吃，自己再吃一颗，然后一起去吃羊肉锅。此时再想起，她怅惘一笑。

大伯和抬棺的人进来，早上8点7分，柳志华入棺，这个时间也是找人算过的，说是能福泽后代。

柳志华被众人抬起，柳漾看见他腰带上系了一串很小的中国结，必是陈玉兰亲手编织，她回头看陈玉兰，陈玉兰一言不发，目视柳志华被抬入棺材里。

这串中国结，就是他们的信物吧，做个凭证，来生再见。柳漾心头涌起悔意和不安，她妈对她爸感情极深，她本该早点儿成全他们，可是事情不推到那一步，她就做不到那一步。

赵东南的朋友小五带着人来了，赵东南去村口相迎，外头冷，他不让柳漾跟去村口，柳漾没听，死的是她爸，这点儿礼数要有。

省道边停了两辆大巴，小五作为赵东南最好的朋友，帮他把走得近的同学和同事都带来了。今年冷得早，柳漾的手被赵东南揣进大衣口袋，还在发冷，好在赵东南让小五在路上买了暖手宝，塞给柳漾："你快捧着。"

柳家大伯听人说起这阵仗，也跟着出村，把浩浩荡荡的人都迎进去。其中一部分人是柳漾在婚礼上见过的，还有不少人是赵东南借调去的网建部新

同事,她都不认识,赵东南小声说:"我打了招呼,你不喊他们,他们也不会见怪,都理解的。"

沿途都有村人夸老柳有福气,找了个好女婿,陈玉兰也露出笑容,女婿把排场搞得很大,柳志华走得有面子。上午快9点时,赵捷成和张玢也来了,张玢在人前给亲家面子,被村人夸了几句公婆有气质,她很受用。

柳志华入土,柳俊杰一声一声喊着爸爸,柳漾的眼泪打着转转,弟弟再也没有爸爸了,她也没有了。

无论在世的际遇如何,人都希望能有尊严地离开。在医院,柳漾见了很多挣扎得狼狈的死亡时刻,按陈玉兰的描述,柳志华走得还算安详,这是唯一可幸的事。在柳俊杰的哭声中,柳漾泪流满面,赵东南一直拉着她的手,附耳说:"小蚊子,对着爸爸的在天之灵发誓,我以后再也不伤你的心。"

柳漾没有回答,以前跟沈维共事时,她看不惯某些病人或家属,抱怨过:"离婚会死吗,这样她都不离。"

沈维说:"我气得一盆滚水浇到男人脸上去的事,很多女人都能忍,眼泪一抹,又往一个被窝里钻。我还不能多说,一说她们就说,你还没结婚,你不懂。我看,可能婚姻就是让女人变宰相的途径吧,扩大心胸,提高涵养,哪有那么不好懂?"

柳漾听得大笑,那时她和赵东南还没领证,沈维笑她:"我听过一个理论,再恩爱的夫妻,也有一百次想杀死对方的冲动,你回头验证一下。"

结婚才半年,杀机四伏。在看到吻痕时,柳漾是真的想把这个人拎起来摔得粉碎,但正如同沈维的玩笑话那样,婚姻中人的情绪弹性很大,无数次想杀死对方,但也曾无数次享受到好处,诸如陪伴、温暖和踏实之类。

在亡父的坟前,柳漾想起沈维劝过她的话:"不想离就翻篇,宰相肚量大。"她轻轻说:"东哥,说话要算数啊。"

"你再不消气,我真不晓得该怎么办了。"赵东南红着眼圈看她,握着她的手,揣进口袋。稍远处,秦飞冷眼看着两人,赵东南弄来吊唁的人里边,包括向雨恬。

这几天,秦飞和同事跟电信公司的人开会,发觉赵东南已在跟向雨恬保持距离,向雨恬对他笑,他错开了视线。

柳家是二层小楼,大伯等人在二楼平台和门前空地摆上了桌子,招待四面八方赶来送柳志华最后一程的亲朋。但今天是工作日,赵东南的同事们还得上班,没吃酒席就走了,向雨恬欲走还留,看了赵东南好几眼,赵东南回避她的目光,被秦飞尽收眼底。

趁柳漾跟老亲戚寒暄,秦飞把赵东南喊去一旁:"你跟那个姓向的,怎么回事?"

赵东南一惊:"你跟我媳妇说了什么?"

秦飞斜他一眼:"你敢做还怕人说?"

赵东南沉着脸道:"我的家务事,轮不到你搬弄是非。"

他不正面回击,可见心里有鬼,秦飞揪住他衣领:"我弟弟的姐夫,我过问不得?"

赵东南拿下他的手,狠狠甩脱:"你们不找我媳妇麻烦就行了!"

"你敢对不起她,我找定你麻烦了!"秦飞回到座位陪柳俊杰,柳俊杰情绪低沉,他没讲大道理,只告诉弟弟,"你好好的,你爸才含笑九泉,懂不懂?"

赵捷成和张玢来去匆匆,赵东南履行女婿责任,把老亲戚们都送走,柳漾问:"秦飞跟你说什么了?"

赵东南吃不透两人之间是否亲厚,有选择地说了:"他说你没爸爸了,警告我不能辜负你,否则他就代表柳家的男人教训我。"

柳漾闻言去看秦飞,秦飞在哄劝柳俊杰,她笑了一下:"我弟弟打不赢你,他倒是仗义。"

赵东南见她笑了,放松了些,从她背包里掏出毛线帽子,给她戴好,把耳朵护住:"你先回屋里烤烤火,等车里温度升高了你再上车。"

婚姻的本质是基于感情,才会忍耐一些,磨合一些,也得到一些吧。在这一刻,柳漾决意放下那些失望,去当个谈笑自若的宰相。回武汉的路上,路边有家快餐店,她心一动:"你请我吃个冰激凌吧。"

陈玉兰怀上柳漾后,老没胃口,孕吐得厉害。那时洋快餐刚进军武汉不久,柳志华排着长队去买,冰激凌好几块钱一个,他不舍得多买,两人分着吃。那是继葡萄干面包之后,再一次让他惊艳的食物。

柳志华总说洋快餐店的冰激凌是最好吃的冰激凌,搬回陈玉兰家住之后,他让陈玉兰买回几个冻在冰箱里,等柳俊杰来了就哄哄他,他病得重,

那孩子每次来都很伤心。

柳俊杰不好意思独享,柳漾就和他一人吃一个。学生时代,每次柳志华来看女儿,都带女儿去吃洋快餐,柳漾不爱吃汉堡,只吃冰激凌,柳志华笑道:"就知道你爱吃,你在你妈妈肚子里就吃过好几次。"

赵东南下车买冰激凌,顺手买了糖炒栗子让柳漾捧着,柳漾心怀伤感,靠在车窗上。三年前,大雪纷飞,她对沈维说,她确定自己找到了幸福。到了今天,她还想再信他一回。

按老一辈的说法,人的三魂七魄不是一次离开身体的,所以七七四十九天是个大日子,陈玉兰留守团风,陪足柳志华七七四十九天。柳漾对赵东南提出自己继续在娘家住,她虽已考完试,但完全不想再回香榭水岸,赵东南便陪她一起住,对张玢谎称柳漾丧父心情差,他得顺着她一点儿。张玢没好气:"好房子不住,跟她住破屋,别人家都是女的巴着男的,到你这里反过来。"

虽然告诫自己要放下,但柳漾仍很抗拒赵东南的亲密举动,每每不耐烦地打开他的手。沈维倒认为翻旧账才是正常情绪,说明赵东南做得不够好,才让她余怒未消,等到彻底消气,才算翻篇。

遍地看起来精明、但在感情里糊涂的女人,沈维没想到柳漾竟也会这样,若是自己,吻痕事件一发生,她就坚决分开了。但是人人都说,婚姻和谈恋爱不同,分开不容易,何况柳漾是真心喜欢赵东南,不然以她的脾气,她早跑了,沈维没法替她做决定,只是一想到这件事,她也烦得很。

赵东南看出向雨恬有点儿回避他。女同事点了下午茶,向雨恬送进燕麦牛奶,直着眼睛出去,赵东南在岳父葬礼上和他媳妇恩爱有加,她和所有同事都看到了。

就此心照不宣也好,但把话说开,更利于去除后患,赵东南喊住她。摊牌是尴尬的,但不能不说,他咳一声:"我和我媳妇感情很好,希望你也能找到属于你的幸福。"

向雨恬眼睛一眨，硕大的泪珠盈在睫毛上，似坠非坠，她含着泪说："我也这样想。她还这么年轻，爸爸就没了，我觉得她很不容易，你以后要好好珍惜她。"

赵东南心里一沉。向雨恬咬住发圈，边走边拆辫子，借着动作掩住眼泪，快速地穿过格子间，进了卫生间，许久没出来。赵东南起身，望住窗外沉闷的天色，长长出口气。

晚上，柳漾炖了香辣羊肉，赵东南就着汤汁吃饭，柳漾放下碗，笑道："先吃完不管，后吃完洗碗。"沈维说这句话也是她家的家规，不过她爸从没执行过，饭后一杯清茶，沙发上一靠，看起了新闻。

赵捷成也同样如此，所以张玢看到柳漾使唤赵东南，意见很大，经常喝令赵东南放下活计。柳漾撒撒娇，赵东南笑着把事做完，下次想偷懒，又被柳漾撒撒娇，一次次循循善诱，她终于把赵东南变成一个自动自觉洗碗和做清洁的人。

今天不开这句玩笑，赵东南也会主动去洗碗，灶台也擦得干干净净，这都是在日复一日的训练中逼他养成的习惯。但直到柳漾搬回娘家住才意识到，她曾经屡次挑衅婆婆的权威而不自知。

柳志华头七那天，小两口买了东西回团风，柳漾感觉陈玉兰整个人都不对劲了。为柳志华操办葬礼那几天，陈玉兰尚且能强撑，这次见她，她呆怔了很多，话也少了。柳漾只要不和她说话，她就呆呆出神，随便望着一个地方，一望就是半天。

明年2月陈玉兰才进五十岁，但她一下子就见老了。回武汉上班的路上，赵东南开车，柳漾不时发愣，她妈想复婚，一方面是跟冯鹃赌气，更大的原因是，她对柳志华仍难以忘情，她对女儿羞于启齿，女儿却在柳志华人生最后一段时光才看明白。

柳漾悔恨交加，对她来说，柳志华是辜负妈妈的人，是不负责任的父亲，但对陈玉兰，也许是她一生中唯一爱过的男人。那时候，她为什么会那样面目狰狞地去反对？

晚上快9点，一个爹爹心包压塞，做了心包积液穿刺，但还是没救过来，他女儿喊着爸爸爸爸，跪地大哭，痛悔没让爸爸享到福就走了。柳漾止

不住鼻酸，直到这时，她才清清楚楚地意识到，她爸死了。

葬礼当天，柳俊杰很依赖柳漾，赵东南问过柳漾，她是否已和冯鹃达成和解，从此跟弟弟互相走动。柳漾不觉得有这个必要，她善待柳俊杰，不过是想到少年丧父可怜，这孩子跟他爸的缘分只这十一年。但此时她想想自己，她十二岁那年爸妈离婚，她和她爸的缘分，也只有这些时光，时光总是不够长，很多来不及做的事，就真的来不及。

有板眼火锅城开业，柳漾以柳志华的名义送去了祝贺花篮，下班后，她晃过去看了看，刚开业，优惠力度大，店里坐满了人，店外还有十几个人在等位。冯鹃主抓营销，秦飞出了大力气，请了专业公司在网上做推广，从场面来看，很符合"生意火爆"这四个字。

冯鹃的右脚好得差不多了，她说新开的茅厕三天香，这季节正值火锅季，她只求这半年能持平。柳漾问起柳俊杰，她愁眉苦脸："年纪太小了，承受能力差，他哥在哄他。"

秦飞带柳俊杰来火锅店，见到柳漾和冯鹃居然能心平气和地说话，颇觉惊奇："我还以为你俩会吵得热火朝天。"

柳漾和冯鹃一起瞪他。冯鹃等柳俊杰进去吃饭，对秦飞文绉绉道："有些人都尘归尘，土归土了，有些事也就算了，来的都是客，对吧？"

柳漾参观店堂和后厨，冯鹃叫人给她炒两个菜，转身去忙。秦飞说："你好像特别关心我妈的店。"

柳漾说："你以为我想关心？你弟弟都喊我姐了，我得看着你妈一点儿，店里生意好，她以后才不会把你弟弟当成包袱甩给我。"

柳漾是故意呛声，但没想到秦飞很适应她这种风格，笑道："你都说了，是我弟弟，我在，他就不会找你。"

"这话我记住了。"店里坐满了人，两人在收银台边站着吃饭，三个老板都是摆摊出身，自己都能上手，只请了一个厨子，柳漾给赵东南打包了几道菜，开车回家。

秦飞找人弄到向雨恬的微信，成功加上了，时时偷窥她的朋友圈，但只是各种锦衣玉食，很乏味。

向雨恬的奶奶是大学通信学院的院长，桃李满天下，门生多担任通信行业高管；向父是技术骨干，几年前调到下面地级市电信公司担任副总。以向家在本省行业里的能量，给赵东南的岗位升级，或是调去更有发展的部门，轻而易举。秦飞打听到向雨恬的家世，似乎明白赵东南对她从未严词拒绝的缘故了。

向雨恬申请调去综合办公室，她去找赵东南，两眼泪汪汪："我刚喜欢上你，就听说你结婚了，我知道不能打扰你，今天表白，只是想表达自己的心意，没有别的想法。你以后能不能不要躲我？我理解你想珍惜家庭，我并不愿意伤害她，但你总在躲我，我不想再为难你，只能走。"

"在综合办好好做事。"赵东南起身出门，去查看主干光缆布放情况，却心浮气躁，看了一圈就走人，回香榭水岸拿冬衣。

话赶话的，赵东南和张玢吵起来了，他本不想跟柳漾说，但架不住柳漾审问。柳志华葬礼那天，张玢发觉柳漾和柳俊杰居然和睦相处，趁这次见面，她勒令赵东南让柳漾和她弟弟那边划清界限。

连陈玉兰都容得下柳俊杰的存在，张玢未免也太小肚鸡肠了，柳漾明确地告知："我弟弟的事，是我的事，绝对不找你家麻烦，你让你妈放一百二十个心。"

赵东南安抚了她半天，但他想有进一步举动时，仍被柳漾拿开手，虽然决心原谅他，但身体仍在抵触，她想她还需要时间。

ZHONG GUO JIE 06

柳漾下一个小夜班，沈母来了。下周是沈父生日，往年每到这时，沈维都会准备生日宴，拉着她妈逛商场，给她爸添两件冬衣，今年家里冷冷清清，两老对坐哀叹。

冯鹃那句"你是她妈，你批评她就是欺负她，你跟外人有什么区别？"让沈母有所启发，她反省了，以前对沈维太过求全责备，她向柳漾认错："你转告维维，我和她爸爸是把她逼得太狠了，以后一定改。"

沈维想念父母，但她认定所谓反省是表象，她在家的时候，父母也经常

气呼呼道:"算了算了,你想怎样就怎样,我们不管你。"但少则十天,多则一两个月,就又四处求告,让亲朋熟人给女儿介绍对象。

柳漾代表沈维请沈父吃饭,约在了有板眼火锅城,正好去感受感受菜式水准。火锅店的生意越冷越好,门前等位的人挺多,冯鹃给他们三人腾了座位。柳漾点了火锅和几道小炒,味道都很不错。

秦飞下班就回家,客串叫号员,让服务员给柳漾这桌送来一壶佬米酒——本省人爱喝这个。沈父两杯酒下肚,很忧愁,过完年,沈维就二十八岁了,一个女孩子漂在外头不是办法。柳漾按下一万句腹诽,只说沈维并不想漂泊在外,但不想被催死,沈父不说话了。沈母打圆场:"知道,知道,保证不催她了,坚决不催了。"

临窗的座位能看到外面的秦飞,他好像有心事,没人找他的时候,他就闷头发呆。吃完饭,柳漾喊冯鹃结账,冯鹃给她打了六折,还抹了零,她顺嘴一问:"秦飞怎么了?"

"你问他,我没空问。"冯鹃细细地询问了对火锅和菜式的意见,把三人送出门。柳俊杰来了,喊柳漾为姐,沈家父母才明白这是谁家的店,都有点儿难堪。

柳漾送沈家父母回家,回来时路过有板眼火锅城,饭点已过,门前只剩十来个人在等位了,店堂坐满了。秦飞靠着身后的橱窗,一下一下地按着打火机,心事很重的样子。柳漾把车停到门口,按了一下喇叭,秦飞走过来:"不开心?"

柳漾说:"是你不开心。"

秦飞迟疑了一下:"要不要去大桥上走走?"

柳漾不想吹风,但秦飞一向对她挺够意思,她舍命陪君子便是:"上车。"

车停在阅马场,柳漾戴上帽子和手套,揣着暖手宝,踱去长江大桥。秦飞见她全副武装,过意不去:"早晓得你这么怕冷,就不喊你出来了。"

柳漾遗传了陈玉兰的偏头痛,吹不得风,她问:"什么事这么不开心?"

秦飞倒也没大事,只是今天从阿豹的朋友那里听说,蒋馨月有了新男朋友,一时有些惆怅。如果蒋家嫌他家世差,他努努力,多挣点儿钱,还能扭转局面,但他们嫌的是他爸,他爸是抢劫犯,还撞死了人,这是客观事实,他改变不了。

所有拿父母意见当理由的人，本身对这段感情看得没那么重，但实话伤人，柳漾只说："各有各的难处，分手也是没办法的事。话说回来，嫌你的人，总能找到嫌你的理由，不是嫌你这，就是嫌你那。"

柳漾拿张玢举例，开始嫌她是单亲家庭出身，但她爸妈复合了，张玢并不会道歉。要是赵东南不敢为她跟家里抗衡，早就是前男友了，走不到结婚。

秦飞问："赵东南一直站在你这边？"

"他跟他妈闹翻了，最近跟我在我娘家住。"柳漾的语气里似有欣慰，秦飞的不安感加剧，他觉得自己那点儿事不算事，眼前的柳漾才是可怜的。男人能为她对抗家庭，却未必能为她抵抗来自另一个女人的诱惑。

直言相告，会不会是在拆穿她辛苦维持的体面？她说不定早已发觉，但选择隐忍。秦飞踌躇一阵，又把话吞回去了，把蒋馨月新交往的男朋友说成是跟劈过腿的前男友复合，刻意试探柳漾。

柳漾说："怪不得你不好想。"

秦飞问："结了婚的人是不是比谈朋友更瞻前顾后些？以你妈对老柳的感情，如果我妈当时没怀杰杰，你妈应该不会离婚吧？"

"我想是吧。"长江大桥上总有散步的人，两人慢慢走着，秦飞说起曾经和柳志华在这大桥上的长谈，半路父子当了十来年，但那是记忆中唯一称得上"沟通"的谈话。

一座楼，哪怕会被风雨侵袭，被闪电击中，甚至毁于战火，但因为那几首著名的诗，再过一千年，它还活着，但与之交过心的人，却只活了短短五十年，从此只能活在他的至亲至爱心里。

柳漾越发遗憾，很多人被生活推着被迫向前，但他们真正用于燃烧的生命，只发生在年轻时代。她早该接受她爸妈复婚，对也好，错也罢，总归是让陈玉兰无法释怀的情缘。

秦飞静看江水，艰难地问出口："你爸对你妈是货真价实的背叛，还有个那么大的伢，你妈复婚，你看得惯吗？"

"说直点儿，我到现在还是理解不了，但也只能接受。"这些天，柳漾时刻在想，不论柳志华有多不值得，其实陈玉兰都比她活得有主见，凡事都料理清爽，自己去承受一切，女儿和别人理不理解，接不接受，都不会影响她什么，复婚是她想做的事，她就去做了，仅此而已。

风渐渐大了，柳漾回到车上，秦飞帮她开了空调，她看出他在欲言又止："你今天忽然跟我说这些，是在提醒我什么吗？"

秦飞挣扎半天，决定说实话。里外不是人就不是人，他想对柳漾讲点儿义气，不能让她被蒙在鼓里。他告诉柳漾，他见过赵东南和向雨恬暧昧，但最近赵东南似乎在收心，疏远了对方。柳漾沉默半晌，问："她是不是很温柔？"

向雨恬妆容很浓很精致，穿衣风格甜美娇柔，整个人看上去像橱窗里的漂亮娃娃。娃娃通常是被人捧在手心，要人哄的，她必然不温柔。秦飞问："为什么以为她是温柔型的？"

柳漾烦闷道："我跟他感情最好的时候，不可能发生那样的事。但是这几个月，我又是考试，又是我爸的病，还有他妈也很烦，我脾气很大，对他一句好话也没说过，我以为……"

赵东南工作不顺心，媳妇和妈还整天闹矛盾，一个温柔的小女孩能带给他些许安慰。秦飞听懂柳漾的意思，摇摇头："我没觉得你不温柔，你对病人和家属都很周到细心。"

柳漾说："对工作当然要敬业，去看急诊的人，哪个不是身体有点儿毛病的，本来就不好受，我再对他发脾气，他不是更痛苦了？但我对东哥总是忍不住发脾气，其实不应该这样，越是自己人，就越要对他好。"

秦飞说："不能光是你一个人这样想，他也得这样想。"

柳漾又沉默了，听完一整首歌才说："有句话说，婚姻是要经营的。我以前觉得是句废话，合适就是合适，不合适怎么调整都不合适，但我现在想，我脾气可能确实大了点儿。我结婚那天，连我妈都说我脾气冲，可能是要改吧。"

秦飞却说没必要，这个世界上没几件事是一成不变的，也没几个放之四海而皆准的真理，温柔不是每个人被爱的理由，否则大家修炼温柔这一个技能就大杀四方了，但事实并非如此，喜欢酷的、干练的、狠的，都大有人在。

刚相识时，柳漾对赵东南说过，她脾气很不怎么样，但赵东南依然被她吸引，还说他就喜欢她这种有个性的。她茫然地看向车窗外。秦飞说："再说了，温不温柔都不是他挑剔你、伤害你的理由。结了婚，就得忠于另一半，这件事，是他在伤害你，不是你伤害他，所以不是你的问题，不用改。"

柳漾转过头，深深地看着他，然后说了谢谢，还感叹本来是想安慰秦飞，却变成秦飞安慰她。秦飞见自己这番话有效，笑了："等我下次想不开，换你安慰我。"

柳漾开车送他回家，再回自己家，笑意轻松："当然了，朋友就是互相吹捧互相安慰的。"

被柳漾当成朋友了，秦飞很是高兴，下次赵东南还敢再对不起她，他就提拳上了。结了婚，就不能再左顾右盼，就该让自己的女人过得幸福，好的物质条件可以一起一点一滴地创造，但给不了安全感，赵东南枉为人夫。

等到火锅店的生意稍微理顺了些，冯鹃想带柳俊杰去扫墓，秦飞担心她和陈玉兰起冲突，悄悄找柳漾，柳漾说："她哪天去？我让我妈回避。"

只要冯鹃和陈玉兰王不见王，秦飞就放心了。星期六上午，柳俊杰做作业，他和冯鹃在店里后厨忙着，聊聊旧事。

赵东南和向雨恬勾搭的起因，秦飞无从打听，但冯鹃和柳志华从兴趣到性格也是八竿子打不着的人，他很好奇。

冯鹃连跟柳志华离婚都没对她两个姐姐说，平时没第二个人关心她和柳志华相识的经过，她爽快答了。那年秦飞还在念初中，5月下旬就热得不行，电扇不管用，他中暑呕吐，吐得满脸狰狞，毛细血管都挣破了，满脸细小红点密布。冯鹃买了空调，安在他卧室。

秦飞当然记得中暑一事，问："老柳来安空调？他不是售后的吗？"

冯鹃说："同事病了，他顶班。"

谁也无法预知，命运会在哪里拐个弯。不是那天中暑，是另一天，来的人可能就不是柳志华了。秦飞吃力地回忆，打他记事起，他妈就在开公汽，开得横冲直撞，她当大姑娘时就很壮实，生了他胖了两圈，再没瘦下去过，从外表到谈吐，她都不像勾得了柳志华出轨。

陈玉兰家摆着一个相框，是一家三口的合照，照片中的柳漾才几岁大，被柳志华抱在怀里，旁边的陈玉兰生得秀气，白皮细腰的城里姑娘模样。秦飞想不通他妈哪一点能吸引柳志华："你勾搭他的？"

冯鹃拍桌："互相的！"

秦飞挑眉："说来听听。"

"不记得了。"冯鹃找个借口出去了。秦飞在后厨笑半天,他妈也有害臊的时候,但是怎么个互相勾搭法,他想不出来。

中午早早地吃完饭,一家三口去了团风。天冷,下了几次雨,坟前的花圈有些褪色了,但插得正,坟墓上连片落叶都没有,显然被人精心照料。冯鹃哼道:"七七四十九天都过了,她还不走,倒是清闲。"

秦飞替陈玉兰解释,柳漾和婆婆不合,搬出来和她男人住娘家,两人想等过年发了年终奖去买房,陈玉兰索性就在团风住,等他们买了房再回武汉。

女婿摆不平婆媳问题,跟着媳妇住丈母娘家,说出去不对味,陈玉兰这是在照顾女婿自尊心。冯鹃嗤笑:"先头还总夸找了个好女婿,我看不怎么样。"

柳俊杰说:"我觉得姐姐的婆婆很高傲,谁跟她说话,她都假笑。"

冯鹃笑骂:"跟你爸说说话。"

柳俊杰悄然对柳志华说心里话,冯鹃低眉看着坟茔,不记得的事,都还记得。柳志华敲门,弯腰戴上鞋套,先去秦飞卧室看看,再绕到阳台,观测安装位置。阳台上金银花爬满了防盗窗,他顺口夸着花香,冯鹃却只顾看他,这人穿着很普通的维修工制服,但走路昂首挺胸,板板正正的,精气神很好。

她后来才知道他当过兵。当天温度高达三十九摄氏度,柳志华出了一身透汗,冯鹃出门,找楼上一户装修人家借了三脚梯,把电扇架上去,自己躲到客厅里看电视,过一会儿再看,柳志华的制服衬衫汗透了,巴在身上。

柳志华安好空调,冯鹃端给他一碗薄荷金银花茶,让他清清火。她放在冰箱里冰了一阵,柳志华一饮而尽。冯鹃留他吃饭,他说她太客气了,冯鹃说稀饭熬多了,吃不完浪费,柳志华就坐下吃绿豆稀饭,夸她连辣萝卜都做得好吃,能开饭馆。吃完饭,他主动把碗洗了,看到煤气灶只有一个眼能打火,顺手修好了。

冯鹃上完厕所出来,惊觉连灶台都被擦得一尘不染。这男的被他媳妇教得好,她心里有点儿酸,又有点儿心痒。隔了两天,她给柳志华打电话:"灶台上有个打火机,你落下的吧?"

柳志华不抽烟,冯鹃数了几秒,他没回答,她飞快地说:"星期五我放假在家,你来拿。"

那天下午，柳志华来了。一进门，就互相抱住了对方。有些话永远秘不可宣，他们能在一起，可能就因为彼此存在吸引力。

秦刚长期留宿在娱乐城，他们无所顾忌。冯鹃问过："在别家修空调，让你吃饭你也吃，还洗碗，还修煤气灶，还假装打火机是你落的？还为一个打火机跑来一趟？"

"鬼使神差。"柳志华被冯鹃逼着承认，他在卧室安好空调，出来看到她在阳台摘金银花，还随手掐了几片薄荷嫩叶嚼着，头顶晾着内裤和裙子，她身穿的短袖衬衫汗塌了，勾勒出胸罩带子，他当时莫名想到《红楼梦》里描写宝钗的一句话："一弯雪白的膀子。"

这女人丰满白嫩，比陈玉兰还白，柳志华这样想。然后他喝到那杯沁人的冰水，这女人看着粗枝大叶，心还挺细，他不敢多想，却禁不起她留。她身上热烘烘的气息，让他想多待一会儿。

如果没有那通电话，也许不会有后续，但那天之后，两人都失眠了。跟一个人睡得好原来是这样的感受，活跃、旺盛、丰盈、热情，这些词，都懂了。在柳志华被诊断出胰腺癌之前，这件事上他们始终很好。

花圈上的红色被雨水冲刷，褪成了粉红，冯鹃伸出食指抹了抹，柳志华只活了五十岁。他们之间的万有引力，被死亡隔成了永远的阻力，她没忍住眼泪，一长串一长串地滚滚而落。对第二个人说不出口的事，一生都不能说了。

回到武汉，晚上火锅店打烊，秦飞帮冯鹃算账，笑话她："摔倒那次就问你，是不是喜欢他，还不承认，下午哭成那样。"

冯鹃仍不承认："想到我二十三岁就没了爸，杰杰十一岁就没了爸，再一想，你也是十几岁有爸等于没爸，我们一家真倒霉。"

秦刚明年就出狱了，秦飞不想提起这人："我不倒霉，情愿不认得他。"

冯鹃合上账簿，拍拍手："倒霉就倒霉吧，倒霉个彻底，就否极泰来。"

秦飞跟她碰碰茶杯："泰来，泰来。"

杰杰再也没爸爸了。秦飞忽然想，那个坏脾气小辣椒也没有了，她从十二岁起就在单亲家庭长大，很需要温暖和陪伴，但愿赵东南不再负她。

也许感情是流动的

情浓时是真的

情淡也是真的

中国结

ZHONG
GUO
JIE **01**

  院方通知,柳漾考试成绩良好,从明年元月起,她就升为主管护师。宋青等好友都为她开心,在小饭馆聚完餐,说说笑笑去上班。
  后半夜,柳漾冲去卫生间吐了两回,却是干呕,什么都没吐出来。她以为天气冷,胃里着凉了,但迎面来了一个孕妇,她神色一凛。
  试孕棒给出准确答案,怀孕了。柳漾算算时间,是她还在香榭水岸住的事,她和赵东南每次都做了措施,但人算不如天算。
  孩子不在计划内,柳漾喜忧参半,职称刚评上,短期内很难再晋升,是否该顺应天命,进入人生新旅程?天亮后,她跟陈玉兰说了怀孕的事,陈玉兰想马上回来照顾女儿,柳漾说:"我还没想好。"
  陈玉兰愣住了,打来电话:"你和东南吵架了?"
  孩子来得未必赶巧,柳漾烦了起来,陈玉兰只好让她跟赵东南商量,她继续在团风住,不给两人添乱,如果柳漾需要她照料,她当天就回武汉。
  柳漾做婚检时查出子宫内膜薄,医生不建议轻易堕胎,而且流产太伤身,可是留下这个孩子,她没做好心理准备,甚至连备孕也没做。自从发生吻痕事件,她就不让赵东南碰她了,但那时孩子其实已经怀上了。
  沈维收到柳漾的信息,只有四个字:我怀孕了。沈维盯着它看了两遍,这句话看上去不辨悲喜,说明柳漾还没能完全过去那道坎,她问:"打算怎么办?"
  柳漾说:"我想了一上午,倾向于生下来。"
  她想要就要,沈维不提反对意见,这年头,有手有脚,还怕养不活一个孩子不成？她说："我是第一干妈。"

柳漾说："你是唯一的干妈。"

晚上，柳漾洗完澡蜷在沙发上发呆，赵东南给她倒牛奶，她喝了两口，恶心感又涌起，冲进卫生间吐。

赵东南跟进来，问她怎么了，柳漾不理他，拿水杯漱口，又是一阵难受，赵东南福至心灵，问："该不会是怀孕了吧？"

柳漾没回答，拿纸巾擦嘴，但不否认，那就是了。赵东南高兴极了："漾漾，漾漾！"

柳漾从镜子里看他，他激动得搓着手，喜形于色，她心头一软。赵东南抱着她亲了又亲，柳漾终于不抗拒他了，这个孩子来得恰逢其时。

赵东南在餐厅订了包厢，他说有重大好消息要宣布，张玢以为他正式成为网建部一员，得知柳漾怀了孕，她神色悲喜莫辨。赵捷成自然乐哈哈，反正每天腾出半小时逗逗孩子，他就是和蔼可亲的好爷爷。

赵东南沉浸在喜悦里，给柳漾夹菜："我妈被巨大的喜悦冲昏了头脑。"

柳漾吃吃喝喝，不驳他的面子，虽然她不明白张玢为何态度大变。早在去年，婚事提上日程，张玢就聊过孩子问题，听说两人暂时不生，她很反感："吃避孕药对身体不好！"

赵东南不便跟他妈说戴安全套之类的，含糊道："从我这里想办法。"

张玢背地里找上柳漾，翻来覆去就表达了一个观点：早点儿生孩子，身材恢复得快。柳漾主观客观原因都解释了，张玢坚持说："女人生来就是要生伢的。"

柳漾说："我们医院每天都有看不孕不育的，而且问题大多出在男的身上，做试管婴儿都不行。"

"他们那是没办法，而且在积极争取。你这是没有困难就制造困难。"张玢斩钉截铁，祭出司空见惯的说法，"女人不生伢，人生不完整。"

柳漾笑出声："我可能到死也当不上世界首富，不能开着私人飞机环游世界，我的人生也不完整。"

张玢驳回："你这叫抬杠。"

你那也不是人间真理，柳漾懒得多费口舌，但仍被张玢摆了脸色。沈维不止一次替柳漾骂过她："我连婚都不结，我要是她女儿，可能被她乱棒

打死。"

吃完饭，柳漾独自叫车回娘家。赵东南送父母回香榭水岸，张玢有情绪，他看得出来，柳漾更看得出来，不怪她连话都不和张玢多说。等柳漾一走，他就问："催我们生伢的是你，有想法的还是你，你到底什么意思？"

张玢只说有些突然，担心他没戒烟戒酒，孩子有健康问题，更怕孩子遗传到柳志华不好的基因，那就完蛋了。

赵捷成很无语："就你想法多。"

赵东南也有怨气："连我都被你逼得只能出去住，你到什么时候才能反省一下？"

赵东南长得帅，重点中学到重点大学一路读过来，张玢引以为傲，但他只找了家境贫寒的小护士，张玢的期待落了空。赵捷成劝过："这就是他的缘分。他找个家庭条件好的，整天对你呼来喝去，好逸恶劳，你怎么办？"

张玢说："漾漾没少对我呼来喝去！家里还穷，我一样也没图到。"

柳漾怀孕是好事，但张玢一听就沉下脸，扫兴。赵东南有怨言："妈，你嫌我找漾漾吃了亏，你心理不平衡，我问你，你以为我条件有多好，找得到让你称心如意的那种人？"

被父子俩齐齐批斗，张玢脸气得红一阵白一阵的，冲口而出："你们单位那个小向呢？"

赵东南不吭声了。赵捷成一头雾水，看看张玢，又看看赵东南。张玢心下透亮，赵东南不解释，他和向雨恬绝对有点儿名堂，她得帮他打气："小向家里条件那么好，不也喜欢你？"

赵东南把车停到辅路，狠狠问："你怎么晓得她？"

柳志华葬礼上，电信公司来了几个漂亮小姑娘，张玢看得满心酸意，赵东南晚一点儿结婚就好了。柳漾忙着招呼亲朋，张玢忙着看漂亮小姑娘，越看越认为向雨恬和赵东南之间有事——她单位的小年轻对男人发骚都那样。

随后张玢暗暗去瞧了几次，向雨恬不介意赵东南结了婚，可见动了真感情。小女孩认了真，就会发疯，一家子人都拉不回来，她正期盼儿子一举得手，柳漾怀孕了。张玢被一盆冷水从头淋到脚，赵东南只是离异身份，向雨恬坚持，向家还可能接受，但离异还有孩子，难度就增大了，哪家父母同意掌上明珠给人当后妈？

即使孩子归柳漾抚养，赵东南也不可能完全不管，在法律意义上，他是一个孩子的父亲，这会是他和向雨恬在一起最大的阻碍。张玢犯了难。

赵东南把父母送到小区门口就走了。赵捷成叹气："哪有你这样的，吃着碗里的，看着别人锅里的。"

"那女孩家里是什么条件，你懂什么？"张玢悔得肠子发青，不催赵东南结婚就好了，如今跟柳漾就是提个分手的事。

老谢家的刘宇翔找了富二代，一跃成了人生赢家，向家条件比富二代家还好，爷爷奶奶是高级知识分子，外公外婆是开工厂的，光是在楚河汉街就有十几家商铺，向雨恬是两边唯一的孩子。赵东南怎么就这么倒霉，只要晚半年结婚，他的人生就完全不同了。

张玢睡不着，翻来覆去的，赵捷成被她弄烦了："催他结婚生伢的是你，怪他结婚生伢的还是你。"

天明之际，张玢想出了办法，赵东南对向雨恬也有心思，所以只要他劝柳漾拿掉孩子，他和向雨恬就仍有可能。柳漾刚怀上，B超看不出所以然，张玢决心实施怀柔政策，先让小两口放下警惕，等到稍微查出一点儿异常数值，就以柳志华的胰腺癌为由，说服他们放弃孩子，再细致备孕，以后再生个健康宝宝。

张玢让小两口回香榭水岸住，赵东南转述给柳漾："我妈说前三个月很危险，让你回家住，她多炖点儿汤汤水水。"

"前三个月很危险，我想过得舒心点儿。"柳漾让赵东南回绝他妈，至于说辞，不用她操心，赵东南会摆平。

柳漾怀孕是大事，赵东南宴请爷爷奶奶、外公外婆，济济一堂，举杯共庆。吃完酒宴，柳漾回团风，跟陈玉兰一起到坟上给柳志华报喜。孩子来得突然，不在计划内，但是意外之喜，她决定生下来。

陈玉兰说："你喊一声我就回武汉。"

柳漾"嗯"了一声，手抚在小腹上，腹部仍很平坦，但已在孕育新生命了。她冲着墓碑说："你说你这个人，晚一点儿死，就能看到你外孙了。"

"他肯定能看到。我这几天又梦到他了，所以他还没去投生，那就还是一家人。"陈玉兰见柳漾心情不错，问起感情问题，柳漾大方回答了，她和赵东南之间是发生了一些事，但通过这段时间的考察，她想再给赵东南和自

己一个机会。

大伯和大伯母炒菜煨汤,祝贺柳漾走进人生新阶段。柳俊杰听堂哥说柳漾怀孕了,借冯鹃的手机给柳漾发了红包:"我妈让你来喝汤。"

柳漾很喜欢冯鹃卤的鸡爪和干子,回武汉绕去有板眼火锅城,但没吃两个就作呕。冯鹃拧开自己的零食罐,让她吃陈皮,满脸堆笑:"你爸要是晓得了,绝对要高兴得跳起来,他有次还说梦见你生了伢,糯米团子样的,他怕摔着,抱都不敢抱。"

秦飞下班回火锅店吃饭,柳漾在喝汤,跟服务员说说笑笑。柳俊杰向他通报过柳漾怀孕的消息,他端着菜过来,跟柳漾面对面地吃。柳漾等他说恭喜,但他没说。

柳漾意外于秦飞的反应:"你弟弟是我伢的舅舅,你也算我亲戚,不该祝贺我吗?"

蒸碗里还剩两块牛肉,秦飞都夹给她,不以为然:"一般女人不都能生伢吗,这有什么了不起的。"

这些天,秦飞仍在窥探向雨恬的朋友圈,貌似正常,但他不确定赵东南和她断干净了没有。连他以前都看到过两人暧昧,没被他看到的时候呢?柳漾怀孕,他祝福个鬼。

赵东南学习做新手爸爸,买回书籍对照执行,每天按时回来做安胎饭菜,柳漾下班就能吃上。

赵东南以前只给柳漾打过下手,从没独立做过饭,失败了几次终于上了道。柳漾夸他,他挺谦虚:"设备好,汤料包好,花花也能做成功。"

花花是赵东南外婆养的橘猫,柳漾扑哧笑,手机响起,张玢发来语音信息,语气很软和,她买到很好的藕,让柳漾明天回香榭水岸吃饭。

赵东南很高兴:"我妈主动求和,不容易。"

柳漾冷哼,求和也得有诚意,她从小到大都不大吃排骨,排骨藕汤更是一口不喝,还被张玢笑过:"不喝藕汤,也不爱吃热干面,你还是不是本地人?"

柳漾说自己口味偏甜,但张玢从未听到心里去。第二天中午,到了香榭水岸,张玢连铫子一起端上桌,盛出满满一碗要端给柳漾,被赵东南接过去："妈，漾漾不吃排骨。"

"那不行！怀孕了，饮食营养要均衡，多喝点儿骨头汤，补补钙。"张玢执意把汤碗推到柳漾面前，柳漾故意做个恶心欲吐的表情，推给赵东南了。

赵捷成给柳漾夹清炒红菜薹，柳漾爱吃这个，他笑道："你妈妈在菜场买的洪山菜薹。"

吃完饭，柳漾和赵东南合作收拾碗筷，张玢破天荒让赵东南干活，喊柳漾去书房，说要给她好东西。柳漾进屋一看，书桌上几十盒保健品，一问价格，她咋舌。张玢自知理亏，从头说起，她体检查出高血压，小区门前搞展销，免费咨询检测，她去查了，跟医院结论一样。

保健品厂家搞讲座，张玢做了笔记，促销员小李大学刚毕业，嘴甜爱笑，人也细致，一来二去，张玢找她买了这些保健品，每天按时按量吃。上周日，小李推销磁疗室，既能磁疗又能抗衰，但售价三万八，这还是给干妈的优惠价，张玢犹豫不决，想游说同事老谢等人团购，折扣还能再低点儿，谁知道老谢指出她被骗了。

张玢不信，老谢的儿子刘宇翔在网上查了保健品的价格，一盒六十五块，但干女儿卖给张玢一盒三百六十八块。张玢气得找小李算账，小李挂了电话，再打过去，打不通了。张玢报警，但双方自主自愿，不是强买强卖，公安部门追究不了。

柳漾匪夷所思，张玢嫌超市的鸡蛋比菜市场贵，每次都去菜市场买蔬菜生鲜，有时还跑去汉口那边的批发市场，儿媳买一盒三文鱼，她都气得砸筷子，竟会把推销保健品的骗子当亲人。她以为张玢要她帮忙找那个小李算账，但扯皮的事她没兴趣，推得一干二净："派出所都解决不了，我和东哥也没办法，就当吃亏买教训吧。"

张玢不肯吃亏，她想通过柳漾找医生帮忙，把这批保健品开给病人，卖出去，让她少亏一点儿。柳漾震惊："医生开药都是进系统的，没有私下卖药的权限。"

张玢说："你找几个关系好的医生，举手之劳的事。这是正规保健品，网上有旗舰店，病人吃了不会出问题，开给有医保卡的病人就行。"

"关系再好，饭碗更重要。"柳漾算了一笔账，张玢亏了五千多块钱，她倾向于算了，张玢仍不死心，又生一计："医生不敢开，那就去找你们管

医药采购的,他们拿谁的回扣都是拿,我也给回扣!"

柳漾气笑了,张玢屡屡鄙视她是小护士,儿子找她吃亏了,现在却以为小护士的面子很好使。她喊进赵东南,赵捷成一看张玢脸色不豫,赶紧也过来。

赵捷成只知道张玢认了干女儿,人很贴心,定时陪她聊天,分享商场和超市打折信息,听说赵东南的外婆有糖尿病,还摘录了糖尿病人食谱,打印成册送来。张玢做梦也没想到,嘴甜如蜜的外地小女孩铺垫了几个月,就为赚她这几千块钱。

"她说我面善,让她想起她妈,她十几岁,她妈就得病死了,她发奋读书,考上医学院,做人很有礼貌……"张玢悔不当初,但振振有词,保健品本身没问题,她提早预防治病,是为了给小辈减轻负担,她身体好才能帮柳漾带孩子,所以这个事,柳漾得出力。

给她当儿媳妇,不如一个口蜜腹剑的骗子,柳漾说:"东哥,妈心疼这钱,你转给她,让她忘记这件事。"

赵捷成说:"我出,我出,我也一起吸取教训。"

一屋子人,没一个帮自己的,张玢怒气冲冲回卧室,砰地关上门。赵家父子互相看看,赵东南无奈,拧开把手去哄,但没两分钟就吵起来了。赵东南横眉怒目地出来,抓过柳漾的手,冲他爸道:"我早说过,各人的媳妇各人哄,她归你管了,我们走了。"

夜里,柳漾睡去,赵东南怔怔看她。他妈向来小精明大糊涂,并且不怯于丢脸,他小时候,赵捷成在文具店买了一支钢笔送他,张玢嫌贵,去找售货员退,不退就据理力争,连说一小时不停歇,逼得售货员退货退钱,再去买她认为好写又便宜的笔。

就便宜五块钱,赵捷成认为没必要,赵东南嫌他妈跟人吵得凶,丢人,但在张玢的价值体系里,买东西买贵了才是丢人。今天在她房间,她让赵东南一定要找柳漾解决问题，赵东南再三说算了，她埋怨他不会过日子："几千块钱不是钱？我一个月工资！她凭什么说算了？她又不是娇娇大小姐出身，说算了就算了？"

赵东南不响应她，张玢扎句狠的："你媳妇要是小向，小向马上就甩给我一万块，你信不信？不像这个，不帮忙还说风凉话！"

万一张玢哪天再和柳漾吵架，说出向雨恬就麻烦了，赵东南决心借贷也要早点儿把房子买了，跟父母分开过。次日刚到电信公司，在车库里，他和向雨恬不期而遇，他想回避，但向雨恬无拘无束地喊赵哥，坦坦荡荡笑着走来。

同事们以为是寻常寒暄，纷纷去挤电梯。人群渐散，他二人还相对而立，赵东南说："我得上楼了。"

向雨恬所在的综合办公室是职能部门，跟赵东南借调的网建部不在同一栋楼。她咬唇，凝望着他，问："你想我吗？"

赵东南无法回答。向雨恬声音里带着哭腔，逼问他："你看着我的眼睛，你告诉我，你真的没对我动过心吗？"

小女孩一双大眼睛里蓄满了眼泪。赵东南艰难地说："雨恬，对不起。我媳妇怀孕了，做人要负责任，我没资格跟人谈情说爱。"

向雨恬整张脸都暗淡了，跑向她的车，拉开车门，坐上驾驶位，趴在方向盘上。赵东南知道她在哭，不忍走开。有同事开车来了，按一下喇叭，探出头寒暄："吃了没？"他回过神："吃了面。"

急诊处处都是排队的人，有个病人皮试过敏，柳漾嘱咐她家属去退药重开，一抬眼，对上向雨恬的眼睛。她很漂亮，还有几分眼熟，柳漾忙完，向雨恬仍忧伤地看她，她对向雨恬笑，问道："挂号了吗？"

向雨恬泪盈盈："你对病人都这么好，对他更好吧，难怪他说想跟你好好过日子。"

柳漾愣住了，向雨恬扭身走了。柳漾想了想，柳志华的葬礼上，这女孩出现过。村人也多有议论，都说城里姑娘漂亮。

小五带队的那两辆大巴里漂亮女孩多，柳漾当时没空多看，但在这一瞬间，周遭所有的人声像都消失了一般，她满脑子只有一个念头：这位就是赵

东南口中的"小女孩"吧,是那吻痕的主人吧?秦飞真是个骗子,大桥那次交谈,她问对方长得好不好看,秦飞很勉强地说一般,但向雨恬岂止是一般。

凌晨1点半,柳漾下了小夜班回家,赵东南睡着了。柳漾气冲冲把他摇醒,告知向雨恬去找她了,赵东南自然没料到,赶紧强调他和向雨恬的亲密举动仅限于吻痕,他甚至不明白向雨恬为什么会喜欢他。

柳漾咄咄追问相处细节,赵东南就从头说起。他受处分,被发配去带实习生,施工现场蚊子多,女孩们都被叮咬了,他从包里翻出一管驱蚊药。

赵东南很招蚊子,柳漾找医生推荐了一种驱蚊药,他每年入夏都随身携带,刚好派上用场了。转天休息时女孩们订奶茶,向雨恬送了赵东南一杯,赵东南玩手游,她帮他打了两盘,积分噌噌上涨,也就这点儿交集。

柳漾发火:"办公室恋情不都这么开始的?!"

赵东南喊冤,同事喊他聚餐,他有时去,有时不去,不去就直说:"跟媳妇约好了看电影。"向雨恬不可能没听到,再说她家境好,人又漂亮,追求者很多,他没往那方面想过。

赵东南把能想起来的细节都说了,柳漾仍信不过,如果真没状况,那女孩怎么可能去医院说那句话?她赶走赵东南:"你滚回你家!恶心。"

凌晨3点,赵东南指天发誓,他不可能做对不起柳漾的事,还说向雨恬也很纠结、很自责,她没想到醉酒后的吻痕会让他产生家庭危机,向他道过歉。柳漾怒从心起,踹他,让他滚,赵东南不走,柳漾起身去陈玉兰那间卧室睡,反锁了门。

沈维在值夜班,痛骂赵东南:"现在的小三都很会装腔作势,善解人意,好言相劝男的珍惜家庭,哭着说我们不能再这样了。你质疑男人,他还认为你无理取闹,面目可憎。"

柳漾只想搞清楚赵东南有没说实话,沈维说:"都找上门了,再怎么样,你男人不可能一点儿想法都没有。"

向雨恬那句话种下猜疑之根,疯狂蔓延。清晨,柳漾打开卧室的门,餐桌上是赵东南买回的早餐,豆腐脑加欢喜坨,还有便利贴留言:"别吃冷的。"

柳漾把早餐扔进垃圾桶,给赵东南发去信息:"你回家住!"

赵东南打来电话:"漾漾,你相信我,我确实拒绝她了,我跟她说过不可能。"

柳漾自己买了桂花糊米酒和三鲜豆皮吃了，昨夜她睡不着，和沈维聊了很久，脑子里仍一团乱。听向雨恬那意思，赵东南是拒绝她了，但柳漾心里还是过不去，不能多想，一想就只想骂人摔东西。

赵东南一上午发了无数信息，柳漾都不回，他订了外卖："太冷了，中午别做饭了。"

柳漾吃上外卖，赵东南回来了，他睡眠不足，一脸憔悴相，眼睛都红了："漾漾，对不起，我以后再不在外面喝酒了，但我跟她的的确确什么都没有。"

"被人扑到怀里啃，还有脸说什么都没有？"柳漾继续吃东西，缓了缓，说，"她昨天说完就走，我连句话都没来得及说，我下午就去你们公司，当面问她到底想怎样。"

赵东南犹豫了："你别出面，免得动了胎气，伤了身，我保证妥善解决。其实我上午就找她问过，为什么要去找你，她说羡慕你，我让她不要再去打扰你，也不要影响我的家庭，她说祝福我们。"

柳漾冷笑着问："还是边哭边说的吧？"

向雨恬边哭边说："为了逃避你，我调去其他部门，可我还是忍不住想你，我去找我爸，把我调去下面县市算了……"

赵东南无言以对，小女孩对他情有独钟，他错愕又动容，但确实是迟了，他已是柳漾的丈夫。

柳漾吃完午饭躺下了，她昨夜几乎没睡着，脑子晕。赵东南不顾她连踢带挣扎，强力抱住她，跟她躺在一起，脸贴着她的耳根，连声说："对不起，对不起，小蚊子，对不起。"

他的眼泪流下来。柳漾脖颈处湿漉漉的，赵东南很少哭，她不出声，许久后，她说："我不能再想这件事，也不能看到你，看到就反胃，你走吧。"

赵东南哽声说："别做饭，我每天回来做给你吃，做完了就走。"

"滚吧！"柳漾狠狠挣脱他的胳膊。赵东南起床，柳漾用被子把自己一整个包进去，被窝里，很瘦弱的人形。赵东南眼眶又红了："小蚊子，你要相信我，没有就是没有，我在你爸坟前发过誓的，不会对不起你。"

柳漾不出声。赵东南想俯身去抱她，没敢，在床边坐了片刻，出去了。门被关上，她钻出被子透气，对着天花板冷笑。昨天她被当头一棒打蒙了，

现在才有了思索的余地,她让赵东南带她去找向雨恬,是在试探,但他禁不起试探。

秦飞说过,小女孩的爸是分公司的副总,过两年就调回省里了,赵东南敢带着媳妇去公司,让媳妇骂她不要脸吗?他的犹豫说明了一切。他仅仅是害怕得罪向雨恬,避免在电信公司的前途尽毁,还是心疼她会伤心,才拦着不让媳妇去找她?

柳漾心里更疼,苍蝇不叮无缝蛋,她男人并非无坚不摧,她哪有脸去单位骂对方。男人出轨,女人却只恨女人,曾经是她最看不起的行为。

谁会跟铜墙铁壁较劲呢,有希望打开那扇门,才会有这一而再的痴缠。沈维分析过,如果赵东南坚壁清野,不给可乘之机,向雨恬就不会跑去说那些话。但还有一种可能,千金小姐很任性,看上的就一定要到手,对方是否已婚,对方的太太怎么样,她都不在意。

柳漾躺了一下午,她不奇怪赵东南会被白富美看上,当年她在医生同事和赵东南之间选了他,很大程度是他符合眼缘,性格也好,跟他相处总是有说有笑。

第一次见面是在秋天,赵东南上班时突发急性阑尾炎,去挂急诊,柳漾为他输液。他出院就追求她,方式还很特别:请她吃早餐。

武汉人把吃早餐称为过早,过字的用法等同于过节,可见隆重。早餐种类很丰富,但热干面方便快捷,是多数人的首选。赵东南请柳漾吃的是老店热干面,柳漾兴趣不大,她几乎不吃热干面,因为不爱吃面,更不爱吃干拌面。

赵东南很困惑,他以为柳漾可能是没吃到好吃的,带她去吃过好几家。柳漾烦了:"吃不到一起去,你找别人去。"

柳漾不爱吃面的原因很简单,小时候吃到吐了。陈玉兰在轮渡上班,半夜才下班。柳志华不会做饭,他顿顿白粥白馒头都行,在部队时,他经常这么吃,但女儿在长身体,他学着炒个青菜,烧个肉,但他下岗后,总是忙到晚上10点多才能回家,只得买各种挂面,让柳漾自己煮面吃。

一筒挂面能吃好几顿,陈玉兰教会柳漾做水滑蛋,煎荷包蛋,她就这么吃了若干年,陈玉兰和柳志华都没认为有什么不妥,他俩对饮食都不看重,吃饱就行。哪怕日后陈玉兰在货运公司上班,大多数情况下都能按时下班,

188

她做的晚餐仍很普通，也不钻研口味——她的心思用在攒钱还房贷上。

当柳漾和赵东南正式恋爱，请沈维等朋友吃饭，宣布告别单身，沈维笑话她："怪不得别人说女人找男人，不是找儿子就是找爸，赵东南跟你爸有点儿神似，外在和性格都差不多。"

窗外刮起了风，柳漾笑了一下，泪水滑落眼角，沈维一眼就看出的事实，她却到今天才发现。当时她只承认赵东南像哥哥，真要说恋父的话，赵捷成才是她向往的父亲模样，温和儒雅，有书卷气。

初登赵家门，柳漾觉得婆婆很烦人，公公却很合她心意，像她缺失多年的理想型父亲。当天从赵家出来，她笑说因为张玢，她想打退堂鼓，但她羡慕赵东南有个好爸爸："我可能看上你爸啦。"

直觉很准，赵捷成待柳漾始终很和善，张玢却越发丑态百出，让人厌恶。不过，这也跟赵捷成在家既不干活，也不絮叨有关——一个随遇而安的懒汉难免给人好相处的错觉。

沈维找柳漾聊了许久，但柳漾仍理不出思路，她对婚姻何去何从没了方向，烦躁不堪。赵东南却没听她的，下班就回来炖汤烧饭，柳漾高声怒骂，让他滚，但赵东南的态度很端正，他说必须每天按时回家，不能不在媳妇的视线范围内，免得再被误会，而且她怀着孩子，身边不能没人，最重要的是，柳漾是他媳妇，他每天都想看到她。

ZHONG
GUO
JIE **03**

几天后，柳漾下大夜班，回团风看陈玉兰。已进12月，距离春节不足两个月，陈玉兰和柳志华的哥姐在着手准备年事，一起去镇上采购了，她独自去祖坟山上看看她爸。

村童们在放野火，欢笑着满山乱窜；柳漾坐在枯草地上，痛哭失声。为什么原谅一个人这么难，为什么想到要分开，心里这么痛，可是不分开，是不是还会再痛下去？

陈玉兰半天不见女儿回来，上山去寻她。柳漾极力掩饰情绪，陈玉兰便

装傻:"又想你爸了吧,刚才跟他说什么了?"

妈妈那时候,也这样痛过吧,一定会更痛,因为怀孕的人是冯鹃。柳漾眼圈一红,看着墓碑说:"骂他管不住自己,害得你受苦,也害得他自己负担那么重,要养那边两个儿子,还偷偷摸摸给我存嫁妆钱。老柳,你有病吧,我开口找你要钱了?你要不是赚钱把身体败得太狠了,肯定还能再活几十年。"

女儿懂得心疼她爸了,是发生了让她感同身受的事吧,陈玉兰没明着说出来:"你爸是做错了事,伤害了我和你,但是十几年了,我心里的疙瘩磨平了。后来他跟我说,可能活不过半年,我满心想着跟这个人有情分,想为他、为自己画个句号,你不要怪我。"

柳漾曾经是不理解,由着她妈骂了,但她现在觉得似乎没那么不可理解。每个人的忍受力不同,妈妈能忍的事,自己不能,但自己能忍的事,沈维不能。如果吻痕事件后就直接离婚,大概就不会被向雨恬找上门,更不会被屈辱感和恶心感攻击到现在。

可那时就离婚,自己有天会不会认为跟赵东南分开得太负气?尤其是查出怀孕后,会反悔吗?

再多假设都毫无必要,怪只怪自己不是个坚定的人,柳漾尽力不让自己再想破事烂人,问:"你和我爸是怎么在一起的?"

小时候,柳漾听外婆说过,陈玉兰和柳志华是自由恋爱,两人是在轮渡上认识的,她只依稀记得这些,但她现在很想知道更多细节。

陈玉兰离婚后,独力抚养柳漾,很少诉苦,也不太跟人交心,但柳漾想知道,她缓缓说开了。

中专毕业后,陈玉兰在家待业两年,家里托了关系,她得以去码头工作。起初在售票窗口,但总有人逃票,于是单位在轮渡上临时设立了几个检票的岗位。

过江轮渡一刻钟一趟,陈玉兰终日往返于长江上,市民连人带交通工具都能上船。天气好的时候,陈玉兰喜欢去二楼甲板吹风,看风景,落日时分的长江大桥尤其漂亮。

陈玉兰第一次注意到柳志华,就对他印象深刻,他总和他的二八自行车一起上船。三年的军旅生涯,让他和别人不一样,身姿挺直,还有几分文气。他有一台单放机,每次见他,他都戴着耳机听歌。

陈玉兰很好奇他在听什么歌,有一天靠近了些,耳机漏音,隐隐传来英文歌。若是别的歌,她就不作声了,但那首歌太著名,是卡朋特的Yesterday Once More。中专校园里,每到黄昏都会响起。

两人的交谈从这首歌开始,柳志华连初中都没读完,但并不自卑,坦然说英文歌他只知道几首,平时听得多的是粤语歌,他在湖南当兵时每天都听——湖南比湖北靠近广东,更有粤语歌氛围。陈玉兰自此开始听粤语歌。

轮渡上的人多,又挤,经常没检完票就到对岸了,单位撤了检票岗,陈玉兰回到售票窗口,改上轮班,她嫌闷,总去图书馆借书。杂志翻翻就完了,一次只能借三本,每天都去还书借书太累,陈玉兰盯上了外国名著,它们因翻译晦涩而耐读,一本书能看一两个月。

有一天,柳志华买票时,扬起一本书,对陈玉兰一晃:"总看你在看这本,肯定好看,我也借了。"

柳漾问:"什么书?"

陈玉兰说:"《约翰·克利斯朵夫》,很厚,看了几个月。"

后面的人还等着买票,陈玉兰来不及跟柳志华交流更多,不小心碰到手边单放机,耳机脱落,Yesterday Once More 响起,两人相视一笑。

有个周末晚上,陈玉兰快下班了,柳志华才来,他没上轮渡,等人都走了,约她第二天下午去看电影——他知道她哪天休假。

柳漾又问:"什么电影?"

陈玉兰回答:"《东归英雄传》。"

二十多年前的事,到今天陈玉兰还清楚地记得。柳漾调侃道:"看完就牵手了?"

"我们那时候的人保守,看了很多次电影才抱了一下。"女儿笑眯眯地眨眼睛,气氛很轻松,陈玉兰笑眯眯地回答了,"看了大半年电影,有次看《天地人心》,还没开场,你爸坐旁边,突然拔下一个耳机,塞到我耳朵里,让我一起听歌,听完了问,姻缘一线牵,是不是这个意思?"

"他还蛮浪漫的。"柳漾兴趣盎然,"什么歌?"

"蔡国权的《最后一班渡轮》,他唱得特别好。不过歌词很烦,我后来再也不听。"陈玉兰这辈子没跟第二个人说起过这些,颇有些感喟,"我以

为我忘记了,说出来才发现都还记得。"

大伯家到了,母女俩换了话题。柳漾很感喟,她爸妈离婚时她才十二岁,重逢时只断断续续相处了三个多月,没多少时间以成年人的身份和她爸谈些朋友般的话题。但是细想起来,听陈玉兰聊感情细节也是第一次。

回到大伯家,笸箩里堆满锡箔。陈玉兰有空就叠,为明年清明节做准备,柳志华辛苦了一辈子,她希望他在那边能过得富足些。

大伯母在做饭,陈玉兰打开取暖器,教柳漾叠锡箔,慢慢询问她是否又在和赵东南怄气。柳漾承认了,但没说缘由,问:"你是怎么发现我爸跟冯鹃有问题的?"

"人都是闻着味儿找另一半的,他身上的味儿不对。"陈玉兰审出来了,柳志华保证痛改前非,也收敛了一小段时日,但食髓知味的人哪是那么好回头的,没多久,冯鹃挺着大肚子找来了。

陈玉兰停顿了好一会儿,时隔多年,当事人之一已死去,但柳漾想象得出,那一天,她妈眼前的世界必然天昏地暗。

原谅这样的男人很吃力,陈玉兰想离婚,但下不了决心,柳志华也痛苦,他是做了不可饶恕的错事,但他没想过要为那个女人离开陈玉兰,离开家。

被背叛的耻辱日夜磨心,恐惧离婚后的生活也日夜磨心,除此之外,陈玉兰还有个巨大的困惑:所有人都说,冯鹃各方面都比她差,柳志华的出轨对象,为什么偏偏是她?

被这样的人比下去,困惑和不甘从未消解,多年后,以复婚画上句号,陈玉兰彻彻底底心愿已了。

柳漾说:"可他当年就认错了。"

"认归认,复婚才是签字画押。"陈玉兰坦陈她是很固执,但人一生总有几件非做不可的事。

柳漾沉默了,秦刚抢劫入狱,冯鹃的生活跌入绝境,柳志华才被迫扛起自己造的孽,陈玉兰不得不离婚。但自己的情况不一样,按赵东南本人和向雨恬的说法,男人的确拒绝了女人。

心有怨恨,做不到再不翻旧账,但离婚,至于吗?或者换句话说,舍得吗?柳漾埋下脸去,冯鹃是个高声武气的莽妇,陈玉兰样样都比她强,她想不开；向雨恬貌美如花，家境优越，样样都好过自己，她就想得开吗？

人心易变，结婚之前就想到这个可能，可惜人总会抱有幻想，以为自己遇见的人不是那样的人，以为运气没那么差，以为能把婚姻生活经营得风调雨顺，但命运横生枝节，仍然束手无策。

柳漾没跟陈玉兰说向雨恬去找她，怕她妈想起旧事，怄气怄不过来，但她的情绪都写在脸上，陈玉兰哪会看不出来？但她不喜欢被女儿干涉，也不干涉女儿。虽然是母女，但对待事情的方式和心态都不同，柳志华没患癌，没提复婚，她就这样过，但复婚了，她这一生在感情上的憋屈烟消云散，宛若新生。她有她过不去的坎，柳漾一定也有，所以她只说："感情上的事，只能按自己的想法走，你想怎样我都支持你。"

回武汉，赵东南做了一桌汤汤水水等着，柳漾怨气仍重，一言不合就摔筷子，赵东南好脾气地承受着，却每每让她更暴躁。冯鹃不如陈玉兰，陈玉兰不甘心，自己不如向雨恬，但男人出轨，她就能说服自己本该如此吗？也还是一样不甘心，甚至更郁结，她的情绪找不到出口，每次一下大夜班就回团风，到柳志华坟前待一待。

这是柳志华去后第一年，团风习俗称之为"大年"，柳家人得向吊唁的村人和亲戚回礼。陈玉兰拟订了礼品清单，每隔几天就网购一批，骑着电动车去镇上的快递站取回。天寒地冻，柳漾心疼她："缺什么我买，我下次带来。"

陈玉兰笑道："五十岁就把我当老人看？"

陈玉兰独力撑着生活撑习惯了，不喜欢抱怨，也不诉苦，但柳志华死后，她内心似乎有某种东西被摧毁，现出了老态。柳漾顺着话说："晓得自己不老就好，过完年，不准再为他守节了。"

陈玉兰骂她："胡说八道。"

柳漾问："明年什么打算？"

"找点儿事做，空了出去玩，趁着这次给你爸办后事，轮渡时期的老同事又都联系上了，她们好几个人也都闲下来了，约我去旅游。"柳漾问得细，陈玉兰就答得细，她年已半百，却只去过桂林，明后年想去看看大海和草原，还想去苏杭。

这几天,柳漾不再跟赵东南掰扯,但郁气积在心头难消。从小到大,她不知听多少人抱怨过伴侣,哪怕伴侣人神共愤,但也就止于抱怨,都觉得不至于离婚。

即使男人家暴、赌博、嫖娼、出轨,即使女人泼悍、好吃懒做、勾三搭四、爱打牌,他们当中很多也没离婚。柳漾总在想,那么,怎样的事才叫至于?如今她在想,她和赵东南的现状,至于离婚吗?也没有答案。她对赵东南已不能信任如初,但一拍两散,好像也做不到。

柳漾走神走得很厉害,陈玉兰心知肚明,女儿女婿的问题还没解决,可自家只是两居室,她回去住,固然能照顾柳漾,但小夫妻可能碍于她在场,把问题窝藏着,逃避着,倒不如争争吵吵,反而是在交流。

交流碰撞,才有希望把话说清楚,所以母亲反复告诫女儿:"有脾气就发,不要忍,想让我回去,我就回去。"

今年武汉的冬天比以往来得早些,12月中旬就落了雪。柳漾上白班时忽然见了红,她心里一慌,冲去做检查,好在只是虚惊一场,胎儿在生长发育,把她的子宫撑大,导致黏膜破裂,从而分泌出血。

见红不一定会流产,柳漾不是不清楚,但看到血液时,她完全乱了,脸急得煞白。检查结果出来后,她哆哆嗦嗦,在诊室坐了半天,然后下单请众同事喝下午茶。

护士长让柳漾回家休息,柳漾谢绝了,急诊中心事多人少,她不在,同事会更累。护士长叹气,让她下班后注意休息,保持情绪稳定,安胎最重要的是安心,柳漾点头,抹掉眼泪,投入到工作中。当医生告诉她,孩子没事时,她内心充盈着失而复得的狂喜,才发现自己有多想生下这个孩子。

既然如此,没想好的事,就先不想,所有的一切,都为孩子让路,而且马上就要正式成为主管护师了,担的责任更大,工作不容急慢。

按医生们的建议,柳漾开始收敛脾气,跟赵东南不吵不闹,保证饮食规律,心态平和。沈维管住自己的嘴,柳漾不提赵东南,她就不提,她知道在自己看来可以一离了之的事,在婚姻中人的评价体系里不致命,丈夫是和别人暧昧过,但悬崖勒马了,除此之外别的都很好,甚至比很多男人都做得好,就这么离了,在绝大多数人眼里都挺可惜。

平安夜当天，正值柳漾的大夜班，赵东南一如既往送了鲜花和巧克力，圣诞节当天则安排了逛商场、看电影和吃西餐一条龙。回家途中，街边情侣拥吻，柳漾忽然又想起向雨恬，故意问："你不发朋友圈吗？"

赵东南图文并茂发出去："第四个圣诞节。"

ZHONG GUO JIE 04

赵家祖辈们很关心家里的第四代，来看过柳漾几次，但两居室塞不下一大家子人，转眼到了岁末，柳漾看在祖辈们都对她不错的分上，同意回香榭水岸跨年。

以张玢的厨艺搞家宴，柳漾看不过去，找有板眼火锅城订了菜，送到家里。张玢择着菜，让她说说孕检情况，柳漾简明扼要说一切都正常，但张玢想看看孕检报告单，柳漾有点儿讶异："报告放在我妈家，有些我都看不懂，找医生解释的。"

张玢却说医生是柳漾的同事，哪怕孩子有点儿毛病，他们不一定会说真话，她想拿给别的医院医生再看看，或者干脆去离家最近的医院再查查，稳妥第一。柳漾越发感觉怪异："你这话我有点儿听不懂，你在担心伢有问题？"

祖辈们都到了，赵东南让柳漾陪他们看电视，自己和张玢再谈谈。过了片刻，他气冲冲出来，拉着柳漾回厨房，对张玢说："我和漾漾拿到年终奖就买房，搬到新家之前，就在漾漾娘家住，不回来了。"

赵东南语气很重，张玢的脸色难看起来，柳漾颇觉解气。赵捷成过来哄上几句："更年期，更年期，你别见怪。"

公公人很好，柳漾不为难他，但不想再假客气，吃完饭，祖辈们都走了，她问："爸，我有个问题想问你，你为什么会跟她结婚，为什么能忍这么多年？"

赵捷成笑起来，他和张玢是相亲认识的，样貌顺眼，条件相当，就接触接触看看，那时代不兴婚前同居，张玢也没暴露太多毛病。赵捷成想找个琴

瑟和鸣的人,找不到,又不像沈维,敢于跟世俗抗命,他对伴侣最大的要求就一条,能容得下他。他对张玢说:"我知道你要强,自视高,对人要求也高,但我不喜欢应酬,也不追求上进。"

张玢说:"我就想找个忠厚可靠的。"

婚后,张玢试图改造赵捷成,失败了,他丑话早已说在前头:"我不会做家务,但不讲究吃住,你做成怎样,我都不挑剔你。"

柳漾懂了,张玢毛病再多,但能宽容赵捷成,赵捷成当然能跟她过下去,人都有利己的一面。多数男女,当朋友和伴侣发生冲突,即使朋友是对的,他们仍会选择站在伴侣一方。

能长久相处的伴侣,是利益共同体,不然怎么能叫两口子。沈维说过:"身为不婚人士,我多年观察,有一心得:夫妻是一体的。我从不指望朋友肯就事论事,站在我这边,而不是她男人那边。"

赵东南拖着行李箱下楼,正式宣告搬出家,张玢一言不发回卧室。回家的路上,柳漾问他和张玢先前在厨房为何事起争执,赵东南说:"我们没做备孕就怀上了,她心里有点儿不踏实,毕竟我那段时间应酬多,又抽烟又喝酒。她让我劝你回香榭水岸住,还说哪有男人长住丈母娘家,说出去没面子。"

回家洗漱时,柳漾又在想这件事,她怀疑赵东南没说实话。以张玢对她一贯的嫌弃,很可能认为她家是劣质基因,爷爷六十六岁就因心肌梗死去世,奶奶活了七十二岁也撒手人寰,柳志华五十岁也没了,这都是不争的事实。

沈维一针见血:"说不定还在打向雨恬的主意,光是离异还有可能,但你生了伢,赵东南就当爸了,当爸再追向雨恬,她家打死不同意。"

柳漾火冒三丈,张玢竟然存着让她打胎,好给向雨恬让位的心思。她没忍住,试了试赵东南,赵东南当然不敢说她猜对了,矢口否认:"我妈就是劝我能不能不要这个,我骂了她,她是女人,比我更清楚流产伤身。"

柳漾怒道:"她敢当面说,我就撕烂她的嘴,你别拦着我。"

赵东南赶紧做小伏低,软语温存,还非常正式地道了歉,柳漾被张玢伤到眼睛那次,他就该跟柳漾搬出来住,却让她继续受气,从今往后,张玢再敢对柳漾不客气,他就不认她了。

柳漾慢慢平静下来，但仍把赵东南赶去次卧睡觉。凌晨时，她梦回童年，自己仍是孩童，父母还没有离婚，一家三口住在出租屋里。

柳志华和陈玉兰结婚时租了老旧小区的两室一厅，其中一间被房东用来放东西，锁起来了，租金比别家便宜些。父母和亲戚都体恤他，就住在团风乡下，绝少来叨扰。

五岁时，柳漾贪玩从阳台摔下来，好在出租屋是在二楼，被一楼的雨棚挡了一下，她只摔伤了胳膊。医院里，陈玉兰又慌又急，跟柳志华吵起来。

柳志华很自责，自己动手能力强，竟然没想到把阳台加固得高一些，不让女儿翻过去，他回家改造了阳台。后来终于攒够了首付款，顶楼和一楼相对便宜些，他选了一楼。陈玉兰笑骂："漾漾长大了，不会再爬阳台了。"

她是被爸爸疼爱过的，其实心里知道。柳漾哭醒过来，却见赵东南搬了小板凳坐在床头，拿块热毛巾给她擦脸："做噩梦了？喊都喊不醒。"

柳漾在梦里哭得凶，手脚乱舞，蹬翻了被子，有点儿着凉，连打几个喷嚏。赵东南掖紧她的被子，去厨房烧水，再把药箱捧进来，低头细看说明书。柳漾默然地看着他，他低垂着睫毛，眼角已有细细的皱纹，不明显，但能看得出。她伸出手，握住了赵东南的手，赵东南抱住她，她没有再推开。赵东南对抗张玢，堪称他的加分项，把他近来严重丢失的分补回来了。

上次夜班时，救护车送来一个中年男人，刚来没片刻，医生就宣告死亡，宋青让家属帮忙抬一下死者的头，家属拎着名牌大包，满口阿弥陀佛，让护士们放过她。

柳漾见状去喊男护士大川和小峰。家属走到一旁给律师打电话，咨询她作为遗孀，把丈夫名下房产过户过来，需要医院出具哪些手续。

宋青感慨夫妻关系耐人寻味，女人一副死了丈夫放声歌唱的态度，死者生前可能是不合格的丈夫，冰冻三尺非一日之寒。柳漾看着那个珠光宝气的身影，利益面前，人的忍耐力太强了，离或不离，都是权衡利弊后做出的选择。可能为了钱财，可能因为还有感情。

喝完赵东南熬的姜汤，柳漾翻个身，努力入睡。这份感情出现了漏洞，她挣扎了这么长时间，依然含含糊糊重新捡起来了，只因她不能否认，自己对赵东南还有感情。

过完元旦,柳漾正式升为主管护师,科室给她分配了四个实习护士,其中有两个是男生。这几年,院里的男护士渐渐多了起来,急诊中心是高危事故重灾区,半夜三更醉酒的,打群架的,一个个气势汹汹,连吼带闹,分诊台的女护士们被推来搡去,多了几个男护士,大家都很开心。

怀孕后,柳漾分外爱吃甜食和辣的,虽然吃不了几口就想吐。同班的宋青她们都很照顾她,男护士大川和小峰也很得力,搬运重症病人,护送行动不便的病人去做检查,以及搬抬仪器都一马当先。

天气愈加严寒,急诊中心又进入高峰期,病人和家属来来往往,一名交警背着昏迷的病人冲进抢救室。病人在网约车上突发疾病,司机连闯多个红灯,在路边值勤交警的协助下,病人被送上了手术台。

司机还得去拉活儿,看看就走了。病人是一米八几的大个子,交警背着他,累得够呛,把腰给扭伤了,宋青发现了,过去帮他舒缓。交警一迭声说着谢谢,再联系同事,让他们帮忙消掉司机的违章记录。科室主任徐怡翎最近带了几个学生,都是县市医院来进修的,其中一人给交警叫了夜宵,善良的人理应得到善待。

一个快六十岁的女工外伤伤及头部,伤后两个小时才被人发现,送来医院的时候,患者耳鼻口腔流血凶猛,柳漾猛打电话通知医生赶来紧急会诊。刚松口气,美容院送来才二十岁的大学生,她嫌自己太阳穴凹陷,额头也不饱满,注射了美容针,药物过敏引起休克。

各项抢救都很及时,大学生醒了,医护人员齐齐放了心。几个围观的病人都感叹,年纪轻轻,长得也不丑,整容干吗。柳漾递给大学生一瓶小吊梨汤,是交警没来得及喝的。大学生抱着小吊梨汤掉眼泪,柳漾冲那些人吼道:"她死里逃生,要你多嘴?"

大学生是不好看,有那么一瞬间,柳漾又想到了向雨恬。向雨恬很漂亮,赵东南见色起心,她就能理解吗?她不肯理解,但有人想要改变容貌,改变某些事,她理解。

元月下旬,夫妻俩各自开完单位年会,召开了家庭会议,但两人拿到的年终奖和积蓄凑在一起,距离买房首付缺口不小。两人名下都有一套房,再买房子得掏五成首付,不得不分头去借钱。

柳漾找科室主任和护士长都开了口，一共借到十万块钱——她没敢借太多，毕竟每年还得向冯鹃上贡。

科室主任徐怡翎让柳漾不着急还钱，还宽她的心，普通人的财富都是人到中年才积累到的，她才二十五岁，手头吃紧是必然的。但赵东南显然心里不好受，他借遍能开口的熟人，仍然不够，一身酒气地回到家，柳漾骂他喝成了一只大虾，给他泡醒酒茶，他突然失控了，抱着她流泪："答应你不喝了，但是找人借钱，不敬两杯说不过去。漾漾，真是对不起啊，跟我在一起委屈你了。"

相识到结婚这四年多，赵东南绝少哭，柳漾顺着他的背，问他怎么了，他没说，死死地抱住她，说了很多句对不起。

身上背着旧部门的处分，在新部门只是借调，三十而立，依然双手空空，连套房子都买不起，赵东南不知道是哪里不对，已经很拼命了，可还是活得很艰难，并且还看不到转机，别人都是怎么挣到钱的？

赚钱的速度永远跟不上房价的涨幅，赵东南被迫找公司同事借钱，承诺利息比存银行高，几个同事都借了。他手头终于宽裕了一点儿，把电信公司和617医院中间地带作为目标。

连着看了十来天房子，两人挑出了十几套二手房备选。钱仍不够多，挑选余地有限，最后定了距离617医院车程一刻钟的二手房，七十一平方米，开发商做出了极其紧凑的三居，但坐北朝南，很通透。

签完购房协议，等银行走完流程，估计一两个月就能拿到房产证。赵东南做了一桌菜，柳漾热着生姜可乐，赵东南夹了一筷子葱烧喜头鱼让她尝味道，她笑弯了眼："你做饭比我有天赋。"

武汉人管鲫鱼叫喜头鱼，赵东南想图点儿吉利。柳漾对着饭菜录视频，发到柳家家族群炫耀："某人的手艺不比大厨差喽。"

媳妇高兴成这样，赵东南很受感染，也拍了两张照片，发到朋友圈："今天签了购房协议，谢谢各位亲朋好友大力支持。"

二手房是老式装修，家具也很旧，电器也得重新添置。吃完饭，柳漾和赵东南有商有量，一项项列入手机备忘录，赵东南手机屏幕一亮，来了一条短信。

这年头只有广告才会发短信，赵东南随意点开。柳漾随意扫了一眼，却

发现是向雨恬发的,只有几个字:"你想留在网建部吗?"

柳漾黑了脸。赵东南指天发誓他已许久没和向雨恬联系,连照面都没打过。柳漾拍桌怒问:"你为什么不把她拉黑?"

赵东南头大:"我拉黑她微信了,没想到别的,现在哪还有人打电话发短信啊。"

做出原谅赵东南的决定,柳漾已是倍受煎熬,但这条短信让她心头阴霾再起,她既怒且怨:"她发短信,是存心让老子也看到?"

向雨恬哪有这样的心机,赵东南没敢说出来。柳漾冷冷道:"就因为她漂亮,家里条件好,你就觉得她很单纯,是吧?单纯的人会觊觎别人的男人?会纠缠你?"

柳漾这番话只为泄愤,她知道,感情不受道德约束,在社会众人和她眼里,向雨恬是可耻的第三者,但在赵东南心里,向雨恬却是为爱勇敢,为他痛苦,陷入良心挣扎的善良女孩。用沈维的话说,人都自恋,对于喜欢自己的人,总会另眼相待。

果然,赵东南急了:"她没纠缠,上次我跟她说清楚之后,就再没说过一句话,真的不是你想的那样。"

"那她怎么突然又找你?"赵东南回答不上来,柳漾甩出离婚二字,赵东南不同意,柳漾又和他分房睡,她感到很冷,浑身冷透了。人心是肉长的,这段时间的赵东南可谓是模范丈夫,两人齐心协力修复摇摇欲坠的感情,令她重新滋生出有滋有味过日子的感觉,可是一条短信,迫使她再次直面婚姻问题。

遵医嘱,柳漾不敢让自己情绪波动太厉害,深深呼吸,让自己平息下来。妈妈和沈维都说,天大的事,以不影响身心健康为前提,她听她们的。

赵东南清晨起床时,柳漾还没醒,他预约了炖汤程序,这样她醒来就能喝上。在公司车库里,他给向雨恬打了电话,问她为什么要发短信,那边传来向雨恬的啜泣声:"我不想破坏你的家庭,只想关心你的事业。"

天空阴沉沉,一群飞鸟掠过。赵东南不说话,向雨恬也不说话,但都没挂电话。良久,向雨恬说:"我爸过年时要参加团拜会,我想让他跟杨总提提你。实习期你对我帮助很大,我爸知道你,肯定愿意帮着说句话。"

赵东南很伤怀,在公司每次路遇,向雨恬都避开他的眼神,他数次打下

"你还好吗",又数次删除,他希望她过得好,过得很好,但她其实过得不好,她在哭,哭得他心乱如麻。

都舍不得挂电话,彼此的呼吸声清晰可闻,仿佛就在身边。赵东南强自压下去找向雨恬的念头,尽可能平静道:"谢谢你的好意,别再为我浪费时间精力,我有我的家庭,你也有你的人生。"

电话挂断了,赵东南把车开到辅路上,停了几分钟。那个小女孩在哭吗,她哭泣的样子很弱小,眼泪很大很大的一颗一颗,但大哭不会让他听见。

雨落了下来,柳漾提前一小时出发去上班,路上因家事而暴躁,堵车时骂骂咧咧,但一接班就顾不上想别的,年前聚餐多,吃坏肚子的人格外多,急诊中心人头攒动。

有个九十来岁的婆婆积食不消化,还被医生发现了其他几种隐患,在急诊床上做检查,子女在门边说:"什么身体啊,该死不死,老东西。"

刚让婆婆家属办了住院手续,救护车送来一个小男孩,他放烟花弄伤了眼睛,医生们紧急会诊,希望能保住他的眼睛。柳漾安抚孩子的妈妈,回来听人议论太婆是老红军,为了她的退休金,家里才吊着她的命。柳漾摇摇头,若是沈维在场,绝对会说养儿防老是笑话,找个人照顾自己也是笑话。

次日清晨交完班,柳漾想等雨小一点儿再回家,赵东南拎来早餐。柳漾赶他走,喝令他回香榭水岸住,赵东南小心翼翼说柳漾不想看到他,他就在小区租个短租房,不能不在媳妇视线范围内。柳漾情绪爆炸了:"是我误会吗?!"

赵东南不作声,任由柳漾痛斥,一句嘴都不还。柳漾把脾气都发出来了,靠在楼梯口愣神,赵东南想给她擦眼泪,她抢过纸巾,自己胡乱地揩了。赵东南道歉,说一切都是他的错,但他千真万确跟对方说清楚了。

柳漾抬脚就踢他。赵东南急了,点开录音,他把之前和向雨恬的简短通话录了音,就是想让柳漾知道,他没骗她。他和向雨恬几个月没联系,他不知道她为什么突然发短信,但他从头到尾都很明白,柳漾是他媳妇,是一生相伴的人,柳志华下葬那天,他就发过誓,会好好照顾柳漾。

柳漾打断他,恶声恶气道:"你滚去上班。"

赵东南说他请了一上午假,把媳妇安全送回家再走。到家后,他卖力表现,做饭洗碗,洗完碗拖地,柳漾又让他滚,他一步三回头地走了:"下午

好好补个觉。"

柳漾沉入梦乡，发誓不让情绪被向雨恬牵着走，向雨恬一句话，就搞得她怒火中烧，凭什么。若是因为向雨恬气坏了身体，孩子没了，那可就是亲者痛仇者快，划不来。

傍晚，柳漾起床想做顿晚餐，赵东南发来信息："外卖马上送到了，我下班就回。"

晚上，柳漾又想起向雨恬发的那条短信，喝令他回香榭水岸住。赵东南不敢让她动怒，也不敢真的滚，在小区里找了短租房住下，给柳漾发了一张照片："就在妈家对面楼，二单元，我就近住才安心。"

柳漾知道这样不是办法，可她一见到赵东南就来气，然而离婚吧，她心里也别扭。她问沈维："是别人给他发短信，不是他发给别人，我把他赶走，是不是有点儿过分？"

沈维冷冷道："你会让哪个男的在你颈上啃吗？赵东南要是被男的找到单位去，你看他怎么对你。"

柳漾心知自己变成从前看不惯的女人了，仅仅因为没抓到男人的实证，就自我说服是外面的女人在纠缠他，而他目不斜视，她厌恶这种想法。可是，赵东南每天起大早过来，为她把汤羹炖上，预约了时间才走，她又陷入左右摇摆中。

在急诊中心，生死、社会和人情，柳漾都见过，但事情发生到自己身上，一样糊涂，没个章法，宋青和护士长等人都看出来了。宋青单身，想劝却无从劝起，护士长则现身说法，她年轻时眼睛里掺不得沙子，很看不惯那些女病人或家属抱怨，既然男人赚钱不比女人多，还不深度参与育儿和家务，那还跟他过个什么劲？结婚后才明白，离婚不是那么简单的。

护士长说自己有无数个想离婚的时刻，但过了气头一琢磨，丈夫其实没什么特别值得离婚的大毛病，不出轨不家暴，偶尔也管管孩子，偶尔也晾晾衣服拖拖地，人家还是孩子的亲爸，离了干吗呢？

完全贴合心意的婚姻是不是根本就不存在？柳漾感到身心俱疲，她承认败给了内心的软弱，暂时只能随波逐流，不让情绪影响到胎儿发育。她很烦这个懦弱的自己，她原本不觉得自己是这样的人。

05

元月底，赵东南买回柳漾爱吃的栗子蛋糕，小心翼翼问她能不能出席赵家的团年饭。柳漾想到他的爷爷奶奶和外公外婆前几天才来看过她，心里一软，嘴上却要逗几句强："你先吃我家的。"

陈玉兰和柳志华离婚后，头几年带柳漾回娘家团年，自从外婆去世，母女俩就不再去新洲区了，每年过年就一起弄几个菜，烧一壶佬米酒，或是热点儿红酒，不比端午节和中秋节更丰盛。

如今陈玉兰和柳家亲戚恢复关系，柳漾接到大伯的邀请："看你和东南的时间，你俩哪天回来我们就哪天吃！"

国内很多地区最看重除夕当天那顿晚饭，谓之年夜饭，但湖北的传统习俗是团年饭，早一点儿的腊月二十五就开吃，图个团圆即可。赵东南一口答应，还拟出清单，买了一箱年货，赶在腊月二十四小年之前，代表柳漾去送节。

腊月二十七，柳漾下了大夜班回团风，柳家为了迁就她的时间，把团年饭定在这天下午，等赵东南赶回就开席。

柳家大家族的团年饭向来是在大伯家吃，后院砌了柴火灶，陈玉兰和妯娌们准备食材，大伯和叔叔等人在捶糍粑。众人都不让柳漾干活，她揪了一小团糯米吃着，慢慢往祖坟山上去了。

柳俊杰放了寒假就去上补习班，今天才被秦飞送来团风过年。柳俊杰进屋跟长辈们打了招呼就去看他爸，秦飞听说柳漾也在，就陪弟弟上山看看。

背风的山坡上，柳漾坐在枯草地，手捂着脸，缩成一团痛哭。兄弟俩面面相觑，没敢上前。

赵东南是不是还没跟那个女的断了瓜葛？秦飞怒火直冒。柳漾一抬头，看到他和柳俊杰了，顿觉难堪。秦飞摸摸柳俊杰的头，用一种很轻松的语气说："我就说吧，想爸爸了就哭，没什么不好意思的，不信你问你姐，哭出来是不是好受一点儿。"

柳漾拿纸巾揩脸，想站起来，秦飞冲过去扶起她。柳俊杰喊了一声姐，

柳漾问他期末考试考得好不好，柳俊杰说一般，从书包里掏出几页纸，他总分班级第四，年级第九名，冯鹃给他复印了成绩单和老师评语，让他向爸爸汇报。

柳漾学生时代成绩才是真的一般，她很佩服柳俊杰，也摸摸他的头。柳俊杰忍着眼泪说："我比去年进步了一名，爸爸不晓得了。"

柳漾接过秦飞递来的打火机，帮柳俊杰点燃那几张纸："烧给你爸，你爸就晓得了。今年考上重点再来告诉他。"

柳俊杰看着纸张化为灰烬，闭目和柳志华说心里话。秦飞使个眼色，柳漾跟着他走开数步，秦飞说："我去找赵东南，你发句话。"

言下之意是去揍一顿。柳漾笑了一下："我是真想我爸了，最近梦到了几次。"

秦飞皱了皱眉，这女的以前是个直爽人，现在却不肯说实话，可见她和赵东南之间的问题严重了。自己是柳俊杰就好了，袖子一挽就去给亲姐姐出头，可他姓秦。

柳俊杰从小在团风过年，跟亲戚和村童们都很亲昵，下山路上，他被村童唤走去放野火，柳漾叮嘱了几句，跟秦飞往回走。秦飞特地走在她身后，留意着别让她摔跤。

柳漾人瘦，四肢修长，穿件长到脚踝的宽松大衣，完全看不出怀孕。秦飞蓦地想起相识不久的时候，男人挥刀，她推开他，爆发出巨大的能量，刚才却哭得那样无助。

必须为她做点儿事。秦飞说："我不动武，来文的，这总可以吧？"

柳漾站住了，回过头看他，苦笑道："我自己都不晓得跟他说什么，你能跟他说什么？"

秦飞一怔，他能说什么，赵东南又能保证什么？柳漾说了谢谢："我妈说，两口子的事，得两口子自己解决，所以她没回去跟我住，免得越搅越乱。"

秦飞不作声了，陈玉兰倒是言行合一，她不让柳漾干涉她，她也不干涉柳漾，他一个外人更说不着。两人继续一前一后地走在田埂上，柳漾说了向雨恬去医院找她的事，也说了那条短信，问："你不用考虑我的感受，说实话，换成是你，你也控制不住吧？"

秦飞摇头："不见得。跟你说过，不是所有男的都喜欢那个类型的女人，我客观上承认她是长得漂亮，家境也好，但总觉得跟她不是一路人，估计跟她没什么话说。"

柳漾说："长得漂亮，家境也好，还卑微地喜欢你，但你媳妇长得一般，家里穷，还是个母老虎，动不动就跟你吵架，你还能客观考虑问题吗？"

秦飞啪地拍了一下她的头："你是不是又嫌自己不温柔？还母老虎？跟你说了，不管你温不温柔，赵东南都不能犯错。"

柳漾说他是局外人，不知她有很多做得不好的地方。这些天，她反思过，赵东南从去年起工作就不顺，自己却连句温言软语都欠奉，每次和张扮争执，都一味让他哄劝，待他实在不好，但那个小女孩无怨无悔地倾慕他，为他的事业着想，赵东南血肉之躯，她再不改，就自毁长城了。

秦飞怒了，让她克服遇事先自我反省的毛病，更不用设身处地换位思考："他怎么不先找自己的问题？他工作出了事故，不是你造成的，他妈和你吵架，他维护你是天经地义的，不然他结婚干吗，跟他妈过一生好了。"

柳漾被他骂得心里舒坦了些："维维也是你这个观点，她说我什么都没做错。"

秦飞说："本来就没做错，我真搞不懂你，平时看着不呆，婚姻问题上脑子一团糨糊。我问你，赵东南是看中你脾气好，才跟你恋爱结婚的吗？"

柳漾说她的脾气没好过。秦飞笑道："那就对了，你脾气不好，你有数，他也有数，既然能在一起几年，可见你脾气不好不是问题。他到现在突然嫌你脾气不好，只能说明他对你有意见了。他对你有意见，你还替他着想，我看你脾气好得不得了。"

柳漾笑起来："他倒没嫌我脾气不好，是我自己在找问题。"

秦飞虚晃一拳："所以你有病。你是受害人，感情出了问题，纯粹你倒霉，不用在自己身上找问题。记住，犯原则性错误的是他不是你，主导权在你手上，你想要他就要他，不想要就踢出去。"

秦飞看待问题大而化之，柳漾很受用，唔摸了一下，突然想到两家人的恩怨，问："我爸和你妈当时是怎么开始的？"

秦飞说是安装空调认得的。柳漾说："我妈想不通我爸为什么变心，你妈跟你说过没有？"

冯鹃只说是互相勾搭，没说过详细经过。秦飞想了想："可能就一点，我妈和你妈是两个人。"

柳漾不问了。天下失和的夫妻千千万，但问题不过就那几个，赵东南跟她坦白过如何跟向雨恬熟识，可那只是走得近的同事的开始，男人和女人的开始呢，始于哪一道眼神，哪一回心知肚明的笑容？

知道了又如何？不想离婚，唯一能做到的是忍住倾诉和抱怨。柳漾转而问起火锅店生意，秦飞说接了几十桌各单位的团年饭，从今天到大年初六的桌位也都订出去了，多以家庭聚餐为主，照这个势头来看，说不定本月就能实现首次盈利。

柳漾听了眉飞色舞，秦飞忍不住笑，她居然很关心冯鹃的生意，可能是因为柳俊杰是她弟弟的缘故，嘴上说不认，但他看得出来，别说柳漾了，连陈玉兰对柳俊杰也没有敌意。

这对母女心地很善良。可是男人负不负心，跟女人善不善良没关系，而且越是善良，他们可能就越放肆。秦飞暗忖，柳漾说过，不理解父母复婚，但接受，她对赵东南也是吧，不理解，但接受。可是以她的性格，哪是那么好真正接受的？

柳家人留秦飞吃团年饭，秦飞婉拒了。公司已放了假，他开车回火锅店给冯鹃帮忙。入夜，母子俩在后厨吃东西，秦飞想到柳漾问过的问题："老柳为什么找你出轨，家里那个哪里不好？"

冯鹃问过柳志华，柳志华说陈玉兰人很好，她拧他的腰肉，问："这事呢？"柳志华说也很好，冯鹃踹他，他才承认不比跟她更好。

有些话跟小辈说不合适，冯鹃跟秦飞说没别的原因，老夫老妻，不新鲜了，人都喜新厌旧，区别在于有的人讲良心，有的不讲，不讲良心的人就换人。秦飞问到她脸上去："那为什么找你，不找别人？"

冯鹃啐他："你是想说你妈配不上他？"

秦飞说不是。冯鹃说："可能是我这个人比别人大胆，给了他贼胆。"

秦飞哈哈笑，细想有道理。一个人非得到了跟伴侣过不下去才出轨吗，好像不是。至于为什么是这个人，不是那个人，似乎也说不清，太复杂了。

下午4点多，柳家人开吃团年饭，柳俊杰拍了很多视频，冯鹃忙到夜里快11点，才腾出手点开来看。视频里，柳俊杰讲解这桌菜是大伯母和堂姐主厨，大伯贡献的是板栗烧仔鸡和油煎糍粑。桌上有一只汤碗，镜头停留了几秒钟，柳俊杰说："这是陈阿姨做的鸡汤炖鱼面，好喝。"

冯鹃嗤了一声，卖相不佳，口味好不到哪里去，儿子在说客套话。柳志华说过，陈玉兰做饭水平不如她。

视频拍到了餐桌背后的电视柜，花瓶里插着一枝沉甸甸的柿子，以及几枝灿烂的梅花，柳俊杰讲道："柿子是陈阿姨摘的，她说柿子和梅花合在一起叫没事，来年不图别的，唯愿一家人太平无事。"

冯鹃按掉了视频。去年这个时候，坐在这张桌前吃团年饭的人是她，往年都是她。她跟柳志华结婚后，每到过年，柳志华就带她和柳俊杰去山上剪几枝蜡梅扛回来，文绉绉地吟诗："山家除夕无他事，插了梅花便过年。"当时冯鹃还笑他跟个文人似的，他不在了，她才意识到，无他事，是最大的福气。

柳志华也曾拍拍陈玉兰的肩膀，再摸摸柳漾的头，说她们是他的梅妻鹤子吗？同一套话，对两个人说，这男人死就死了吧。冯鹃拧开灶台上的一壶佬米酒，一气喝光一大杯，又倒了一杯。

06

电信公司春节假期放得晚，赵东南是请假来吃柳家团年饭的，下午饭桌上，当着全家人的面，柳漾平平静静，赵东南为她夹菜舀汤，她安之若素。饭后赵东南给小辈红包，小辈们推让，她笑眯眯地让他们都拿着。

柳俊杰也领到红包，坚决不要："我们是同辈。"

柳漾说："你6月就要考中学了，拿着。"

陈玉兰也劝柳俊杰拿："等你长大赚钱了，就该你给你姐的伢派红包了。"

柳俊杰求助地望向大伯，大伯也让他拿，他就拿了，扭头就找秦飞："我姐夫给我发红包了。"

冯鹃和柳志华离婚，全家人齐心协力都瞒着柳俊杰，这种事，没必要跟

小孩子说。柳俊杰偷偷问过大伯母:"陈阿姨为什么一直在团风住?"

大伯母回答:"你姐和她婆婆关系不好,所以跟你姐夫搬回娘家住,等他们房产证下来,搬去新房子,陈阿姨再回去。"

陈玉兰家很小,柳俊杰信服了这个答案,不再多问,悄悄跟秦飞说他很同情姐姐,姐姐的婆婆看着很厉害,姐姐肯定不是对手。

吃过团年饭,赵东南陪长辈们打了几圈麻将,喊上柳漾回武汉,柳漾拒绝了:"我开了车来的,今晚想跟我妈住,明天下午我直接去饭店。"

张玢本想在香榭水岸搞家宴,但赵东南拒绝再回家,赵捷成在饭店订了包厢。陈玉兰打圆场,对赵东南说:"漾漾十几年没在大伯家过年了,高兴,你放心回去。"

晚上洗漱完毕,陈玉兰帮柳漾铺了床要走,柳漾让她跟自己一起睡。老一辈节约惯了,她知道陈玉兰绝对舍不得开她那间屋的空调。陈玉兰以为女儿想跟她谈心,欣然抱来被子,饭桌上,女儿和女婿在粉饰太平,她看得清楚明白。

下午开饭前,柳漾帮堂姐打下手做藕圆子,闲谈时,堂姐说网上有个说法叫丧偶式育儿,她感同身受,柳漾心想她居然才觉察到这是不对的:"那你从今天起就使唤凯哥。"

堂姐说:"使唤要是有用,就不会是现在这样了。"

柳漾说:"使唤不动就继续使唤,大不了吵架。"

丧偶式育儿让女人们深受其苦,但她们养育儿子仍以娇惯为主,若干年后祸害下一个女人。她们害怕吵架带来的风险:"总吵架,伤害夫妻感情,凯哥嫌我不温柔,被别的女人勾走了怎么办?"

柳漾当时心里一惊,暗想这是不是赵东南和向雨恬拉扯的原因,转念一想,沈维和秦飞都说过,不用反省自己。

母女俩上次同床共卧还是柳漾结婚前夜,那时柳志华还活着,柳漾百感交集。当年,柳志华出轨,妈妈一定像她一样夜不能寐,但那时候她还小,不懂得疼惜妈妈。她到底是问了:"秦飞说我爸跟他妈是安装空调时认得的,那之前,你们闹过别扭吗?"

陈玉兰说没有,她和柳志华性格合适,不争不吵,所以当她感觉到柳志华不对劲,完完全全蒙了。她反复问过为什么,柳志华总说是一念之差,但那"一念"从何而起,他从来说不出所以然,十多年前,十多年后,都给不出答案。

一如赵东南脖子上的那个吻痕,柳志华出轨,同样毫无征兆。也许感情是流动的,情浓时是真的,情淡也是真的,三言两语说不清楚,柳漾不忍再让她妈回想往事:"睡吧。"

陈玉兰伸手去关灯,但两人都睡不着,黑暗里,柳漾听到陈玉兰说:"人活一世,先顾自己,怎样才能让自己心里好过,就怎样来,你想怎样,我都随你。"

柳漾鼻酸,她的苦恼恰恰在于她不知道怎样才能让自己心里好过,既往不咎,做不到,离婚,也做不到。下午的团年饭上,大伯大伯母向陈玉兰敬酒,夸她"硬轴",叫人佩服,她想自己欠缺的,正是她妈这份"硬轴"。

陈玉兰和柳志华离婚后,被人夸得最多的便是"硬轴",意思是她骄傲独立,咬着牙,不求人,清清白白地养活自己,并把女儿拉扯大了。"轴"在北方语系里有固执倔强一根筋之意,但按团风方言,这个词并无这种含义,但柳漾现在想,陈玉兰的确是有些轴的,认准的事就很坚定,哪怕所有人都反对复婚,她仍一意孤行。

女儿不如妈,女儿挺羞愧,辗转反侧睡不着。第二天,柳漾回武汉吃赵家的团年饭,她是空着手去的,赵东南说过:"我都准备了,你不用操心。"

赵东南以夫妻俩的名义给所有人都备了礼物,祖辈们笑眯眯地埋怨柳漾:"你俩从今年起是房奴了,以后不准再瞎花钱。"

这顿饭吃得祥和喜气,连张玢都没多说什么。祖辈们对柳漾嘘寒问暖,还派了压岁红包,柳漾推辞:"我都是要当妈的人了,哪还能要压岁钱。"

赵东南让她接着,笑着说:"我也有。"

赵东南的爷爷说:"漾漾今年是第一次跟我们一起过年,还不习惯,以后就晓得了,每年都有!"

外婆从身后购物袋里掏出一顶毛茸茸的帽子,为柳漾戴上:"东南说你吹风头疼,我让桦桦姐买的,好不好看?"

柳漾摸了摸小熊帽子上的耳朵,心酸眼热。吃完团年饭回家,赵东南照例去预约汤羹,然后拿起吸尘器搞卫生,搞完卫生去换床品。柳漾看出他想留下来,硬着心肠赶他回短租房:"维维明天就回了,我让她跟我住。"

沈维所在的私立医院排了班,她从腊月二十九休到大年初五,休假第一天就坐高铁回来了。柳漾让她在陈玉兰卧室住下,自己睡赵东南睡过的那间。

沈维给要好的前同事和领导都买了礼物,陪柳漾去617医院上班。护士长拉着沈维问长问短,宋青和柳漾等人一边工作一边眼观四路,一旦看到沈家父母的身影,就让沈维回避。

前几天,沈家父母来过医院,沈维是土生土长的武汉人,他们求柳漾劝沈维回家过年,他们一定什么都不说,什么也不问,只想让一家人团团圆圆。

二老可怜,但两代人之间总是鸡同鸭讲。柳漾敷衍道:"她要是联系我,我就把这些话都转告给她。"

617医院是三甲,且有编制,上海那家却只是私立,护士长本来为沈维惋惜,但见面后,她改变想法了:"气色比以前好多了,人也洋气了,我看辞职不算是坏事。"

宋青问起沈维的年终奖,更认为她走得对:"上海到底是上海,多赚几年钱也是好的,将来想回武汉,找个好诊所还不是轻而易举。"

尽管日常联络频繁,毕竟阔别半年多,沈维和柳漾一见面,就又有说不完的话。下班后,两人喝着赵东南炖的汤,柳漾自怨自艾,相比起陈玉兰对复婚的态度,她很不喜欢自己这副犹疑的样子。跟赵东南继续过日子,她时感憋屈,分开吧,她想不下去,想多了心就揪着痛。沈维说反复无常才是正常的,让她放松点儿。

身为不婚主义者,沈维自认为比柳漾能跳出婚姻看待问题,以她所见,手起刀落,从此山水不相逢的人是极少数,大多数人都做不到那么洒脱决断,就跟做面食似的,水多了加面,面多了加水,含含糊糊拧拧巴巴地过日子。

柳漾被逗笑。沈维问:"有没有想过不要这个伢?"

柳漾摇头,她从没想过不生养,既然怀了,就想生,不管她和赵东南走不走得下去,孩子是她自己想生的。沈维语带轻松:"最坏结果就是当单亲妈妈,反正我不婚不育,你的伢就是我的伢。就算你想离婚,亲妈干妈的钱加在一起,还怕养不活一个伢?所以你想那么多干吗,伢生下来再说。"

单亲妈妈要走怎样的路,陈玉兰是活生生的例子,柳漾觉得很艰苦,但不算害怕。陈玉兰在没帮手的情况下,都能把她养大,她有陈玉兰和沈维当帮手,用不着太慌张,她只是对目前这种状态时感困惑:"又不离,又不和好，不晓得这过的算什么日子。"

沈维朝门外一指："是赵东南在外面住，不是你，压力在他那边。"

柳漾自问，若是赵东南提出离婚，她张口就答应，倒不用纠结了，哪怕痛苦，也一了百了。沈维说得对，如今讨好卖乖，看她脸色行事的人是赵东南，她是不该东想西想，顺利生下孩子，不让自己和孩子被其他事惊扰才是第一要务。

跟沈维聊了又聊，柳漾沉沉睡去。沈维默默挠头，柳漾对赵东南有感情，所以有些话她不能说得太透，向雨恬一定是看出赵东南对她余情未了，才几次三番蹿出来，她是在争取。

柳漾在挣扎，赵东南必然也在挣扎。沈维不确定这段婚姻关系会走向何方，但这年头，任何婚姻都无法一眼看到底，作为朋友，她唯一能做的，是尊重柳漾的选择，柳漾没劝过她结婚，她也不劝柳漾离婚，但分别堪堪半年，柳漾的精神状况就大打折扣，她很难过。

除夕夜轮到柳漾上大夜班，沈维跟去了。护士长再三不让她忙碌，但沈维当惯了护士，眼里容不下活儿，帮病人拿个药，拔个针，拎着输液袋送去卫生间，都是顺手的事。

忙到晚上10点多，病人少了些许，几个家属在室外燃放小烟花，在手上甩来甩去，制造出一幕幕火树银花。柳漾和沈维隔着窗观看，秦飞发来红包："新年快乐！"

柳漾回道："新年快乐！"

秦飞催她收红包："代表弟弟给你哒的，他说他是舅舅。"

柳漾笑着点开，吓一跳，连忙发回去："发这么大红包干吗？"

秦飞没点："杰杰说他和赵东南是平辈，不能收他的红包，我这是替他回礼。"

柳漾说："他肯以弟弟自居，就不该对姐姐姐夫见外。"

她把自己视为跟赵东南一体的，看来她会把日子过下去了。秦飞把手机揣进兜里，去帮冯鹃做鱼圆子。同样一件事，对朋友和同事不能忍，但夫妻之间能忍很多事，他早该知道的。

赵东南打来电话，柳漾接起，平心静气道："东哥，新年快乐。"

赵东南的声音透着欢喜:"漾漾,我马上来找你。"

柳漾让他陪父母。相识至今,两人每年除夕都是在各自家里过的,对彼此满怀思念,如今在过年氛围的感染下,柳漾承认自己心软了,虽然还掺杂了复杂情绪。

挂了电话,赵东南发出的红包金额是1314,谐音"一生一世",每年都如此,但一生一世无疑遥远如星河。

烟花迷眼,柳漾流下眼泪。总会为他心软,但也总忘不了这段关系里还有另一个人。几分钟后,赵东南拎着几只外卖食盒到了。他给柳漾打电话时,就在医院门口了,但心下忐忑,柳漾的语气让他喜出望外,向众医护人员分发夜宵时,脸上一直挂着笑。

护士长和宋青都夸赵东南体贴,赵东南说:"这是我跟柳漾结婚第一年,想一起守岁。"

零点时,赵东南帮柳漾裹好帽子围巾,一起去急诊中心门口看烟花。一朵一朵烟花在夜空炸开,他从身后抱住柳漾,在耳旁说:"小蚊子,再给我一次机会,好不好?"

柳漾偷偷眨去眼泪,她还在喜欢他,不能一次次推开他。沈维这次回来,对她帮助很大,沈维说她之所以痛苦,是因为纠结,但纠结是人之常情,人活一世,自我较劲、内耗和宽解才是常态。柳漾说:"但是你不纠结,为人处世很干脆,也硬得下心。"

沈维失笑:"你忘记我跟陶医生那段了?"

进入617医院当年,沈维和心内科的陶医生谈起了恋爱,且有言在先:"我这辈子都不打算结婚,只想享受男欢女爱,不想承担生儿育女,你接受吗?"

陶医生附和着沈维,但恋爱谈到第二年,他求了三次婚。每次沈维给的答复都是分手,陶医生不想分手,迅速澄清说求婚就是心血来潮,沈维把话说得激烈了些:"你不想分手,就保住我现在还喜欢你的样子,不要去纠结那些你不可能改变的事情。"

陶医生仍然答应了,但没多久就要求同居,也被沈维拒绝了,她认为那是生物入侵,她对亲情拿不出随时抽身而去的决绝,但在男女情感上,她不追求朝夕相处、耳鬓厮磨。陶医生这才懂得沈维的不婚宣言不是在摆个性,她是真的不渴望稳定的、永恒不变的关系，也不认为自己做得到。

明知陶医生的婚恋观和自己不同，但沈维食髓知味，分分合合前后长达三年，才正式告吹。她跟柳漾说："感情上斩不断理还乱是正常的，只要还喜欢，就干脆不起来，不可能不拖泥带水。网上那么多文章都教我们要让自己内心强大，但是不强大又怎样，承认自己就是舍不得，就是贪心，起码还落个坦荡。"

表面看起来再强大的人，也会怕痛，怕死，怕没钱，怕冷清，怕吵，柳漾在急诊中心见到的何其之多，她想，也许内心强大是伪概念，她要原谅的不是赵东南，而是她自己，接受自己依然想跟他在一起的念头。

赵东南哄好了媳妇，神采飞扬地向众人道别。沈维觑空问："想好了吧？"

沈维不认可婚姻制度，但自己却选择和赵东南重修旧好，柳漾问："是不是对我很失望？"

沈维说："只要你不对自己失望。"

柳漾气哼哼："我又没做错事，凭什么是我不痛快，要不痛快也是那个女的不痛快，她看上我男人，我就该拱手让给她？不让，气死她。"

明显是气话，但明显有感情。沈维笑笑，接着去忙。她时常听到同事朋友疯狂埋汰伴侣，男女都有，女性为主，因为男人很少把家事视为生活中最重要的事，不把伴侣挂在嘴边。有时她想，如果对一个人还有柔情，怎么舍得对外人那样羞辱他？但她们埋汰完了，照样手拉手过日子，发生亲密关系，她懂了，可能把伴侣埋汰得一无是处，是夫妻间的情趣。柳漾能原谅赵东南，相对好理解得多，爱，通常是和妥协相伴的。

每一扇婚姻大门打开

里面是何种光景

没人知道

中国结

ZHONG
GUO
JIE 01

柳漾和赵东南既已和好,沈维提出搬去酒店住,柳漾不让,沈维不肯跟父母见面,回武汉只因担心她,她怎能让沈维去住酒店?

赵东南说:"我住对面很方便,不急于这几天。"

沈维仍觉得不方便。柳漾发火:"你在上海,我在武汉,又都忙,下次一起住还不晓得是几时。"

吃过早餐,赵东南陪柳漾去团风拜年,沈维惦念陈玉兰,也跟了去。路上,她拿柳漾的手机给父母发了拜年信息,说了几句体己话,但母亲马上发来哭哭啼啼的语音,她烦了,在后排闭目养神。柳漾让赵东南停车,坐去后座,陪沈维待着。

到了柳家大伯家,赵东南和柳漾给小辈派了红包,沈维也送出几封,陈玉兰回以中国结。每年过年,陈玉兰都会在大门上贴春联和福字,再现编一条中国结挂上。今年是柳志华的大年,只能贴挽联,且不适合挂中国结,她编了几条小的,让众人都挂上,保个平安。沈维没买车,当即就挂在包上了。

柳漾坚信心诚则灵,经常说自己绝对生女儿。陈玉兰想做个粉色的长耳兔毛毡玩具,空了就跟着网上的视频学习,已做完大半了。沈维拿起笸箩里的材料,大加赞叹:"阿姨的手艺越来越好了,可以开网店了。"

柳俊杰说同学的妈妈车上摆了一只猫咪,惟妙惟肖,据说卖得很贵,柳漾鼓励他考上重点初中,让陈玉兰送他一个,柳俊杰说:"我不要,我没车。"

众人都大笑,柳俊杰活泼可爱,让人时常忘记他妈是谁。陈玉兰摸摸他的头:"猫子简单,做个挂你书包上。"

柳漾和赵东南跟长辈寒暄去了，沈维饶有兴致地学着做毛毡玩具，陈玉兰向她道谢，刚才一打照面，她就晓得柳漾和赵东南真正和好了："多亏你特地回来开导漾漾，有些话，你说比我说有用。"

年前，柳漾这边的亲朋送节，都是赵东南代劳的，沈维父母也收到了礼品。今天来团风的路上，他开车绕到沈家楼下，携柳漾去拜年，两人还特意让沈维父母出了门，让躲在车里的沈维多看几眼。

在家庭事务方面，赵东南很听柳漾指挥，他把各种事情都做得这么周全，是真心想跟柳漾把日子过下去吧。沈维也算得了他的好处，暂时不说刻薄话了："漾漾还喜欢赵东南，我们就随她，哪天不喜欢了就再说。"

陈玉兰点头，问她打不打算跟父母坐下来谈谈，沈维说现在没必要，虽然想念父母，但她讨厌在同一个问题上来来回回地磨，扯来扯去没结果。陈玉兰长叹："时代变了，不结婚的人越来越多，你结也好，不结也好，都是你自己的事，我不明白他们为什么一定要强迫你。"

沈维说："他们觉得逼我结婚，才是对我负责任。"

陈玉兰说："有条件就帮你，没条件就不给你添麻烦，才是对你负责任。"

沈维依然像小时候那样，对她撒娇道："你要是我妈就好了。"

陈玉兰笑："我也巴不得多个女儿。"

柳漾向这边走来，远远看到沈维和陈玉兰亲亲热热说着话，心中一暖，若不是有这两个人存在，她恐怕不容易度过这段感情波折期。

柳漾人瘦，肚子几乎没显怀，沈维仍然起身扶她坐下。陈玉兰对柳漾说："好朋友要互帮互助，下次维维爸妈再找你，你就告诉他们，不结婚生伢，维维也是他们的女儿，是女儿，就不要当仇人看，一见面就说她这不对那不对，还要按着她的头逼她改。"

柳漾暗想冯鹃说过类似的话，陈玉兰和冯鹃外在和性格迥异，但有些观念居然很一致，或许，喜欢同一个男人的女人存在某种共通之处吧。她说："要改的是维维她爸妈，人老了，不能服老，要更新观念。他们总说不结婚不生伢，人生不完美，但每个人对完美的感觉不一样，这点儿道理都不懂？"

沈维无限欢喜，陈玉兰感激她化解了柳漾的心结，但这对母女何尝没有给她带来暖意？她们都执着于维系婚姻，却能尊重她不婚的意愿，比真正的亲人更贴心。

沈维没在乡下过过年,新奇不已,陈玉兰本来担心她吃不惯农家菜,但她觉得柴火灶熬出的锅巴粥很美味,火盆烤出的糍粑蘸白糖更是一绝,还找柳漾的婶婶讨了一瓶自家做的麦酱,她想带回上海吃。

柳漾留沈维在大伯家住下,夜里两人正聊天,系统提示红包退回——秦飞一直没点红包。柳漾去揪柳俊杰的耳朵:"听说是你让你哥还红包的?"

一起守灵后,柳俊杰视柳漾为亲人,相处下来很熟稔,嘻嘻笑。柳漾教训他:"去年你哥帮我安了摄像头,我给钱,他不要;东哥给你的红包,他双倍返还,他很有钱吗?"

柳俊杰实事求是:"我哥今年是有钱,他这次过年没出去玩,路费住宿费都省下来了。"

秦刚抢劫入狱,秦飞不愿被堂哥堂弟看不起,每年,柳俊杰和父母回团风过年,怎么喊他,他都不跟来,就在家里睡上几天大懒觉。他考上大学后就去做点儿兼职,攒出旅费,春节从不在武汉过。柳漾问:"他连你妈那边也不去?"

柳俊杰犹豫着说出冯家的事,据说外公早年在码头当起重工,受了工伤,砸断了一条胳膊,内退回了家,跟外婆在菜市场搞了个摊子卖鱼。

外婆生了三个女儿,还落了病根,流产几次,不能再生。外公没儿子,自觉低人一等,几乎每天都在喝酒,喝完酒打家里一大三小四个女人,他喝出了肝硬化,刚到六十岁就死了,家里没人伤心。

柳俊杰读幼儿园的时候,外婆也死了,冯鹃三姐妹也不伤心,她们的妈被打了半辈子,一身病痛,死倒成了解脱。冯鹃是老三,她两个姐姐都当了祖辈,平时走动热络,但过年她们都得和小辈过,秦飞不愿跑去凑热闹,不如去个人少的景区图个清静。

可是连柳漾都看得出来,秦飞爱玩爱闹,她心里有点儿不好受。这个年对她有不一样的意义,时隔多年,她终于能和大家族一起吃团年饭了,尽管少了一个人,原来对于秦飞来说,他也终于不用再独自过年了。

柳漾又想给秦飞发红包,被柳俊杰拦了:"你再发,我哥肯定还是不要。我跟你和姐夫是平辈,你们鼓励我小升初考得好,请我吃个炸鸡就可以,不该给我大红包。那天我收了,我妈我哥都骂我了。"

柳漾奇了:"你妈也骂你?"

柳俊杰说："我妈说你买了房，还扯了债，骂我打死都不该收。"

柳漾笑出声，自己欠了冯鹃几十万，手头紧张，冯鹃是明白人。她承诺："等你回武汉，我请你吃炸鸡，喊上你哥。"

熬过最艰难的孕期前十二周，柳漾做了系统检查，建立产检档案，正式迎接小生命的到来。她不再频繁地呕吐和上厕所，整个人又恢复了活力，元宵节当天轮到她休息，她和赵东南回团风接陈玉兰。

柳俊杰在大伯家住到元宵节，大伯母帮他收拾衣物，他去后厨找陈玉兰。柳漾和陈玉兰正合作搓元宵，他跑进来，小声说："陈阿姨，你帮我爸办后事很辛苦，谢谢你。"

过年期间，陈玉兰忙着给村人和亲戚回礼，累得够呛，柳俊杰都看到了。柳志华和冯鹃离婚，所有人都瞒着他，他以为陈玉兰只是出于是"姐姐的妈妈"这个身份才操持事务的。陈玉兰说："你真懂事，下次再回来跟你爸爸汇报考了第几名。"

赵东南帮着端元宵出去。等后厨只剩下陈玉兰和柳漾，柳俊杰说："陈阿姨，我替我妈跟你说对不起。"

柳俊杰说完就跑了。陈玉兰在灶台前愣了一下，给锅里加了一瓢水，对柳漾感叹道："人看着粗粗拉拉，两个儿子倒都养得不错。"

白白胖胖的元宵在沸水里翻滚，柳漾下意识看向窗外，树木枝头有隐隐绿意了。她从小爱吃糯米制品，小时候，柳志华经常搓汤圆给她吃，还说小的叫汤圆，是甜的，随便哪天都能吃，大的叫元宵，里面裹着鲜肉，撒上葱花和盐，是老家元宵节才能吃到的。

又是一年元宵节，爸爸却已在地下长眠，看不到第三代了，也永不能再和妻女团团圆圆了。

秦飞来接柳俊杰，车子停在赵东南车边上，陈玉兰送的中国结被他挂上车，还拴上一个动漫玩具，是海贼王路飞。柳漾无意间瞥见，会心一笑，她读护校时谈的男朋友最爱看这部漫画，她也喜欢上了。她想了一下，让赵东南载陈玉兰回武汉，自己坐去秦飞那辆车，履行对柳俊杰的承诺，一起去吃炸鸡。

西餐厅环境宜人，无数年轻男女在拍照，柳俊杰自告奋勇去排队，柳漾

和秦飞在座位上闲聊。春节耽误了银行审批时间，上周贷款才下来，昨天刚办理完过户手续，房产证到手，但两居室的房子其中一间是衣帽间，赵东南想把它改成卧室，等柳漾月份大了，势必行动不便，得请个住家阿姨照料她，将来孩子大一点儿，那间房就是儿童房了。

买房已是负债累累，装修只能从简，把梳妆台和首饰柜等打掉，换成单人床，再添几件必备的家具即可。陈玉兰说女儿女婿工作都忙，装修交给她操办，接下来贴身照顾柳漾，也是她的事。

秦飞说："店里大老板有熟人在建材城上班，你妈要买什么，直接找他。"

柳漾趁机把身旁购物袋递给他，里面是一双慢跑鞋，尺码是她找借口问柳俊杰要的。秦飞拉下脸："你这个人最没意思。"

柳漾耍无赖："发票丢了，退不了，赵东南穿不了，他穿大了。"

秦飞只好收了，问："你怎么知道我喜欢这个牌子？"

柳漾说翻了他的朋友圈，他转载过几次品牌新闻。秦飞顺势问："你今年没过情人节吗？没看到你发朋友圈。"

前几天是情人节，柳漾小夜班，赵东南中午请她吃西餐，傍晚时她在上班，花店店员捧来一束红玫瑰。宋青她们都夸赵东南浪漫。柳漾打去电话，且嗔且喜："说了不准送花，浪费钱！"

赵东南说："再省也不能省这个钱，要是你同事都收到了，就你没有，你心情好不了。"

那一刻，柳漾突然想，我心情不好，绝不是因为没收到花。一念既起，再看那簇花束就索然无味了，没发朋友圈。此刻秦飞问起，她无言以答，反问他是怎么过的，秦飞说："我还不是跟平常一样过，但是店里那天生意蛮好。"

这人曾经为前女友交往了新人而失落，柳漾问："你跟她还有联系吗？"

秦飞说除夕夜那天，蒋馨月给他发了新年祝福，他回复了，互相问候了两句，但彼此都知道，这就是最后了，明年连祝福都不必。柳漾有点儿担心："是不是还在伤心？"

秦飞笑了一下："还好，毕竟交往的时间短，已经平息了。不像你和赵东南，算下来好几年，打断骨头连着筋。"

柳漾心头一紧，盯住他。秦飞立刻举手道歉："我打的比方不对，你不要多想,我就是随口一说。"

柳漾不信:"你肯定有话跟我说。"

秦飞没法说,也说不出什么:"我真的就是随口一说。你们不是和好了吗?"

柳俊杰拿着号牌往回走了。柳漾再问一遍:"你有话直说,是不是又看到什么了?"

秦飞拍拍鞋盒:"我们真有当亲戚的意思了,你放心,要是真有什么事,我第一时间就告诉你,无条件站在你这边。"

柳漾这下相信了,打开手机相册,给他看情人节收到的鲜花。秦飞捧场:"你调教有方。我好几个女同事颗粒无收,跟男朋友发了脾气。"

柳俊杰回到座位,三人聊起了别的。吃完把柳漾送回家后,秦飞开着车,载着柳俊杰沿湖乱转,心绪杂乱。情人节那天,向雨恬发了一张图片,是若干个姓氏字牌,赵钱孙李周吴郑王冯陈褚卫依次排列,她两指落在赵和钱之间,问:"今天找谁陪我过节好呢?"

白富美这条信息,无非是在强调自己不缺人追,也不缺人陪,但那个"赵"字实在刺眼。秦飞忍不住去猜测赵东南会怎么想,他甚至怀疑赵东南去赴了约。得知赵东南和柳漾好好过了节,他心下稍定,把话头吞回肚子里,他不能害得柳漾情绪波动。但柳漾那么敏感,咄咄逼问,他再次不安起来,如果柳漾从赵东南那里得到了足够的安全感,她何至于此。

02

秦飞寄望于赵东南和向雨恬不越雷池一步,看起来也似乎的确如此,至少他之后找了个理由去617医院观察,柳漾一切正常,还跟他聊了聊装修,新房已装修完毕,用的都是环保材料,但保险起见,多通通风再搬过去。

秦飞安心去工作。转眼到了3月初,公司把一个山体滑坡监测预警工程交给他负责,他正在开会,冯鹃气急败坏地通知他,秦刚减了刑,提前出狱了。

按原定刑期，秦刚今年下半年才能出来。他找上门，把门捶得山响，邻居见他理个劳改犯平头，一脸蛮横相，通知冯鹃回家。

冯鹃从店里赶回就报了警。秦刚指着鼻子怒骂她给自己戴绿帽子，如果她不偷人，他就不会撞死人，更不会逃亡，走投无路去抢劫，这笔账，他不报誓不为人。

冯鹃三言两语把现况说分明，秦刚前脚进去，她后脚就被公汽公司炒了，去年柳志华也死了，秦刚口中的奸夫淫妇都已受到了惩罚。

秦刚大笑几声，柳志华死了，他大感痛快，但十几年大牢不能白坐，要么这房子过户给他，让他有个养老保障，要么就等着被他打，反正他把冯鹃打个半死，也就拘留十天半月，不亏。

秦刚入狱后，全家人才搬来宏达天下小区，他居然能准确地摸来，事情不好收场。冯鹃见他口口声声问小崽子在哪里，心慌意乱，等秦刚被警察劝走，她赶紧让秦飞去接柳俊杰放学，且不能送去两个姨家里，被秦刚守株待兔就完了。

柳俊杰是秦刚被戴绿帽子的实证，秦刚自然恼恨。秦飞在学校附近租了一间短租房，安顿了柳俊杰，柳俊杰很不解："住一天一百多，浪费钱！"

秦飞说："离学校近，你早上能多睡半小时。"

秦刚不偷不抢，警察奈何不得。第二天他又来了，他在街道登了记，办事员让他等待被安置，但这两年就业形势严峻，一时半会儿没有空位，他正落得清闲，扬言冯鹃不交房子，他就在门口打地铺，有本事一天报一次警。

秦飞回家交涉，十二年牢狱生涯，让他爸判若两人，当年他很精瘦，眼前却是个痴肥的小老头，还变本加厉地无赖，先盘问秦飞做什么工作，再伸手要钱："我是你爸。"

秦飞拨打了110，秦刚不受他威胁："警察也就教育我两句，随便你。"

秦飞扑上去揍他，被冯鹃拦腰抱住，秦刚以前在娱乐城放码，是流氓混子，在大牢里学了一身烂垮气，秦飞跟他打架没有好果子吃。

秦刚斜着眼，抖着腿："还是你妈识时务。飞飞，你不给房也行，我坐一年牢，你赔十万，我抹个零，你给我一百万，让我有地方住，不然我天天来。"

秦飞说："你没尽过当爸的责任，我没有赡养的义务。"

秦刚一拳打来，秦飞躲过，飞腿踹出，但秦刚扛打，身体都不歪一下，还能嘿嘿笑："果然是老子的儿子，有点儿野气。听说现在在手机上就能转钱了，你给你老子送个能上网的好手机。"

秦飞不松口："钱没有，手机也没有。"

冯鹃说："飞飞大手大脚，没存钱，你让他慢慢存。"

秦刚比画一个OK手势："亲兄弟还明算账，飞飞给我打个欠条。"

秦飞瞪着他，他爸是无赖，报警也不好使："我帮你留意工作，等我消息。"

秦刚一屁股坐门口："可以。"

秦飞试着跟他讲道理："我这两天都是请假回的，我丢了工作，那就一起完蛋。"

父子对峙，秦刚走人："星期天，我来找你。"

在秦飞的记忆里，他爸是痞子，常年不着家，冯鹃总和他吵架。秦飞气歪了脸："你什么眼光，找这种烂货，坑你坑我。"

冯鹃很懊恼，她妈生她大出血，差点儿死了，生下来却又是个女的，子宫也受了损，断送了老冯继续生的希望，三姐妹里，老冯打得最狠的就是冯鹃。冯鹃读到高二，她爸不掏学费了，她离开家打零工，熟人介绍秦刚和她相亲，她稀里糊涂就答应了。那时她太年轻了，凡事都不往长远里想，只要有个男人让她能摆脱家里，是谁她都点头。

冯鹃说结婚头几年秦刚还好，她怀第一胎时流产，秦刚抱着她哭，她调养了几年身体才怀上秦飞，秦刚欢喜得放了几挂鞭炮，开始酗酒赌博之后才变了一个人。秦飞恨恨道："不跟老柳离婚也就算了，老秦是烂东西，你也不离？"

冯鹃说自己不跟柳志华离婚，是不想输给陈玉兰，但她跟秦刚提过离婚，是秦刚不同意，离婚就同归于尽，她敢跑，他就去杀她全家。冯鹃不服输，让秦刚也当心点儿，逼急了她先下手，开着公汽把他撞死，同归于尽就同归于尽，她说到做到。

闹得最激烈的时候，冯鹃磨过刀，想先下手为强，但她和秦刚扭打过几次，不是对手；她还想过拌老鼠药，但秦刚死了，她也逃不脱。

两个姐姐都不宽裕，儿子还小，怎么办？冯鹃等秦飞睡熟，眼泪哗哗

流,不离就不离,反正秦刚很少回家,就当他死了。秦飞不责怪他妈了,正常人都干不过无赖,这是常识。

当年,冯鹃攒到首付的钱,想买房子,但秦刚已染上赌瘾,她怕被秦刚日后拿去抵押,让大姐出面购房,没让秦刚知道。等到秦刚入狱,大姐才把房子过户给冯鹃,房产证上只有冯鹃的名字,后来,她跟柳志华齐心协力还清了房贷,柳志华出了大头。

秦刚找定冯鹃麻烦了,火锅店另外两个老板都有点儿慌,如果他知道了冯鹃跟人合伙开店,肯定会闹事,他们让冯鹃快点儿想办法,别影响生意,目前还在赔本阶段,经不起折腾。冯鹃急得上火。

阿豹路子广,托人打听,有个熟人的亲戚在超市做事,缺个库房管理人员。秦飞谢绝了,以秦刚的为人,很可能监守自盗,他不能坑得阿豹不好做人。阿豹让媳妇乔蓝也帮着留意,乔蓝建议让秦刚送外卖,他总不会把所有外卖都给吃了吧?

转天一大早,秦刚来捶门,怒吼:"小崽子呢,出来!"

秦飞让冯鹃在家待着,这是男人之间的事,他出去交涉:"给你找个送外卖的工作,腿脚勤快点儿,一个月能赚几千块。"

秦刚不干,十几年了,武汉大变样,他不认识路,秦飞说手机就能导航,他立即借坡下驴:"你先给我买个智能手机。"

冯鹃丢出一只旧手机,是秦飞前年用的,他老早就想给柳俊杰,冯鹃不让,小孩子玩上智能手机,沉迷于打游戏,荒废学业怎么办?

秦刚捡起手机看看,揣兜里了,挺嫌弃:"你老子坐十几年牢,你不说接风洗尘,给个破手机就想打发我,你对你老子就这态度?"

"我就这态度。只能给你找到这工作,你爱干不干。"秦飞教秦刚用手机,秦刚却硬是拨开他,闯进屋:"小崽子呢?"

柳俊杰仍住在短租房。秦刚横冲直撞,没找着人,一通翻箱倒柜,还从口袋里摸出老虎钳子,撬起了抽屉的锁。

老东西是有备而来,幸亏没说超市库房的事。秦飞怒不可遏,但拦不住横人,被秦刚推得一个趔趄。冯鹃冲进厨房拿菜刀,要跟秦刚一命换一命。她这人虎劲儿上来了,乱砍一气,秦刚被镇住了,这家里他侦察过了,是没钱,玄关的鞋柜下是秦飞的靴子,他顺走了事:"给你老子找个能做的事!"

秦飞去上班，中午午休时，他到617医院找柳漾。柳漾怀着孕，还跟打乱仗似的，看着又累又可怜。等她给人更换点滴袋，闲了点儿，秦飞晃过去："你做事都不跟我商量的？"

早上，秦刚撬开抽屉乱翻，翻到冯鹃和柳漾签的协议。秦飞震撼，冯鹃劈手抢走，手上还挥舞着菜刀，秦飞没再抢夺，先赶走秦刚要紧，但他没想到，柳漾接受她爸妈复婚的方式，竟是跟冯鹃签城下之盟，难怪她那么关心火锅店的生意。

秦刚溜走后，秦飞跟冯鹃吵起来，冯鹃不同意敲竹杠的说法："她算入股！店里赚了钱，她从我这里拿走三成。"

秦飞说："三十万！她找程东升和肖晓钰谈合作，分红少说有三成。从你的分成里拿三成，能有几个钱？"

冯鹃怒了："三十万是分期！我是你妈，还是她是你妈？！"

秦飞骂柳漾做事不过脑子，这种丧权辱国的协议也能签。柳漾反唇相讥："跟你商量有个鬼用，你能把你妈绑去跟我爸离婚？"

秦飞搓搓手："我想办法把协议偷出来。"

"不用，落字无悔。"柳漾既好笑，又感动，"你这叫里通外国，你妈没骂你？"

冯鹃当然骂了，骂得还很不好听，说秦飞和柳漾有共同的弟弟，勉勉强强算兄妹，但对她来说，柳漾是谁，是陈玉兰的女儿，是敌人的帮凶。秦飞气乐了："你让敌人的帮凶帮你养儿子？"

留观病人出院，柳漾又得去忙，秦飞跟上她："你还得还房贷，一年存几万有难度，我存了给你。"

柳漾好笑道："你妈说你不存钱。"

秦飞说："以前老柳活着，我没把杰杰当我的责任，比较散漫，现在有数了。"

手机响起，冯鹃的声音炸在秦飞耳边，秦刚往门上泼油漆了。被秦刚找上门后，母子俩当天就商量卖房，联系了附近几家中介公司挂出房源。刚才，一家中介的人来拍照，结果门口几大团红油漆，以及几个硕大的红字：欠债还钱。

中介让冯鹃解决问题再说，他们宁可不赚佣金，也不愿碰有纷争的房

子。秦飞气得要吐血,秦刚这人又横气又狡诈,他得做好打持久战的准备:"妈,短租房太贵了,你去租个普通规格的房子,我们都搬去跟杰杰住。"

小孩子禁不起事,柳俊杰在陌生环境睡得不好,老嚷着要回家住,如果能跟母亲和哥哥同住,他可能就不会东问西问了。但冯鹃有顾虑,秦刚像蚂蟥一样缠上来了,干出跟踪的事不是不可能,那就顺藤摸瓜找到柳俊杰了,她让秦飞别管她,只要两个儿子安全,她什么都不怕。秦飞说:"我跟杰杰出去住,把你一个人丢在家里,我不放心。"

冯鹃说:"他打我,我就跟他拼命,但是不能让杰杰一个人在外面住,他老师说这几天他上课心不在焉。"

柳漾带的实习护士都能独当一面了,她以基础工作为主,争分夺秒跑腿的事都让男护士去做,宋青等人也很照顾她,她忙了一圈再看,秦飞蹲在急诊中心门外台阶上发呆,还狠狠揉了几次眉心。

个儿挺高的一个人,蹲着像个虾米,还像个蚂蚁,找不着窝的那种。柳漾看不得,斟酌了一下,走到角落处给陈玉兰打了个电话。

陈玉兰虽然把房子过户给柳漾了,但在柳漾看来,她妈才是真正的户主,她得征求陈玉兰的意见。陈玉兰得知秦刚出狱后一系列恶行,很爽快地答应了:"杰杰马上要考中学,不能受到影响,他住外面不如在我家过渡,那里是他熟悉的环境,吃饭睡觉也规律点儿。你叫秦飞快点儿把房子卖了,买个新的,躲远点儿。"

柳漾拿到尚方宝剑,跟秦飞一说,秦飞惊住了:"你和你妈这胸襟!"

柳漾笑,这人想帮她把协议偷出来,是从这时候,她才真正把他当一家人。多少人帮亲不帮理,但秦飞在冯鹃和他的价值观里,选了后者,他认为他妈是在敲诈。

秦飞向冯鹃汇报,冯鹃连打一串问号,他发去语音:"境界你懂吗?"

冯鹃气得要死:"陈玉兰有病!立个牌坊就算了,还想再竖个大善人的牌子!她就是想把我比下去!"

柳漾哈哈笑,她觉得她妈倒不是想做好人,纯粹是思想传统。她陈玉兰是柳家的媳妇,柳俊杰是柳家的儿子,若有闪失,她死后没脸去见柳志华。

果不其然,陈玉兰发来信息:"杰杰在我家住还不够,要是秦刚找宏达小区的人问到他的学校就麻烦了,你提醒秦飞每天接送,辛苦就辛苦点儿。"

秦飞最烦的就是这个。柳俊杰本来就因为"抢劫犯的儿子"遭受过孤立和嘲笑，若抢劫犯本人现身，他如何自处？他防患于未然，想为柳俊杰转学，但小升初考试在即，手续烦琐，不好办。

柳漾把娘家钥匙拿给秦飞，让他务必快点儿摆平渣爹。秦飞应了，离开医院，回头望柳漾，这次见到她，忙忙碌碌时还好，但落单时明显能看出委顿感，她和赵东南不会又出问题了吧？

ZHONG GUO JIE 03

下午，秦飞接柳俊杰放学，送去陈玉兰家。柳俊杰是大孩子了，有些事，直言比隐瞒可能更好。他说了实话，柳俊杰都快哭了："姐姐和陈阿姨对我太好了。"

柳漾下班到家，看到一桌好菜，都是秦飞从火锅店打包的。柳俊杰感激被人收留，自告奋勇做了一道黄菜炒年糕。

黄菜属于湘菜系，柳志华生前很爱吃。过年时，柳俊杰听陈玉兰说柳漾喜欢糯米制品，把这两样炒在一起。

柳俊杰没下过厨，秦飞按照网上菜谱，指导他完成这道菜。柳漾吃光了半盘子，还想吃，被秦飞拿走了："不好消化。"

赵东南回来，看到这样一副其乐融融的景象，默然洗手吃饭。中午时，柳漾跟他说了柳俊杰借住一事，他没法反对，柳志华要是还活着，能替柳俊杰挡怒火，但他死了，秦刚只会迁怒柳俊杰。柳俊杰是柳漾的弟弟，柳漾和陈玉兰不可能不闻不问。

家里住三个人刚刚好，柳俊杰一来，房间不够用了。赵东南想去新房子住，柳漾不让："还得再散散味。"

赵东南说："测试过了，达标了，很安全。"

柳漾仍想求稳，赵东南又说："那我再去对面住短租房吧。"

秦飞提出为他出租金，赵东南说是小钱，不用他给，但仔细一想，他决定就睡客厅沙发床，一来能和陈玉兰互相替个手，二来万一秦刚能找到这里

来,家里有个男人能顶一下。

陈玉兰也认为女人和孩子顶不住无赖,愧疚道:"委屈东南了。"

两间卧室,一间给柳俊杰住,一间陈玉兰和柳漾同住。等赵东南进厨房洗碗,秦飞跟进去:"你跟那女的断干净了没有?"

赵东南对柳漾坦白吻痕时,对向雨恬的称呼是小女孩,没说过姓甚名谁,但后来柳漾跟他吵架,对向雨恬直呼其名。他思前想后,料定是秦飞泄露的,此刻被逼问,怒道:"你什么意思,又想搬弄是非?"

秦飞认定他在心虚:"你没做什么,怕我挑拨?"

赵东南一拳砸来。秦飞擒住他的拳头,笑了一下:"我警告你,柳漾娘家有人。"

赵东南甩开他:"多管闲事,你以为你是谁?"

秦飞笑嘻嘻:"是你大舅子。"

赵东南嗤道:"我媳妇承认你吗?"

秦飞说:"承不承认,我们都有共同的弟弟,杰杰是小舅子,我是大的。"

赵东南回嘴:"我和她还有共同的伢呢。"

秦飞眉毛一挑:"你知道最好。我不像你,没捧个铁饭碗,打架也还行,还豁得出去。"

秦飞所在的公司很不错,但他这副"你看着办"的鬼劲,跟柳漾倒是很像。赵东南气闷,出去了。

秦飞走后,柳俊杰乖乖做作业,陈玉兰打扫卫生,赵东南和柳漾在小区散散步,绿化带的桃花和紫玉兰都开了,香气似有似无。柳漾问起赵东南和秦飞交谈的内容,赵东南有技巧地说了,柳漾假装信了,转开话题:"那棵是不是樱花?"

路过的邻居说樱花娇气,等到暖和点儿才会开,柳漾指的那棵是郁李。赵东南请教如何辨别这几种植物,柳漾走开几步,冷冷地观察着他,离婚的念头在脑中反复翻滚。

上周四,赵东南去洗澡,忘记把手机带进浴室,柳漾鬼使神差想起秦飞问她情人节为何没发朋友圈。

赵东南设置了开机手势,柳漾并不陌生,但她以前从没想过要查手机。

她拿起来翻看，微信页面往下滑，名叫"雨恬"的联系人赫然在列，她脑子顿时一嗡，赵东南骗了她。他说过，拉黑了向雨恬的微信，事实上并没有，她气急败坏地点开向雨恬的头像，聊天记录是空白的，赵东南刻意删除过。

他们都聊些什么？柳漾翻看向雨恬的朋友圈，赵东南没有留下痕迹，但她发现了一个事实，去年共度圣诞节时，在她的要求下，赵东南图文并茂地发了一条："第四个圣诞节。"但他分了组，只对她一人可见。

所谓恩爱证明，只让妻子看见，是害怕伤到那个小女孩的心吗？柳漾再看签订买房协议那天，赵东南发出的那条记录，向雨恬在评论里留了一个笑脸符号。

随后她就发来那条"你想留在网建部吗"的短信。柳漾确认了，向雨恬被赵东南那条朋友圈激怒了，或者是说吃醋了，她用短信向男人的妻子宣战。

柳漾咬牙切齿，赵东南根本没拉黑向雨恬的微信，但向雨恬只发短信，目标是她，因为短信是能直接显示内容的。

然而，质问赵东南又如何，从去年到现在，仍在被同一件事困扰，只能说明自己是懦弱之人，而且不仅为不值得的男人一再降低底线，还干了偷看手机的事，这些都曾经是自己鄙夷的行为。

在等待赵东南从浴室出来时，柳漾越想越气，忽然右腿一疼，抽筋抽得她呻吟出声。在客厅做毛毡玩具的陈玉兰立刻冲进来看她，柳漾疼得冷汗直冒："没事，就是缺钙了。"

第二次产检时，柳漾重点关注了唐筛，赵东南当时一拿到结果就拍照发给了张玢："放心了？"

唐筛属于低风险是好事，但医生指出柳漾除了低血钙，还让她注意铁的摄入，预防缺铁性贫血，总之不可掉以轻心，以免产生严重后果。这些时日，柳漾按时按量补充身体所需的各种营养，但小腿抽筋和骨盆疼痛仍时有发生，她服下钙片和叶酸片，闷头睡去。

吵架会听到更多谎言，且离婚必会是拉锯战，一车轱辘话来回说，弄得心力交瘁，不如给这段关系按下暂停键，等孩子生下来再谈离婚。

骗陈玉兰不容易，但多多少少能以妊娠反应糊弄过去，柳漾不明白为何被秦飞看出端倪，还找上赵东南谈话了。

秦飞很讲义气，柳漾领情，但不认为能帮到她。她管不住自己对赵东南

心怀怨怼,赵东南也管不住他那颗蠢蠢欲动的心,她觉得没意思透了。

忍着怒气过日子很艰难,柳漾找沈维诉过苦。沈维问:"洗澡都把手机带进浴室,你都没怀疑过吗?"

柳漾说:"他用手机听歌。"

沈维冷笑,花点儿小钱就能买个便携式音箱,赵东南一个搞通信的人会不懂?但凡事得分个轻重缓急,对柳漾来说,安胎才是最重要的事,她不能火上浇油。她让柳漾想发火就冲赵东南发火,想抱怨就找自己,情绪发出来才不会伤到身体。

柳俊杰住进来,每天都会跟陈玉兰和柳漾说上无数句谢谢,柳漾一笑置之,她觉得收留柳俊杰是无比正确的事,让她得以不和赵东南同床共枕,否则她可能会抄起心里那把刀。只是,以前能给自己洗脑,小女孩是单方面纠缠赵东南,但赵东南并没有删除小女孩,她确定被他骗了,没有办法再骗自己,她的丈夫就是在心猿意马,魂不守舍。

赵东南摘了一枝桃花回家插瓶,柳漾洗完澡,回房间睡觉,换陈玉兰去洗漱。赵东南在沙发床上铺好铺盖,进屋去看她,她合目而卧,呼吸平静,他知道她没睡着,在床头坐下了。

向雨恬追求者众多,赵东南一直都知道,情人节那天,看到她发出的百家姓翻牌令,他按捺不住要回应她,一再点击她的头像,又一再关闭。媳妇人很好,还怀着孕,他不能对不起她。

办公室的女同事们纷纷收到了红玫瑰,赵东南心一动,下单订了一束送给柳漾。傍晚时,窗前细雨纷纷,他端着咖啡看雨,不可遏制地想起曾经喝过小女孩送到桌上的燕麦奶茶,打开外卖软件,给自己买了一杯。

前天是向雨恬的生日,在车库偶遇,赵东南没忍住,跟她说了生日快乐。向雨恬眼中盈起大团眼泪,他的心被揉碎了,想追上去,却不能够,他已婚,下半年就要当爸爸了。

当晚,柳漾和陈玉兰在厨房聊天,赵东南在客厅里刷朋友圈,向雨恬发了照片,她对着生日蛋糕许愿,烛光中笑容落寞,配了一句话:"本以为今年有人和我一起过。"

那一瞬间,他是狂喜的,即使情人节她和别人约会去了,却没有选择谁。近来公司传闻她交往了男朋友,看来不是真的。

照片中的小女孩很美，赵东南存下来，发送到电子邮箱，删除了手机相册里的记录。此刻坐在柳漾床边为她按摩腿脚，他的心情很沉重，胎儿一天天长大，柳漾水肿得厉害，每天都很受罪，他怎能再让她痛苦？

产检时，医生说过，要让孕妇保持心情舒畅，避免紧张焦虑情绪。赵东南默默为柳漾做完按摩，等陈玉兰进来，他回到客厅，屏蔽了向雨恬的朋友圈。

冯鹃请人粉刷墙壁，还换了大门，把秦刚泼的油漆盖掉，再让秦飞拍照，把房源挂在网上，但看房的人多，挑剔的更多。十几年的老房子，又是一楼，中介让她多降点儿价，不然就做好慢慢卖的准备，数据显示本市二手房成交周期在一百天上下波动。

老破小脱手慢，冯鹃不是不清楚，但降价卖，她不甘心。卖了这里再买房，购房成本上涨，自己年纪大了，贷款年限短，还有个没盈利的火锅店，压力大。以秦飞的名义买房，固然能用上公积金，能多贷点儿钱，但风险大，可能被秦刚钻空子。法律归法律，人情归人情，你爸在地上打滚，骂你不孝，社会舆论可不会替你想想那是个老无赖。

冯鹃头疼，就这一套房子，她不得不把算盘打得精细点儿。早几年她就想换套好点儿的房子，但房价涨得快，她和柳志华的积蓄不够，必须贷款，可是把工资拿去还房贷吧，就不能为秦飞攒彩礼钱了。她可不相信秦飞能找个一分钱不要、还倒给的媳妇，换房一事就此搁浅。

秦刚又来闹，秦飞让他看头顶的监控："你敲诈勒索的证据都在里面。"

秦刚大吼："养儿防老，怎么就算敲诈勒索了？！"

秦飞手一摊："那你就去请律师告我，告赢了，算你有本事。"

老子无赖，儿子照猫画虎，谁也奈何不了谁。邻居们嫌吵，对冯鹃意见很大，冯鹃声称秦刚是亡命之徒，以前拿斧头砍过人的，他们都噤了声。秦刚把他们的门捶得咚咚响，喝问小崽子在哪里上学，没能得到答案。

冯鹃和秦飞出入谨小慎微，都发觉被秦刚盯过梢，所幸秦刚手头没钱，连辆电动车也买不起，冯鹃绕些远路，把他甩掉了才去火锅店。她还给小区门卫、清洁工和杂货店老板等人派发过烟酒，请求他们别透露更多，他们都应了，但小区光顾过"鹃姐大排档"的人多，秦刚打听到有板眼火锅城是迟

早的事。

　　火锅店里里外外都安了监控,大老板程东升说了,秦刚敢来闹事,他就绝不轻饶。秦刚找冯鹃和秦飞母子的麻烦,还能说是家务事,警察只能以批评教育为主,但火锅店可不是冯鹃一个人的。

　　秦飞每天都翘班接送柳俊杰,鹃姐的卤味是最好的社交礼物,同事们都愿意行个方便,溜出去来回一个半小时不是大事。有天他送柳俊杰去上学,柳俊杰说:"姐姐和姐夫互相客客气气。"

　　秦飞不想跟小孩子说太多:"这叫相敬如宾。"

　　"服务员才把你当宾客呢。"柳俊杰分析得头头是道。他给秦飞当弟弟,想说什么说什么,给柳漾当弟弟,却客客气气,什么都说好,因为不是一个妈生的,去年刚认识,还不熟。但赵东南和柳漾这样就不对:"他们是夫妻,夫妻不是最好的朋友吗,怎么能不熟?"

　　秦飞笑,每一扇婚姻大门打开,里面是何种光景,没人知道。很多夫妻不仅不是最好的朋友,可能连朋友都算不上,就是搭伙过日子。他被柳俊杰这么一提醒,观察了几次,那两人是很客气,可柳漾分明是个直脾气,她日益颓靡,必然忍得太难受。

　　柳漾不是家庭主妇,有工作有收入,何必害怕离婚?是因为离婚会让她伤心吧。但不离婚,就不会再伤心吗?秦飞想,委屈是换不来长治久安的,可他认识好几个打死不离婚的女同事,他无法用对或错评判柳漾。生而为人,谁对这世界没一点儿贪恋之心?或为功名利禄,或为爱欲嗔痴,超脱之人太罕见。

ZHONG GUO JIE **04**

　　柳漾不想说话,也不想见人,心里总像被虫子噬咬似的,静不下来,但她不是孩子,遇事哇哇哭,躲起来就行,只能咬牙扛着。沈维忧心不已,劝她找护士长请假,但柳漾觉得有事做才是好事,她一忙起来就什么都顾不上,在生死病痛面前,私心杂念统统能抛开。

休息在家时，是柳漾最受罪的时候，她的自厌感如影随形，眼睛闭着，心却是醒的，一分一秒地挨着。为了对抗情绪，她向陈玉兰学习织毛衣。

陈玉兰在团风时，给未来的外孙编织了几袋衣物，男款女款都有，连穿一个月不重样。柳漾挑了两副靴子和帽子，送给一个肺栓塞患者的孩子，那孩子才三个月大。

陈玉兰受到启发，跟柳漾合计多做点儿小孩子穿的衣物，617医院几乎每季度都有弃婴送来抢救，她想捐去福利院，人要多做善事。

做事才是对抗情绪的最有效办法，柳漾死命扛，扛不下去就死撑，但之后的一个小夜班，她还是崩溃了——同事们拼尽全力救活的女人自杀了。

死去的女人二十三岁，生了一儿一女，大的四岁，小的两岁多，她和丈夫是去年领的结婚证。夫妻吵架，女人喝了杀稻草虫害的农药，好在只喝了一口，没吞下去，就被她妈用手指伸进嘴里往外抠，终是救下一命。

妈妈宁可被咬掉手指，也死抠着不放，把女儿送到617医院抢救。女人被洗胃后，送来病房吊水观察。妈妈劝她，如果死了，最痛苦的是父母，孩子也可怜，时间一过，男人娶新媳妇，孩子会被后妈虐待。

这话有理，众人都附和，劝女人多为孩子想想。女人安静地听着，等她确定妈妈的手指无碍，滔滔不绝地发泄了委屈。柳漾当时在旁边给病人换药，听得真真切切。

女人说，妈妈，你为什么会认为，每个女人天然就有母爱呢，你就没想过，有些人连自己都不爱，更别说爱孩子吗？妈妈，你知道我爱吃什么菜吗？你不知道。妈妈，你知道我穿多大鞋吗？你也不知道。你只知道那家男的上门说亲了，我说我才十七，你说女人迟早要嫁人，只要男的对我好就可以。

妈妈我问你，他家要是不给那么多彩礼，你会让我嫁过去吗？你不让我死，就是爱我吗，你是怕他家找你要回彩礼钱吧？妈妈，你不爱我，你为什么要假设我会爱我生的孩子？那是我跟讨厌的男的生的孩子，我看着他们的脸，我就烦。我为什么要为孩子着想？我想摔死他们，你知道吗？

听到最后，在场的女人都唏嘘，妈妈却责备女儿太极端了，十七岁嫁人是早了点儿，但也是因为那家的日子好过，过了这村就没这店，她是为女儿好。

邻床的病人递上纸巾，女人泪流满面，对她妈妈说："为我好，你说过一万遍了。"

女人想摔死孩子，没摔，她偷了护士的剪刀，躲去卫生间里杀死了自己。也许她想用死让她妈明白，逼婚逼生是错的，也许她就是不想继续这人生了。

妈妈得知女儿的死讯，以头抢地，磕得额头鲜血直流。柳漾躲去卫生间里哭，给沈维打电话："我是不是不该要这个呀？"

怀上孩子时，感情就出问题了，孩子来得可能不合时宜。如果让孩子面世，有天她会不会问，妈妈，你为什么要生我，为什么让我出生在破碎的家庭里？但那时，孩子和母亲都无法回头。

沈维说："我们的爸妈也没和我们打过商量，我们也都出来了，我们还都很喜欢这个世界，对吧？"

柳漾大哭起来："我喜欢这个世界，我不喜欢我。"

回到输液区，自杀女人的妈妈披头散发，独坐一隅，看上去像精神失了常，医生护士想去劝慰，但她一迭声地说她也不想活了。柳漾又是一阵鼻酸，但凌晨下班，走在花香萦绕的医院广场去取车时，她发觉不想要孩子只是一闪念，孩子会闹她了，她舍不得不要。

有自己，有妈妈，有沈维，孩子能得到身边所有人的爱。只要让孩子在充沛的爱的环境下长大，他不会太稀罕同学朋友得到的父爱。柳漾自信能让孩子喜欢她，喜欢这个世界，更不会怪妈妈自私，执意将他带到这世上，她想通这一点，安然入睡。

几天后，沈维宣布办妥辞职手续，回武汉工作。现在是柳漾人生的至暗时刻，作为最要好朋友的她，理应陪柳漾度过。

沈维所在的上海那家私立医院的整形项目很有名气，时常会外聘名医前来主刀重要手术，沈维心细手稳，被科室主任发掘，去了拆线室。

去年秋天，沈维给一个做隆鼻手术的女人拆除鼻内缝线，被杨主任的助理看到，夸了两句。交谈中得知沈维是老乡，助理很意外，像武汉、长沙和成都这类较为富足的省会城市，除非是大学考去外地，本地人一般不爱往外跑。

杨主任是烧伤领域的专家，长于疤痕修复手术，平时坐镇武汉，但每个月会应合作的私立医院之请，为特需门诊的患者手术。医院虽有明文规定禁止医生走穴，但医生工作辛苦，加班费也少得可怜，杨主任利用下夜班和休息的时间外出做手术，发展得很好，他看中沈维的技术，邀请她加入团队，回武汉发展。

杨主任是武汉三甲医院主任医师，薪水待遇都开得不错，沈维每个月都能跟随团队在全国大医院观摩学习，她有点儿动心，但走回头路，本不在她的人生规划里。

春节回来那次，沈维动了回武汉的心思。爸妈总担心以后他们不在了，女儿老来伶仃，但在沈维看来，爸妈是血缘上不可割断的亲人，柳漾是她在茫茫人海中为自己找的生死之交，是老去之年的陪伴，柳漾从不是那种会为丈夫孩子忽略朋友的人。

柳漾以前尚能自欺欺人，都那样痛苦过，查过赵东南手机后，痛苦更甚。沈维毅然归来，发生任何事，都跟柳漾共同承担："你太太平平把伢生下来，其余的事都丢一边。"

柳漾说："不跟你爸妈说你回来了？"

"他们没想明白之前，不见。"沈维不介意断联，她年年当选明星护士又如何，爸妈只会打压她，女人那么拼事业干什么，耽误嫁人。很多当父母的就是这么没劲，你改变不了他们，只能坚持自己。

沈维的新单位位于司门口，她在附近租了一室一厅，为了省钱，租的是空壳子。秦飞带她去建材市场，帮着买齐了家具，再喊上柳漾，三人热热闹闹地去吃饭。

许是母女连心，沈维刚安顿下来，沈母就来617医院找柳漾了，她说梦见沈维仍在武汉，扯着一只燕子形状的风筝，兴高采烈在江滩上疯跑。柳漾只说她思女心切，坚决不透露半个字。沈母很伤心，她不明白女儿的心为什么那么硬，说断绝关系就断绝关系，过年时，她每天都盼着沈维跟家里联系，连个电话都没盼到，她的人生太失败了，不想活了。

自从知道柳漾怀孕，沈母每次来找她，都会带些营养品和零食。柳漾说不出重话，跟她讲了那个自杀病人的经历："夏阿姨，这么多事都摆在面前，你和沈伯伯能不能放下催婚的想法，放过维维？你放过她，她可能就愿

意回武汉了。"

沈母皱眉："我晓得你护着维维，但你不能总把社会上的极端事件往她身上套，我和她爸爸也没那家人愚昧，女儿才十七岁就逼她嫁人，太过分了。"

"二十八岁就逼得？夏阿姨，极端事件的当事人也是普通人。"柳漾笑道，"不瞒你说，连我都要离婚呢。赵东南喜欢他们单位一个姑娘呀，他在忍，我看，他忍不了一生，我也忍不了一生。你是不是要劝我不离婚？"

沈母怔住了。别人的故事再惨烈，她唏嘘两声，不往心里去，但柳漾不是陌生人，是她看着长大的，还被她当成正面案例教育沈维。她说不出更多话了，哽咽着走了。

沈维努力适应新医院的工作节奏，一下班就来找柳漾，顺便跟护士长和科室主任叙旧。科室主任徐怡翎得知沈维回了武汉，还在新的三甲医院入职，很为她高兴。

说话间，病人送来锦旗，徐怡翎问长问短，一屋子人都洋溢着喜悦。病人下楼梯踩空一级，摔到了后背腰疼，以为是腰突犯了，挺了几天，但出现痰中带血，吃东西也没食欲，来挂急诊。医生问诊做了腰腹盆腔CT，脏器都没事，但发现胸12骨折，准备送去骨科。徐怡翎刚来值班，听了几句，觉得病人说话不对劲，声音小，回答慢，果断开了头CT急查。

病人的家属当时觉得医生存心让他们多花钱，结果查出来是蛛网膜下腔出血脑挫裂伤，徐怡翎喊来神内神外会诊，转进神外观察，救了病人一命。

沈维摸出旧手机，她爸也有腰椎间盘突出的毛病，她想开机给她爸发信息，但想想还是算了。一时不忍心，又将前功尽弃，不如让柳漾哪天提醒几句。

听闻沈维回了武汉，赵东南心生危机，沈维是不婚主义者，必然劝分不劝合，他得尽可能切断柳漾和她之间过于频繁的往来，免得柳漾被撺掇。

新房子简单装修后，陈玉兰做过大扫除，锅盆碗盏也都买齐了。赵东南请了一天假，找人做了卫生，再买些鲜花和小摆设，细致地布置妥当，请柳漾去看。

家里被打扫得一尘不染，次卧是保姆兼儿童房，童趣可爱，主卧从窗帘到床品都符合柳漾喜好。赵东南请来专业机构做了环境检测，结论是入住安全，他请求道："我们下星期就搬过来住吧，省得你还跟你妈挤一张床。"

赵东南这些天睡沙发床，睡得腰酸背痛，晨起时总会反手敲敲背，柳漾心绪复杂，捂嘴哭了。赵东南左肩有处骨刺，往常只要她在家，就会给他按上半小时，让他松快点儿，而今眼下，自己不肯再伸出手了。

沈维不婚不育，柳漾很理解，因为每个人向往和害怕的事不同，但她从小就向往完整家庭，她和赵东南新婚燕尔时很甜蜜，还对沈维说过，跟喜欢的人互相扶持，生儿育女，共同抵抗孤独，是很温暖的事。

共同生活，互相扶持，生儿育女，都在一件件实现，但还能感觉温暖吗？柳漾哭得狼狈，赵东南柔声哄劝，第二天接着请假，带她回团风，去东岳泰山坟前负荆请罪，他说自己一度让柳漾伤心，但岳老头让他引以为戒，他一定会跟柳漾白头偕老。

赵东南说得情真意切，柳漾在心里冷笑，踢开脚边一块小石头。破镜重圆，她看到的不是镜子，是修补过的裂痕。

赵东南把儿童房视频放给地下的柳志华看。柳漾说："发个朋友圈，庆祝新生活吧。"

赵东南点开微信，柳漾探头看一眼："不准分组哦。"

赵东南的手顿了一下："怎么可能。"

ZHONG GUO JIE 05

夜班时，柳漾和同事交接输液患者的药物，男护士大川跑来拿药，救护车随车的贺医生发烧到三十八摄氏度，久久不能出汗。护士长给他拿了药，还叮嘱柳漾别再跑那么快，身体是老天爷给的，要对家庭尽责，对她妈尽孝，不能不保管好。

晚上8点多，柳漾正吃着大川从店里端来的三鲜米粉，小峰过来喊："师父，有个姑娘伢找你，长得蛮漂亮。"

向雨恬在普通人里很亮眼，大厅里那么多人，柳漾仍一眼望见她，但不

想过去,她得替肚子里的孩子想想。向雨恬不像会打架的,但谁知道人会在什么时候失心疯。

向雨恬款款走来。柳漾护住肚子,她有句话很想问,可以爱的人那么多,为什么偏偏要我的这一个,但不能问。她知道,可以爱的人没那么多,她的这一个,并没有多珍贵。

向雨恬走路很轻盈,微微踮起脚尖,像小鹿一样。柳漾蓄势待发,做好先下手的准备,但向雨恬甜笑着,闲聊一般:"我看到你们的新房啦,我还借了十万呢。"

柳漾脸色煞白,赵东南发出的朋友圈刺激到向雨恬了,所以扭脸就来了,就跟那次发出的短信一样,纯属挑衅她。

向雨恬赏玩着柳漾的表情,补充道:"不用谢,我实习期,他很照顾我,手把手地教我,我借他十万,是礼尚往来。"

柳漾抡圆了,一耳光甩去。她曾经想过,如果赵东南和向雨恬有实质关系了,她就去电信公司,大耳光招呼两人,什么里子面子都不要。男人和外人合起伙来蒙蔽她,她还有何面子可言,不得体就不得体了。

向雨恬这句话比实质关系更狠,直戳心窝。柳漾没等她反应过来,又是一耳光过去。

宋青担心柳漾吃亏,抓着大川和小峰跑来。向雨恬被打蒙了,大眼睛汪出眼泪。病人和家属们都围拢过来,宋青劝柳漾别生气,免得动了胎气,有人啧啧称奇,护士打人,什么态度。向雨恬跺脚道:"我要投诉你!"

柳漾冷冷道:"投诉我是赵东南的太太,不肯离婚,你想上位急疯了?行,大川,你去借个喇叭给她。"

路人们录视频,向雨恬手背揩泪,羞愤地跑了。柳漾盯住她的背影,她嘴里不饶人,还动了手,场面上没吃亏,但一点儿都高兴不起来,脑子里嗡嗡作响,只有那句要命的话:她即将入住的新房子,跟向雨恬有关。

护士长让柳漾休息,柳漾缓了缓,投入下一轮接诊急救。每次来了危重患者,都是在跟死神夺命,个人那点儿悲痛不值得拿出来一说。现阶段,她尤为需要工作这根救命稻草撑住自己。

半夜时,一个左手手指压伤的女人来看急诊,徐怡翎说清创扩创外加神经肌腱探查和缝合,费用是五六千块,女人一下子哭出来,她说不看了不看了。徐怡翎急了:"手废了怎么办?"

女人攥着病历本走了,她说把自己卖了也没那么多钱。柳漾听得心都疼起来,如果陈玉兰生了重病,她拿不出钱怎么办,她妈会不会也因为医药费放弃治疗?她没存款,还欠了外债,每年还得向冯鹃进贡,但愿火锅店能稳步发展,稳步盈利。

后半夜没再进新的病人,医生护士们都打着盹儿。柳漾闭目养神,那女人的哭声和向雨恬的娇笑声交织在一起,她心痛如绞,人这一生用钱捍卫尊严和生命的时刻实在太多了。

清晨交完班,柳漾回了娘家,倒头就睡,中午吃完饭,她闷头帮陈玉兰挽毛线。沈维和陈玉兰都对她无微不至,但内心最艰苦的时候,仍然只能独自挨。

下午,秦飞把柳俊杰送来,见到失魂落魄的柳漾,吃惊道:"怎么了?"

陈玉兰言而有信,做了一个小小的毛毡猫咪送给柳俊杰,她说等手艺练好点儿,再做个大的,将来放在柳俊杰的车上,柳俊杰笑得在沙发上翻筋斗。柳漾没回答秦飞的问题,拨弄着柳俊杰书包上的毛毡猫咪,她已下了决心,等赵东南晚上回家吃饭就谈离婚。

秦飞还得回公司上班,寒暄几句就走了,路上发信息问:"是不是赵东南又惹你了,我能做点儿什么?"

柳漾没回复,柳俊杰去写作业,陈玉兰教女儿织毛衣。女儿最近像被抽走元神似的,母亲哪会看不出来,但女儿不肯说,她就跟女儿一起熬着。煎熬是何种滋味,母亲一清二楚。

吃过晚饭,赵东南要去洗碗,柳漾说:"出去散散步吧。"

两人换鞋出门,陈玉兰探头看了看,欲言又止。已是3月中旬,空气里花香浓郁,柳漾深深嗅了一大口。陈玉兰因为冯鹃怀了,所以离了,她想过,自己会因为什么事痛下决心,向雨恬那句话,把理由送到了眼前。她平静地开口:"我们离婚吧,我想清楚了。"

赵东南得知那十万块,很是意外,他买房向同事开过口,但没找过向雨恬。柳漾想,若是自己,不会向心仪的男人借钱,何况是跟别人共筑爱巢。不过,随便怎样吧,她只知道,她想离婚了。

赵东南不接受离婚,哀求道:"你也知道,我没做对不起你的事,我守住底线了。"

柳漾摇头,信任在猜忌中一点一滴分崩离析,她不能说男人朝三暮四就该千刀万剐,但她不想再这么过:"你是没家暴,也没嫖娼,还没吸毒,但每个人的忍耐程度不一样,对婚姻的要求也不一样,我真的不想再看到你了。"

赵东南急了:"我们有伢了,我说过,我会对你和伢负责任,你要相信我。"

"我妈能养大我,我就能养大伢。"柳漾笑了一下,在养孩子这方面,几个男人能派上用场?下班回来陪孩子玩半小时,周末送去兴趣班,就算所谓的好爸爸了,但是这点儿事,陈玉兰和沈维都做得到。

柳漾往家的方向走,曾经嘲笑痴男怨女都"那样了"还不离婚,但他们都觉得不至于离婚,如今她和赵东南,到了她衡量标准里的"至于"了。赵东南紧跟着她:"漾漾,我真的收心了。"

柳漾站定,回头看他:"别跟来了,这是我家,你去她掏了十万块的房子住吧。"

赵东南颓然:"我还是住对面短租房,你先冷静冷静,跟妈多说说话。"

柳漾走进楼道,她终于正式提了离婚,但没有解脱的感觉。除夕夜,她和赵东南言归于好,春节期间,两人对彼此万般珍视,那些天,她总以为,她和赵东南不会再分开了,但如今想来,最灰心的莫过于此。

时过境迁,问题却依然存在,买房也好,改善脾气也罢,互相都为维系婚姻做出了努力,但悲哀的是,破碎了就是破碎了,人没法一直活在假象里。

赵东南打出电话,但向雨恬以加班为由,拒绝和他见面。赵东南回公司,等了半小时,向雨恬下楼了。她很忧伤,那十万块钱是急赵东南所急,而且男人都讲面子,她才让同事出面借给他。

利息归同事,同事很乐意保密,至于是认为向雨恬对赵东南一腔濡慕,或是别的,就不得而知了。

十万块钱对于向雨恬而言只是几个大牌包的钱。赵东南艰涩道:"你去找她干吗?"

向雨恬更忧伤了，垂下眼帘，小声说："我看到你朋友圈发的房子视频了，很难过，太难过了，就忍不住去找她了。你是怪我不考虑你们的感受吗？可我忍受着你们恩恩爱爱，你想过我的感受吗？我朝思暮想，可你还是选了她。"

赵东南被这句话击溃了，他想去抱她，向雨恬退后一步："如果你是来批评我，想让我认错，好，我认错，我祝你们百年好合。"

向雨恬说完就走，她跑得太快，在台阶上磕了两下。赵东南注视着她的背影，苦涩滋味从嘴里蔓延到心里，除了相见恨晚，她有什么错？

不知在楼下站了多久，赵东南手机屏幕亮起，他收到向雨恬的信息，照片上的她两颊发红，还有清晰的五指印。她发来一行字："我也付出了代价。"

赵东南的心碎成齑粉，娇滴滴的雪一样的女孩，被打成这样，柳漾没说过。他懊恼至极："对不起，我向你道歉，你能下楼吗？"

向雨恬发了语音，声音很小，像是哭了："是我不对，我当时情绪失控才去找她，她一定更难过，你应该去安慰她，怀孕很辛苦。"

向雨恬不肯再下楼，赵东南回到车上，却不知能去哪里。良久，他把车开去东湖边，沿途是万家灯火，他的心里幽暗一片。

第二天傍晚，柳漾联系赵东南："下班有空来我家。"

赵东南一下班就往陈玉兰家赶，门口却摆着两只旅行箱，里面是他的私人物品，他脸一白。柳漾打开门出来，手拿几页纸递上："签字吧。"

白天时，柳漾在网上搜到离婚协议范本，修改时跟沈维一同斟酌措辞，沈维请她在上海时的同事给了建议，那同事刚和丈夫打了离婚官司，积攒了不少经验。

赵东南脸色越发暗沉，既不接离婚协议，也不看，一径说："漾漾，我不想离婚，我们不能离婚。"

柳漾盯着他，几人结婚是奔着离婚去的？建立一段认真的关系，自然是怀着温情付出爱的，也自然是想要恒长永久的，但"想"是一件多么徒劳的事，不想老，不想死，都做不到，连不想让自己伤心，也不是自己能做主的，那么，她为什么要成全赵东南的"不想"？

赵东南误解了柳漾的沉默，拿出折中方案：既然向雨恬那十万块让柳漾

心里过不去,两人就不去住了,挂出去卖了再买新的。他已在找人借钱,这几天就把那十万块还掉。

柳漾打断他:"不看协议也行,我口述,你听好。伢归我,你按月支付抚养费,直到伢成年。买房子的钱里面有我的存款,还有我的嫁妆钱,虽然我只出了不到三分之一首付,但你是过错方,我要求新房对半分。考虑到你拿不出现金,要么你名下徐东那套房子归我。你放心,我带着伢过日子,保证不打扰你跟她。"

赵东南买房欠了不少外债,柳漾本来只想拿走自己支付的那些,但沈维的前同事劝她为孩子多打算,她心一横,就这么谈。她没必要为赵东南着想,前面还有个白富美等着他呢。

赵东南恳求再给个机会:"都是我的错,漾漾,你俩我都对不起,但我早就放弃她了,我会……"

"你俩"一出,柳漾恨心大作,一耳光甩上他的脸:"滚!"

楼道里,一束手电筒的光照来,柳漾知道她妈在里面,大喊道:"妈,妈!"

陈玉兰喊声杰杰,自己先跑出来,二话不说,也扇了赵东南一巴掌。赵东南知道会有这么一下,没躲,挨着。

柳漾把离婚协议甩到赵东南脸上:"签了字再找我!"

陈玉兰扶着柳漾回家,赵东南亦步亦趋:"妈,是我做错了,我会改。"

柳俊杰也跑出门,陈玉兰说:"杰杰,把这个人拦在外头。"

柳漾在沙发上坐下,陈玉兰端来橙汁和叶酸片,柳漾去接杯子,一双手仍在不受控制地抖索,心也痛得缩起来,生理上的心痛是什么意思,她都体会到了。

柳俊杰很快进来:"他走了,离婚协议也拿了。"

陈玉兰点头:"你去洗澡睡觉。"

柳俊杰没走,悄悄地在沙发一头坐下,柳漾低头哭,他也哭了,跟陈玉兰说了对不起,吸吸鼻子去洗澡,他知道他妈一定也让陈玉兰这么痛苦过。

柳漾到后半夜还没睡着,陈玉兰也没睡着,等着她发问。柳漾终究是问了:"冯鹃没找你,你会离婚吗?"

陈玉兰说:"可能也会离,受不了,想到他们就受不了,看到他也受不了。"

柳漾问："你知道你后来会跟他复婚，当时也会离吗？"

陈玉兰想了又想："还是会离。当时恨占了上风，而且想到自己对他还有感情，还幻想把这件事忘记了，继续过日子，连自己也恨。以为能忍下去，忍不了，那时候就是想离。"

人做出的决定，往往是当时唯一能做出的选择。柳漾叹道："我以为十几年了，不恨了，但也没感情了，你复婚，我才晓得感情大过恨。"

"人生的坎是一时一时的，想法也是一时一时的，当时过不下去了，只能做那样的选择。后来恨抹平了，也认清楚了，就是想要这个人，想把这口气顺下去。"陈玉兰苦笑，她一想到冯鹍心里就不舒服，虽然自己很清楚，罪魁祸首明明是柳志华。

赵东南不肯在离婚协议上签字，晨昏定省，嘘寒问暖，柳漾每次都只回同一句话："还不签字？"

若不是顾及柳漾怀孕，沈维会建议她诉讼离婚，但打官司耗心耗力，她和陈玉兰更想和平解决问题。赵东南在对面楼的短租房住下了，每天下班都来看柳漾，陈玉兰不让进门，他就在外面等柳漾饭后出来散步，亦步亦趋地跟着。柳漾烦不胜烦："你能不能滚远点儿？"

赵东南充耳不闻，直到沈维来看柳漾，他才默然走了。沈维的态度仍是老样子，离不离，都随柳漾。柳漾带孩子负累，她能替个手，她这辈子不婚不育，当个和蔼可亲的干妈挺好。

赵东南拖着不签字，找陈玉兰和沈维分别认了错，也谈过心："我承认我思想开过小差，但那都是以前的事，我很依赖漾漾，也很习惯她，我只想跟她好好过下去。"

多少妈妈会劝女儿忍，会说男人都那样，肯拿钱回家就好，陈玉兰却只说让柳漾自己做决定，沈维击节，她也不多劝，赵东南再怎么拖延，孩子会如期出生，届时，柳漾就有心力办妥离婚事宜了。

陈玉兰对柳漾越包容，柳漾就越愧疚。当初她反对父母复婚，携赵东南甩出八万块，扬言不再来往，但买房时，陈玉兰拿出这八万块钱，还另添了五万，都给她了。

陈玉兰就那点儿工资，不仅提前还清了房贷，养大了女儿，还置办了嫁妆，连为柳志华办丧事，她也没让柳漾掏一分钱。柳漾知道这五万块是妈妈仅有的钱了，收到转账时，她就狠狠哭了一场，如今跟赵东南清算资产，想起这件事，她悔恨交加。妈妈活得很硬轴，除了期望女儿过得幸福快乐，对女儿别无他求，可是面对妈妈最深切的心愿，当女儿的却拼死反对，让妈妈伤心。

当自己身上发生了事情，妈妈却只让女儿拿主意，女儿想怎样，妈妈都不反对。柳漾的自我厌弃情绪达到巅峰，不光是对陈玉兰有愧，更恨自己不争气，放任自己沉溺在不舍的情绪里，才给了向雨恬一次次挑衅的机会，让自己被伤得越来越深，这跟那些讳疾忌医的顽固老人有何区别？原本挖疮割痈就能康复，硬生生拖成大病，拖成绝症。

如果早点儿接受感情关系已然坏掉，及时割舍，就不会走到今时今日体无完肤的地步了。柳漾从未像现在这样讨厌自己，恨起来会捂耳大叫，但清醒时很明白，唯有工作才能拯救自己。在急诊中心，她忙得浑然忘我，只用和病魔对抗，而不必直面心魔。

ZHONG
GUO **06**
JIE

结婚只需两人一拍即合，但离婚往往很难一蹴而就。赵东南不签字，柳漾如常工作，周六下午，她正在上班，秦飞打来电话，火锅店有个小男孩被烫伤，请她帮忙挂号。

沈维的领导杨主任即是烧伤领域的名医，柳漾让秦飞带孩子去沈维所在的那家医院，路上得知原委，原来是秦刚闯的祸。

秦刚终究打听到有板眼火锅城，闯进门找冯鹃要钱，她有钱开店，没钱补偿他？大老板程东升喊来几个人，把秦刚丢出去了。

程东升表弟斗殴进过大牢，火锅店刚开张那会儿有小流氓闹事，程东升喊来表弟，表弟带上牢里认识的大哥来了。大哥几句话摆平小流氓，此后火锅店太平无事。秦刚单枪匹马，自然败走麦城。

秦刚暗中观察几次，觑到程东升去谈新的底料，带上一帮小混子卷土重来。火锅店下午没生意，就两桌客人，秦刚等人一拥而入，一人占据一整张桌子，剥起了桌上送的瓜子花生。冯鹃报警，秦刚不怕她报警，他一没砸店，二是在消费，点盘凉拌土豆丝的钱他还是有的。

警察来了，秦刚斯斯文文，言必称政府，冯鹃气得牙痒痒。秦飞生拉硬拽，把秦刚揪出店外，小混子们轰上。一个食客的儿子在店堂里满场疯跑，看到闹事，吓得往桌子底下钻，正碰上服务员给客人加汤，冲撞之间，滚烫的骨汤淋了小男孩一身。

小男孩头肿得老大，眼睛眯成一条缝，医生正在救治。小男孩的妈妈尹萍哭天喊地，要求火锅店赔偿。三老板肖晓钰论理，小男孩是熊孩子，在店里横冲直撞，家长不管，笑嘻嘻地看着他疯跑，他砸破了两套餐具，店里没计较，后来他是自己撞上去的，怪谁？

小男孩的妈妈尹萍死咬一点，在店里出的事，店里就该负全责，医药费之外，她索赔一百万。柳漾赶到，听得冯鹃吼道："一百万，你疯了！"

尹萍摆出事实，医生鉴定是深二度烫伤，皮肤缺损比较大，恢复期也长，她和孩子爸爸都得上班，又是外地人，父母来不了。一百万包括专人护理的费用，以及将来植皮的费用。孩子一生还长，不能带着满头满身伤疤做人，不植皮，长大了连媳妇都找不到，别说一百万，两百万都不嫌多。

冯鹃和尹萍大吵，尹萍警告不给钱就连人带火锅店一起告，冯鹃打落她的手臂："我说两点，第一，伢可怜，我们店会尽心，但只承担相应的责任；第二，一百万没有，随便你去告。"

小男孩的爸爸加完班赶来，飞起一脚，从身后踹倒冯鹃，破口大骂。冯鹃的膝盖都被摔烂了，柳漾弯腰拉起她，打电话让沈维送药水和绷带。

冯鹃忍着痛，冲小男孩的家人骂道："就你们会开伤情报告？老子也能开！老子警告你，老子快六十岁的人了，等下就去做全身体检，从头查到脚，只要有毛病，就是被你踢出来的！"

秦飞守在小男孩的手术室外，不在场，柳漾替他发了话："你们想打官司，火锅店奉陪，需不需要负全责，店里监控会说话。"

小男孩的小姨拿来伤情鉴定报告，扬言不赔一百万就打官司。肖晓钰说："你家的伢烫伤了，店里的服务员胳膊和脚背也烫到了，我们代表她向

你们提出赔偿要求,请你们也配合。"

柳漾、冯鹃和肖晓钰都是女人,小男孩的爸有恃无恐,拳头一晃:"那就打官司!我马上找律师!"

秦飞拿着药水和绷带跑来,柳漾埋头给冯鹃处理伤口。冯鹃怔怔然,酸溜溜:"陈玉兰知道她姑娘跟我关系还不错吗?"

柳漾笑了一声:"不关我妈的事,你现在叫伤员。"

秦飞和小男孩的爸互飙完狠话,鸣金收兵。柳漾说:"坐着。"

秦飞和小混子们交涉时吃了亏,撞到玻璃门上,额头磕破皮,下颌也青了,柳漾帮他涂药。两人隔得很近,秦飞立刻发现她手腕上的伤痕:"怎么回事?"

上午抢救病人时,病人谵妄休克状态下,扣住柳漾的手,撕掉她一层皮,但她是孕妇,尽量不让自己用药,硬挺着。好在病人抢救过来了,家属买了肯德基套餐答谢医护人员。

火锅店晚上生意最好,柳漾让冯鹃和肖晓钰都回去,由她看着点儿,她是孕妇,小男孩一家不敢轻举妄动。秦飞怕她吃亏,想留下来,柳漾让他抓紧时间去找始作俑者秦刚,虽然找到可能也没用。

秦飞走了没多久,柳漾收到一份外卖,是秦飞给她订的下午茶,她笑骂:"你是不是觉得我还不够胖?"然后美滋滋地吃蛋糕喝奶茶,有人关心她的伤,真的像一家人了,孩子的大舅,她认下了。

小男孩被推出手术室,住进病房,他输着液,还没醒,他妈尹萍和姨都落泪不止。柳漾瞧之不忍,深二度烫伤必然会留疤,植皮势在必行,将来这孩子得遭多大罪,是能想得到的,但家长想让火锅店全责,从法律角度说不通。

秦刚躲了起来,秦飞几经打听,在一处建筑工地找到他——秦刚的狱友比他早出来半年,在工地当木工。秦刚抬张竹床进屋,找床旧垫子一垫,裹着毯子睡得呼呼香。

秦飞摇醒秦刚,给他看复印的伤情报告。那家人提出百万赔偿金,会把火锅店告得倾家荡产,大老板程东升恨上秦刚了,他表弟是道上混的,秦刚敢冒头,表弟就敢提刀见他。

伤情报告白纸黑字,还有医院的公章,不假。秦刚自己亲眼见到那孩子被骨汤淋了一头一脸，焦躁道："那么样办？"

若不是为了冯鹃和柳俊杰，秦飞半句话都不想跟秦刚说："我也冇得办法，看程老板的能耐。但这一百万，你觉得他肯替你掏？我劝你老实点儿，保命要紧。"

秦刚嘟囔着自己落到这田地，是被奸夫淫妇害的，他要房子不过分，如果冯鹃痛快给了，他就不会闹这一出。秦飞说："你为了三万块钱就敢去抢劫，你说别人为了一百万，敢不敢杀人？逼急了，人什么事都做得出来。"他掏出手机，"程老板住得不远，我喊他过来？"

秦刚骂他大义灭亲，秦飞笑了笑，这十几年他是怎么过的，秦刚没问过一句，现在有脸说自己是亲人？他扭头就走："你要钱没有，要命一条，我把你丢给那家人发落，说不定能少赔点儿。"

秦刚见过程东升的表弟，确切地说是表弟的大哥，他紧张了，一把抓住儿子，又问："那么样办？"

"我去求程老板，但我没钱赔，到时候不要怪我出卖你。"秦刚裹着的毯子很破旧，到处起球，沾得他一身，秦飞拈起他肩头的一团，揉了揉，弹掉，走人。赌鬼是魔鬼，沾上了就甩不脱，是骨血至亲又如何，他只想拆骨扒皮，跟这人再不相干。

程东升请了律师，秦飞携律师跟烫伤小男孩的母亲尹萍交涉，火锅店承担小男孩的医药费，但不负担后续整形费用。

尹萍也咨询过己方律师，别说一百万赔偿金了，十万也不占理，她本还想再争一争，但程东升的表弟双臂抱胸，靠在病房门框上，凶神恶煞地看着他们，她答应再想想。

沈维为小男孩的事跑前忙后，秦飞订了晚餐答谢，然后去617医院接柳漾。饭桌上，秦飞和沈维默契十足，把柳漾逗笑了几回，吃完饭，秦飞把车开去长江大桥，走走路，消消食。

沈维在上海上班时总是很忙，去过的景点不多，她最喜欢的是外滩。在武汉时，她对长江没感觉，这次回来才发现长江比黄浦江亲切，每天早晨吃个面窝，再喝碗糊汤粉，胃里舒服了，心也踏实了。

大江大湖养出性情火爆、匪气十足的男人女人，沈维迷恋这份江湖气。

秦飞先送她回司门口,再送柳漾回家,快到小区才说:"柳漾,伢都敢生,离婚就更不用怕,离就离。"

沈维和陈玉兰都不曾直接劝离婚,柳漾抬眉:"哟呵?"

秦飞咳一声,正经起来:"杰杰是伢的舅舅,我也勉强算吧,我工作没你忙,保证随叫随到。"

柳漾笑得疲倦,养孩子责任重大,但她才二十五岁,从现在起好好存钱,她不会让自己和孩子过得太艰难。艰难的是提了离婚又如何,赵东南是最可恨的人,她恨的却是向雨恬,她为自己对赵东南只有怨愤却恨不起来,而加倍厌恶自己。

"他不肯签字,我懒得再吵了,等伢生下来就诉讼离婚。"秦飞听到柳漾这么说,看她肚子一眼,不说话。柳漾明白他不信她真的能下决心,以"孩子不能没有爸爸"为幌子的女人太多了,但孩子想要出轨、家暴、烂赌、嫖娼的爸爸吗?他们也不想要怨声载道,但没勇气割断的妈妈吧。

617医院时有孕期被出轨的女人,她们当中有的人说理解男人,还能编出一套话术把自己套进去:"身体出轨不算出轨,他只是在解决生理需求。"

沈维气不过:"那你自己的生理需求,怎么就能忍住呢?他就不能忍?"

孩子不能没有爸爸?多数时候,是女人害怕离婚,害怕没有丈夫。她们连吵架都不敢吵狠了,生怕男人跑了。

沈维问:"男人跑了又怎样?"

女人说:"我结过婚,还生了伢,不好再嫁人了。"

沈维说:"不嫁人不行吗?"女人们像看怪物一样看她。在沈维骂出奴性深重之前,柳漾拉走她。"孩子不能没有爸爸"本质上是"人不能没有伴",伴侣是烂人,好歹也构成了她们的家,哪怕这个家让她们一次次搪塞自己,一次次把心放在石头上磨,但是比起痛苦,她们更害怕孤独。只要身边有个人,她们似乎就能克服一切,包括被家暴被出轨被负债。

车停在小区门口,秦飞坚持把柳漾送到家门口,柳漾和他边走边聊:"我对他死心了,离婚离定了。"

她把话说得真满,秦飞点了点头,但他不认为柳漾做得到。从她提及赵东南的语气来看,心死了不是她这样的。

一百万赔偿金似乎吓住秦刚了,他有时日没露面了,柳俊杰想回家住,这样陈玉兰就不用睡沙发,但陈玉兰告诉他:"永远不要相信烂赌鬼。"

众人一致决定至少让柳俊杰在陈玉兰家住到小升初考完。果不其然,秦飞没能按住秦刚,不到半个月,他就又闯祸了。

秦刚不知找谁弄到差事,为小区看大门,但没两天就赌性发作,跟人设局骗钱,被人追着猛打,逃跑时从二楼空中花园摔下来。小区保安通知秦飞,秦飞不理,秦刚疼得满头大汗:"我是你老子,摔得血淋淋的,你不管我就是不孝!"

秦飞仍不理:"不孝就不孝。"

小区物业找人把秦刚送去附近的社区医院,再把医药费清单拍照发给秦飞,让他支付费用。秦飞以为自己能做到不闻不问,但看到秦刚那张头破血流、双腿打着绷带的照片,他骂声脏话,赶去社区医院。

秦刚双腿都摔断了,社区医院建议转院,秦飞不得已,找柳漾询问。柳漾打了无数电话,弄到一张床位。

秦刚躺在病床上对秦飞颐指气使,秦飞给他拿任何东西都是摔摔打打的,一脸仇视,不知被同屋的家属侧目多少回。秦刚对秦飞谄媚地笑,秦飞一出去,他就慨叹自己命不好,养儿不孝。

柳漾带着护工来病房,没几分钟就理解冯鹃为何出轨了,谁能跟这无赖过得下去?她连冯鹃不愿对柳志华放手也理解了。

秦飞靠着走廊墙壁透气,他后悔没能硬下心肠。这样的爸,在他的成长历程里,带来无穷尽的屈辱和悲哀,老死不相往来才是对的。

柳漾出来,秦飞很茫然:"我是不是不该管他?我真是个苕。"

柳漾拍拍他的头,秦飞头发长长了点儿,软蓬蓬的,她笑着安慰道:"可你是个连陌生的孕妇也会帮的人啊。"

秦飞说曹燕林值得帮,她很感恩,至今仍会不时向秦飞问好,但秦刚没有任何可取之处。柳漾又笑了:"谁还没做过一点儿不值得的事?你就是看不得。"

秦飞也笑了:"要么干脆不治了,让他两条腿都废了,就不能再为非作歹了。"

"得让他晓得,他儿子不会再管他,以绝后患。"柳漾回病房,跟护工

交代了几句,正要走,被秦刚喊住:"我儿子呢?"

柳漾故意一愣,示意护工追出,门口却不见人影。秦刚得知秦飞跑了,不敢置信:"他不管我?"

柳漾翻了缴费记录,告知秦刚最多能在医院待一周,因为秦飞只找小区物业索赔到这点儿钱。小区被骗的那几人放话了,姓秦的来一个打一个。

柳漾声情并茂,秦刚信了一大半:"他还真不管我?"

柳漾反问:"他为什么要管你?"

秦刚咬牙切齿。柳漾走出楼道,跟秦飞击个掌。秦飞回公司上班,柳漾在宿舍睡到下午去上小夜班,她正给病人测量体温,邻座婆婆忽然晕倒了。

婆婆的女儿慌了神,柳漾判断是心脏骤停,急忙呼救。宋青跑去通知科室主任徐怡翎,徐怡翎带人冲来,诊断为室颤。这边,柳漾已指挥大川和小峰等人把婆婆搬上平板推车。

徐怡翎紧张地为婆婆进行心肺复苏,另外几个医生也来了,婆婆的女儿提着输液袋,柳漾一路小跑跟随,一边通知手术室准备插管急救。

徐怡翎和邵清平一路都在为婆婆做心肺复苏和气囊按压。抢救室里,各项应急已就绪,护士开通静脉通道,上心电监护,谢医生在最短时间内为病人插管,保持呼吸道畅通,徐怡翎为婆婆两次除颤,婆婆终于恢复心跳,整个过程不到十分钟。

抢救室外,柳漾大口喘息,像这种心肌梗死,稍有耽搁就有生命危险,必须尽最大努力抢救成功。里面欢呼声传来,宋青通报婆婆病情基本稳定,却发现柳漾面色苍白,大汗淋漓,慌了:"你快去躺一下。"

柳漾腹痛尖锐,喘不上气,她以为是跑得太猛,岔到气,刚站起来,腿一软。在倒地之前,宋青没能抓住她,以自己为垫,支撑着柳漾倒下去。

第八章

爱是受制于人的过程
让你失去自由
但也许你甘之如饴

中国结

ZHONG
GUO
JIE 01

沈维扑来医院，柳漾躺在病床上哭，孩子没保住。孩子他爸必须知情，宋青帮她通知了赵东南。

赵东南哭了，他的孩子没了，媳妇仍催他离婚："都这样了，你签字吧。"

赵捷成和张玢也赶到了，张玢把赵东南拽出病房："伢没了，正好跟她提离婚，谁叫她自己不小心的？"

赵东南对张玢很失望："你知不知道是她先跟我提离婚？"

张玢拍拍手："哟，她还翻了天？离就离！伢没了，一了百了！"

赵东南气极："你还是不是人？那是我媳妇，她小产了！"

赵捷成也不满："你少说两句！"

张玢问："既然是她想离婚，她是不是故意不想要这伢？"

赵东南听不得孩子没了，泪光闪烁。张玢这才意识到他不想离婚，放缓语声说："不离就不离，伢没了再生，再怀之前做好备孕。"

赵东南很痛苦："漾漾是难怀孕体质，婚检没跟你说。现在伢没了，你能不能不说话？"

张玢愣了愣："你不早说？这么大的事还瞒着我！"

赵东南怒极："你到底为什么不喜欢她？"

张玢很生气："我倒想问你，你为什么喜欢她？她为什么难怀孕还用问，肯定是她以前在学校不检点，打过胎！被人睡了百把遍的东西……"

陈玉兰被秦飞接来医院，正听到这番话，闻言一巴掌落在张玢脸上。张玢怒而还击，被秦飞扼住手腕，还一脚踢上她的膝盖。张玢吃痛，秦飞骂

252

道:"有几远滚几远。"

赵捷成说:"有话说话,别打架!"

赵东南挥来一拳,秦飞躲开,肘击到赵东南鼻梁上:"我早跟你说过,我打架还可以。"

柳漾在赵东南之前谈过男朋友,但没堕过胎,就算堕胎,关张玢什么事。陈玉兰又扇了她一巴掌,气得嘴唇都在抖:"你个泼妇,我今天把话放在这里,你等着报应吧!"

赵东南从未听过文文静静的丈母娘说出这种粗话,震惊之余,竟不知替他妈还嘴。陈玉兰指着他:"带着你妈滚。"

赵东南揎着鼻血进病房,赵捷成扶起张玢,秦飞搀住陈玉兰:"别气别气,她就是个蠢货。"

张玢大骂,秦飞晃晃拳头,她闭嘴了。柳漾把沈维找人起草的新版离婚协议递给赵东南:"伢相关的部分我都删了,你再看看,现场签了吧,等我出院就去办手续。"

进门后,秦飞看清柳漾虚弱的模样,鼻酸眼热,揪住赵东南衣领,赵东南既不还击,也不接离婚协议,红着一双眼瞧着柳漾,秦飞悻然松开手。

柳漾摇起病床,冲张玢晃了晃协议,张玢几步上前接过,柳漾拿在手上不给,示意张玢看其中一条:"这条涉及你,你也看一下。"

张玢弯腰,柳漾松开手,用力薅她的头发,狠狠扯了几下。若不是身体虚弱,她还不能下地,她会抓着这女人的头朝墙上撞。

赵东南拉了一把,张玢挣脱了:"柳漾,你!"

张玢爆了粗口,但赵东南不帮她了:"漾漾,等下我去给你请假,你在病房多住几天,把身体养好,出院你想怎样就怎样。"他转脸看着张玢,"妈,你今天讲话做事都太过分了,今天以后我就不喊你了。"

张玢惊呆了,赵捷成也傻眼了。柳漾抬头看赵东南,他居然要和他妈断绝关系,但是已经迟了,她合上眼,无尽疲倦:"你们都出去吧,我想睡觉。"

徐怡翎让宋青送来安神的药物,护士长给柳漾安排了假期,重新调了班。柳漾睡到夜里醒来,病房里,陈玉兰和赵东南相对无言。

陈玉兰让赵东南去热饭菜,赵东南依言出去了。柳漾摸手机,秦飞留了言,他会和沈维轮流送饭,赵捷成也发了信息:"我批评你妈妈了,你别往

心里去。"

柳漾把手机扔到一旁,离婚手续一办,张玢从此是路人。为了骗保就杀害亲生孩子的父母有之,何况是半路相识的陌生女人,以后不用叫妈了。张玢嫌她单亲家庭出身,嫌她穷,嫌她不安分,结婚了还不赶紧生孩子……

你跟婆婆较真,她最多说句哎呀我有口无心,柳漾活动着手腕,那我呢,我就该被这样侮辱吗?

赵东南热好饭菜,想喂给柳漾吃,陈玉兰语气很重:"我来。"

柳漾鼻子一酸,她妈不喜与人争执,遇事就慌就抖,但为了女儿,妈妈永远冲在前。

赵东南找宋青借了水果刀,把水果都切成小块,柳漾吃了半盒,让他走,他坐过来,哀求道:"小蚊子,也是我的伢啊。"

柳漾眼泪又流下来,她失去了孩子,他也失去了。赵东南抱住她,两人相拥而泣。陈玉兰走到一旁哭,孩子已能看到性别了,是柳漾日思夜想的女儿,柳漾那么期待女儿出生,为她忍受了很多事,但还是落空了。

赵东南道了歉,张玢说的不是人话,他做梦都没想到,他妈能说得那么难听,他无地自容,为柳漾受过的每一次委屈道歉:"你被她砸到眼睛那次,我就该跟她了断。"

你更该了断的是另一个人,柳漾深深沉默。

柳漾一句话都不想说,她的拎包摆在床头柜上,挂件是陈玉兰给她做的梨花娃娃,前两天,陈玉兰做的长耳朵粉兔子完工,也挂上去了,但她的宝宝再也不能玩玩具了。

床位不够,陈玉兰被宋青安排在员工宿舍睡下,明天早上再来照顾柳漾。赵东南把陪护床推到柳漾旁边,想再跟她说说话,但柳漾塞上了耳机。

清晨,陈玉兰带来早餐,给赵东南也带了,他吃了去上班,约定下班就来换陈玉兰休息。柳漾的午饭是沈维送的,傍晚,秦飞送来炒菜和鸡汤,鸡汤是冯鹃起大早用铫子煨的,煨好了单独盛出来,加了红枣和桂圆,再用小火煨了几小时,很入味。

"小产了,多喝点儿鸡汤补一补。"秦飞把冯鹃的话带到,陈玉兰很惊奇,秦飞笑道,"她儿子吃你做的饭,你姑娘喝她做的汤。"

柳漾悄悄跟沈维说,冯鹃和陈玉兰是正常人,对彼此意见再大,也懂得祸不及子女。沈维发个笑脸:"我觉得这叫易子而食。"

柳漾再难受也被沈维弄笑了。秦飞走后,陈玉兰感叹:"人之所以区别于动物,就在于人讲良心,张玢一点儿人味也没有。"

被抢救过来的婆婆的女儿得知柳漾流产,内疚不安,当时兵荒马乱,柳漾跑狠了,她却没顾上。她送来饮料、水果和蛋糕,柳漾不太饿,让陈玉兰送给隔壁病房的病人。

在病房住了几天后,柳漾身体状况好转,到底是年轻,恢复得很快,她让宋青帮着办了手续,把病房腾给别人。她只是小产,但多的是身患重疾却无法被收治入院进行观察的人。

出院回家前,柳漾让小峰去催秦刚续费,秦刚猛打秦飞电话,但早就被拉进了黑名单。听说秦飞只交了一周的住院费,秦刚慌了,让护工给他买午饭,护工泡完面端回病房,秦刚跑了。

同屋病人说,来了两个小年轻,给秦刚带了换洗衣物,还弄了一副担架,把他抬走了。秦飞接到护工电话,啧啧称奇,人间自有真情在,秦刚居然还认识几个重感情的狱友。

秦刚住院期间,柳俊杰回家住,他一出院,秦飞又把柳俊杰送去陈玉兰家,以防万一。当天傍晚,他来送汤和卤味,还塞给柳漾一张卡通画卡片,是柳漾包上的梨花娃娃,他观察过,她换不同的包都会把娃娃挂上去,一定是极喜欢它。

秦飞这辈子只会画电子线路图,好在梨花娃娃很简单,他临摹得八成像,身为病人秦刚的家属,必须感谢白衣天使。

这人依然记得小病人送过卡通画,柳漾笑纳:"还不到三十岁,不能说这辈子不会画画,继续努力。"

柳漾在家休小产假,赵东南每天一下班就来,念在他对张玢撂过狠话的分上,陈玉兰让他进了门。

柳漾对赵东南已无话可说,一见面就催他去办离婚手续,但赵东南反悔了:"漾漾,我们还有感情。"

柳漾恼他说话不算话,随便抓到什么就砸向他,他不躲不避,任打任骂。陈玉兰充耳不闻,人不能闷着气,当时有脾气当时发,才是对身体最

好的。

不管柳漾怎么发火,赵东南死活不签字,沈维提议诉讼离婚,柳漾以前气极时也想过,但她小产后,赵东南的伤心是真的,她并不怀疑,内心不愿跟他走到对簿公堂的地步。

离婚再次陷入僵局,柳漾很暴躁,沈维明面上劝她别急,两个人从恋爱到结婚是有过程的,离婚也是,但私下也很着急,问过陈玉兰:"她跟你聊过吗?"

"也没有。"这件事上,陈玉兰对柳漾的心思也琢磨不透。天造地设的伴侣很少见,大多时候需要磨合,结婚过日子秉持求同存异,接受那些不一样的,寻求那些相同的。有的夫妻之间不一样太多,但似乎只要有一点点相同,就足够把日子应付下去,孩子经常是这唯一的"同",可柳漾和赵东南共同的孩子已经没有了。

柳漾休完假回岗,先去住院部看望被前男友刺伤的年轻女人。女人生了一对龙凤胎,摆满月酒的时候被前男友刺中肺部,ICU外,她丈夫哭成泪人。柳漾为女人捏把汗,所幸她大难不死,转到住院部这些天,她已大有好转,柳漾和同事们都很高兴,尽管已看惯生死,仍不信人间尽别离。

护士长让柳漾负责留观病房的病人,叮嘱她别再逞能,小产很伤元气,柳漾应了。留观病房有个病人是从ICU转出来的,他被毒蛇咬伤突发脑梗,现已康复,他妻子带着女儿接爸爸回家。

病人的女儿才两岁多,穿得像个小公主,还扎了几个冲天的小鬏鬏,发卡是小蛋糕形状,柳漾夸她好看,小朋友咧着嘴,还有两颗牙没长齐,笑得柳漾心都快化了。

小朋友很乖,主动要抱抱,柳漾把他们送出急诊大门,回来在楼道坐了一阵。痛失的感觉到这时才真正找上她,她的孩子没了。小家伙会踢人了,可是不能出生,也不能长大了,赵东南说他也失去了孩子,但她是孕育者,她和孩子才是真正一体的。

柳漾埋下头去,无声恸哭,眼泪砸到地上。徐怡翎查完房看到她,坐过来,顺了顺她的背:"会好的。"

柳漾听出徐怡翎的声音,呜咽道:"谢谢主任。"

徐怡翎婚姻很幸福，自己是三甲医院主任医师，丈夫搞科研，女儿前年考上美国长青藤学校。柳漾结婚时，徐怡翎是证婚人，但不到一年，婚姻就无以为继，她感到深深的挫败。

向雨恬上次来找柳漾的时候，同事都看到了，但都不认为那样的女孩会找个二手男人，她家里也不可能同意。护士长劝柳漾："能为你对抗婆婆的男人少见，又没身体出轨，给他一个机会，也给自己一个机会吧。"

柳漾问徐怡翎："主任，婚姻真的需要忍很多吗？"

徐怡翎说："想忍就忍，忍得太痛苦就重新考虑。其实我也有忍不了欢欢她爸的时候，他连穿哪双鞋都要我操心，我不提醒他换鞋，他能把一双鞋穿到烂为止。"

在柳漾这里，这种家常琐碎事完全够不上"忍"，相反，她很喜欢打扮赵东南，他的衣物都是她置办的，每次逛街他都很配合。赵东南的行为，在很多人那里，是能忍的吧，但她做不到。她问："我是不是对感情要求太高了？"

"为什么不能对感情要求高？"徐怡翎指指自己的脑袋，她患神经性耳鸣很多年了，仿佛有一万只蚊子的嗡嗡声，日夜不停歇地响在耳畔，得上才知其苦，她说，"不致命，但不少人被它折磨得要发疯，患上抑郁症。"

周围神经性耳鸣，医学上至今对病因没有定论，柳漾回留观病房更换床单被套，她对离不离婚已有定论。

ZHONG GUO JIE 02

清明小长假前夕，柳俊杰和陈玉兰回团风祭拜柳志华。柳漾上大夜班，交班回家后，她独享一室宁静，但怎么也睡不着，便去超市买菜，中午给自己炒个青椒肉丝，多余的肉剁成肉末，荸荠切成细粒，做个丸子白菜汤。

冰箱里有一瓶红酒，是前几天科室副主任王伟明送的，他出国进修回来，给众人都带了礼物。柳漾吃菜喝酒，红酒助眠，喝了可以睡个饱觉。

刚谈恋爱那会儿，赵东南每周都请柳漾吃西餐，次次都点红酒，柳漾替

他心疼钱:"我问了,他们提供存酒服务,一次喝两杯,意思一下。"

初相识的情景仍历历在目,并不是赵东南有多特别,但他出现的那一天大雨倾盆,有个小女孩跑进急诊,她说不知道哪里有兽医院,小鸟受伤了,请医生帮忙。

雨很大,小女孩浑身都淋湿了,肩膀上载了一只小鸟,它乖乖地停着不动。柳漾给赵东南输完液,带小女孩去找护工擦头发,衣服也得吹干,还给她吃了几颗药预防感冒。

赵东南问小鸟是哪儿来的,小女孩说是放学路上捡到的,它不能飞,很可怜。那是一只珠颈斑鸠,从它尾羽的折损以及不怕人这点来看,基本是人工喂养长大,进入反野期逃跑的。柳漾查到最近的兽医站,小女孩让爸爸来接她,她要带小鸟治病,还请求护工给她弄点儿米饭,小鸟受伤了,还很冷,它一定很饿。

柳漾说斑鸠这种鸟要喂小麦玉米之类,不能吃大米,会导致拉稀死亡。等小女孩和她爸爸离开,赵东南搭讪:"懂得真多。"

小女孩能和小鸟做朋友,充满了骄傲,柳漾笑眼一弯,她不敢告诉小女孩,是在学校观摩过解剖斑鸠,才知道斑鸠的习性和喂养事项。

赵东南表白时,夸柳漾人美心善,脾气爽直,对他胃口。柳漾眨去泪花,又倒了一杯酒。她的女儿没了,若能顺利出生长大,也会是个天使般的小女孩吧。

一瓶酒不知不觉下肚,柳漾去拿啤酒——秦飞送了她好几件。秦飞最近接私活,为一个啤酒品牌做生产线输送系统,因此为有板眼火锅城的啤酒拿到最低折扣。柳漾用啤酒烧过几次板栗烧鸡,柳俊杰夸过有冯鹃做菜的风范。

傍晚,冯鹃煨了鱼圆鸡汤,喊来秦飞:"你跑一趟。"

秦飞喝了一口,汤很清甜,冯鹃跟网上视频学了一招,鸡汤煨得六七成熟,洗净一整只苹果丢进去吸油,效果不凡。

秦飞喝光一碗,往保温饭盒舀汤,他知道柳漾今天休息,拎着鸡汤直接来了。但掏钥匙开门,门被反锁;打电话,手机没人接,信息也不回。他透过厨房的窗户往里望,什么也看不见,再打开软件看监控视频,确定柳漾没出门。

杨主任去外地医院会诊，作为助手的沈维跟去了，她也联系不到柳漾，慌了神："别是想不开吧，今天她家没人。"

秦飞说："莫慌。"

后备厢有纯净水，秦飞从防盗窗里砸进一瓶，柳漾没反应，再砸一瓶，柳漾还没反应。秦飞去小卖部买啤酒，从厨房窗户砸进去，传来脆响声，啤酒流淌一地。

柳漾仍没反应。秦飞挠挠头，这么气人，她还不冲出来骂人？这可不像她。他也慌了，跑去找门卫大爷。

大爷认识秦飞，向物业人员做了担保，找人弄开了大门的锁。秦飞冲进去一看，柳漾醉倒在餐桌下，他扫了酒瓶一眼，这人酒量不行。

凌晨3点多，柳漾醒来，惊觉自己身在秦飞车里。她向外张望，天还未亮："这是哪里？"

柳漾在后排座位躺睡，秦飞靠在驾驶位，睡得不舒服，活动着颈椎："阅马场。要不要兜兜风？"

柳漾虽然经常上夜班，但不曾游历过这个时间段的武汉，欣然同意。秦飞载着她在街头漫无目的地游荡，车载音乐以快歌为主，柳漾跟着节奏摇摆，让自己的思绪完全放空。

再回到长江大桥，天蒙蒙亮了起来，摄影爱好者架起了摄影器材，静候日出。秦飞指过去："那个角度好，等下拍照别手抖。"

柳漾这才领会到秦飞把她从家里弄出来的用意，他想让她看看新生的太阳。漫步在长江大桥上，她双手插兜，头还在疼，但心情仿佛随着微风开朗。

秦飞兴致勃勃地计划，看完日出去过早，有家老店的襄阳牛肉面好吃，烧卖也很不错，保证合柳漾的口味；旁边店里的面窝和糊米酒也可以试试；吃完如果有兴致，就去登个黄鹤楼，人有时候想不开，登高望远，心就敞亮了。

柳漾不爱听："我才没有想不开，昨天喝酒时就想好了，最后跟赵东南谈一次，还不签字，那就找律师出面。"

秦飞转头看她，嘴巴张着，柳漾把他睡得支棱巴翘的头毛拍下去，秦飞

嘿嘿笑,他说自己从没上过黄鹤楼,今天值得纪念,不如上去逛逛。柳漾也没上去过,她一向把它当景物,欣然同意。

清晨5点半,一轮灿烂的朝阳跃出江面。古诗里那句"日出江花红胜火",柳漾到今天才第一次懂得,她欢呼起来,拍了几十张照片给陈玉兰和沈维欣赏。

柳漾不爱吃面,秦飞和她一起吃面窝、烧卖和蛋酒,吃完仍不到黄鹤楼入园时间,两人就在蛇山脚下散散步。已是4月初,长江两岸花开灿烂。

毛泽东诗云:"烟雨莽苍苍,龟蛇锁大江。"蛇山和龟山隔江相望,但长江锁不住,它还是它。秦飞说:"人要是风流起来,谁也锁不住,跟长江一样奔放,浪奔浪流的。"

柳漾笑起来,眯起眼看阳光,从今往后只想好好晒晒太阳,把阴霾晦气都晒干净。下了黄鹤楼,她给赵东南发信息:"明天去民政局办离婚,你请一上午的假。"

赵东南打来电话,柳漾没接,摁掉了。连日来,赵东南随时随地都会发信息,但内容干巴巴,日复一日的重复和无聊,吃了没、忙不忙、睡得好不好之类,柳漾经常不回复,一而再,再而衰,三而竭,她没耐心再跟他耗了。

赵东南发来信息:"在家吗?我马上回。"

柳漾回道:"我休假太多,今天想加班,你有话明天在民政局见面说吧。"

秦飞把柳漾送到617医院门口,柳漾下车,他也下来,很有几分踟蹰。

柳漾问:"这么不相信我?"

秦飞说:"沈维说,你不愿意跟他搞到打官司那一步。"

柳漾说:"是不愿意,但他总不签字,我烦了,撕破脸算了。明明是我想离婚,凭什么被他牵着鼻子走,窝窝囊囊。"

秦飞笑着走了,如果赵东南能给她满满的、充足的、让她能实实在在体会到的爱,她不会那么非离不可,既然赵东南做不到,还是离了好。一个负心汉还要他干吗?留着修心,深刻体会人生八苦吗?

柳漾回医院没忙一会儿,赵东南就来了,他想找个地方再谈谈,柳漾带他去看一个抑郁症患者。

患者是个中年女人,丈夫从来无视已婚身份,习惯性勾三搭四,还每每以不得不应酬为由,多次在外留宿,女人那时就抑郁了,但没人知道。

女人和丈夫的独子新婚才半年就出车祸去世,没留下后代,第二年,丈夫竟和儿媳好上了,要把女人赶出家门。儿媳身怀有孕,女人快疯了,捅了丈夫一刀,随后自尽。

女人没死成,被送来急救。她才四十八岁,但举止和神色已苍老如老妇。很多女人会把一个男人或一段关系视为生命中最重要的事,柳漾以人为镜,明白自己也曾经犯过这错误,但人活一辈子,最终要交代的,唯有自己。她说:"我不想变成她这样,喜怒哀乐都被男人操纵,最后把自己逼疯了。东哥,你要是真对我还有点儿感情,就放手,行不行?我求求你了。"

泪眼相望,赵东南问:"你想好了吗?"

柳漾点头,不离婚不是不敢,是不舍,仍然走到了只想舍弃的地步。小产后,眼前人痛苦着她的痛苦,带给她安慰和暖意,但那不过是强弩之末,这个世界上,从不存在共经生死,就能至死不渝。

历经劫波,却还是走到了难以挽回的地步。赵东南痛心,他是真的还放不下柳漾,但不可否认的是,他会想起另一个人。跟柳漾谈完后,他回到车上,打开电脑,修改了离婚协议。

柳漾要求要么得到新房的一半,要么是赵东南婚前那套位于徐东片区的老破小,但老破小是赵捷成单位的房子,才六十多平方米,还在顶楼,学区也不算好,不如新房好脱手,赵东南选择把新房整个都给柳漾。离婚女人的日子不如男人,他想让柳漾手上多点儿东西,是卖,是租给别人,都由她。

次日上午,在民政局办完离婚手续出来,两人走向各自的车。赵东南原本打算吃顿散伙饭,但话堵在喉咙口,柳漾走到车边,拉开车门,他突然上前抱住了她。

柳漾挣了挣,赵东南不放手,脸埋在她头发里。过了片刻,柳漾听到他哭着说:"小蚊子,对不起。"

一起为这段婚姻尽过最大的努力,依然走散了。柳漾也哭了,轻轻抚着赵东南的背,很想好好过,却没能够,她也想对结婚时那个欢天喜地抱她出门的男人说声对不起。她知道自己对他还有残存的情意,但此时分开是恰如其分的,她不想走到对彼此充满怨憎的地步。

赵东南神情落寞,在车里呆坐,柳漾倒车,开出,从后视镜看他。曾经

那么相爱，都能这样过去，就这样过去了。那些凝视和亲吻，那些在灰心时想把对方揉进怀里的渴望，都是真的，但就是无法再继续同行了。

等陈玉兰从团风回来，柳漾才告知已办妥离婚手续。陈玉兰只当接收到一个新消息，并未多言。晚上睡觉前，柳漾敷着面膜听音乐，陈玉兰见她情绪尚可，问她和冯鹃到底签了什么协议。

清明节扫墓时，柳俊杰没忍住，对陈玉兰说冯鹃和柳漾签过一份价值三十万的协议。柳俊杰对协议知之甚少，但从秦飞和冯鹃几次吵架听来，好像跟火锅店有关，柳漾投了资。

柳漾搪塞，但她和赵东南一直在为买房攒钱，根本没有余钱去投资有风险的生意，陈玉兰求她说实话，不然她宁可去找冯鹃问个水落石出。

假如陈玉兰和冯鹃对峙，绝对听不到好话，柳漾不得不说出原委。陈玉兰很羞愧，本想着复婚是她和柳志华的事，以不连累女儿为前提，他们连四处求医问药都放弃了，却还是连累女儿为父亲偿还情债。

陈玉兰自责万分，柳漾笑她想多了，火锅店盈利她就有分红，不亏。她特地找了个不上班的下午，带陈玉兰去有板眼火锅城，车停在店对面，陈玉兰坐在车里张望："生意一般，有一半没坐满。"

"天气越冷生意越火爆，现在算淡季，不过程老板找到一个虾子渠道，等天气一热，吃虾子吃烧烤的人多了，肯定会好些。"柳漾极力打消陈玉兰的心理包袱，"新房子在走流程了，等它完全归我，就找中介帮我租出去。按正常租金来算，扣了房贷还有多的，存起来向冯鹃上供。说不定今年火锅店就能盈利了，上供的钱不用交，还坐等她给我分红。"

柳漾说得轻轻松松，陈玉兰仍有压力，火锅店做起来才能说是下蛋的鸡，是摇钱树，目前这半死不活的样子，难说。不过，原先货运公司的老板几次请她回去上班，先前柳漾怀孕，她走不开，现在可以了，她给女儿添了麻烦，得多分担一点儿。

陈玉兰辞职后，老板雇了新人，年纪不大，但手脚慢，做事也不细致，同事们都念叨陈玉兰的好。陈玉兰雷厉风行办了复岗手续，当天就上了班。

03

柳漾不愿再见到张玢,挨到沈维出差归来,才让她喊上几个朋友,去香榭水岸帮忙把东西搬出来。赵捷成带张玢去周边城市泡温泉,回避了。

柳漾的衣物不多,两个编织袋就装满了,陈玉兰和柳志华为她备的嫁妆是电器和床品,都留在香榭水岸,她不要了。

沈维和柳漾各拎一个编织袋进门,柳俊杰以为姐姐被赵东南欺负了,着急问她怎么回事。柳漾开心道:"不是被赵东南赶出来的,是把东西拿回来了,你姐离婚啦。"

柳俊杰偷偷给秦飞和冯鹃发短信,秦飞马上就打来电话。柳漾说:"离婚又不是结婚,就没第一时间跟朋友们说,本来想晚上告诉你的。"

今天早上,柳漾问过秦飞晚上有没有空,秦飞说最近天天加班,走不开,他以为是寻常聚会,没想到是沈维为柳漾策划的离婚派对。电话挂断后,他看到桌上的饮料,拿起来拍了一张照片:"敬痛快!"

柳漾笑,晚上跟朋友们吃完大餐去唱K,她倒了一杯酒,也拍张照片发给秦飞:"敬自由!"

秦飞也笑。但他觉得柳漾这话说早了,虽然她恢复了单身,自由恐怕是得不到的。只要她还想谈恋爱,就不会有太多自由。爱往往是受制于人的过程,让你失去自由,但也许你甘之如饴。

加完班,秦飞去KTV接柳漾,有些话他得当面问。他把沈维先送回家,再送柳漾,他想知道赵东南答应离婚的条件。柳漾心知他担心自己吃亏,特意带着几分得色说:"新房子归我一个人,把他除名了,正在办手续。"

本以为秦飞会说恭喜,但秦飞跟陈玉兰的想法一样,立即说:"啊?就这啊?那你要还很多房贷,工资够用吗?"

柳漾感到暖心,只有自己人才不认为她占足了便宜,而是想到她面临的压力,这比张玢强一万倍。

前两天,张玢得知新房整个归柳漾,冲来617医院质问过。柳漾吃定她碍于颜面,干不出坐地撒泼的事,不欲多说:"是你儿子的决定,你找他比

找我效率高。"

柳漾没抓到赵东南和向雨恬的实质把柄,凭什么房子归她,却要赵东南承担外债?张玢咽不下这口气,在输液区找个位置坐下,一副要跟柳漾算总账的架势。柳漾通知了赵东南。

赵东南赶来,果真连妈都不喊了:"我跟漾漾既然已经离婚,你对她来说就是个外人,你一个外人跑来找她,她没把你打出去算好的。"

赵捷成也来了,父子俩齐心协力把张玢弄走了,就一套只付了一半首付的房子,给了就给了。

送完柳漾,秦飞回火锅店吃夜宵,冯鹃见面就问他知不知道柳漾离婚一事,他趁机再次让冯鹃高抬贵手:"她就那点儿工资,既要还房贷,还得向你上供,你俩那个协议作废了吧。"

冯鹃仍是那句话:"盈利再说!"

秦飞说:"过年那个月已经盈利了。"

冯鹃说过完年就打回原形了,然后批评他:"你闲事管得还真宽,人家比你小了快两岁,都已经有房了,你同情她,不如同情你自己。"

秦飞问:"得付出小产代价,你愿意吗?"

冯鹃不理他,过片刻说:"她可能是心思太重,把身体搞垮了,伢才没保住。依我看,她早该离了,我没离,是秦刚威胁要杀了我,她为什么不敢离?还能少怄点儿气。"

秦飞嗤她:"不是不敢,是舍不得。你还不是不肯跟老柳离?"

冯鹃边忙边看电视剧:"我图个心里舒坦!只要陈玉兰不舒服,我就舒服了。"

柳漾不离,可能也赌的是这口气。秦飞激冯鹃:"要是柳漾不掏三十万,你照样不舒坦。"

冯鹃翻翻眼睛:"总不能人财两空吧,我总得图一样。"

喜欢一个人,不见得离不开他,但是图到一样心里才好受些。秦飞笑笑,约阿豹和乔蓝夫妇吃饭。他和蒋馨月分手后,乔蓝几次要给他介绍对象,他都推了,这次却说:"那就帮我留意呗,把我家里情况说在前头。"

一周后,秦飞和乔蓝介绍的女孩见了面。女孩名叫唐宁,二十四岁,财经大学学财务的，大学毕业考上公务员，在区社保局窗口上班。

唐宁老家在一个县城，距离武汉几小时车程。她弟弟读不进书，在当地职校读酒店管理。唐宁对秦飞很满意，她把秦家的情况一说，她父母很满意，秦飞是武汉本地人，名牌大学毕业，知名公司员工，能独立带项目团队，是潜力股，家里负担也不重，后爸死了，没扯债，妈是火锅店老板，生意还不错。

秦飞亲爸坐过牢，这点是比较麻烦，不过秦飞不和他来往，也狠得下心，唐家父母没什么可挑剔的。秦飞有个弟弟则完全不是事，唐宁也有，而且柳俊杰很争气，会读书，还比秦飞小那么多，就算将来他要帮弟弟张罗婚事，那也是十几年后的事了。唐帆已经十九岁了，他让秦飞帮忙还在前头呢。

有板眼火锅城的会计是兼职，唐宁主动请缨，并且不要劳务费，她周末不忙。秦飞跟冯鹃说了，冯鹃不同意："无事献殷勤，非奸即盗！"

秦飞说："她性格比较腼腆，不像个心机深的，乔蓝不可能给我介绍那种人。"

冯鹃见过唐宁两次，从面相来看，人算是乖顺，但经济是命脉，被未来儿媳妇掌握了，对她没好处。她不松口，秦飞没强求，有一搭没一搭和唐宁相处。

4月17号是柳漾生日，她喊上沈维和宋青等好友去有板眼火锅城吃饭。同在武汉的这几位好友都是柳漾曾经的伴娘，这一年里，有两人结婚了，还有一人在筹备婚事，日子定在7月，柳漾举杯："长长久久！"

宴席散去，柳漾开车送沈维和宋青回家，她俩仍是未婚。宋青相了几次亲都没发展下去，有点儿发愁，沈维建议她下载约会软件，但宋青觉得约会软件上大部分用户是在寻找短期性伴侣，不是真心诚意找结婚对象，沈维就闭嘴了。当代人的社交圈有限，约会软件不过是结识陌生人的渠道之一，她几任恋人都是通过软件认识的，也都想和她建立稳定关系，奈何她不这样想。

等宋青下车，柳漾问沈维是否介意宋青对约会软件的刻板看法，沈维完全不。诚然线上有些人动机不纯，有些人是骗子，她得多留点儿心眼甄别，但人性坏起来恶起来是一样的，不分线上线下。

柳漾很赞同，但宋青是传统保守型，对约会软件有偏见是能理解的。沈

维也承认约会软件有利有弊，亦真亦假，但对她来说很好用，像自己这种没有责任感的人只谈恋爱就好，别跑去结婚，误人误己。柳漾说："有自知之明的人少，赵东南肯定认为自己很有责任感。"

这是离婚后，柳漾第一次主动提起赵东南，沈维听出她的感伤，换了话题。去年今天，赵东南为柳漾庆生，捧着大束玫瑰求婚，她知道柳漾不可能忘记。

转天柳漾上小夜班时，一对年轻父母抱着孩子冲进急诊，小宝宝才一岁多，奶奶疏忽，他从楼上摔下来，硬膜外出血。

送进手术室的时候，小宝宝乖乖的，也不哭，睁着乌溜溜的大眼睛看人。柳漾想起自己没出世的孩子，很想哭。

那时不知是男孩女孩，柳漾和赵东南取了几十个名字，她盼望是女孩，想让孩子小名叫芊芊。中学时，柳漾看过无数言情小说，最喜欢的那部女主角名叫芊芊，是个芭蕾舞者，作家说"芊"字看起来像个头戴花冠、单腿独立起舞的翩翩少女，她记到了现在。

半夜时，有个尿毒症患者没挺过去，儿子风风火火为老母亲张罗身后事，脸上看不出丝毫悲伤，看着人高马大的人，合上死者的下巴，红着眼睛温柔地说："妈，咱们回家了。"

待到安顿完毕，男人把脸埋在胳膊里痛哭。柳漾看着他，抹了一把眼泪，萦绕在心头的泪意得到释放。徐怡翎经过，拍拍男人的肩，再拍拍柳漾的肩，她前些时日去北京进行学术交流，昨天回武汉才知道柳漾离婚了。

离婚是柳漾一再提的，终于如愿以偿了，但落单时眉间不见喜色。徐怡翎说："才二十几岁，还会有更好的。"

柳漾眼泪涌出来："我不准备再找了。"

"随缘吧。"徐怡翎不认为柳漾会孤身下去，这只是刚失去一段感情的人常有的心态。

5月初，房产各项手续办妥，房子正式归属于柳漾一人。赵东南来617医院递交证件，正碰到一个精神病人追着骚扰护士们，众人都躲起来，他迅速地把柳漾藏在身后。

保安制服了精神病人，柳漾继续去忙。赵东南追问："你最近过得好吗？"

这段时间，赵东南每落实一项就向柳漾汇报，柳漾回复收到，再无二话，闻言刀他一眼："找你的新欢去！"

赵东南失落离去，柳漾去治疗室，给烂脚病人换药。一解开，脚臭味扑鼻，像腐烂海鲜，她擦两下就得停下来扭头换换气。

宋青让家属拿个盆，放脚下边碘伏倒着冲，家属很快就干呕起来，跑去卫生间吐。柳漾换完药，眼泪流下，病人很不好意思，她笑笑说碘伏气味太大，熏的。

孩子没了，房子也移交了，从此和柳漾再无瓜葛了吗？赵东南借酒消愁。向雨恬找去烧烤店，老板在烤羊腿，赵东南站在旁边看，眼睛里映着火光和泪光，向雨恬慢慢走向他："赵哥。"

这家店的羊肉好，赵东南带实习生们来过几次，他不答，往旁边走。向雨恬追上去，从身后揽住他的腰，脸贴在他背上："我知道你离婚了。"

越东南说："我什么都没了。"

"你有我。"向雨恬寻找赵东南的手，手指插进他的指缝，赵东南转过身，吻下去。

ZHONG GUO JIE **04**

小升初考试临近，柳俊杰很紧张，吃不香睡不好，但他年纪太小，不适合吃安神药物，冯鹃在网上查了几个食谱，变着花样炖汤，让秦飞送来。

秦飞每次把柳俊杰送到就走，不多和柳漾交谈，柳漾有时日没跟他聚了，上次过生日喊他，他也说在加班，有天柳俊杰一语道破天机："我哥谈朋友了！"

柳漾埋怨秦飞不分享喜讯，秦飞只说是接触看看，还没确定关系，柳漾想多问几句，他溜了。

秦飞有了交往对象，柳漾挺惋惜，自打她从心里认可秦飞，就想撮合他和宋青，但宋青不干："她妈是你妈仇人，我找谁也不找他！"

柳漾跟冯鹃打交道以后，对她的恶感本来日渐减退，可一想到冯鹃的身

份等同于向雨恬，心里不可能完全不硌硬，不过柳俊杰很乖，她倒是能把他当弟弟看。弟弟要考试了，她帮不上忙，但不能添乱，便搬去和沈维同住，以免自己不规律的作息影响到柳俊杰。

今年天热得早，5月中旬就有很多人家用上空调了，吃火锅的人少，但靠着东升烧烤和鹃姐秘制小龙虾，有板眼火锅城总有人等位，这一条街的餐饮店都很羡慕。

有天下午，几个食客来扯皮，他们吃了店里的油焖大虾，上吐下泻，进了医院，店里必须赔偿他们食物中毒的费用。程东升让他们出示发票和医院的诊断报告，食客们发了火，闹了起来。

程东升把这几个食客请出去谈话，他们从背包里掏出横幅抖开，当街控诉火锅店把人吃出毛病。冯鹃一看这阵势就明白了，他们是来坏事的，她眼珠一转，找领头的要了诊断报告，拍了照，说请外聘会计照价赔偿。

照片发给了柳漾，柳漾托人去问那家小诊所的医生，医生表示的确有一人吐着就来了，但吃坏了倒未必，多喝几瓶也有这效果。柳漾让秦飞去辟谣，但坏事才传千里，火锅店一时门可罗雀。

程东升喊来表弟，表弟喊来大哥，驱散了那几个人，但过了两天，他们又来了，仍然拉个横幅堵在门口。

这次，表弟还没赶到，秦刚倒大摇大摆地来了。他的腿伤还未彻底痊愈，但阵势不倒，手一挥，带来的小年轻轰上，把那几人打得抱头鼠窜。

冯鹃痛骂秦刚多管闲事，秦刚口气不小："你们店还想做生意，就请我当保安队长镇店，我保证收服那帮泼皮，一个月不多要，三千，怎么样？"

"给你三万，你来当大老板。"程东升撑到表弟一行到了，有请秦大保安队长滚出去。秦刚大怒，小年轻再次轰上，跟表弟等人交手，摔烂椅子无数。秦飞赶回，远远看着板凳嗖嗖往外飞，拔腿冲进火锅店。

秦刚想抖狠，打上了方桌的主意，他半弯下身子，努力抱了抱，作罢。秦飞站在一旁看他。很小的时候，他喜欢看龙灯，看舞狮子，秦刚总驮他去看，狮子和龙灯走到哪儿就跟到哪儿，如今一张桌子就轻易把秦刚打败了，他老了。

秦刚一伙不敌，被表弟等人丢出去了，躲在暗处的那帮食客趁机偷袭秦刚，他两条腿又被打折了。

秦刚结识的小年轻轻车熟路,把他抬进617医院,往急诊中心一送就溜了。柳漾找秦飞:"怎么办?"

秦飞说:"让他自生自灭。"

秦刚拄着拐杖,一瘸一拐找柳漾:"护士,我认得你。我儿子把我拉黑了,你帮我找他。"

有个初中女生被同班男生尾随,女生在挣扎中头撞到树上,一脸的血,路过的女人把她送来医院。柳漾撇下秦刚:"你儿子都不管你,我一个护士更帮不上。"

女生的父母和男生的母亲都来了,男生的母亲替儿子辩解:"喜欢你才欺负你,他不是故意的。"

女生的母亲掷地有声:"喜欢就是喜欢,欺负就是欺负,别混为一谈。你儿子跟踪我姑娘,下次指不定干出什么事,你得教育他。"

女生的父亲一巴掌扇在男生母亲的脸上:"我喜欢你,你感受到了吗?"

男生的母亲捂脸吼道:"打女人,算什么东西?"

女生的母亲说:"你儿子还打我姑娘呢!你算什么女人,我只晓得你是小浑蛋的妈。"

柳漾很为女生的父母叫好,她在急诊中心看过不少女孩被欺负,父母不仅不安慰,还怪她回家太晚,又或是问她,为什么不欺负别人,欺负你?最多是给女儿换个离家近的补习班。女孩是应该让自己避免危险,但男孩的父母更该教育他不能施暴。

秦刚挤在人群里看得津津有味,等女生的母亲去交医药费,他跟上去说:"我帮你打那小浑蛋一顿,你帮我出个医药费,怎么样?"

女生的母亲没搭理秦刚。秦刚靠在长条椅上看热闹,柳漾等那两家人走了,过来给他清理伤口,冷冰冰道:"那个姑娘伢的妈说你不容易,给你出了治疗费。"

秦刚咧嘴直乐。柳漾又说:"你儿子连外人都不如,还指望他干吗,你死了,他都不会替你收尸。"

秦刚骂了几句,支棱起拐杖走人。秦飞闪进治疗室,他都看到了。柳漾问:"你现在这个女朋友晓得你有这么个爸吗?"

"都说了不是女朋友。"秦飞奉上奶茶和水果,"你让我对他狠心,自己

倒看不下去了。"

"就当是个普通的伤员,不能不管。"柳漾让秦飞做好准备,秦刚三天两头闯祸,绝对还有下次,得想办法让他蹦跶不起来才行。

秦飞挺沮丧,他爸做事只会乱来,还不听人劝,但他想不出能让秦刚老实的办法,快快回火锅店帮忙。最近到了夜宵的好季节,小龙虾和烧烤贡献了每天六成以上的利润,剩下有三成是冯鹍做的卤味和小菜,时常有人买了打包回家吃。

5月底,有板眼火锅城终于再次实现盈利,虽然不如春节期间,毛利区区三万块,但也可喜可贺。秦飞周末休息,来617医院等柳漾下班,去火锅店庆祝。

接班的同事遭遇大堵车,柳漾推迟下班,秦飞充当半个护工,帮病人举举输液袋,扶着落座。

大川没抽过动脉血,扎坏了两处,柳漾让男病人脱长裤,男病人扭扭捏捏:"你们还有别的男护士吗?"

柳漾皱眉:"快点儿。"

男病人解开皮带,柳漾"唰"地把他的裤管扒下,在他大腿内侧抽血。男病人疼得龇牙。等柳漾忙完,秦飞凶她:"你们不是有好几个男的吗?!"

柳漾说:"在我们医生护士眼里,所有人都没性别,来这里的都叫病人。"

秦飞说:"不对。"

柳漾洗耳恭听他的高见,秦飞拍拍胸:"还有些人叫家属。"

这个笑话一点儿都不好笑。柳漾拿着工具去忙。治疗室里,徐怡翎为病人清创,柳漾跟一个婆婆说:"婆婆,我准备给你灌肠了哦。"

徐怡翎顿时手速加快,柳漾笑个不停,其余护士也笑了。秦飞不明所以,凑近来,被柳漾轰走:"滚远点儿。"

走到治疗室门口,秦飞仍能闻到一股臭气,他懂了,回头望去,柳漾专心忙碌着,周围的人都捏起了鼻子。他仿佛是第一次明白人们为何把医护人员称为白衣天使,不禁对赵东南的鄙视深了几分,长得再人模狗样,却是个睁眼瞎,不知好歹。

向雨恬和赵东南恋爱后，朋友圈更新得很勤，秦飞无数次庆幸柳漾看不到那些照片，他猜测赵东南会被向雨恬要求发朋友圈，但从柳漾的表现来看，她统统没看到。可能是赵东南分了组，不让柳漾看，又或许是柳漾拉黑了赵东南。

火锅店门前停满了车，秦飞把车停进小区，步行过来，店内，柳漾和柳俊杰等人已经吃上了。柳俊杰感激柳漾关心他考试，才跑去跟沈维挤着住，连剥了几个小龙虾给她，柳漾让他自己吃，柳俊杰说他不爱吃小龙虾。冯鹃知道小儿子是舍不得吃，但很乐见这对姐弟相亲相爱，只叹柳志华见不着了，暗自心酸了好一下。

程东升和肖晓钰的子女也都来了。秦飞进来，柳漾问："你女朋友怎么还没来？我还没见过她呢。"

秦飞啧道："跟你说了几次，不是女朋友。"

饭吃到一半，秦刚拖着瘸腿，被两个小年轻扶着，在门口晃悠。秦飞出去教训他爸："伤筋动骨一百天，你想当跛子就随便。"

秦刚嘿然："我就说我儿子还是关心我的嘛。我也关心关心店里的生意，上次那帮人再没闹事吧？"

秦飞说："闹不闹事都不关你事。"

秦刚往店里一指："那个小的是小崽子？"

秦飞脸一白："你想搞么事？"

秦刚搓搓手，仍嘿嘿笑："不搞么事，你一个月给我五千，我肯定就不搞么事。"

程东升的表弟出来了，秦刚拄着拐杖，一跛一跛地溜了。吃完饭，秦飞先送柳俊杰回陈玉兰家，再送柳漾回沈维家，路过一处在建的大楼，围墙上画着二十四孝的故事，等待红灯转绿，柳漾盯住孝字看了又看。

孝字，上老下子，很好理解，子女肩负老人。但老字下边那个匕字去了哪里？匕首扎在了子女心上。老人不知道，他们曾经言语如匕首，一刀一刀，戳在心窝，仅仅是"为你好"。

为我好，那就用我认为的好待我，可惜父母和子女很难互相懂得。如果那把匕首只一味地往身上捅，舍了也罢。柳漾提醒秦飞，对付无赖就得拿出无赖的方式，他对楼上高空抛物的老头能以暴制暴，为何不能用在秦刚

身上？

秦飞闷了半天，他何尝不知道，脸皮要厚，人要够凶，才不被孝道裹挟，然而再厌恶秦刚，他也做不到把他爸揍个半死。如今不揍不行，秦刚已看到柳俊杰那张脸了，柳俊杰是柳志华的儿子，谁知道秦刚会怎么报复他？

柳漾支了一招，她听柳俊杰说过，秦刚以前在娱乐城放码，做这种营生伤天害理，不如请几个人客串被赌鬼弄得家破人亡的家属，去堵秦刚算总账。秦飞叫好："恶人自有恶人磨！"

程东升的表弟物色了若干生面孔，秦刚刚在店门口露脸，那伙人就盯上他了，以当年被抢劫的苦主家属身份亮相，对秦刚狠揍几拳，还逼他吐出钱财，秦刚连滚带爬地逃了。

ZHONG GUO JIE 05

唐宁来店里找秦飞，秦飞数次直言彼此只能当普通朋友，她不甘心，打着完善记账软件的由头来了。

秦飞从后厨端出几道凉菜，跟她边吃边聊，再客客气气地送出门："有空来吃饭。"

唐宁问："真的只能当普通朋友吗？"

秦飞说："对不起。"

唐宁哭着走了。秦飞手插裤兜晃进店里，冯鹃斜眼看他："不对头。掰了。"

秦飞故意说："没掰。"

"没掰就出去玩了，你都不肯假一下，我就晓得成不了。"冯鹃夸口自己言情剧不是白看的，秦飞和唐宁就没进入恋爱氛围过，"你那哪是谈恋爱，报了个财务补习班还差不多！算了，再找。"

秦飞笑道："换了别的妈，肯定说感情是可以培养的，逼我再试试。"

冯鹃丢给他一根冰棍："感情是不需要培养的，喜欢就是喜欢，一清二白，连外人都看得透亮。你们男的跟女的不一样，女的哪怕一开始不喜欢，时间长了就会对男的有依赖感，踏踏实实跟男的过日子；男的不行，男的要是对女方喜欢不起来，这一生都不喜欢，绝对不甘心跟她过到老，早晚散伙。"

秦飞趁势说："我确实对她没感觉，以后不结婚行不行？"

冯鹃说："你想怎样就怎样，不沾黄赌毒就行。"

秦飞奇了："你对我就这么低要求？"

"自己几斤几两要晓得的。没多少感情，家里条件又不好的，你找了不如不找。家里条件好一点儿的，你有那种爸，他们会嫌你，我不希望我儿子被人嫌。你不结婚也随你，但是不能在外面搞出病来。"

冯鹃如此开明，秦飞斗胆一问："我找个离婚带伢的，互相不嫌，你觉得呢？"

冯鹃盯住他。秦飞和她对视，但撑不住两秒，败下阵来，移开目光："我就随口一说。"

冯鹃"啧"了一声："离婚的勉勉强强也行吧，带伢还是算了。你俩总得生个自己的吧？养两个伢，压力太大了。"

秦飞笑得很欢畅："老娘，我真是对你刮目相看，你连离婚的都不反对？"

冯鹃哼道："离婚就不是人吗，我离了两次，就该被人瞧不起吗？离婚不犯法吧，他们有什么资格嫌弃我。"

秦飞本能地去掏手机，在长江大桥看日出那次，柳漾说："去年刚结婚，今年就离了，我做人太失败了。"

照冯鹃的看法，离婚不是拥有过一段失败的婚姻，而是结束了一段不合适的情感关系。秦飞点开柳漾的头像，想跟她分享这一观点，冯鹃瞥了一眼："我晓得你在动歪心思。"

秦飞手一顿，抬眼看冯鹃，冯鹃把话题岔开了："你要是养两个伢，还得管杰杰，怕是累得要得抑郁症。"

秦飞嘘道："你不是坑了柳漾帮你养杰杰吗？"

冯鹃气恼，一小筐毛豆都丢给秦飞："两头的角都剪了！"

秦飞咬着冰棍干活，鹃姐的五香毛豆下酒很不错，他挺开心的。今天跟唐宁彻彻底底说开了，她不会再为他浪费时间了，值得喝一杯。

柳俊杰考完试，发挥正常，秦飞送他回团风小住，好好放松一下。临行之际，他喊上柳漾再来有板眼火锅城聚餐。

吃完饭，秦飞和柳俊杰走了，柳漾左右无事，晃去后厨跟冯鹃闲聊。冯鹃顺手点开秦飞开发的记账软件："你也注册一个账号，以后我就不用定期跟你报备了，你自己看。"

记账软件很好用，柳漾夸了秦飞两句。冯鹃说："他以前哪懂财务，是小唐帮忙一起做的。"

柳俊杰提过秦飞的相亲对象姓唐，管她叫唐宁姐。柳漾一听就知道冯鹃说的是谁："他俩谈得怎样了？秦飞好像不是很喜欢她，我问过，他每次都说不是女朋友。"

冯鹃看她一眼，似笑非笑："飞飞不喜欢她，你看得出来？"

柳漾说："去年在桂林时，他受了伤还抱着手机跟女朋友聊个不停，那才是真喜欢。"

冯鹃大咧咧道："那一段已经过去了，这一段也熄了火。哎，随便他，他想喜欢哪个就喜欢哪个。"

柳漾没见过唐宁，但柳俊杰说唐宁姐长得很秀气，性格很文静，她觉得是冯鹃会喜欢的模样，但秦飞和唐宁吹了，冯鹃毫不在意，她很惊讶："没谈成你还高兴？"

冯鹃聊了聊唐宁的家庭，她弟弟唐帆是超生的，她妈为此丢了公职，开了个小卖部。宁可丢工作也要追生儿子，冯鹃看不来这种重男轻女的家庭，她自己就是受害者，何况唐宁还打上了火锅店的主意，想让弟弟职校毕业来当大堂经理。柳漾说："那可不太好。"

冯鹃神气地说："财务我都不让她插手，她还想派人渗透进来？二老板哪是那么好对付的？"

柳漾大笑。冯鹃说："你是四老板。"

四老板乐了半天。冯鹃话锋一转："你在感情上有什么打算？"

柳漾说自己没打算，过一天算一天，除了把工作搞好，对病人负责任，她懒得想更多事。冯鹃明白她还没完全走出来，便不多问，聊起这几天追得正起劲的言情剧，柳漾也在看，顿觉找到知音，两人叽叽哇哇说个没完，等入夜店里忙起来，柳漾才走。

柳俊杰不在家，柳漾便又回家住，正好给沈维和许涵相处的空间。许涵是沈维新近交往的男朋友，他去年才考上大学，比沈维小八岁，沈维管他叫小男孩。

沈维和许涵是在医院认识的。许母被家暴，但不离婚，理由跟相同遭遇的女人一样："他好的时候，对我还是很好的。"

一个男人动手打你，能好到哪里去？许母习惯了这样的生活，但许涵没有，小时候他打不赢他爸，被一起打，长大了些，能和他爸交手了。他妈劝架："哪有儿子打老子的。"

刚开始，许涵还试图说服母亲，时间久了就麻木了。许父暴戾，许母也伤心，但几句软话就能哄好她，还自发替他开脱："你爸不是故意打我，就是脾气上来了，平时对我挺好的。"

许涵高中就住校，考上大学不再回家。前段时间，他一接通电话，就听到母亲哀号："你快回来！"

许父参加同事的婚礼，让许母熨烫衬衫，嫌她手脚慢，许母分辩，许父怒极，抓起烙铁烙上她的脸，她躲得快，但下巴仍被烫伤了。

男的认错，女的原谅，向来如此。许母在社区诊所敷药，落了疤，许涵送妈妈到医院植皮。沈维为许母预约手术时间，许母对病友抱怨自己命苦，沈维说："第一次打你，你没反应过来，情有可原，打了几次，你为什么不走？"

许母嗫嚅，说她当了快二十年家庭主妇，跟社会脱节了，不知能走到哪里去。沈维问："他打你，还说你吃他的喝他的，他打得，是不是？"

许母不说话了。病友也说："靠他养，那是没话说了。"

许母反驳："他说过他愿意养我。"

沈维瞧着许母的衣着，过时的款式，半旧不新，所谓养，不过是给点儿家用钱，抠抠搜搜才能给自己置换几件衣裳。她说："不想再被打，就去找事做，为自己，也为你儿子想想。"

女病友赞成沈维的说法，但认为一个巴掌拍不响，许父总不会无缘无故打人。许母深以为然，立即认错："我是有做得不好的地方。"

沈维反问："他也有做得不好的地方，你动手打他了吗？你做得不好，他就能打人吗？"

女病友帮着许父说话："男的要养家，在外头压力大，脾气上来控制不住。"

沈维恶向胆边生，很想寻衅滋事，死死忍了，反问："所以你是让她忍到被打死吗？"

女病友说："离婚女人路不好走。"

社会上很多观念对女人很不友好，沈维没好气："不好走总比被打死强。"

许母放过离婚的狠话，但总抱有"如果他肯改，我就不用离"的幻想。沈维无话可说，人最大的天真，大概就是无法相信同床共枕的人是恶人吧。

许母住进医院，没过两天，同病房的年轻女人找沈维换病房，她不想跟这人住在一起。许母都被毁容了，还一脸骄傲，对年轻女人抒发爱就是奉献和牺牲，因为她爱她老公，爱儿子，她甘愿放弃前途，全力支持一大一小两个男人。

一边跪着，一边嗷嗷叫唤我好幸福，沈维叹息："被打成这样了，还说她男人宠她，怎么个宠法，打得她出不了门吗？她儿子愿意她这种牺牲吗？"

许涵在她背后说："不愿意。"

沈维转头，看到一张年轻俊秀的脸庞，两人自此相识。跟许涵恋爱后，沈维才知道许母婚前是助理道路桥梁工程师，按正常的职业发展，她前途光明，但怀孕后，她被领导发配去打杂，原本属于她的培训学习也给了男同事。她抗争过，可是领导说："一怀孕就三天两头请假，培养你的费用都打了水漂，当然要优先以事业为重的男人。"

许母气愤难当，丈夫把她哄回了家，她再没出去上班，丈夫偶尔买支口红，给她一点儿钱，带她出去吃个饭，她就感动得发朋友圈，感恩生活。

许母植皮后出院，许涵把她送回家，宣布脱离母子关系，也脱离父子关系，他大学学费自己解决，不会再要他们一分钱，他们是死是活，都跟他无关。

许母哭哭啼啼，许涵再不理她。他找了两份兼职，他拿到第一份工资，给沈维买了礼物，表明了心意。

许母住院期间，许涵几次探病，沈维一举一动一言一行他都看在眼里，她很多观点他都很认可。沈维不婚不育的观点也被他接受："我也不想。"

沈维和许涵不以结婚为目的，恋爱谈得轻松甜蜜，柳漾有时不免触景生情想到赵东南。离婚后，她想拉黑赵东南，没舍得，屏蔽了事，每当想起他的时候，就立刻喊停，在脑子里也将之屏蔽。

赵东南和向雨恬早已谈上恋爱了吧，他们会走进婚姻吗？这一夜，柳漾没能管住自己，脑海里的屏障坍塌，她不可遏制地想了下去，越想越烦，心也在疼，又想起未能出世的孩子芊芊，她难受得坐起来，再吞颗助眠药物，强制自己沉沉睡去。

06

赵东南宣布和张玢断绝关系以来，一直在外租房住，张玢经常让赵捷成喊他回家吃饭，他都拒绝了。虽然和向雨恬如胶似漆，但在网建部转不了正，他心情好不起来，不太想见到张玢。

刚跟赵东南恋爱那会儿，向雨恬和母亲约着喝下午茶，带上了赵东南。赵东南买了礼物，很有些紧张，但向母挺有分寸，待他落落大方，保养也得宜，像向雨恬的姐姐，而不是妈妈。

母女俩喝完下午茶去做头发，做完头发去逛街，赵东南全程作陪，晚餐后，他把向家母女送到家门口才走。向雨恬问母亲："你觉得他怎么样？"

向母说看着不错，稳重周到，但向雨恬请求父亲想办法把赵东南留在网建部，父亲拒绝了。向雨恬发急，赵东南借调到网建部这么久还没转正，想回维护中心吧，他的位置有人顶上了，且做得有章有法。

赵东南不跟向雨恬倾吐苦恼，但两人谈恋爱，公司哪有不议论的，都说她亏了。向雨恬撒娇，但父亲仍不迁就她，还告诫她，家里在通信行业的资源用来全力栽培她，但没有提携男人的道理，男人是外人，女儿才是自家人。

向雨恬噘起嘴："可他是我男朋友。"

"自己奋斗的男人更有魅力。"向母送出一只包哄哄女儿。

"你想谈恋爱就谈恋爱，但男人是养不熟的，白眼狼太多了。"向雨恬牢记母亲的叮咛，只和赵东南你侬我侬，绝口不提助力事业。

赵东南不肯回家住，张玢去过电信公司几次，知道他和向雨恬谈起了恋

爱。但谈了两个月，赵东南的事业仍没有转机，张玢很心急，以向家在本地行业内的根基，让赵东南在网建部转正明明是一句话的事。

儿子爱面子，张不开嘴，当母亲的不能不帮着想点儿办法。张玢又去电信公司找赵东南，这次不劝他回香榭水岸，而是递上一套大品牌化妆品："我让老谢的儿媳妇参谋的，年轻人爱用。"

赵东南让张玢退货："不见得适合她的皮肤，我自己买。"

张玢急得要哭："你跟柳漾离婚这么长时间了，不能还因为她不认我吧？"

"两码事，我有数。"赵东南推说要开会，弄走了张玢。下了班，他带向雨恬去吃饭，吃完逛商场，他想送件好点儿的礼物给她，向雨恬隔三岔五就送他礼物，他挺别扭。

向雨恬花钱如流水，赵东南陪她购物时，压力很大，他毕竟还得攒钱还买房时借的外债，不过向雨恬几乎不让他花钱，除了定情时的戒指。她大包大揽，还总说："我找你不是想让你为我花钱的。"

女朋友越是宽谅，赵东南的心理压力就越大，他和柳漾都不是大手大脚的人，金钱上有商有量，但向雨恬高兴或不高兴时都在购物，购物前后去昂贵的馆子吃喝，他想劝止，不能够。向雨恬花的是她父母的钱，他无从干涉。

在大品牌旗舰店，向雨恬挑挑选选，赵东南拿起一只白色的拎包，款式很简单，却让他忽然想起柳漾那只梨花娃娃。想到梨花娃娃，就想起未出生的孩子，他和柳漾曾经多么期待孩子的到来。

向雨恬选了一款包，赵东南不顾她反对，冲去刷信用卡。当向雨恬和朋友们分享视频时，他去门口透气，莫名想给柳漾发信息，忍住了。商场琳琅满目，看到适合柳漾的，竟还是想买给她。

脑中自从打开了这道闸，就一发不可收拾，赵东南此后隔三岔五就会想起柳漾。过早时吃热干面，向雨恬吃了几口就放下筷子，嫌热量太高，他心想柳漾不吃热干面，但是除了面条和排骨，她吃什么都很香；晚上他在办公室加班，向雨恬在旁边观看时装博主的视频，不时举起手机问他这件怎么样，那件怎么样，他心想柳漾穿得最多的是工作服，统共没几件衣服，连婚纱都是租的，她说这辈子只穿一次，用不着花钱买。

有个傍晚，向雨恬又拉上赵东南逛品牌店，扶梯上，年轻的妈妈抱着白白胖胖的可爱婴儿，赵东南乍然又想到柳漾，想到她为孩子取的小名叫芊芊，心里痛不可当。

向雨恬抱着衣服进试衣间。赵东南没能再忍下去，点开柳漾的头像，打下几个字："我想芊芊了。"

点击发送按钮时，赵东南是紧张的，万一柳漾已将他拉黑，他内心的痛楚感会更甚，但是并没有，信息顺顺利利发出去了，虽然没收到回复。

没被拉黑，说明自己在前妻心里仍有一席之地，赵东南再无顾忌，一想起柳漾，就发出消息，就跟有的同事玩手机游戏解压解闷一样。

跟向雨恬恋爱后，赵东南在生活上堪称全方位享受，然而特地飞去日本，吃到极好的海鲜时，他脑海里浮现的却是柳漾被张玢用筷子砸伤眼角的那张照片。一份打折后三十来块钱的三文鱼，便让柳漾蒙受了无妄之灾，他痛心地想，求婚时他承诺一辈子对柳漾好，只是一句空话。

是跟柳漾说过对不起的，但还不够，赵东南又给她发了信息："以前总以为是我妈让你受委屈，其实是我，是我没能好好待你。"

赵东南发的每条消息，柳漾都会反复回看，从那句"我想芊芊了"开始。它其实是"我想你了"，她无法不这样想，因而有一丝解恨。向雨恬比她漂亮还有钱又如何，她并不能得到男人全身心的爱慕，男人仍会牵挂另一个人。

日本归来后，赵东南约柳漾见面："有些话，我想当面对你说。"

柳漾看了又看，终于选择回复："但我对你没什么好说的，不见。"

赵东南那边沉寂了，柳漾工作时一再按亮手机，但他没有再发来信息。她的心又疼起来，既懊恼于自己居然在隐隐盼望，更痛恨自己居然不恨赵东南。她以前嘲笑过："男的出轨，女的却只和女的互相揪头发，难道不该是扑上去对男的二打一吗？"轮到她自己，她悲哀地承认，原来自己和那些女的没两样。

既已离婚，就不该再被赵东南扰乱心神，在又一次失眠后，柳漾采纳沈维的建议，报考了成人教育，想在两年内完成专升本。高中时，她沉迷于言情小说和电视剧，成绩稀巴烂，工作了方知专业技术才是自己在这世上安身立命之本。

沈维看过赵东南发的信息,她觉得赵东南跟许涵的父亲是一路货色,嘴里说得再动人,做起事来仍自私自利,这一条条信息不过是自恋的产物,满足他在某些时刻的抒情需求,以资证明他仍是有良心的人。

许涵和沈维初相恋时,聊过自家的情况。许父跟人合开了小公司,以低价承接工程项目,利润不算高,分到他手上的钱有限,但他好热闹,讲排场,还能说会道,唬住过不少女人,许母知情,但一次次地忍了。

从许涵记事起,就有不同女人找上门来,有的扬言不计较名分,只求跟在许父身边,更有甚者想和许母做朋友。柳漾瞠目:"我说服自己当宰相,肚子里撑一条船就很痛苦,他妈竟然能做到门泊东吴万里船。"

忍了十几年,或已成为惯性。一次,许涵和沈维约会时,母亲向他求救,他爸提出离婚。许父在外面找了个女大学生,约莫很合他心意,径直下了通牒:"她怀孕了,她老子打上门了,我不跟她结婚说不过去。"

许母向儿子哭诉,自己整日在家照顾丈夫儿子,老了却要被踢出门,天理何存?许涵被母亲一天几个电话打来,到底回了家,但父子两句话就谈崩。

女大学生只比许涵大三岁,算同龄人,但许涵不意外父亲能吸引到她。父亲的长相虽不出众,也不年轻,但有的女人会被所谓的"成熟有阅历"蒙蔽,即使其实只是男人擅长自信十足地吹牛罢了。

许父的女人很多,但都是露水情缘,不曾为谁抛妻别子,眼下竟会认了真,许涵百思不得其解,问沈维:"他要是早点儿离婚,我妈伤完心可能就觉悟了,还能把专业捡起来。结果十几年都这么过来了,雄心壮志早磨没了,现在被丢到社会上,择业面就很窄了。"

许母一结婚就怀孕辞职当主妇,从此不事生产,完全指靠男人养家,所以她本质是好逸恶劳的,她落到这番田地是意料之中的事。但这些话太重,沈维不忍对男朋友直说,只道:"才四十四岁,不老。我一个护士,都在考研想转医学影像,她是正规本科生,助工出身,起点比我高得多。"

沈维早两年就拿到了成人教育的本科毕业证了,但护转医条件非常苛刻,限制也多,她做好不成功的思想准备,在学习中能掌握更多医学技能,就于愿已足。她让许涵以自己为例去激励母亲,但许母颠三倒四就表达了一个诉求:"只要你爸不离婚,我什么都不计较。"

许涵愁闷至极,离婚对母亲分明是解脱,但她偏偏一头扎进牛角尖里。

重拾专业需要下苦功,她做不到也罢,找个糊口工作却不难,可她打死不离婚。

沈维想瞧瞧许母的脑子是怎么长的,让许涵喊出她。曹燕林和许母遭遇相仿,且没读过几天书,都肯脱离绝境,许母可是受过全日制高等教育的人。

儿子找了大么多的女人,许母很有意见,但反对无效,便勒令许涵别和沈维结婚,不结婚他就不亏。许涵气闷:"你以为每个女的都跟你一样,被打得破了相,还巴着男的不放?不想结婚的是她。"

沈维订了餐厅靠角落的座位,想和许家母子安安静静地说说话,但一顿饭刚吃上,许母就牢骚不断,责备男人冷血,更怨自己命不好,操劳半生,却被男人扫地出门,这把年纪了,除了做点儿体力活,当保姆和钟点工之类,根本找不到像样的工作。

沈维说:"做体力活也是社会分工。我当护士,也经常要做体力活,但我很喜欢我的工作。"

许涵悄悄踢了许母一脚,许母极力找补,她说沈维是年轻人,自己年纪大了,接收和学习新鲜事物慢,心里很慌,接着絮絮叨叨怨言不断,哀叹算命的说过她晚来辛苦,但那时她不信命云云。沈维打断她:"谁不辛苦?我是还年轻,但我这一代,下一代,上一代,哪个人不辛苦?"

这年头,每个人都被生活驱赶着向前,都在勤力工作,艰难地自我提升,但有的人却妄图不劳而获,信奉"嫁汉嫁汉,穿衣吃饭",必然得面对崩盘的风险。沈维不同情许母,她的婚姻困境很大程度是她自己造成的,但许涵很希望她能说服母亲,她就多说几句:"你以前不辞职回家就好了,辞职也不是不行,等许涵上幼儿园了,就该出来工作了。"

许母说:"女人结了婚,就该以家庭为重,我思想比较传统,不像你想得开。"

沈维说:"想得开的人过得还可以。"

许母不爱听:"我起码有个涵涵,你不结婚不生伢,老了怎么办?哪有女人不结婚生伢的,女人的价值就在于相夫教子!"

许涵忍不了了:"你那是为奴的价值,不是做人的价值。"

许母觉得沦为家奴的说法很刺耳,为人妻母,就该把精力奉献给家庭,而且女人细心,坐得住,家务活当然是她做。许涵反问:"你说我爸对你

好,怎么个好法?你病了给你端杯水,还有呢?"

沈维授意许涵去找他爸谈判,为他妈多争取些利益,其余的随她去。

父子谈判破裂,因为许母死不松口,但许父抱定以钱财换取自由的决心,哪怕割舍房子,他也想迎娶新人。许涵便去找那位新人,见着了,他就明白了,女大学生是学市政工程的,成绩优异,今年考研成功,跟的导师在本地很有能量,父亲和她结婚,小公司能获得更多资源。

沈维很唏嘘,男人总挖苦女人现实,他们现实起来才是满腹算计。多少男人讴歌母性伟大,但他们绝大多数都不会做家庭主夫,那是他们眼里毫无价值的事,选择再婚对象也是带着价值去判断的,是能给他在事业上助力的人。

许母曾经从事道路桥梁工程,原可跟丈夫并肩作战,但退守家庭,自断羽翼,便丧失了自己的人格,被丈夫恶语相逼,仍哭哭啼啼要个说法。当年丈夫信誓旦旦说养她,可他说话不算话,一吵架就高高在上:"吃我的喝我的,我说几句气话你也听不得?"

沈维决定对许家的事闭口不言。徐怡翎说过,所谓医生,是医治有生还希望的人,许母只怕很难如许涵所愿,大步走向新生了。

不光是许母,沈维觉得柳漾仍未能踏上新生之路,赵东南那一条条信息,对柳漾仍有杀伤力,她的情绪一再为之牵动,但沈维并不相劝。就好比身处弥留之际的病人,医生无力使她康复,仍得遵循必要的人道主义,遵从她的心愿,直到心头火苗熄灭。

柳漾竭力克制自己再不去回复赵东南,但每收到一条信息,她都会想:向雨恬,你知道他还在记挂我吗?这种感觉让她加倍自我厌弃。她问过沈维:"都这样了,我还对他恨不起来,你说我是不是贱?"

沈维一笑了之:"有许涵他妈垫底,你算什么。"

第九章

保持客观的距离

人和人之间才有温情

中国结

ZHONG
GUO
JIE 01

　　武汉每年夏天至少落几场滔天大雨，大雨导致交通事故频发，柳漾的小夜班照旧很忙碌。患者和家属轮番轰炸医护人员，有人嚷嚷开了太多医保不能报销的，有人症状不重，却逼着柳漾给找个躺着输液的床位，还有人刁难分诊台的实习护士，逼她加塞："你耽误了我的病情，负得了这个责吗？"

　　柳漾维护她带的兵，病人打了投诉电话，柳漾和他吵起来。赵东南拨开人群，替柳漾申辩，风波平息后，他叫来夜宵给众人压惊。柳漾问："你来干吗？"

　　赵东南说："路过。"

　　柳漾说："你有几远滚几远。"

　　这些日子，赵东南发的信息大多是废话，某某小区门前的早点摊子的糯米鸡是一绝，离617医院还近；某某电影上映了，还不错；某某网店的牛排是真的，味道也好……每一条，柳漾都烂熟于心，她几次当班时都吃到过爱吃的食物，从外卖单信息来看，是有人匿名订的，收件人是"急诊护士"，但她很怀疑是赵东南送的。

　　然而，只要想想赵东南是和向雨恬一起过早，一起看电影，乃至围着围裙为她煎牛排，柳漾就很生气，趁这次跟他清账，手机一按，转账成功："夜宵钱还你，赶紧滚。"

　　赵东南不看手机，只低头看她，柳漾心烦，跑开去忙。赵东南不走，找个空位，靠着墙看前妻。跟向雨恬在一起之后，他的业余生活堪称丰富多彩，说是被带着见足世面也不为过，起初他耳目一新，像飘在云端上，但此刻看到忙得像个陀螺的柳漾，方觉烟火人间分外亲切。

向雨恬家境虽好，但还算体贴，总让赵东南心安理得地接受她送的礼物，不必有心理负担，还经常说："我的男人，必须穿着时尚有品位。"

向雨恬把大量时间都花在观看时装图片和视频上，个人照片也拍得很勤，还总让赵东南为她拍视频。她的志向是做个穿搭美妆类时尚博主，但不满意赵东南拍的照片和视频，就自作主张地为他报了摄影和剪辑课程，耳提面命让他尽快掌握，将来当她的御用摄影师。

赵东南让向雨恬聘请专业摄影师，远胜于他这种新手，何况他自认为对时尚没感觉。向雨恬不依，她说当红时尚博主多为情侣档，受众就爱看两人穿得漂漂亮亮，过得甜甜蜜蜜。

向雨恬对工作漫不经心，唯独对此事很上心，催过赵东南数次，赵东南就好好跟她聊了聊，但向雨恬不准他推诿，还计划等赵东南拍视频有模有样了，就双双辞职，周游列国去，游山玩水，边走边拍。她还说，等到人气聚集起来，就会有各大品牌找上门来请他们做推广，她请赵东南相信，这真的能做成一份事业。

赵东南被向雨恬强迫着看了许多视频，时代在变化，做得好的时博能名利双收，他不是不懂，但这种生活不是他想过的。他年已三十，对未来的人生自有规划，向雨恬本来不在他的规划里，他抵不住诱惑，他认，但转行当摄影师，全方位配合向雨恬的时尚梦想，则完完全全不在他考虑范畴内。

赵东南在别的事上对向雨恬百依百顺，偏偏不响应向雨恬最想做的事，她嗔怪他保守无趣，接连发了几个时博在国外看秀的工作视频激励他："美美地拍拍照，就能赚到钱，还能享受人生，不好吗？"

赵东南看完视频，却梦回去年在北欧五国度蜜月，柳漾穿着花裙子，提着裙摆在广场上奔跑，洒下一串银铃般的笑声。

去年蜜月回国后，柳漾的生活伴随着柳志华的绝症，张玢的刁难，向雨恬对丈夫的诱惑，她很久都不曾那样纵情大笑过了。赵东南醒来，坐在床上久久抽烟，整整一天，他心情沉闷，向雨恬却再一次催他学视频剪辑。

赵东南学的是通信工程，这种小软件看两遍就能上手，但心头抵触，闷着一口气，推说要见供应商，来617医院看望柳漾。

柳漾不给好脸色在意料之中，赵东南不和她生气，她若是客客气气，倒

是真把他当陌路人了。但门外雨声哗然,似当头棒喝,使他清醒了些。

既已和向雨恬开始,何苦再来叨扰前妻?向雨恬的提议其实是在为他考虑,他在电信公司事业停滞不前,收入也不高,还得经常加班,他知道向雨恬舍不得他太辛苦。可自己是普通人,普通人当然会很辛苦,早餐店的小老板,早晚高峰时地铁公交车上的上班族,急诊中心的医护人员,人人都在辛苦奔波,他凭什么幸免?

雨落得更急了些,柳漾转头,赵东南不在她的视线里了。她垂下眼,拧开保温杯喝水。宋青向赵东南待过的地方望去——先前柳漾望了几次,他都在的——她问:"他是不是跟那女的吵架了?"

柳漾恨恨去忙。赵东南已是别人的男朋友,有脸跑来向前妻讨好卖乖?恶心。她勒令自己再不准理他。

半夜时分,狂风骤雨,惊雷滚滚。柳漾连续工作了七个多小时,全身都汗湿了,留观室的病人们都没睡着,感叹天气太恶劣,只怕是老天要来收人了,她只道是唯心之论,但很快得知,ICU里有个爹爹没挺过去。

通知完爹爹的家属,柳漾交班,但雨太大了,开夜车不安全,她找间诊室睡觉,挨到天亮再回家。

雨声太吵了,柳漾半天没睡着,她蜷在躺椅里活动着脖子。玻璃窗外,夜空中闪电阵阵,像一条条金色的恶龙,她蓦然想起柳志华说过,团风方言把闪电称为拆河,他说闪电瞬间,像是把天中间拆出一条河。

大风裹着大雨拍打着窗户,柳漾又想她爸了,想起她爸在弥留之际安慰她说:"老天要收我,盐罐里躲不脱,油罐里也躲不脱。"

离了婚,却还是在意赵东南,躲不过,挣不脱,柳漾终于撑不住,仰头大哭。当她看到赵东南说"我想芊芊了"那一刻,她难以自持,那么,当柳志华甩出复婚二字时,陈玉兰心里是狂喜的吧。

柳漾哭得很凶,她爸婚内出轨,让另一个女人怀了孕,是很过分,但自己能不恨赵东南,为何不能体谅柳志华?为什么对爸爸像对仇人一样,到最后竟也没能再喊句爸爸。到最后都没能告诉过爸爸,自己作为女人,心疼陈玉兰,骂过他,但是作为女儿,没有怨过他。

柳志华和陈玉兰离婚后,经常去学校看柳漾,每年生日和节日,他都给柳漾买上很多礼物，可是女儿竟不肯再喊句爸爸，在他生命最后的光阴里，喊的仍是老柳。柳漾心如刀割，痛哭不止。错了，她错了，但那时候她还不明白。

早晨回家后，柳漾昏睡到下午4点多。手机上，秦飞连发了几条信息："醒了聚餐。"

上周两人才聚过餐，那天是柳俊杰的分数下来，他考了全校第七名。冯鹃喜气洋洋，当天火锅店鹃姐秘制小龙虾打了七折，排号排到两百多位。秦飞端出三大盒，喊上柳漾去团风向柳志华报喜。

柳俊杰视为野餐，从大伯家拿了一块床单铺在地上，三人坐在柳志华坟前吃吃喝喝，秦飞给地下的柳志华倒了一瓶可乐："老柳啊，今天大家心情都蛮好，我向你保证一个事，你的两个伢，还有两个女人，都归我管，你放心去投胎。"

柳漾踢他一脚："我要你管干吗。"

秦飞嘿笑。柳漾再踢他一脚："我俩共享一个弟弟，多多少少有点儿关系，我妈跟你家没关系。"

秦飞当时让柳漾别把话说早了，柳漾还不信，哪知这次聚会竟是为柳俊杰践行，他要和陈玉兰去海南旅游。

自打知道柳漾和冯鹃的协议后，陈玉兰就回货运公司上班了，单位几个老同事休年假，相约去海南玩，她报了名。

陈玉兰年轻时，去看海是好单位才有的福利，但轮渡公司成天看长江，领导说大海无非是蓝一点儿的水，所以每次单位组织旅游，都只在湖北省内转悠。柳俊杰听说陈玉兰要去看大海，好奇不已："电视上说海南有个小吃叫清补凉，当地吃比网店买的味道好一万倍，阿姨记得去吃。"

陈玉兰给柳俊杰也报了名，奖励他考得好，费用她都包了。柳俊杰欢天喜地向冯鹃报备，冯鹃同意了，陈玉兰是细致人，她放心得很，但不挖苦几句心里不舒服，对秦飞说："连老柳的儿子都爱屋及乌了，我看她是抱着姓柳的牌子不放了，你说她干吗不改名叫柳陈氏？"

秦飞不放过任何说服冯鹃的机会："她对你儿子好，你也要对她姑娘好点儿。"

冯鹃骂他胳膊往外拐，秦飞反唇相讥："柳漾把我当自己人。"

冯鹃呵呵一笑。秦飞闷头给陈玉兰转账，但陈玉兰说什么也不收："漾漾说她经常蹭你吃喝。"

秦飞专程去找陈玉兰，送出红包，陈玉兰摆了脸："你找杰杰的大伯去，是他让我帮忙奖励杰杰。"

秦飞只好请柳漾吃自助大餐，笑称陈玉兰此举对冯鹃触动很大，是世纪破冰的前兆。等柳俊杰去拿他爱吃的铁板烤肉，柳漾重重"哼"一声："杰杰是小伢，我妈对他没成见，对你妈不行。"

以柳漾在火锅店跟冯鹃打交道的态度来看，她和冯鹃相处得很熟络，不至于用这种神情语气提到冯鹃。秦飞怀疑她联想到向雨恬，刚想发问，就看见柳漾低头翻手机，他无意扫了一眼，给她发信息的是赵东南，他一怔："你俩还有联系？"

赵东南的信息依然是废话，柳漾看过就算。秦飞很不快："你还走回头路干吗？"

柳漾解释说不算走回头路，只是没跟赵东南走到大打出手，老死不相往来的地步，他想发几句废话就发，但她连回复都懒得。秦飞郁闷："没有大打出手，是你当时怀着伢，行动不便，还拦着不让我打。真打了，可能早就分开了。"

柳漾不爱听，但秦飞说的可能是对的，打得不可开交，她此刻早已和赵东南决裂了吧。秦飞见她沉默，也静下来，他知道自己戳到柳漾的痛处了，但她最痛苦的时候应该已经过去。他暗想柳漾最痛苦是几时，也许有许多时刻，比如看到吻痕的时候，向雨恬去急诊中心找她，她发现对手很美貌且有钱的时候，得知她四处借钱买到的新房子含有向雨恬掏的十万块的时候，还有失去孩子的时候……

连自己都记得这些让柳漾痛苦的时刻，难道她自己不记得吗？秦飞抬头看柳漾，柳漾在心不在焉地吃水果，不时瞟几眼手机。

是在琢磨如何回复赵东南吗？去年就被他伤害，竟然还执迷不悟，秦飞的火气噌一下又冒出来，抬手捏扁了柳漾的丸子头。柳漾鼓着脸瞪他，秦飞悻然道："沈维也不说说你。"

柳漾动手弄头发："沈维说我对赵东南的感情一息尚存，她劝也没用，就等着我断气死透呢。"

秦飞被逗笑，她还能调侃自己，可见没那么一叶障目，他不生气了，故意说："不要太悲观，现在医学发达，你为人又强悍，说不定就起死回生了。"

柳漾很低落："可能不会吧。心里总感觉这里那里不大对，具体是什么却说不上来，反正，很烦。"

秦飞看着她，陈玉兰和柳漾虽是母女，遭遇相似的事，处理方式挺不一样，陈玉兰是笃定的，明确的，一往情深且一往无前的，正这么想，柳漾说："我宁可跟我妈一样，不管是错是对，只要我想做，就去做了，不在乎外界怎么看我，因为它们不重要，我眼里重要事只有那一件。"

秦飞摇摇头，一副看扁了柳漾的样子，柳漾气不过，说起一件事。前不久她上夜班，半夜时救护车送来一个肝硬化患者，他同时还有类风湿，全身水肿，他家属是外地口音，瞧着比他小了十几岁。科室副主任王伟明给出治疗方案，但家属说她只想让患者吸个氧，留条命，等患者的儿子从北京回来。

王伟明试着为患者争取："你看，血糖氧分压红细胞各项指数报了好多危急值，他情况很危重了。"

从女人的穿戴来看，经济条件很好，但坚持不交钱，王伟明苦口婆心，却没能说服她，愁得猛揉太阳穴。柳漾见状送给他一瓶饮料。

患者意识有障碍，对生死已不能自主，家属却是这副态度，柳漾和王伟明相对无言。但不知何故，当时柳漾心里忽然冒出一个想法，如果是自己病重，赵东南断然不会这样对她，尽管她是前妻而已，但她对赵东南有这个信心。

秦飞不屑一顾："很难做到吗？你妈，沈维，还有我，哪个做不到？"

柳漾当然知道秦飞言之有理，她第一时间就把那个想法摁灭了，现在说起来，只是想证明不能因事废人，赵东南绝非一无是处，但这样想又何必，能恨他该多好，或者从此是路人，可两者她都没能做到。

秦飞眼神闪动："有没有想过再找一个人？我听说，忘记一个人除了时间，最有效的办法是另结新欢。"

柳漾的注意力仍在赵东南身上，立刻说："新欢哪有那么有用，他有了新欢，还不是动不动给旧爱发信息。"

这人居然还得意上了，秦飞又想去捏她的丸子头，被她躲开，还反应敏

捷地踢他,算是对之前的回敬。秦飞恼她:"报复心这么强,能用来对付赵东南吗?我可是你的自己人,你自己说过的。"

柳漾叹气,她不是没做过尝试,下载了沈维常用的几个约会软件,但连聊几人,对方都很动物性,她倒了胃口,卸载软件了事。

沈维很无奈,她在约会软件上交到过几任恋人,都不是这种直奔主题的类型,她归结于柳漾运气太背,或者是时代大潮风起云涌,人们越来越浮躁,毫无进行情感交流的耐心。

等柳俊杰和陈玉兰出发去海南后,秦飞趁柳漾休息日去找她,杜绝她一个把持不住,又被赵东南拿住。

家里只剩自己,柳漾趴在床上吹着空调看剧,卧室窗户笃笃响。她以为是哪家小孩顽皮,拉开窗户去看,一只电动兔子耸着长耳朵跳进怀里。

今天又是雨天,透过雨帘,秦飞撑着一把大黑伞,拿着操作盘,笑得很愉快:"晚上想吃什么?"

下雨的傍晚,有一只兔子轻叩着窗。柳漾捧着电动兔子,它背上还有一只购物筐,可以装个小橘子,不知多可爱。她问:"动不动就下馆子,你很有钱吗?"

秦飞扬眉:"搞了个发明创造,该不该庆祝?"

柳漾欣然从命。秦飞忽而沮丧起来,他觉得雨中蝴蝶更浪漫,但他拆了一只,还没研究透,这只兔子相对好改装些,他计划下次再派蝴蝶送信。

柳漾对自动化控制很感兴趣:"为什么学这个专业?"

秦飞说:"从小觉得我妈忙,想着我能长出三头六臂就好了,拖行李,搬家,力大无穷,飞檐走壁。"

秦飞说得很孩子气,柳漾不禁摸摸他软蓬蓬的头发:"你爸没再找你麻烦吧?"

秦刚前天又去过店里,但被"放码结下的仇家"拦截了,这次他被打得有点儿狠,估计又能消停一阵。

柳漾不舍得花钱,想去火锅店吃,肥水不流外人田,但秦飞执意选了一家环境好的私房菜,它坐落于汉口老城区,院子里的栀子花香得沁人。

吃完晚餐,雨停了,两人沿街漫步,柳漾聊起下个月为柳志华做冥寿。

柳志华的生日是7月初，柳漾痛悔去年闹脾气，没好好为爸爸过生日，但是不论父母离婚与否，她的生日，柳志华总是记在心上，没和冯鹊结婚前，他带妻女游山玩水，后来他每次都送来大包衣物，全是时新款式。

柳志华死后，陈玉兰为他擦身，柳漾整理衣物，翻出柳志华的钱包。她九岁时的生日，全家到月湖划船，然后登上琴台，钟子期俞伯牙相知相惜的地方。路边有一枚四叶三叶草，柳漾摘下它，童话书上说它代表幸运，她把好运送给了爸爸。柳志华一直留着这片四叶三叶草，还过了塑，收在他钱包里，整整十五年。柳漾哭了，如今跟秦飞说起，仍很想哭。

秦飞问："你跟你爸的缘分只有十几年，杰杰跟他的缘分也差不多，所以那时才主动让杰杰住到你家去吗？"

柳漾点头，柳俊杰是爸爸的儿子，她是爸爸的女儿，理应互相照应，而且她很认可秦飞这个人。她说着，蜷起拳头，当酒杯似的伸到秦飞面前："你跟赵东南说你是大舅子，我认可了，来，哥，喝杯酒。"

秦飞不跟她碰拳头："赵东南都成过去式了，哪还算大舅子。"

柳漾不由又想起孩子，心头苦涩，赶紧把脑海里的屏障竖起来，回617医院给同事们帮把手，下雨天，急诊中心不可能不忙。

ZHONG GUO JIE 02

夜里快10点，一个醉酒的女人被同事搀扶着来看急诊。客户灌酒，女人喝得不省人事，两个女同事见她脸色发白，担心出事。医生给女人开了高糖和利尿药物，以冲淡血液中的酒精，促进排泄。柳漾为她输液，过一会儿再看，女人清醒了，整个人都在好转，柳漾笑了。她最喜欢给病人输液，打完之后一点儿一点儿调整到最合适的状态，看着他们的痛苦减轻，自己也心满意足。

有人按铃，柳漾匆匆过去，被一个中年男人拦住。男人的老父亲常年多病，突发高烧，虚弱到不能行走，男人把老父亲背到车上，直接开来617医院，他让柳漾找人把他爸抬进来，柳漾边跑边说："门前有护工，你喊

一声！"

男人问："没看到人，能借个担架床吗？"

柳漾说："担架床只有救护车才有。"

男人又问："轮椅呢？"

柳漾匆匆说："要付押金，三百块，你去分诊台问一下。"

有个婆婆的女儿打盹儿，按铃迟了，婆婆有点儿回血，柳漾急着处理，跑开了。男人花了一百块钱，找了两个护工帮他把老父亲抬进大厅。

忙到深夜，柳漾正想回家休息，救护车送来十来个喝酒斗殴的人，担架车上血溅得到处都是，其中还有个人眼球破裂伤，看着尤其吓人。柳漾和同事们跑来跑去拿血，缝针，输液，敷药，等人群都治疗完毕，众人也都瘫了。

回家后，柳漾倒头就睡，第二天上午9点多才醒，宋青和几个同事都在找她，她被人投诉了。医院官方网站论坛上，署名为病人家属的人自诉老父亲危在旦夕，护士却冷漠以对，他感慨医护人员看惯了人间生死，对生命不再敬畏。

昨天深夜处理完那帮打架斗殴的人，柳漾困得东倒西歪，缩在医生诊室眯了片刻，被男人拍下照片，连同他高烧输液的老父亲照片并排放出，一石激起千层浪。

柳漾打扫了卫生再看，男人的自诉在论坛热度不减，博得了病人和家属极大的共鸣，纷纷抱怨白衣天使已不是天使，对人命见怪不怪，有时家属恸哭，医护人员却在一旁谈笑风生，分外刺眼。

"你漠然以对的，是我的骨血至亲，你也有亲人，不能将心比心吗？"这条热评被顶到最上面。不断有病人抱怨排一个小时的队，医生三分钟就打发你，想多问两句都不耐烦，还有人则对核磁共振需要预约不满："得了比较重的病才需要核磁诊断，预约到十天半月后，病都给耽误了。"

众人把柳漾当成靶子，齐齐发声，有人把帖子转去了社交网络，要求当事医院处分"该罔顾人命"的护士。护士长为柳漾澄清："急诊中心连轴转，该护士急于救治病人，语气欠佳，向这位病人及家属致歉。"

男人不依不饶："这是敷衍！我想请问院方，护士当班时间打盹儿正常吗？"

护士长继续解释："昨天是该护士的休息日，她是自发来加班的。我们急诊昨天救治病人九十七名，如此高强度的工作量，没有病人时打个小盹儿，个人认为不该太被苛责。另外，当事护士刚经历小产，身体尚未完全恢复。"

护士长言语恳切，但男人仍认为不痛不痒，他向院办打了电话，勒令院方出示处分公告。护士长怒了，让柳漾不要理会，她会解决此事。

小产一说抛出，柳漾得到部分人的支持，她看了几眼，放下手机，出门买菜。她想红烧两条喜头鱼当午餐，吃好点儿就不生气了。

快傍晚时，舆论风向扭转了。以曹燕林为首的病人齐声夸柳漾，住院期间蒙她悉心照顾，举例一二三四五，并附上合影照片，证实确有其事。

柳漾一一看过照片，大多数病人和家属她都不记得了，但他们都还记着她给予的点滴温暖，她看得又哭又笑。敲门声响起，是秦飞，他带来两盒鹃姐秘制小龙虾，嘿笑道："不怄气了吧？"

既然秦飞知道这件事，曹燕林十有八九是他找来的。柳漾哀号："连你都看到了，这件事传得有点儿广啊。"

秦飞笑道："众口铄金哪行，得让众口交赞。现在传得再广也不要紧。"

柳漾留秦飞吃晚饭。秦飞熟门熟路，找到堆在一角的啤酒，拿出几瓶放进冰箱里镇上，再靠着墙看柳漾烧鱼，闲聊几句。他刚才一进门就发现柳漾哭了，但她心情很好地说是被感动到了，他的心情也跟着好起来，坏脾气的小辣椒经常疾言厉色，眼泪却很浅，她不知道自己有多么善良可爱。

柳漾烧了鱼，再做个番茄蛋汤，秦飞把碗筷摆上桌，一起吃吃喝喝。柳漾忍不住又去看那些夸她的言论，她很好奇秦飞居然能找到这么多她已然毫无印象的病人或家属。秦飞说他没有这么大的能耐，只是加了几个617医院的病友群，在里面喊了几嗓子。当中有不少人是从急诊转诊出去的，都对柳漾有印象，夸她工作尽责，手脚轻，做事细致，还热心。

柳漾一听又想哭。秦飞剥好虾放在她碗里："你以后不要把你和我妈那个协议看得太认真，杰杰也是我弟弟，家里的发财大计放在我肩上。"

柳漾吸吸鼻子。秦飞难得很正经，细细地告诉她："我不是在吹牛，我们公司面向市场，只要肯努力，肯吃苦，就多赚多得。我目前进公司还不到一年，再多做点儿成绩，就能拿大项目了，大项目提成高。"

柳漾有点儿困惑："你是不是怕我想不开？放心，我不是第一次被投

诉,这次顶多是动静有点儿大,没多大事,你也没必要太担心,更不用这样来安慰我。"

秦飞认真道:"不光是想安慰你。实话跟你说,我看到曹燕林她们的留言,也很感动,还受到了触动。会赚钱的人很多,但不是每个人都能享受到职业荣誉感,你把你喜欢的工作做好,享受这种荣誉感,我觉得就够了,其余的事,交给我。"

柳漾听得有点儿不好意思,但她知道秦飞这番话出自真心,端起酒杯:"谢谢。不过既然我签了字,说明还承担得起,你妈要是开一百万,我肯定就算了。"

秦飞和她碰杯,两人各自一饮而尽。柳漾吃掉秦飞剥的虾,很开心:"你这人也太好了,刚开始没看出来。"

秦飞眨眨眼:"对你好是有目的的,让你看一下,其实懂得对你搞点儿小恩小惠的人多的是,不只是赵东南。"

柳漾"哦哟"一声:"那你索性好人做到底,等下帮我把碗洗了,锅也刷了。"

吃完饭,秦飞果真起身收拾,柳漾没让他动手:"开玩笑也听不出来?你去洗串葡萄吃。"

秦飞把葡萄摘下来一个个洗干净,然后告辞,他是提前下班溜出来的,得回公司把工作做完。柳漾送他出门,回屋瞧见餐桌上的水果篮子,里头的葡萄被沥干了水,一颗颗泛着光。她第一次指挥赵东南洗水果时,赵东南提溜起一串葡萄放到水下冲几下就算,秦飞倒是个会干家务活的。

把家里收拾好了,柳漾松快下来,打开社交网络搜索自己的名字。还好,投诉事件只是小范围传播,热度没有想象的高,但居然能被秦飞知道,邪门。

再去上班时,柳漾收到曹燕林送的车厘子。曹燕林在制衣厂站稳了脚跟,还攒下了一点儿钱,下半年就能送孩子上幼儿园了。她专程来探望柳漾:"我看了护士长的解释,才晓得你小产了,小产伤人,你多吃点儿樱桃补血。"

曹燕林收入低,却买来百来块钱一斤的进口车厘子。柳漾很过意不去:"给你俩吃,我不爱吃这么甜的水果。"

曹燕林连连推让，笑眯眯地走了，她说对她好的人，她都记在心里，没能力的时候只能口头答谢，有能力就该用实际行动表达感激。

柳漾洗了车厘子，自己吃几颗，拿去跟同事们分享，再把照片发给秦飞："这个很贵，你哪天找她要地址，我想给她俩寄点儿衣物。"

陈玉兰和柳俊杰旅行归来，柳俊杰给姐姐带了礼物，除了一箱他爱吃的清补凉，还有一只巨大的海螺。柳漾没见过大海，堵住耳朵听了半天。

秦飞说要为柳俊杰接风，柳漾让他下班来吃家宴，她主厨，让陈玉兰好好休息休息，但她刚把准备工作做好，正待煎炒，赵东南有请。

武汉天地新开了一家餐厅，赵东南发来店址，他订了位，邀请柳漾同往："漾漾，我有话跟你说。"

柳漾挣扎了几下，去了。她挺想知道赵东南葫芦里卖的什么药，但赵东南只闲聊，不谈风月。她沉不住气："你跟她怎样？"

赵东南不多说："就那样。"

柳漾暗自笑了，赵东南和向雨恬正式交往时间还不长，本该蜜里调油，但他这副神情，无不说明他们有问题了，没问题赵东南也不会找她。饭后，赵东南要送她回家，沈维派出许涵，赵东南明显吃了一惊："新认识的？"

柳漾和许涵都不说破，异口同声："认识有段时间了。"

许涵开车，柳漾坐在副驾，靠上车窗。窗外霓虹闪烁，她的感受一言难尽，想了想，她发了朋友圈，只对张玢一人可见。说不清是为什么，她并没有拉黑赵家三口人，但他们都不曾发过关于赵东南和向雨恬的动态。

照片上并没有出现赵东南的面容，但张玢能看出那是她儿子的手。想到张玢气急败坏的样子，柳漾笑了又笑。如她所愿，张玢很快就看到朋友圈了，质问赵东南为何两边摇晃，赵东南没回复她。

张玢急了。第二天下午，她翘班去电信公司车库等赵东南下来，却先等来了向雨恬。

这几个月，张玢盼了又盼，赵东南却没带向雨恬回家。张玢偷偷来瞧了向雨恬好几次，这次终于迎上去，自我介绍是赵东南的妈。向雨恬甜甜地喊她阿姨，张玢问她何时有空跟赵东南去家里坐坐，向雨恬说："就在外面吃吃饭就好呀。"

张玢语塞:"恋爱谈得差不多了,也该考虑结婚了。"

向雨恬却说没什么该不该,而且她还不到二十四岁,不着急结婚。张玢心想,柳漾在她这个年纪已经跟赵东南谈婚论嫁了。谁知向雨恬下句话竟说:"都什么年代了,结不结婚不重要吧?"

他为你离了婚,你竟说这种话,张玢脑子一炸,脱口而出:"你跟他之前,还是姑娘伢吧,不结婚,那你不是被他白……"

张玢艰难地刹车,但向雨恬听懂了,怒道:"什么叫被睡了?谁睡谁还不一定呢。"

张玢张口结舌。向雨恬真同情她,女人为什么要把自己视为被动方?这件事明明是相互的。

赵东南收到向雨恬信息就下楼,匆忙赶到:"你俩怎么碰面了?"

张玢想把场面圆过去。向雨恬眼中含着泪:"你妈说我不自重自爱,请你让她给我道歉。"

张玢闻声脸上一僵。赵东南道歉道得很娴熟:"雨恬,对不起,她一向不太会说话,我请你吃大餐赔罪。"

向雨恬却不打算息事宁人,委屈道:"没有不会说话的人,是见人下菜碟而已,我是你领导,或者是你妈领导,你妈会说我被你白睡了吗?我是你女朋友,就低人一等吗?"

赵东南怔了,他不明白同为女人,张玢为何对他身边每个女人都充满恶意。在他的怒视下,张玢忍气吞声地道歉,事关赵东南的前途,她只能忍。

"向小姐,对不起,让东南替我赔罪吧。"张玢说完就走。向雨恬挽住赵东南,难过道:"这就算道歉?但我不想为难你,你请我吃意大利菜吧。"

车开出,张玢悲愤地看着她儿子上了女人的车,那女人透过后视镜,对她眨眨眼,似乎在说,谁说谈恋爱就得结婚啊,你跟不上时代了,我们这代人可没你们那代人爱结婚。

柳漾和赵东南恢复来往,陈玉兰不置可否,柳漾自己忍不住,跟她聊了见面的情形:"你和我爸之间毕竟有我,有联系是正常的,但我跟他之间没有牵绊,我不晓得他到底是什么意思。"

陈玉兰淡淡回答:"感情就是最大的牵绊,惯性也是。你俩毕竟在一起四年。"

柳漾琢磨她和赵东南究竟是出于感情，还是惯性，但没一会儿就沉入梦乡。她以为赵东南约她见面是心血来潮，谁知他竟放开手脚，动不动就发来他留意到的城中热门去处，跟当年恋爱时没两样，但她不再响应，她的专升本课程很紧，工作也忙。

秦飞做的发条兔子停在卧室窗前，柳漾每天都跟它玩一阵，一遍遍发出指令，逼迫兔子跳给她看，仿佛就能压住这颗七上八下七零八落的心。

赵东南的信息发得勤，秦飞找柳漾更勤，理由信手拈来："来店里试新菜。"

柳漾说忙，秦飞说："人要注意劳逸结合。"

天热，有板眼火锅城开发的凉菜种类繁多，柳漾很喜欢就着冯鹃腌的洋姜下绿豆粥，有时被秦飞拉去东湖边散散步，有时则去看场新上映的电影，沈维和许涵也跟着凑热闹。

许家父母在打离婚官司了，许涵不想再听母亲的长吁短叹，但很害怕她会自杀，然而沈维和秦飞都觉得许母不会。决绝的人才会选择自绝，许母能在不如意的婚姻里待上十几年，她不爱她自己，且是软弱的，而自杀往往需要勇气。

柳漾让许涵带母亲去看心理医生。男人宁可走上法庭，也要离开她，对她而言，是莫大的羞辱，她或许不去自杀，但可能沉湎于情绪，更加无力重新走入社会。

许父义无反顾要离婚，很大程度是他重视外面的女人，那女人对他有用。沈维很感叹，趋利是人性，家庭也不例外，假如许母的社会地位和财富创造力很强，许父可能是另一副嘴脸了，至少能收敛些。

秦飞很认同："婚姻家庭是社会的缩影，很多时候也在遵循丛林法则。"

沈维叹道："娘家也是。要是我位高权重，我爸妈未必敢把男人往我房间里赶。所以说，整天跟他们较劲，左思右量，不如提高自己在社会上的竞争力。"

秦飞听出沈维在借题发挥，心领神会补充道："所以啊，许涵，你得想方设法让你妈转移注意力，她把心思花在男人身上是最没前途的，不如跟着网上视频学几道菜，学精了能算个手艺。"

柳漾知道秦飞是意有所指，再次搬去和沈维同住，两人上班时间不一致，经常只有一人在家，能让她清清净净看书。

03

从海南回来后，柳俊杰就收心学习，秦飞为他报了培训班。柳俊杰心疼柳漾和沈维挤着住，提出回家，但秦刚神出鬼没，不可不防，陈玉兰仍让他在自家继续住。

有天柳漾当班，接到秦飞电话——秦飞有她的排班表，几乎不在她上班时打电话——她以为秦刚又惹事了，但秦飞是找她打听哪个医生正骨技术精湛。

秦飞家对门的邻居姓李，六十七岁，独居，冯鹃摆摊时，李爷爷就固定订餐，冯鹃开火锅店后，李爷爷每天准时去吃两顿，冯鹃给他的永远是成本价。中午，秦飞把柳俊杰送去店里吃饭，冯鹃嘀咕两三天没见着李爷爷了，电话也打不通，担心他出事。秦飞去敲门，没听到动静，手机是关机，他找了物业。

物业报了警，民警找人撬开门，才发现李爷爷摔伤了。他换灯泡时从板凳上摔下来，扭伤了腰，动弹不得，手机在另一间屋子里，他饿了三天了，气息奄奄。

李爷爷是鳏夫，民警联系到他的独子，儿子却说自己从小被打到大，已和父亲断绝往来，请他自生自灭，还说已给父亲买过医保，对父亲尽了赡养义务，别的事不要再找他。

秦飞证实李爷爷的儿子去北京读大学后，再没回过家，李爷爷骂过他不孝。民警和物业人员把李爷爷送来医院正骨，趁他们排队取号时，秦飞晃去急诊看柳漾。李爷爷的儿子比他狠得下心，秦刚再跋扈下去，他也打定主意漠然以对。

有个男人伤口流脓，阵阵腥臭味，被救护车人员抬进大厅，秦飞搭了一把手。柳漾协助医生处理完伤口，去上厕所，看到秦飞在水池边洗手，一双手都快洗破皮了，他仍觉得气味还在。柳漾让他回治疗室，抓着他的手消毒，骂他娇气。秦飞傻笑，这女人跟他妈还挺像。

为一个摔伤病人做穿刺时，病人很紧张，柳漾不小心刺破了PE手套，被针头扎到，她顾不上理会，转头跑去看留观病人。同事为这个摔伤病人验了血，大叫不好，他是艾滋梅毒双阳。护士长第一时间通知柳漾打针服药，还抽了一管血备案。

李爹爹在候诊区等着被叫号，秦飞再回急诊，却听说柳漾职业暴露了。他对这个词很陌生，问过宋青才知道，柳漾有被感染的风险。

秦飞脑子轰一下炸了，他在疾控中心找到柳漾，柳漾瘫坐在椅子上，像一只纤巧的白鸽子，被雨水淋湿了翅膀。

徐怡翎极力安慰柳漾，她年轻时做过一个很大的清创缝合，按规定，病人要进行常规检查，但赶上检验科下班，报告一时出不来，病人的病情又很紧急，徐怡翎仔细询问有无传染病，病人承诺绝无任何问题。

徐怡翎收尾缝合时不慎刺伤了左手虎口处皮肤，伤口还挺深，她处理了伤口，换双手套把手术做完。第二天，病人的生化检验结果摆在她面前，他是艾滋病患者。

徐怡翎当即服用阻断药物，但距离暴露时间已超过二十个小时，服药无法保证最大的阻断效果，而且暴露等级被评估为三级严重，感染危险性很大。

徐怡翎那时和她丈夫结婚在即，不得已取消婚期。她顶着巨大的压力坚持上班，幸而暴露四个月后，查抗体抗原阴性，丈夫也一直对她不离不弃，但本着对丈夫负责的态度，她经过观察随访一年，确认没事，两人才结了婚。

柳漾阻断及时，徐怡翎和检验科都认为问题不大，但谁也不能打包票。柳漾仍很害怕，眼中汪着两团泪。秦飞心一横，冲上去亲她。

柳漾使劲推秦飞，秦飞箍着她的腰不放，还咬破了她的嘴唇，吸吮她嘴唇上的血珠子："我不怕，你也不怕。"

"你有病啊？"柳漾踢秦飞。秦飞仍不松手，紧紧搂着她，学着冯鹃摔伤那天，柳漾对他那样，轻拍她的背，一下一下地顺着。柳漾逐渐平息下来。

护士长把病人训成孙子："得了病就好好治病，吃药打针不松懈，能活很多年。闭口隐瞒，祸害别人，才是别人歧视你的根本，怎么得的自己不清楚吗？把你媳妇喊来也查下！"

病人不记得自己是哪次中的招，他嫖娼比较勤快，5月份在别的医院查出艾滋，他感觉医护人员很歧视他，换到617医院竟还是这待遇，他很不忿，辩解道："我也是受害者！"

秦飞一拳轰去，被大川拿住手腕："省点儿力气照顾我师父。"

所有接触过这个病人的医护人员都进行预防性用药，戴上了口罩、帽子。柳漾把秦飞抓去打针："不该讲义气的时候瞎讲！"

秦飞被护士按着坐下，要给他打屁股针，他傻眼了，猛看柳漾。柳漾说："你是要我给你打？"

秦飞脸在发烫，他怀疑自己脸红了："我是要你回避。"

柳漾走开了，她也打了针，要多运动，才能促进药水吸收，否则容易出现硬结，但动一步就疼痛难忍，还得反复自我暗示，不会有事。

邵清平做完一台手术出来，闻讯安慰柳漾。他曾经被病人的血喷到眼睛里，也十分担忧和恐惧，好在没事，他相信柳漾也能逃过一劫。

柳漾道谢。邵清平转身叹息，他有个同学为一个臀位宫口全开的孕妇紧急助产，羊水和血液污染了同学的脚背，恰巧她脚上有伤口，被感染了HIV，没挺过三年，但柳漾正慌乱，所有人只能以劝慰为主。

苄星青霉素打进去挺疼，护士长对秦飞叮嘱定期复查等注意事项。宋青把那个病人骂了一百遍，仍觉不解恨，很多病人刻意隐瞒病史和病情，把医护人员置于危险境地。

秦飞很不解，既然医护人员的职业暴露防不胜防，平时就没有防护措施吗？护士长说医院会配有手套和护目镜等，但很多治疗都是高度精细化的，戴着手套做穿刺非常不方便，柳漾属于很细致的，仍中招了。

艾滋病人比秦飞想象的多得多，他去找柳漾，柳漾在楼道里来回踱步。有数据统计，医护人员在职业暴露的情况下，感染艾滋病的概率约为千分之三，及时服用阻断药，这个概率还能再降低百分之九十。但是再微小的概率，也是难以承受的过程，等待着她的，将是几个月的漫长折磨。偏偏还有秦飞这种缺心眼的，自己撞上来。她刚才没力气骂人，这会儿见着了，大骂："疼吧？你是个苕吗？那是艾滋，艾滋！"

秦飞扶着腰走路，看起来挺傻，问："柳漾，你不讨厌我吧？"

这还用问，柳漾说："苕。"

"有个人陪你一起赌概率,可能你就没那么怕了。"秦飞冷不防表白了。那天柳漾醉酒,他从餐桌下抱起她,鬼使神差亲她的头发,把自己吓了一跳,但有些事豁然开朗了。

秦飞一骨碌全说出来了:"在车上等你醒来看日出,想跟你说我想照顾你,但说不出口。你妈跟我妈有深仇大恨,将来有天你喊我妈为妈,你肯定不愿意,我怕你根本就不考虑我,说了连朋友都没得做。而且当时我不大确定对你的感觉是出于同情、怜惜,还是因为你是我弟弟的姐姐,我把你当自家人。总之很复杂,我说不清,所以我去找别人相亲,然后我就明确了。"

柳漾很生气:"你想过会伤害别人吗?"

秦飞摇头:"我心思不细腻,没想那么多,再说她也没多喜欢我,总是说些条件啊待遇啊这种话。你老问我和她是不是一对,我烦了,我确实对她一点儿感觉都没有,勉强不来。"

秦飞说完就不作声,脚尖蹴地,等待柳漾发落。柳漾很烦:"你再换个人相亲,总能找到有感觉的。"

秦飞说:"我问你,活了这么多年,你对几个人有感觉?"

柳漾答不上来,虚踢他一脚:"去看李爹爹。"

秦飞赖着不走:"这个针太疼了,我让物业把他弄回去。"

柳漾自顾自走了,心里软得厉害。秦飞和唐宁不再见面后,找她找得很频繁,她只当是关心她,岂料秦飞说他是在使劲表现,说不定接触一多,她肯把他纳入考虑范围。

617医院有一套完整的职业暴露管理流程,各项开销均由医院承担,柳漾悄然承担秦飞的费用,对她好的人,她得领情。秦飞阻止她掏钱,这件事是他自找的,柳漾的钱得存着还房贷和外债,她手头紧,他一清二楚。

护士长调整工作安排,在警报解除之前,柳漾改做最基础的工作,避免牵扯更多病人。秦飞还不走,柳漾吼着让他滚蛋,他滚了,开车去长江大桥,俯瞰江水。

如果真出事了,最放心不下的是妈妈和弟弟,至于柳漾,她活着就好。她那样的人,活着就能面对一切。但转念一想,自己出事了,柳漾就更逃不过,秦飞悔得肠子发青,万一柳漾有事,他健健康康才能当后盾,柳漾骂他

是茗，骂得对。

秦飞后怕起来，在心里扇了自己几耳光，闷闷回家去。他看不得柳漾失魂落魄，脑子一热，冲动了。从很久以前就看不得了，也许是发现赵东南和向雨恬暧昧的时候，或者更早一些，她偷偷为她爸的病情揪心揪肺的时候。

秦飞租了短租房，网购几套换洗衣物，对冯鹃和柳俊杰都号称出长差。柳俊杰说："我自己坐公汽去培训班。"

秦飞更觉后悔："凡事警觉点儿，发现秦刚就跑，边跑边报警，给我也打个电话。"

柳漾找医院申请了单人宿舍，对陈玉兰和柳俊杰的说法则是最近科室培训密集，住得近方便。她已经睡不着了，不能再让她妈睡不着。

摔伤病人的媳妇被喊来医院检查，确诊是HIV携带者，得知结果，她吓得瘫在地上。媳妇的工作比男人好，收入高，她生完孩子体形没恢复，男人嫌她胖，很少再有性生活，仍被牵连了。

这对夫妻的儿子才六岁，柳漾不敢去想孩子的未来，更不敢想自己的，浑浑噩噩地上班下班，业余时间学习自考课程。她尽全力不让自己多想，仍然整夜做噩梦，梦里，爸爸望着她流泪。醒来后，她无法入睡，心头钝痛，像压着巨石。

治疗室的彻底清洁工作交给柳漾负责，她蹲在地上更换消毒液，赵东南来了。他梦到柳漾缩在墙角哭，哭得特别伤心，醒后他愣了片刻神，这已是本周第三次梦见柳漾了，他来找她，果然听说她出事了。

赵东南说："不会有事的，我陪你熬过去。"

婚姻里存在亲情，柳漾相信赵东南的关心是真的，但不想给他好脸："滚远点儿。"

赵东南陪她待了一阵才走："我明天再来看你。"

柳漾和秦飞头悬利剑，煎熬万分，不跟人多接触。周末，医院开展针刺伤、黏膜职业暴露后的紧急处置演练，柳漾喊秦飞来观摩，敲打他不能再冒傻气。

刚进617医院那年，柳漾有次去拿血，路遇住院医生华斌，有个女病人抱住他大哭，他两手抬起，尽量不碰到她的肢体，那模样很怪异。

病人小名叫苗苗，头一年结婚时和丈夫做婚检，找华斌咨询，华斌正好要去找妇产科大夫,就带他们过去。做检查时,苗苗说她还是处女。医生问:"没有婚前同居经历?"

苗苗的妈说:"那哪行,女孩子要自重!小邹最喜欢我家苗苗这一点。"

苗苗的丈夫白白净净,答道:"我喜欢她可不止这一点。"

等男人去做检查,华斌"随口"问苗苗和她妈,婚前同居怎么就不行了,买衣服都得试尺码,婚姻大事要分外慎重,不能不全盘考量。结果母女俩都回答,女孩子最宝贵的是贞操,必须留到婚后,小邹本人也很尊重苗苗,对她规规矩矩。

苗苗和小邹是相亲认识的,苗苗对小邹一见钟情,以为自己没机会,她是武汉郊区人,只考上职业学院,但小邹名牌大学毕业,从事金融,收入很高。她没想到的是,小邹三不五时约会她,小邹老家远在山东,他说最羡慕本地人,随时能回家享受家庭温暖。

苗苗爸妈在巷口开杂货店,约会没多久,苗苗带小邹回家。准女婿一表人才,苗苗爸妈很满意。虽然从外形到学历,苗苗都不如小邹,但小邹毕竟是外地人,外地人找本地姑娘,是他赚了。

认识不到半年,苗苗和小邹领了证。那天给他们做完婚检,妇科周大夫和华斌对视,都很发愁,小邹性向明显到被他们一眼看穿,但苗苗全家和他们的亲朋居然都毫无觉察,连提醒都听不出来。等他们走后,华斌说:"都什么年代了,还认为同居不对,同居才可能发现问题。"

婚后不到两年,小邹得了艾滋,苗苗被感染了,尽管他们的性生活极其有限,为了生孩子,算好排卵期,小邹才肯同房。苗苗都到破溃期了,她哭得撕心裂肺。华斌很难受,婚检当天就应该告诉她,她丈夫婚前不碰她,是对女人不感兴趣。他应该告诉她的。但告诉她是否就能阻止悲剧发生,华斌不知道。

秦飞听了很沉默,他是后悔了,但柳漾的忧惧他也能感同身受,倒也不算太糟糕。两人谨遵医嘱,每天吃药,互通有无,药物的副作用是拉肚子,柳漾一烦就骂人:"谁要你扛这种义气,没见过比你更苕的。你该讲的义气是我不行了扛我,我死了帮我看着我妈一点儿。"

秦飞被骂得乐不可支,这是未亡人的待遇。有次他来找柳漾,适逢赵东南送来吃的喝的,他心烦,骂回去:"回头草你也吃?能不能有点儿骨气?"

秦飞对赵东南的态度摆在脸上,赵东南假装没看见。他每天午休时都来617医院看看,刚开始,他见着文静的柳漾还想,怎么变得像陈玉兰了,这会儿她跟秦飞斗嘴,就还是他熟悉的媳妇,再想想,媳妇很久没和他这样打闹了。他回公司加班,向雨恬请他吃饭,他兴致不高:"改天吧。"

ZHONG GUO JIE 04

柳志华的冥寿在即,赵东南又来找柳漾:"你都别操心,交给我。"

柳漾喊道:"关你什么事?你头上顶着一个'前'字。"

赵东南温和地说:"我叫过他爸。你看,他送我的表,我一直戴着,我想为他尽点儿心。漾漾,你怕跟你妈碰面,我去团风,你就有借口不露面了。"

柳漾鼻子酸了。她职业暴露后,赵东南给了她雪中送炭的温暖,她没法再对他恶形恶状了,连他的邀约,她也说不出拒绝了。

从电影院出来,路过阅马场,柳漾提议去码头看看。她近来总是梦回童年,一家三口相亲相爱,梦中的爸爸妈妈都很年轻,年轻得就像还是在码头初相识的年纪。

行至码头附近,车窗外飘起了细雨,昏黑天色里,凉气灌进车里,赵东南摇上车窗。隔着模糊的雨雾,柳漾安静地看窗外,她小时候,妈妈还在轮渡上班,周末她常常来玩,一趟趟地往来于江上。

长江没什么可看的,并不像诗里歌里形容的那么雄浑壮观,但它宽敞,从甲板仰望蓝天,蓝天也宽敞。柳漾本能地仰了一下头,脑中不期然想起陈玉兰和柳志华定情时听过的 *Yesterday Once More*,按照字面翻译是昨日再来一次,她无法否认,当赵东南说"我陪你熬过去"的时候,她竟有种错觉,两人不曾离婚,一切宛如昨日。

结婚时,证婚人徐怡翎在台上说,有天当你上手术台,签字决定的人是你的伴侣,所以找另一半最重要的是人品和性格,对方让你有把命交给他的信任感,才值得与之建立稳定关系。这番话柳漾牢记于心,前段时间,她对秦飞说起年轻的家属不接受医生的建议，拒绝为年老的丈夫做治疗，但生死攸关之际，赵东南会救她，秦飞笑话过她。此时她得到验证，赵东南是真的做得到。

婚姻需要有过命的交情，但是为什么仍会变心？可能是因为生死关头往往只会有那么几次，但大多数时候，两个人得在平淡日子里一日日消磨吧。

街灯昏黄，光亮在雨雾里飘摇，不可触摸，柳漾默然地看，赵东南陪着她看。倔呼呼凶巴巴的姑娘蔫了，他的心很疼，他后悔了，向雨恬待他很好，但他感兴趣的，她都不感兴趣，她感兴趣的穿搭美妆，他也没兴趣，他诸事都得跟着向雨恬的步调走，不像跟柳漾相处那么随心。

与柳漾相识至今，有过最温柔的交缠，也有过最动情的时光，连最初的相识，也萦绕在心。四年前，赵东南急性阑尾炎发作，就近去了单位附近的617医院，那时柳漾和宋青都在实习期。

赵东南打消炎针，宋青戳了几下都不行，涨红了脸道歉，连连拍打他的手背。柳漾给旁边的小男孩换完药，双手消完毒，过来一针就给赵东南扎进去了。那一刻，赵东南觉得她尽显专业人士的风采。

口罩上一双亮晶晶的笑眼，胸牌夹子上的卡通人物是海贼王，赵东南看清她的名字，柳漾。等她回输液区给人拔针，赵东南暗暗看她，干练利索的小护士对病人极其友善，遇到高烧抽搐的患儿，她会帮孩子的父母打水，进行物理降温。

柳漾和同事们都很受病人欢迎，总有人给她们送吃的，但她们连洗手上厕所都是小跑的，吃个晚饭都囫囵吞枣。长了那样一双灵动双眼的女孩不会难看，赵东南很想看到她整张面容，他心生一计，为医生护士订了晚餐。

柳漾摘下口罩吃饭，样貌很秀丽，赵东南怦然心动。他做完手术出院，赶上柳漾休息，周末再去看她，发觉她换了胸牌夹，这次的卡通人物他不认识，请教道："他是谁？"

护士们穿得雷同，且不准戴首饰，柳漾最喜欢打扮自己的胸牌和手机，笑道："越前龙马。"

赵东南问："谁？"

柳漾在手机上搜索《网球王子》漫画给赵东南看，两人隔得近，赵东南觉得她连呼吸都很香。有同事喊柳漾，她风风火火走开了，赵东南跟上

去,看到她拿着一支牛奶小布丁,哄着一个摔破额头的小女孩。小女孩吮着冰棍,柳漾轻声说:"只有一点点儿痛,忍一忍就好了,你最勇敢了,对不对?"

又是快速一针下去,小女孩的哭声顿住,赵东南看笑了。柳漾那天是大夜班,清晨,她下班,赵东南在门外守着,喊她:"小蚊子,还没过早吧?"

柳漾腿长,扎针准,赵东南给她起个外号叫长腿蚊子。蚊子听了直笑,大大方方带他去吃早餐,答谢他请的几顿外卖。

约了几次会,赵东南表白了。柳漾问:"你喜欢我什么啊?"

"好看,性格好。"

"好看爱听,脾气很不怎么样。"

"那就给我机会,让我观摩到底有多不怎么样。"

后来某天赵东南就看到柳漾发火了。那天下大雨,附近发生六车追尾的连环事故,死的死,伤的伤,刚处理完,又送来几个病人,还都是急重症。

急诊中心挤满了病人和家属,一个男人背着女人冲进来:"医生,医生,快救救我老婆!"

两口子吵架,男的抄起水果刀,划伤了女人的胳膊,伤得还不轻,肉都翻出来了。男人嚷嚷道:"快缝快缝,我老婆有事,我跟你们没完。"

医生缝伤口,男人哄着女人,抱着亲亲唧唧,女人还特别享受,一口一个老公地娇喊着,说她胸口也疼。赵东南看到沈维和柳漾暗暗对个鄙夷的眼色。

柳漾忙忙碌碌,拿着女人的片子小跑回来。沈维迎上:"她什么情况?"

女人被打得满脸青紫,男人一哄就撒娇。柳漾骂道:"断了两根肋骨,两个贱人。"

赵东南乐了,长腿蚊子为人爽直,他笑着说:"我觉得你性格特别好,爱憎分明的。"

柳漾顾不上理他,一个前列腺增生患者憋尿憋得不行,她跑去协助医生。医生护士都是女人,病人不肯脱裤子。医生说:"快点儿,别人还等着看病。"

病人还在扭捏,说时迟那时快,柳漾果断扒下了他的运动裤,忙完一看,赵东南在看她。

刚才扒人裤子没脸红，这会儿脸红到耳根了。赵东南知道自己有戏了，坐到输液区等柳漾下班，还叫了奶茶和蛋糕，犒劳柳漾和她的同事们。

恋爱谈了三个月，赵东南带柳漾回家。张玢请了阿姨来家里烧饭，客客气气吃晚饭，客客气气让赵东南送柳漾回家。等他回来，张玢说："长得一般，不如照片。"

在赵东南眼里，柳漾长相舒服耐看，性格也对他胃口，做事爽利，人也不娇气。两人走到谈婚论嫁阶段，赵东南问："我家准备多少彩礼合适？"

柳漾说："你和你爸妈商量就行。我妈说了，不论多少彩礼，她都会连同她为我准备的嫁妆钱一起给我，她让我们节约点儿，多攒点儿钱，以后买套房子。"

赵东南跟父母合计，赵捷成说了个数，张玢直接砍了一多半。她单位同事的儿子娶了下面县市的姑娘，对方父母都有公职，本地三套房，彩礼也就要这个数，柳漾家境可不如她。

后来竟会那样伤害柳漾，明明是真心喜欢过的人。赵东南红了眼睛，发自内心地认了错："小蚊子，我错了，以前是我昏了头。"

柳漾转头看他，赵东南侧过脸吻她，柳漾躲开了，吻落在她脸颊，一股恶心感涌上她心头，他是这样亲吻向雨恬的吗？她觉察到自己的可笑，猛地拉开车门："你现在是别人的男朋友，你就这么喜欢出轨？！"

车窗外水汽迷蒙，扑面而来。柳漾从包里摸出伞，撑开走人。身后，赵东南说："小蚊子，我想回到你身边。"

柳漾咬唇朝前走，心里软得要命，比听到秦飞的表白还软。赵东南发动车子，喊道："我送你回医院。"

柳漾步伐不停，大声说："有本事先分手！"

然而，话一说出口，她就感到懊恼了。从前被动地接受父母复婚，但一步步走到今日，才深刻意识到，她走的路，妈妈也走过，她尝到的滋味，妈妈也尝过，甚至还怀有同样的期盼。赵东南做了对不起她的事，她又憋屈又怨怼，竟仍在盼着他认错，盼着他说他后悔了。可是终于听到了，自己却不像妈妈那样喜形于色，而是夹杂着许多说不清道不明的情绪。

陈玉兰被外面的女人偷了男人，只会默然垂泪，被少女时的柳漾瞧见多次，她心生警惕，长大后绝不能软弱，受了气，就张牙舞爪回击，男的女的

一起打。

成长岁月里,柳漾刻意让自己和妈妈不一样,多年后,她长成一个粗声恶气的人,又糙又凶,她很满意。但从何时起,自己又像妈妈了?最恐怖的是骨子里带来的东西,一直努力改善性格,希望以后不像妈妈,还是会失败吗?

柳漾撑伞而行,脑中万念纷沓,赵东南的车缓缓跟住她,她烦躁地加了两倍的钱,叫到了车,扬长而去。

自从职业暴露后,柳漾再未回家。柳志华冥寿,赵东南独自带上礼品去团风,拍了若干张照片,即时和柳漾分享。去年,柳漾负气时说过,要在柳志华坟前种柳树和玉兰,清明节时,陈玉兰真的种上了。

两棵细长的小苗绿满枝头,柳漾对着照片哭了。她想自己也许仍需要再花一点点儿时间,弄清楚自己对赵东南是旧情难忘,还是习惯性依赖而已。

陈玉兰理解柳漾不愿和赵东南同去团风,回武汉后,陈玉兰让女儿回家吃大伯种的甜瓜,赵东南帮着拎回了几十斤。柳漾说工作忙,陈玉兰说:"我送到你医院宿舍来。"

柳漾说不用,过段时间她自己会去团风,能吃到更新鲜的。陈玉兰想来趟医院,柳漾只得回趟家,假意称赵东南总去医院找她,她很烦心,申请去外地学习半个月,明天就出发。陈玉兰帮她打包行李,但柳漾不肯在家吃饭,连水都只喝瓶装水,她知道自己过度紧张,但难以自控。

陈玉兰慌张地问:"你是不是病了?"

柳漾说她疑神疑鬼,但陈玉兰说柳志华生病后,也小心翼翼,生怕传染给她,柳漾的言行跟柳志华当初很像,她逼女儿说实话。柳漾不语,陈玉兰发急,说她一生经历过很多风风雨雨,比柳漾想象的坚强,天大的事她也撑得住。柳漾哭着说了,陈玉兰张开双臂抱住她,责怪女儿居然不告诉妈妈,自己一个人躲起来担惊受怕。

所有同事都说大概率不会中招,柳漾拿这些话宽陈玉兰的心。陈玉兰依稀记得看过的新闻里提到过存活率不低,她埋头查看网上资讯。柳俊杰回来了,柳漾匆促说了再见。晚上,陈玉兰看完几十篇资料,挑了重点的截图发给柳漾,向她确认:"是不是这样?"

柳漾说："对，听天由命，保持乐观。"

陈玉兰说："你是护士，很清楚它的传播途径，家人一般是安全的。有些确诊病人和父母住在一起也没事，你不用躲着我们，该怎样还怎样。"

柳漾虽然答应了，但稳妥起见，仍在医院住单人宿舍，只是不再抗拒和陈玉兰及柳俊杰见面。

赵东南似乎动了真格，频繁来医院看望柳漾。柳漾又愁又烦，满脑子只关心一个问题：向雨恬知道吗，生气吗？沈维对此倒喜闻乐见，虽然她对赵东南意见很大，但关键时刻，他愿意给出一些温暖，也算有点儿心。柳漾恐惧感染艾滋病，情绪绷到极点，就当是分散注意力。

秦飞上班时跟同事保持距离，下班就回短租房深居简出。秦刚找上他了："我想开出租车，你赞助十万块钱。"

秦飞挂了电话。他无数次想把秦刚拉黑，但秦刚找他，比不找他倒还强点儿，否则哪天秦刚闯出弥天大祸，警察照样会找家属。

秦刚用的是老式手机，发来短信："你别以为我不晓得小崽子在哪里上学。九月份他就读初一了吧？"

秦飞怒骂几声，回拨电话，约秦刚面谈。一见面，秦刚就伸手要钱，秦飞一脸晦气地递上几页报告，指着上面的汉字说："艾滋，认得这两个字吧？你儿子在外头乱搞，被人传染得了病，活不了几年了。你敢对付我弟弟，我现在就把你拖下水，还不麻烦，几滴血就行。"

秦刚震惊了："你得了艾滋病？"

秦飞抖着报告说："白纸黑字大红章，还能有假？要么我复印一份，你拿去三甲医院挂个号，请医生讲解，你就晓得我没骗你了。"

秦刚上下打量秦飞："你在外头乱搞？"

秦飞从背包里摸出药，亮给他看："没病就不用吃药了。我确诊了就没回家住了，就怕传染给我妈。"

秦刚一跳三尺远："我们说了半天话，我该不会被传染吧？"

秦飞说："通过血液传染。我妈总爱使唤我打下手，但是切个菜吧，搞不好就割到手了，可能就传染了。我劝你老实点儿，别把我惹急了，不然我在手上划个口子，往你嘴里灌，你跟我一起完蛋。"

秦刚被吓走了，过两天清醒了，自己满嘴跑火车，没准儿子也是。他摸到宏达小区，找邻居打听秦飞，邻居说秦飞出差去了；他去有板眼火锅城问冯鹃，冯鹃也以为秦飞在出差。这下由不得秦刚不信，他满怀恶意地告知："你儿子得了艾滋病，晚期，活不了半年。"

冯鹃起先不信，但秦刚转述了秦飞的话："得了脏病，我有脸跟我妈说？"她打出电话："你到底在不在出差？"

秦飞现身解释："做戏做全套，你也被我瞒着，他才肯信我没骗他。"

对于这段时间不归家，秦飞给的理由是最近常去周边县市出差，在宾馆住，还说在竞争一个职位，得卖力攒业绩，接下来仍得继续忙。冯鹃多问两句，他发火，走了。

冯鹃越想越起疑，找个由头把柳漾喊来店里探听，不料柳漾也一副拒人于千里之外的样子。冯鹃更觉奇怪，把秦飞骗回："柳漾在店里，她说有话跟你说。"

秦飞回了，跟柳漾统一口径："真没事。真病了就进617医院躺起来了。"

冯鹃狐疑："你是不是不好意思跟柳漾说？"

柳漾哈哈笑："你还真信了？他想唬住他爸，结果骗到了他妈。看不出来，你是个演技派啊。"

柳漾轻轻松松，秦飞也装没事人，冯鹃疑虑被打消，点开视频网站，边看剧边忙。柳漾看了两眼："你也在追？我看到几个病人都在看。"

冯鹃夸它很精彩，是她今年最喜欢的一部，还推荐了几部给柳漾，她说心情不好就看言情剧，比吃糖效果好。柳漾乐了："你每天没事就看言情剧？"

冯鹃说："没有，我还看言情小说。"

柳漾半开玩笑道："看了不想谈恋爱吗？有没有想过再结婚？"

冯鹃指指屏幕上的男主角："长这样我肯定考虑考虑。你妈什么打算？我看她要为老柳守节。"

秦飞出谋策划："我支持你搞个黄昏恋，只恋爱，不结婚。"

冯鹃斩钉截铁："不搞。再找只能找个要我为他养老送终的爹爹，我好不容易解脱了，不受那罪。"

秦飞说："找也行，不找也行，反正跟我住，我为你养老送终。"

"你得结婚吧？杰杰也得结婚吧？我跟你们媳妇就合得来？合不来我就单过。"冯鹃也跟柳漾开个玩笑，"说不定跟你妈还能搭个伴。好歹认识了十几年，知根知底，熟得很。"

柳漾放声大笑，这是职业暴露后，她第一次发自内心地笑。她一笑，秦飞也笑了，冯鹃看到这两人相对笑弯了腰，放心多了，能笑出来，肯定没大事。

05

熬满第四周，柳漾和秦飞一起检测HIV抗体，结果良好，但仍不敢掉以轻心，还有八周、十二周，一关一关都要过。

赵东南订了餐厅，称之为压惊宴。柳漾跟秦飞说："我们改天再吃饭？"

秦飞气咻咻地走了。赵东南在输液区找个空位，等候柳漾下班，张玢却来了。中午，她催赵东南快点儿和向雨恬定下来，赵东南却说想跟柳漾复合。张玢一肚子气，话说得很不好听："房子归你了，人还不放手？"

柳漾横眉以对："是你儿子主动找我。"

赵东南不悦道："我都不喊你妈了，你还干涉我干吗？"

赵东南宣称过断绝母子关系，张玢只当他气性大，但当着柳漾的面说出来，她气歪了脸，拂袖而去。

张玢吃瘪，柳漾自然解气，尽管她不理解张玢的狂妄从何而来。但张玢一来，她看赵东南不顺眼了："我最近太闲了，现在警报解除了一些，得把工作补起来，你走吧。"

赵东南说："说好了一起吃饭。"

柳漾说："不想去了，你请那个女的吃吧。你们还没分手吧？我可不想当第三者。"

赵东南怏怏走了。柳漾向秦飞道歉："我把他弄走了。"

秦飞根本没走，收到信息，咻溜进来："我就晓得你没那么不讲义气。"

这一个月，秦飞摆出生人勿近的架势，连阿豹约他吃饭，他都不去。如

今得以解禁,他宣布吃家宴,从火锅店端回吃的,在客厅摆开宴席。柳漾喊上沈维和许涵,把小龙虾和烧烤吃了个饱。

吃完饭,阿豹支起了麻将桌,柳漾不会打麻将,在屋子里参观了一圈,看到主卧的双人床,想到她爸在这张床上跟冯鹃同床共枕,继而想到赵东南和向雨恬亲热的模样,恶心感席卷而来。这道心坎,陈玉兰能过去,她恐怕不行。

冯鹃得知柳漾进了家门,笑话秦飞:"哟呵,你蛮有板眼,再加把劲就到手了。"

秦飞搓搓手:"你几时看出来的?"

"说不定比你自己发现还早。"冯鹃打开天窗说亮话,密谈签订协议那次,她就认为老柳的女儿不错,比陈玉兰强一百倍。秦飞赶紧说:"那你把协议作废了吧?"

冯鹃打他的手:"她有分红!"

秦飞挖苦她:"从你牙齿缝挤出来的也算?"

冯鹃说出打算,柳漾在她的分红里抽三成,比起投入,是有点儿少,但火锅店目前生意不稳定,收支勉强平衡,等将来每月稳定盈利,她会再跟柳漾重新谈,不为别的,就为陈玉兰一直在帮她带柳俊杰。

冯鹃完全不反对秦飞追柳漾,秦飞开心之余,简直有点儿骄傲。但赵东南频频约会柳漾,他不能轻敌,找沈维支招,如果这两人复合了,他可能连杀人的心都有了。沈维让他少安毋躁,得对柳漾有信心,她和赵东南来往密切,顶多是回光返照。秦飞问:"万一呢?"

沈维白他一眼:"结婚是两个人的事,复婚是三个人的事。别说他俩都没达成一致,就算达成一致了,向雨恬就肯放手吗?她一闹,你看赵东南心软不心软。"

赵东南脚踏两只船,被向雨恬察觉了,自然跟他闹,赵东南认了错。向雨恬本想去617医院找柳漾,但打架实非她所长,她打听到柳漾的手机号码,发去她和赵东南的床照。

柳漾怒气直冲脑门。沈维替她回复:"我先用过了,你捡了我吃剩的。"

赵东南和向雨恬勾搭期间,柳漾就想揍他俩了,如今机会来了。她刚上了十六个小时的班，正处于半死状态，向雨恬让她活过来了，想揍，于是就拉上沈维去揍。

向雨恬站得稍远，不让柳漾打到脸。柳漾一脚踹去，娇生惯养的小女孩战斗力不如她，被踹得踉跄几下。

向雨恬以耳光回击，被柳漾躲开了。向雨恬骂她是泼妇，没风度，像农村妇女一样刁蛮，柳漾反唇相讥："风度，你配吗？"

向雨恬哭着给赵东南打电话。赵东南奔下楼，柳漾拿起包，照准他的脸，劈头盖脸拍上去。她知道向雨恬会跟赵东南告状，说她是泼妇，不如先下手为强，她就是这么泼妇，怎么的？

向雨恬一巴掌扇来，被沈维挡开了，柳漾拉上沈维就走。沈维转头看，赵东南正好言好语地哄着向雨恬，嘲弄道："他可能比较追求偷情的乐趣，两边的女人都割舍不了。"

经此一役，柳漾倒是懂得那些只恨第三者的女人了。男人变得再不是东西，也曾有过最紧密的身体联系，孕育了血肉交缠的孩子，但第三者是外人，是侵略者，一丝一毫的温情都没有过，当然只有恨意。

赵东南沉寂了几天，既没发信息，也没去医院宿舍找柳漾。柳漾再去上班，收到他订的鲜花："分手比我想的难，再给我一点儿时间，我会堂堂正正接回你。"

有个病人产后大出血，被抢救过来，柳漾把鲜花送给她。就冲当初离婚时，赵东南对她难分难舍的鬼样子，她可不信他能利落地跟向雨恬分开。

徐怡翎这个夜班又很艰难，外伤缝了六个，好不容易看完病人洗把脸，来了一个卡枣核呼吸困难的。等她从手术室出来，其余护士都在打盹儿，柳漾大眼圆睁，发着呆。徐怡翎知道前夫送的那束鲜花使她困扰，为她讲了一个故事。

古时候，有对落难夫妻搬进一处独门小院，可终生免费居住，但房东提醒不可去后院银杏树下挖掘。夫妻在小院安居乐业，富庶一方，但终究没忍住，去挖银杏树，挖出经年白骨，眼前的生活顿时化为乌有，他们又回到洪水肆虐、遍地饿殍的当年，因饥寒交迫而亡，化为这两具骸骨。

神话里，类似的故事比比皆是，也许并不是故事，而是比方，讲述的都是宿命。那对夫妻是芸芸众生，若有下一次，还会重蹈覆辙。多少人都是这

样,明知不可为仍为之,赌博、家暴、偷情……

徐怡翎忙去了,柳漾愣怔半晌,后院的白骨永远都在,你不愿去想,但你做不到不去想。当赵东南再来医院找她,她直言不讳:"我不想当被我骂的那种人,没分手之前别来找我。"

赵东南急切道:"我跟她谈过了。"

柳漾哼道:"她不同意,你心软了,对吧?"

沈维来了,柳漾对赵东南说不出的狠话,她来说:"你和那个女的分手了,漾漾也不见得会把你捡起来,你要三思哦。"

赵东南说:"我想好了。"

柳漾不无嘲讽:"你最好多想想,免得鸡飞蛋打。"

赵东南前脚刚走,沈母后脚就到,沈维没来得及躲开,被母亲逮了个正着。她谎称出差回武汉,顺便来看柳漾,但母亲一见到她就哭了,她很难堪,把母亲带去医院对面的西餐厅。

柳漾小产后,沈母来找过她,还买过营养品,之后几次来医院,从不忘带点儿水果。柳漾虽然支持沈维任何决定,但她不希望沈维和母亲又吵到面红耳赤,请了一个小时的假去西餐厅,想从中缓和一下。

走到门口,落地窗内,沈母哭着说着,沈维面无表情地听。父母经常说女儿不婚不育给他们带来巨大的痛苦,使他们在亲朋面前抬不起头,别的同龄人含饴弄孙,他俩孤清对坐,活得没滋没味。早几年,沈维有过愧疚感,也质疑过自己,但后来想通了,如果只是按照自己的心意而活,就让父母如此痛苦,那是父母的观念和思维方式出了问题,他们忘记自己的孩子是独立的人,有权决定她自己的一生。

柳漾在门口没站几分钟,沈维就又和母亲辩得脸红脖子粗了,她去劝架,一听之下,真替沈维悲哀。沈母得知她找了一个才上大学的小男孩,大感荒唐:"他找你干吗,是不是有什么目的?你年纪比他大那么多,长得也不算好看。"

沈维气极反笑:"妈,这句话,你对你单位任何同事都说不出口吧,对路上走的人也说不出口,为什么偏偏对我说?因为你想不到我除了是你姑娘,还是个人,是人就可能生气,生气也不能拿你怎么样。"

沈母说:"我不是这个意思。他才二十岁,跟你谈个几年,他年纪也不大,到时候他拍拍屁股走人,你怎么办?"

沈维无语:"你怎么就只想到他甩我,我不见得愿意跟他谈个几年吧?反正我不打算结婚,不喜欢了就换。"

沈母自以为开明地退了一步:"不结婚也就算了,但你得趁年轻要个伢。不然我和你爸走了,你一个人孤零零地在世上。"

沈维不耐烦:"我跟你说过,有的人不怕孤独,只怕麻烦。"

沈母指责女儿把话说得太满,等沈维人到中年后悔了,想结婚却只能找离异丧偶的,想生孩子更是麻烦,高龄产妇生孩子遭罪,还未必生得了。

沈维一句话都不想说了,她爸不吃洋葱不吃韭菜,她妈能理解,但有的人对婚育完完全全不感兴趣,她妈一百年都理解不了。

沈母还在唠叨,沈维下了逐客令:"我明天还得赶高铁,我给你叫个车,你自己回去吧。"

女儿都快三十岁了,还这么不懂事,沈母快哭了:"你不回家看看你爸?"

沈维其实躲在出租车上看过父母很多次,她沉着脸说:"我不想再听到你刚才说的话。"

沈母问:"你到底在哪个城市?"

沈维说:"不结婚不生伢,就不是你们的伢,对吧?这个问题没扯清楚,我跟你们说那么多干吗?"

沈母哭着走了,沈维在树荫下站了很久,柳漾去买杯冷饮让她降降火气。父母总以为孩子是自己生的,就拥有指挥他们的资格,但孩子脱离母体那一刻,就是独立的个体,拥有独立的命运。等沈家父母真正懂得这个道理,一家三口才能好好走动,而不是现在这样,互相想着念着,但一见面却只会让彼此都不痛快。

沈母再来找柳漾,是半个多月后了,她终于承认她和沈父有些事是做得不对,请柳漾代为致歉。

几年前,沈母同事给沈维介绍了一个做修脚按摩生意的小老板,对方开了六家连锁店,沈维和他见了面,没说几句话就淘汰了此人。因为小老板认为女人最大的美德是贤惠,他希望婚后沈维辞职,发挥护士擅长照顾人的特

长,伺候好他和他父母,再生几个儿子。

这位小老板有钱,长得不差,年纪也不大,那年才二十八岁,在沈母看来,媒人为女儿介绍的相亲对象,以这个为最佳,沈维居然也不要,她又气又恨:"你成天心高气傲,我都不晓得为什么,我们家庭条件一般,你自己只读了个大专,还嫌他谈吐不行,谈吐好有文化的人肯要你?"

当年,小老板被沈维拒绝,扭脸找了朋友的远房表妹,正规名牌大学在校生,肤白貌美,两人认识两个多月就结了婚。小老板给媳妇连买几身好行头,哄着她第二年大学一毕业就当了全职太太。

媳妇喜滋滋,为小老板实现了三年抱俩,然而小老板只吹过他一年能挣多少钱,不提同时欠了多少钱,今年,他的资金链断了。

为了维系生意,小老板借了高利贷,利滚利,债台高筑。媳妇想离婚,但她名下只有一辆几十万的车,卖二手并不值钱;房子虽是位于东湖深处的别墅,却是小老板婚前财产,她只有居住权;而且她可能争取不到两个孩子的抚养权,虽然能打官司,但她觉得养不起自己在内的三张嘴,她是独女,等父母年纪再大点儿,还得操心他们的养老问题。

沈母辗转听闻,后怕不已,宁可女儿不结婚,也不想让她嫁个拖垮她的人。她告诉柳漾,她和沈父其实查过很多资料,像沈维这类不婚不育者的数据逐年上升,自家女儿的观念不是独一份,时代的确跟他们年轻时不一样了,也许婚姻真的不是必需品,有钱最重要。

柳漾总觉得,结不结婚都有缺憾和代价,无法两全其美,有钱也不能解决一切,但沈家父母有此感悟,已然不易。沈母一走,她就打电话向沈维通报情况。

无法跟父母走得太近,有些话只能通过柳漾代为传达,沈维很遗憾,但这样可能才是最理想的。保持一个客观的距离,人和人之间才有温情,再近些则又会滋生矛盾,并且是始终未曾解决的那些老问题。

沈维说的是她和父母之间,柳漾心生触动,反思自己和赵东南的关系。她一度拼了命地逼自己去恨赵东南,但恨不起来,因此误以为还深爱着他,假如站得更远些看待这段关系,答案有所不同。

赵东南抵挡不住诱惑,对伴侣不忠诚,这都是实情,但他不是个从根子上就坏掉的人。恋爱三年,婚后一年,他付出过温柔和真心,在很多时候,柳漾很清楚自己是被他好好地在意着的，那么，只要她还记得、还感受得到被善待的体验，就很难恨他。只是，不恨赵东南，不代表还有多爱他，他违背了婚姻契约，是道德问题，但对于个体而言，不是罪大恶极要被斩立决的行为，不恨不足为奇，不恨就不恨。

ZHONG GUO JIE 06

正值周末，秦飞晃进急诊中心，柳漾忙得脚不沾地，叫他帮忙订份外卖："随便什么小炒菜，不要辣，等下转账给你。"

秦飞叫了外卖，帮人刷卡打印检验报告，老人翻身困难，他协助家属把老人翻个身侧躺。柳漾手上忙着，偶尔看秦飞，想起赵东南当年也是，等她下班时，赵东南总在给人指路，帮着操作挂号缴费机。

秦飞不仅订了小炒菜，还订了比萨和鸡翅。柳漾骂他浪费钱，让他把小炒菜送去急诊内科，刘医生还没到家就被她喊回来会诊，还饿着肚子。

柳漾自己也没吃晚饭，秦飞留了一盒鸡翅和半个比萨，找个角落跟她同吃，示意她观察一对言行很亲昵的中年夫妻，他打赌是二婚。柳漾不信，但为人输液时，果然听到女人对男人说你前妻如何如何，她奇了。秦飞笑言很多老夫老妻在一起没话说，二婚的反倒恩恩爱爱，所以她得对再婚有信心。

柳漾撇嘴："你看看你，什么都好，为什么要找我？难道你觉得自己不配有一份更好的感情？"

秦飞说："求仁得仁才是最好的。"

柳漾被他噎住，拍一下他的头："滚回去睡觉。"

此刻才晚上9点多，秦飞说他还不困："你忙你的，我自己待着。"

柳漾去忙，秦飞靠着墙笑。柳漾刚才那话是他说过的，柳漾不跟赵东南去吃压惊宴，而去他家吃家宴那天，饭桌上，他说："你看看你，什么都好，你得看得起自己，不能对自己不负责任，要相信自己配得上一份更好的感情。"

柳漾记住了，但愿她听进去了。退一万步说，哪怕不愿接受他，也别再

跟赵东南纠缠。不过,他才不退一万步。

柳漾今天是小夜班,凌晨1点才下班,交完班一看,秦飞还在。她拉长脸:"大半夜还不睡觉?我可不陪你吃夜宵,我好不容易才瘦回来。"

秦飞摇头,送她回医院宿舍:"刚做完一个项目,很累,今天就想跟你待着。"

柳漾不好接话,转开话题:"我和赵东南到现在还在拉扯,你是不是看我跟看所有不争气的女的一样?"

秦飞平心静气地回答:"也没有很不争气,他有他的好处,你有你的好处,互相还有点儿留恋之情很正常。"

柳漾黯然:"再好也好不过那个女的吧。不管我有多讨厌她,也得承认她长得好看,会打扮,家里条件也好。"

秦飞问:"大牌秀场上的衣服件件好看,你会穿去上班吗?"

柳漾懂得他的意思,向雨恬样样光鲜,但两个人走到一起,得讲求契合度,可惜很多人不珍惜最适合自己的,对别人感觉不错,就出轨了,出轨对他们而言,不是深思熟虑的事,一时兴起就够了。

秦飞说赵东南既缺乏自制力,也不坚定。柳漾认可他对赵东南的评价,但她最记恨赵东南做不到坦诚相待,如果直言他就是爱上另一个人了,她当机立断就和他分开了,不会给什么考察期,更不会再把他留在跟她的婚姻里。

秦飞小心地说:"我说了你不要生气,他不说实话,可能是觉得没必要为向雨恬离婚,风险太大。"

向家父母很难同意女儿跟离异男人结婚,这是用脚指头都能想到的。柳漾骂道:"他以为老子是望夫石,他满脑子想着别人,老子还一百年不动摇?做梦!"

秦飞别有用心地道:"柿子拣软的捏,这叫欺负人,他以为吃定你了,你偏要找个新欢,气死他。"

柳漾说:"我找新欢肯定是因为喜欢他,不是为了气死赵东南。"

秦飞开心地回家睡觉,醒来抹把脸,来接柳漾去火锅店吃午饭,撞上赵东南了。赵东南接到内部消息,他即将在网建部转正,想和柳漾庆祝。柳漾为他高兴,有一说一,赵东南在专业技术方面是有板眼,但共进午餐就免了:"没分手别来找我。"

火锅店是冯鹃的生意，但柳漾去得很勤，赵东南有点儿诧异，柳漾掐头去尾，只说自己入了一点儿微不足道的股。等转正通知正式下达，赵东南做的第一件事，就是带着助理去火锅店签合作协议。网建部施工项目多，工人和电信职工的盒饭是不小的需求量，他想和火锅店长期合作。

冯鹃喜上眉梢。秦飞回绝了："不需要。"

赵东南说："这个店有柳漾的股份。"

秦飞冷冷道："不好意思，她是你前妻，离婚就没关系了。但她是我弟弟的姐姐，这是我的家事，我有权不接受。"

赵东南忍了："我去找另外两个老板。"

冯鹃打开秦飞的手："和气生财，你妈不跟钱过不去。"

赵东南代表网建部和火锅店签了协议。柳漾不反对，理由跟冯鹃一样："他愿意送钱是他的事，吃坏了我兜着。"

秦飞仍觉不爽，冯鹃拍他的头："放心，他追不回柳漾。"

秦飞眼睛一亮："分析分析？"

冯鹃神秘一笑，卤五香牛肉去了。女的爱一个人，会为他花钱，不怎么喜欢了，才会想从他那里捞点儿钱，这还不懂。

第八周的HIV抗体检测，柳漾和秦飞仍安然无恙，他俩中招的可能性已微乎其微，喊上朋友们再庆祝一次。

赵东南订了晚餐，柳漾叫他带向雨恬去，然而他有苦难言。中午时，他和向雨恬一起吃饭，向母打电话，让向雨恬晚上去见熟人的儿子。向雨恬说："海归硕士，长得也算帅，你再去找前妻，我就去见他了哦？"

赵东南无言。向雨恬哀伤道："可我还喜欢你。"

甜美的女孩素着脸，形容憔悴，她在这段感情里受了罪，赵东南心里难受。他忽然有个念头，爱来爱去太累了，如果两个女人他都放弃，会怎样？但是下班来接柳漾，他想起失去孩子时的相拥而泣，仍感到心痛。

柳漾快交班时，救护车送来一个血流如注的女人，家属主诉两口子吵架，女人一时想不开，割脉自杀。但如何才能用一块刀片把自己左手腕齐齐割下，导致完全离断？徐怡翎暗示柳漾去找总值班报警，被家属识破，发生冲突，赵东南把柳漾护在身后，被推搡在地。

好在医护人员跟着平板推车跑的时候,就有病人报了警。病人失恋时割过脉,浅浅割出一道都很痛,更何况割成这样,不可能是自己下手。

柳漾夸病人太棒了。病人的女儿五岁多,头戴大红蝴蝶结,害羞地躲在妈妈背后扑闪着大眼睛:"阿姨打针,小孩都不哭,阿姨好厉害。"

柳漾乐开花,捏捏小女孩的脸。赵东南心酸,他和柳漾差一点儿就能拥有像这样可爱的孩子。柳漾抱着小女孩合照,他凑过去,拍了一张假想中的全家福,柳漾笑了一下:"不发个朋友圈吗?"

赵东南依言发了,这次主动没分组。向雨恬立刻看到了,她想痛斥柳漾,但已被柳漾拉黑;她气冲冲约赵东南吃夜宵,赵东南说在加班;她赌气约相亲对象唱K,点了十几瓶酒,照片发到朋友圈,只对赵东南一人可见。

赵东南心里不舒服,在出租屋待了片刻,投降,打去电话:"你们在哪里?"

介绍人冲向家父母发脾气:"她喊她男朋友去接她,小戴和他家里都很生气,你不是说他们分手了吗?"

年轻人吵吵闹闹分分合合是常有的事,向家父母不急,只要他们不松口,赵东南就进不了向家的门。女儿喜欢他就由她去吧,谈谈恋爱无妨,总有天能淡下来。

柳漾住的单人宿舍离急诊中心近,休息日,她攻读自考教材,换脑子之余就来帮忙。有个胆碱性荨麻疹患者痛不欲生,痒得恨不得把皮肤剐下来,柳漾为她涂药,但没能让她好受一点儿。

患者细胳膊细腿,旁边一个病人家属建议她多运动,提高免疫力,但问题是,得上这种病,患者慢跑十分钟,全身都发红发痒,连走路时间长了也是。

患者绝望地问徐怡翎:"别人都说这病治不好,可我才二十六岁,一辈子就这样了吗?"

徐怡翎再次拿自己的神经性耳鸣举例。她患病二十多年了,脑袋里像住了一个盛夏,充斥着蝉鸣和蛐蛐声,耳畔高频的鸣叫声也是二十四小时持续不断,她起先也紧张烦躁,睡不着觉,渐渐被迫像所有病友一样适应它,习惯它,直到忽略它。

患者很惊讶，她以为徐怡翎这种级别的专家，发现自身疾病，就能眼疾手快扼杀在苗头期。徐怡翎说人体是精密机器，医学并不能解释和解决所有问题，她给患者开了输液的药："人到了一个时间，得学会跟自己的疾病相处。"

柳漾带患者去输液。她想，自己也需要适应离婚女人的身份，而不是一再凝视它，因为赵东南重新追她，她整个人都很抽离，像在看一场表演。

医院对面的棋牌馆有个男人猝然昏迷倒地。众人冲出，把男病人抬上平板推车，一路为他做心肺复苏，几轮按压大家都大汗淋漓，奇迹在小峰手上出现了，男病人呼吸恢复，瞳孔缩小，血压回升。小峰激动得热泪盈眶。柳漾欣慰极了，抓起手机给沈维和秦飞都发了红包，徒弟出息了，她得请客，然后才意识到，不知从何时起，她有了好消息，已经想不到要跟赵东南分享了。

回单人宿舍的路上，柳漾接到张玢电话，她不接。电话又打来，她按掉了。上次张玢找来医院，她把张玢微信删除了，正想把手机号也拉黑，张玢发来信息说："漾漾，你接一下电话，我想向你道歉，谢谢。"

柳漾转发给赵东南："你妈什么意思？"

赵东南说："你听听看。"

柳漾接了电话，张玢居然真的低三下四认错，忏悔以前对柳漾太苛责，只因她处在更年期，然后迫不及待道："东南都跟你说了吧？床位就拜托你了。"

原来，赵东南的外婆高血压吃药仍持续不降，急需住院治疗观察。张玢让儿子找柳漾，但赵东南要求她先向柳漾道歉。

张玢的道歉不诚恳，柳漾懒得计较，毕竟外婆对她很好。每次去做客，外婆都把水果堆到她面前，柳漾小产后，外公外婆送了几次礼品，她一度很纳闷，老人家很慈爱，居然能教出张玢那样的女儿。

柳漾找了几个医生，为外婆解决了床位。护士给外婆打针，使劲找血管，柳漾从旁指点，自己却没动手。张玢语气很硬："你外号叫蚊子，扎针不是最准吗？"

同事不满："她这是对病人负责任！"

柳漾使眼色，不让同事多说，但张玢找别人多问几句，就套到了实话。

她大骂赵东南疯了,艾滋病能潜伏很久,他敢复婚,她就死给他看。柳漾洗完手出来,板着脸道:"看来我非得跟他复合不可了。"

外婆还在住院,张玢没回嘴,但离柳漾三尺远。柳漾回急诊,当过婆媳,喊过妈,但张玢对她连陌生人都不如,她做了再多好事,也落不着好。

以前,柳漾想过要改善婆媳关系,但此时此刻,她才彻底明了,生活里很多事都在逻辑之外,一个人不喜欢你,不需要你做过什么伤天害理的事。同理,一个人喜欢你,也不需要你在他面前展现你有多优秀多温柔多值得爱,一如秦飞说过的,赵东南出轨唯一确定的原因是,她和向雨恬是不同的两个人。

儿子还放不下前妻,张玢急如热锅上的蚂蚁,在同事群里拜托他们给赵东南介绍合适的女孩,无人响应。赵东南恨声道:"以你的为人,哪个人肯把好姑娘介绍给我?"

张玢怒了:"我是你妈!"

外婆输着液睡着了,赵东南去找柳漾,张玢跌坐在陪护床上:"那女的到底给他灌了什么迷魂汤?"

赵捷成说:"你就是控制欲太强,太干涉他的生活了。"

张玢更怒了:"我不为他操心,还有几个人为他操心?不知好歹!"

赵捷成看她一眼:"儿子爱吃的东西,你不见得都爱吃,你觉得好的东西,儿子不见得觉得好,不如各扫门前雪。他除了是你儿子,还有他自己的生活,你以后做人讲点儿分寸。"

走廊上,赵东南远远看见柳漾笑成了一朵花,她收到病患的锦旗,迅速把张玢抛到脑后了。

柳漾请沈维和许涵吃饭,把秦飞也喊上了,一齐举杯碰一个。

饭后,朋友们相约去看最新上映的电影,赵东南来接柳漾,他也买了票,但柳漾跟朋友们走了。秦飞买的是小场子,情侣包厢那种,柳漾向他擂起拳头,他笑容满面把脸凑上去。他和赵东南不是东风压倒西风,就是西风压倒东风,此局西风胜,虽然可能是沾了沈维的光。

候场时,秦飞去买冷饮,许涵悄悄问柳漾肯不肯考虑秦飞,他俩共同经历了很多事,是很好的朋友,这是成为恋人的好基础,若还和赵东南纠缠不清,未免可惜。

许涵比实际年龄成熟,跟沈维情投意合,这是一段连旁人都看得出来的愉快恋爱。柳漾很高兴,沈维是她最好的朋友,是把她从泥潭里拉出来的人,她比任何人都希望沈维幸福。她不确定自己会不会考虑秦飞,但她已经很确定自己对赵东南那点儿残存的留恋不足为道,她绝不想再回到那个泥潭去。

尾 声

秦飞头悬的利剑几乎被证明是一把木头剑,跟柳漾的关系小有希望,柳俊杰也正式入学读初中了,新项目进展也顺利,他的日子堪称春风得意,坏消息却不期而至。

秦刚和人打扑克,突然一头栽倒,送来急诊时左侧肢体完全瘫痪,处于昏迷状态。值班医生高度怀疑是急性脑中风,卒中中心启动卒中急诊救治流程。手术后秦刚醒来,但左半边偏瘫了,而且痴痴呆呆,认不出人来。

手术室外,柳漾陪着秦飞煎熬。冯鹃赶来医院劝秦飞放弃,不是所有父母都爱孩子,她爸死了那么多年,她想起来仍觉得那是个烂东西,秦刚比她爸更烂,管他呢。

夜里,秦飞蜷在担架床上陪护秦刚,柳漾后半夜不忙,去看了几次,暗叹人和原生家庭剥离是最难的。前不久,许涵和父亲长谈,为母亲争取到一整套房子,再协助父亲和母亲和平分手,避免走上法庭。房产合同一生效,许涵就把父亲打进了医院,还让父亲恶人做到底,对这合同保密。母亲畏惧社会化竞争,才甘当全职主妇,但她离婚后该换一种活法了,许涵得逼她去工作。

秦飞给所有救了他爸的人买早餐,跟柳漾一人吃一份欢喜坨加豆腐脑。赵东南给柳漾连发几条信息,柳漾都没回复,继续吃,对秦飞坦言不会复合。秦飞猛夸她有见识,赵东南的心是个大酒店,永远有向雨恬的房间,柳漾不如找他,他什么人,柳漾最清楚,况且柳漾和冯鹃也很处得来,连婆媳矛盾都没有,顶多陈玉兰难以接受,但陈玉兰很包容女儿,女儿喜欢的,她一定会接纳。

柳漾充耳不闻,洗了手去救人。有个男人酒驾撞上卡车,腿断了,左胳膊也掉了，清晨时被路人发现报了警。男人的残肢被装在塑料袋里，由救护车一并带来。医护人员推车往手术室跑，情况危急，柳漾又剪又脱病人的裤子，为手术医生节约时间。等她忙完洗手，秦飞黑着脸骂她："你不是有两个男徒弟吗？！"

柳漾横他一眼："跟你说过，我眼里没性别。给病人插尿管我经常干。"

秦飞悻悻去给秦刚喂饭。冯鹃再没来过，这是必然的，柳志华从离婚到临终，她都没去看过，秦飞还劝过："老柳都快死了，看一眼是一眼。"

冯鹃说："看了十几年，看够了。死就死了。"

秦飞问："他跟你离婚，你恨他，也恨陈玉兰，所以不想看到他俩？"

"都快死了，什么恨不恨的，我不用照顾他，我赚了。"秦刚倒下，冯鹃也不来，柳漾发信息夸她脑子清醒，冯鹃说秦刚是秦飞的爸，有血缘关系，他做不到太绝，但对她而言，秦刚是前前夫，早八百年就当陈谷子烂芝麻扔了。

秦刚出院，大川帮秦飞把他抬上轮椅，送去郊区福利院，秦飞最多定期去看看，不会再多管。从福利院出来，他对柳漾感慨万千，秦刚再不会闯祸了，他解脱了，但是造化弄人，他爸成了傻子，他才能跟他爸做一对正常的父子。

要修复和父母的关系，竟然如此大动干戈。许涵有同感，也许，真正改变一个人的，除了时间，还有灾难，离婚后，许母浑浑噩噩，但终于肯拾起年轻时的专业书籍了。

柳漾的白班，沈维父母又来找她，这次他们是真被触动了。沈维的表妹比她小几岁，早早嫁了人，对方是殷实之家，有多套房产。表妹先后生了两个儿子，日子美满，沈母次次催婚，都拿表妹当范本，却不知她也有不为人知的苦恼。

表妹生两个孩子之间只隔了两年多，体形迟迟恢复不了，还落下了漏尿的毛病。生产时，表妹神经受到损伤，看了无数医生，尿道有时候仍然不受控制，自己尿出来。丈夫很嫌弃她，她因此患上抑郁症，数度想轻生，她妈不得不提早退休，一边照顾外孙，一边照顾女儿。

自家亲戚血淋淋的例子都摆在面前，沈母觉悟了，路是每个人自己走

的，再亲的人也不能打着"为你好"的旗号安排别人的人生，女儿像现在这样，健康快乐就好。

沈维带着许涵跟她爸妈吃了顿饭，她死死隐瞒已回武汉工作，跟父母有事见面，无事各过各的，才是她的理想生活。

沈家三口恢复走动，可喜可贺，柳漾喊沈维和许涵去有板眼火锅城试新菜，再走走逛逛消消食。

秋天的黄鹤楼时有飞鸟掠过，走在长江大桥上，秦飞又想起柳志华。一起偷情事件，改变了几个人的命运，柳志华病逝让他惋惜，秦刚瘫痪虽是咎由自取，他依然难过了一下，问起柳漾这一生最难过的事是什么，柳漾让他先说，他说没有好父亲，其实柳志华不错，但相处时他总在赌气，毕竟柳志华是给他生父戴了绿帽子的人，现在想想多么无所谓。

柳漾没有最难过的事，只有一句话，是陈玉兰说的："你要是儿子，他那时候可能没那么容易离婚吧。"她劝自己不计较，然而在梦里，连舅舅们都说理解柳志华出轨，男人没儿子，一生都是缺憾。

做到那样的梦，柳漾次次气醒，她知道她爸妈爱她，可是这句话不能多想，人得学着不让自己伤心，适度自我欺骗是有必要的。

秦刚不能再对柳俊杰不利了，秦飞去接弟弟回家，带了几道菜，权作告别宴。陈玉兰帮柳俊杰把东西都收拾好，柳俊杰乖巧地拖了地，两个卧室的门都开着透气，秦飞望见他送的电动兔子搁在柳漾梳妆台最显眼的位置，他忍不住走近几步，猜测柳漾可能经常玩它，他很高兴。电动蝴蝶已在试验中了，他想做个最漂亮的。

转过头，书柜里有几个相框，其中一个装有自己画的卡通画，看得出来很珍惜，相框擦得很干净，没有落灰，连同小病人送的画作一起好好放着。秦飞心里比蜜甜，饭后，陈玉兰收拾碗筷，柳俊杰去丢垃圾，秦飞跟陈玉兰说了让柳漾萦绕在心的那句话。

陈玉兰找柳漾认了错，她太需要给自己找个理由，接受男人离开她了。思想传统是真的，爱柳漾也是真的，有这么一个为了成全她荒唐的心愿，不惜帮父亲偿还情债的女儿，是她此生最大的幸事。

母女俩坦诚相见，柳漾终于释怀，回想起很多往事。外婆去世后，陈玉兰一分钱都没要,办丧事的钱她还掏了一部分。外公外婆名下的二层小楼是私产,但外公立的遗嘱是两个儿子平分,没女儿的份。

柳漾考上职院,两个舅舅一人送了三百块钱,她有气,这点儿钱,恶心谁呢。她教育陈玉兰:"凭什么吃苦你有份,分遗产就没你的份?"

陈玉兰说:"家家户户不都是这样吗?"

父母不能一碗水端平,不给女儿分财产,本质就是不爱女儿,女儿们却硬气地说:"父母也不容易,我自力更生更光荣!"

继承不到父母财产的女儿们,却往往要承担赡养父母的责任,而且还是主力。善良体贴明事理的女儿们什么时候才能不骗自己,哥哥弟弟怎么就心安理得,不去自力更生?柳漾为陈玉兰难过,但不再介意妈妈说的话了,妈妈把她自己看得比男人低,她那句话只是传统观念作祟而已。

秦飞为柳漾解开了心结,柳漾道了谢。事到如今,她认可秦飞曾经说的:"五十岁怎么就不能为情所困了?"

陈玉兰是作为妈妈被柳漾认识的,柳漾惭愧以前不曾意识到她还有"妈妈"之外的身份,在"妈妈"这一层面之下,陈玉兰有过作为女儿、作为少女和作为一个女人那冰山一样、藏在海面下的人生,当女儿的感到心疼,为过往岁月中那所有的误解,她发誓以后要对妈妈好一点儿。

特需门诊送来一个孕妇,她怀孕三十五周,突发脐带脱垂,大人和胎儿都命悬一线。柳漾立刻和同事们都冲了过去,脐带一旦受压超过七分钟,胎儿就会胎死腹中,情况凶险。

孕妇来不及进产房,大川和小峰等人拖来屏风,医生们就地接生,路人们也自发形成屏障。徐怡翎一动不动地跪坐着托举胎儿,一直托举了快半小时,等到宝宝出生那一刻她才敢松手。在确保胎儿安全后,她活动着胳膊,跑回诊室接诊下一位病人。

科技发展到如此昌明的今天,女人们生孩子依然险象环生,秦飞看得惊心动魄,跟柳漾说:"生伢太造孽了,你不生也随你。我真蛮好的,爸也扔了,没负担了,你仔细考虑一下。"

小年轻打架被刀砍,筷子长的刀插在肚子上血糊哧啦。柳漾冲过去:"我都不晓得还能不能生。"

这话不像是拒绝啊，秦飞听了心里美。几次检测结果都良好，感染概率极微小了，他回火锅店吃到美味的香辣蟹，快乐得恨不得就地打个滚。他问冯鹃，柳志华有没有重男轻女，冯鹃说柳志华不是因为她能生儿子才结婚，他要是这种人，就跟冯鹃的爸一个德行，她一刀剁死他。

冯鹃怀孕时笃定是女儿，因为无论是从走路姿势，还是从肚子是圆是尖来判断，女儿无疑。她二姐手巧，帮她做的都是小裙子。柳俊杰出生后，冯鹃差点儿没哭出来，她不缺儿子啊。

秦飞低头给柳漾发信息。冯鹃继续说："你爸进去了，我怀的伢是大月份了，老柳不跟我结婚他就是王八蛋，他不想当王八蛋，原因就这么简单。"

秦飞大笑。冯鹃既然说到了柳志华，捎带着夸了陈玉兰："她给杰杰买了好几套衣服鞋子，书包也是她买的，杰杰说在她家住得蛮高兴。"

对儿子好的人，都不是仇人，冯鹃不那么烦陈玉兰。她年轻时，有个老同事讲过一件事，老家县城有个女的是图书馆副馆长，人很能干，性格也好，丈夫却出轨了。出轨对象是个女阿飞，貌美，爱玩，沉迷麻将，比男人年轻十几岁，男人被迷住了。

副馆长和丈夫离婚，把独子培养得很好，考去了北京的重点大学，不料丈夫的小娇妻嗑冰毒被抓了，两人的女儿才三岁多。副馆长见到小女孩，竟然十分喜爱，小女孩继承了妈妈的美貌，长得像个粉团子，谁见到都忍不住逗一逗。

前夫是小公务员，不方便总请假；他父母年纪也大了，没法照顾小孙女。副馆长索性在图书馆一楼开了一个小幼儿园，让小女孩就读，既方便她工作，也能看着小女孩一点儿。这年头看纸书的人少，阅览室没几个人，但幼儿园没两年就做得红红火火，为图书馆创了收。

副馆长的独子理解不了母亲的行为，读大学后再不回家。冯鹃也嗤之以鼻，天底下还有人爱当圣人？陈玉兰收留柳俊杰，避免他被秦刚报复，倒让她能理解这样的女人了，心胸开阔，又有能力，怎么就不能以德报怨了？

秦飞报喜："我妈不把你妈当仇人了。"

柳漾笑而不语，她妈也一样。上周，有个男人应酬喝多了，摔下台阶，被媳妇用超市上下货的平拖车推来急诊，沿路还拍摄视频。男人接受治疗去了，媳妇给律师打电话，她之前听从律师建议，在家门口安了防盗监控，记录丈夫夜不归宿和半夜归宿的证据,用来证明丈夫没照顾过孩子,她想要孩子的抚养权。

丈夫动不动喝得烂醉,连自己都照顾不了。女人问律师:"这下能把儿子判给我了吧?"

女人穿着半旧不新的工作服,一个病人家属劝她:"孩子归男方好,你年纪又不大,拖个儿子不好再嫁。"

女人瞪她:"脑袋里净想着嫁人,出息!结这一次就倒了胃口,我以后只谈朋友,不晓得几潇洒。"

这女人让柳漾想到冯鹃,她回家跟陈玉兰说起,发觉陈玉兰竟不讨厌冯鹃了。柳志华和冯鹃出轨,陈玉兰在愤怒之外加了一层屈辱,别人都说她比冯鹃好,她信了,信了心里好过点儿。但按柳俊杰和柳漾的说法,冯鹃性格很好玩,比她开朗,开朗的人向来比文静的人受欢迎。她感叹:"你爸也爱说爱笑,跟她走到一起不稀奇。"

柳漾侧目,陈玉兰说一切都过去了,人的生命说长并不长,何苦拖着怨恨过日子,她只想轻装上阵,无忧无虑。

外婆出院后,赵东南来找柳漾,柳漾帮了大忙,他想请她去附近地级市吃特色菜。柳漾对他说算了:"你跟她在一起放不下我,跟我在一起放不下她,复合了迟早还会再犯。"

赵东南立誓收心。柳漾笑着说:"说实话,连我也放不下她。但是不和你复合,我很快就能把你俩都放下了,你说我会怎么选?东哥,我们到此为止吧。"

再不做出选择,挽回前妻无望,赵东南约出向雨恬,好聚好散,从此不耽误她。向雨恬带着朋友杀来617医院,却听说柳漾在艾滋病观察期,她慌了,立刻抽血检查,回电信公司后,她冲去赵东南办公室。

粉妆玉琢的小女孩竟也会激愤如泼妇,赵东南非常吃惊。他等向雨恬骂完,出了气,再澄清:"她不会有事,你也不会有事。离婚后,我和她没在一起过。"

意思是没睡过,向雨恬转怒为喜,扑上来亲他,他还是她的。赵东南躲了一下,在网建部转正是他自己的努力,向家连这点儿忙都不帮,更不可能

让向雨恬嫁他，算了。

赵东南正式向柳漾提出复婚，他已和向雨恬分了手。柳漾漠不关心，她不觉得他们不会有下一次分手，但她何必止步不前。

出轨的人犹如一道已经变质的菜，只会越来越腐坏，趁早倒掉才神清气爽。但实话伤人，柳漾心里还残留着温情，话说得含混："你妈那人太讨人嫌，你的好不足以抵消我心里的恶感。我们真算了，我累了。"

赵东南说："我都不在家里住了。我知道我伤了你，你信不过我，你多给我一些时间，我们慢慢来。"

柳漾依然说算了，一想到他和向雨恬在一起过，还是无法再接受他，她无法说服自己，那不过是赵东南开了一个小差。

路人进来呼救，马路对面有人昏倒，柳漾喊上大川和小峰等人冲出急诊中心，把赵东南晾下。下一个夜班，赵东南又来了，他决心休年假，带柳漾去旅行，修复情感。刚踏进急诊中心，他就看到病人家属刁难柳漾。

病人大小便都拉在身上，家属要求柳漾提供病号服，但病人没办理住院手续，柳漾建议他回家拿，要么去附近小店买套便宜的。家属揪着她不放，大骂她冷漠无情。

赵东南跟对方吵起来，但对方认为医院是服务行业，护士就是伺候人的，话赶话的，赵东南被对方打了，保安跑来拉开了他们。

柳漾给赵东南涂药，两人之间仍有情分，可她真的没办法跟他复合了。她直言从她收到那句"我想芊芊了"开始，她和赵东南联系的最大动力是刺激向雨恬，从中得到些许快意，但现在无所谓了，向雨恬心碎也好，嫉妒她也罢，都不重要了，她和她妈不一样。

陈玉兰念念于复婚，是因为后来的人生里，并没有再出现一个对她好的男人，也因为还爱着那男人。她的女儿不同，她不想再要赵东南了。她是不恨赵东南，但他早已失去了让她喜欢的魅力，眼前的他只是个平凡的、犹豫的、两头失衡的男人，她无法再把他看得很重要，也不再想与他同行。

赵东南问柳漾是不是喜欢秦飞了，他见过她和秦飞打闹的样子，她完全变了一个人似的，活泼快乐得像少女，但和他之间很久没有那么甜蜜了。

"我就是觉得，人要向前走。"多少人在枯燥无趣的婚姻里蒙着眼过日子，但人一辈子只有短短几十年，柳漾彻底拒绝了赵东南，"我的人生会有很多可能，但我不走回头路了，谢谢你陪我度过这段时间。"

柳漾说得心平气和，她已不再意难平，赵东南含泪而去。柳漾靠着墙发呆，当初，陈玉兰说："我不管，我就要他认错，让那女的知道，他后悔了，一直后悔。"到了今天，她方才明白，她妈没完全说实话，陪葬的中国结证明了最重要的一点，陈玉兰对柳志华用情至深。

心向明月是自己的事，明月去照谁，是明月的事，无论选对选错，都咬牙认了。柳漾以前觉得陈玉兰想不开，现在觉得陈玉兰想得太开了，就是非要不可，也非要赢不可，但自己对赵东南已无独占之心，输赢得失都放下了。她是爱过那个喊她小蚊子，和她开设共同户头，齐心协力买房的男人，可他确确实实消失了，一切都清清楚楚地结束了，用俗话说，缘尽了。

这一页书就此揭过，但已认认真真说了再见，柳漾了无遗憾。下班后，她回家跟陈玉兰待了两天。感同身受这件事很难，直到赵东南出轨，女儿才逐渐理解了妈妈，是从女人的角度，而不是女儿的角度。

苦苦自问过，到底哪里做得不好；苦苦自责过，明明已不值得，为什么还恋恋难舍。但世事无常，人心也无常，对方出轨，没必要检讨自己。两个人缔结婚姻，是在建立契约，赵东南出轨，是他不守信，不讲义气，仅此而已。

沈维预料到这是两人的结局，跟许涵碰杯庆祝。柳漾曾经耿耿于怀被比下去，想按头让赵东南认错，但梗在她心上的愤恨和不甘都已化解了，沈维相信她前路依然可见大好风光。

熬满十六周，柳漾和秦飞的最终检测结果仍为阴性，排除感染艾滋了。两人击掌相贺，呼朋引伴去有板眼火锅城。

窗外银杏打着旋儿往下掉，又到了吃火锅的好时节。店里连续几个月略有盈利，没大赚，但不赔本即为胜利。秦飞打算多接几个项目，再换辆好一点儿的车，敞篷的，像外国电影那样，多快乐，越野的也好，长假就去自驾游。

秦飞的车上一直挂着陈玉兰编的中国结。柳漾想着，也许可以让妈妈在火锅店当个兼职会计，替她看看账目。两家人千头万绪一团乱麻，结成死结，但恩怨情仇终究解开，症结被打成团结的结，如今的陈玉兰可能不会拒绝这个提议。

众人吃香喝辣，秦飞专注地给柳漾剥虾，柳漾最喜欢十三香口味的小龙

虾。阿豹向两人敬酒，话里有话："劫后余生，有什么新想法？"

柳漾说："惊魂未定，珍惜人生。"

秦飞说："心有余悸，珍惜柳漾。"

朋友们哄堂大笑，柳漾踩了秦飞一脚。秦飞正经起来："我总觉得救死扶伤是有功德的事，职业暴露跟佛祖割肉饲鹰没区别，托你的福，我也当了一回高尚的人，以后不准再骂我是苕。"

柳漾又踩他一脚。她喜欢她的职业，但不喜欢别人把她的职业神圣化，被人戴高帽子就像被架到高位上一样，有跌落之险。沈维鼓掌，身为柳漾的同行，她也唯愿所有人都健健康康、太太平平，不需要哪个人为别人牺牲。

冯鹃和程东升联手开发的绿豆圆子特别好吃，从火锅里捞出来，胖嘟嘟的一大个。秦飞鼓起脸吹着，模样傻得很，柳漾拆开一双新筷子去夹他的脸，哈哈大笑。

吃饱喝足，去长江大桥散步，柳漾又想起她爸了。父母年轻时往返于长江两岸，月光和星光落在江面上，一漾一漾，那景象很美，柳志华因此给她取名为漾，但他临终之际很后悔，柳本来就有飘拂之意，再加个漾字，不是好名字，他不希望女儿一生在风浪里摇晃。

沈维说这名字美得很，波光粼粼，是每个人都能看到的免费黄金，心情也随之开阔。秦飞靠在栏杆上眺望黄鹤楼，昔人已乘黄鹤去，不废江河万古流，柳志华死后，他经常会想起那夜的长谈，但到今天才能领会。

天一暗下来，你看黄鹤楼就不一样了，你就觉得它有故事，你就能想到那些诗，想到诗，你就会忍不住想一想你的一生。

江是长江，山名蛇山，这是每日所见的寻常江山。目之尽处，落日浑圆，霞光柔和，衬着这一江之水很沉静。秦飞笑着想，老柳说得不对，黄鹤楼不只是夜晚或风雪雷电时才好看，这将暮未暮的时刻，温柔如故人。

"日暮乡关何处是"，他在这时方才明白这首诗为何是千古绝唱。这里是他的乡关，那女人是他的心上人。

这数年得失茫茫如江河，他不只是喜欢她，还想和她相依为命。他转头去看柳漾，柳漾对他一笑。

——全文完——